傾城一諾
4

目次

第一章 乍逢故人

為李卿宇歸國所辦的宴會，在李家位於淺水灣的別墅舉行。夏芍既然是李卿宇的保鏢，自然要跟在他身邊。李卿宇在外頭有自己的住所，但李伯元自從知道他有大劫，便對他的安全越發上心，要他搬回李家主宅住，因此，夏芍的住處便也安排在了這裡。

她的臥室是從李卿宇的房間另外隔出來的休息室，既有私人空間，又方便保護他的周全。

整理好行李，夏芍先打電話給父母和師父報平安，接著才又打給徐天胤。

「師兄，我到李家了，暫時還沒聯絡馬克沁和莫非，晚上有個宴會，我卜了一卦，不會有什麼事。」夏芍說道。其實她根本沒卜卦，而是用天眼預見晚上的事——說是為慶祝李卿宇回國而舉辦的宴會，其實就是變相的相親宴。晚宴上有些小事，但天眼只能看見畫面，聽不見說什麼，只好到時候臨場應變了。

這場宴會對夏芍來說是個機會，她正好可以透過這種場合尋摸香港上流圈子的狀況。

「嗯。」手機那頭傳來徐天胤略微低沉的聲音，「儘早聯絡他們，注意安全。」

「好，我會讓他們知道我的行程。如果我用龍鱗，你別擔心，事後我會跟你聯絡。師兄在軍區別擔心我，事情辦好了再來。還有……」夏芍看向窗外，望向青市的方向，「晚上要睡床上，聽見了嗎？」

那頭沉默了一會兒，沒人說話，但能聽見呼吸聲。夏芍等待著，直到聽見他「嗯」了一聲，這才笑道：「好了，我要準備出發了，晚上回來再聊。」

「嗯。」徐天胤還是那句話：「注意安全。」然後等夏芍掛電話，他才掛。

就在這時，傭人送來五件禮服，請夏芍挑選。

夏芍選了件裙側開衩的黑色連身及膝裙，她在大腿上綁一條帶子，將龍鱗固定在裡側。

李伯元和李卿宇正坐在一樓大廳喝茶等她，見夏芍下樓，齊齊轉頭看去。

夏芍的長髮簡單盤髻，露出一截纖細白皙的脖頸，身上穿了一襲能勾勒出她曼妙身段的黑色小禮服。脂粉未施的臉蛋，反而更顯清麗。當她含笑從樓梯上緩緩走下來時，渾身流露出一種優雅而神祕的韻味。

「我看今晚卿宇的舞伴可以不用找了，李小姐就很合適。」李伯元笑了起來。

「李董事長說笑了，我不過是保鏢，晚宴上想必已經有不少名媛供李先生挑選了。」夏芍笑得意味深長。

李伯元一聽這話就知道她看出宴會的目的來了，頓時呵呵一笑。

李卿宇在旁見到祖父和夏芍的對答，以為是祖父提前跟她說過這件事，並未在意。

老管家進來說車子準備好了，夏芍便跟著李卿宇出門。天色暗沉，雨仍然在下，兩人先後上車，黑色的勞斯萊斯便駛離了李家大宅。

夏芍和李卿宇坐在後座，李卿宇一上車就閉目養神。他穿著一身深灰色西裝，雙手交疊在腿上，眼鏡的鏡片反射著路燈昏黃的光芒。

夏芍瞥了他一眼，便轉頭看向窗外，留意著沿途的樓房風水。她今天對李伯元說的那些風水問題，其實可以藉由城市規劃來化解。一路上她看到的建築布局，對這條劫龍之氣確實化解了不少，由此可知，香港玄門的風水師還是很厲害的。再者，其中有些建築是佈陣化解的，可見玄門的風水師們沒有少出力。

想到在不久的將來，她跟余九志等人會有一場死鬥，她不由自主深吸了一口氣。

好一會兒，回過神來，忽然看見車窗上映出一張男人的臉。

李卿宇不知何時睜開了眼睛，側頭打量著她。

夏芍轉頭，輕輕挑眉。

李卿宇沒有迴避，目光仍然停留在她臉上，問道：「李小姐在哪個公司任職？」

「南非，伊迪。」夏芍答得簡單。

李卿宇點頭，又問：「李小姐做保鏢的工作多久了？」

「李先生想知道這些，可以去看我的資料，我的資料都交給李董事長了。」

「貴公司只派了李小姐一個人來嗎？」李卿宇對夏芍的回答並未生氣，繼續問道。

夏芍知道李卿宇在試探她，他不信任她，她也不解釋，反正再多的話都比不上事到臨頭的應變。她能不能勝任這份保鏢工作，等遇到危險的時候，李卿宇自然就知道了。

「還有兩名夥伴一起來，不過，我們是分工合作，他們負責外圍接應，而我擔任李先生的貼身保鏢。」

夏芍覺得她這樣回答已經足夠了，沒想到李卿宇不配合，他的視線移到她大腿內側隱約露出一角的龍鱗上，問道：「李小姐慣用的武器是匕首嗎？」

「我個人習慣用匕首，李先生可能覺得槍好用，但是哪種好用，只有用過的人才知道。我能保護李先生的安全就可以了，用什麼並不重要。」夏芍說完，挑眉說道：「李先生還有什麼要問的嗎？」

李卿宇淡淡一笑，側頭看向車外，說道：「到了。」

下車之後，他又恢復淡漠疏離的模樣，夏芍跟在他身後，走進入了一幢豪華別墅。

今晚出席宴會的賓客都帶了女眷過來，這是李伯元事先暗示過的，等於是告訴大家，這個晚宴就是為他的孫子李卿宇所舉辦的相親宴。

李卿宇是李家三代裡最得李伯元器重的，從小就被他帶在身邊親自教導，外界也曾有傳言說李卿宇很有可能成為嘉輝集團的繼承人。但李伯元尚有長子在，按照傳統，一般是由長子繼承公司，且李家長房也是妻兒健全，就算長房沒了，還有二房，怎麼也輪不到三房頭上。三房是李家最不成器的，李卿宇身為三房的長子，若不是李伯元器重，他壓根兒不會有這機會。

這幾年李伯元年紀大了，繼承人的事不得不提上議程。幾天前他將李卿宇召回國，進入公司交接一些事務，今晚又特意為李卿宇舉辦晚宴，讓外界對李伯元的用意有頗多猜測。

難道李伯元真有意讓李卿宇繼承公司？

嘉輝集團是國際知名財團，與嘉輝聯姻的好處自不必說，因此，凡是家中有適齡女兒、侄女的，幾乎都帶了來。於是，夏芍跟著李卿宇走進大廳的時候，看見的就是盛裝打扮的妙齡女子，如花蝴蝶般來回穿梭的情景。

場中的熱絡氛圍在李卿宇和夏芍現身的時候稍微停滯了一下，妙齡女子們看到李卿宇時，多是興奮得兩眼放光，可看到李卿宇身邊的夏芍時，則是不善和帶有敵意。

李卿宇似乎很習慣這種場合，雖然神情依然淡漠疏離，卻不失禮數，顯示有著良好的教養。至於夏芍，在李卿宇簡單向眾人解釋她是他的保鏢後，妙齡少女們紛紛鬆了一口氣，甚至露出輕蔑的表情。

而其他賓客則是越發相信李伯元要讓李卿宇繼承嘉輝集團，否則為什麼要慎重其事地請保鏢貼身保護李卿宇？

有此猜想的人，不約而同對自己的女兒、侄女等使眼色，要她們務必把握機會，想辦法獲得李卿宇的青睞，以便在未來飛上枝頭當鳳凰。

夏芍的注意力放在今晚出席宴會的賓客上，這些都是香港有身分有地位的人，待她為師父報了仇，收回玄門，眼前這些人就都是人脈。而且，香港人篤信風水，她有意讓艾達地產來此發展。當然，這要等解決了香港的事再說。

她的視線在場中人的身上打轉，沒發現李卿宇在為人介紹她時偶爾瞥來的目光。

晚宴的重頭戲是舞會，妙的是，眼前待宰的男人只有一個，虎視眈眈的女人卻有一群。

李卿宇確實很有教養，有教養到，面對主動過來向他示好邀舞的女人，幾乎是來者不拒，都會禮貌地與對方共舞一曲。只是，每次下場前，總會有意無意瞥一眼身邊的夏芍。夏芍唇邊戲謔的笑意越深，他的眸色越沉。

李卿宇每一支舞都跳得很認真，不會隨意敷衍，可是感覺不到他的心。即便是與各色風情的美麗女子共舞，他仍是那副清冷的模樣。

看到那麼多女人爭搶著對李卿宇獻殷勤，夏芍看戲看得很愉快。又有女人過來搭訕時，李卿宇斜睨了夏芍一眼，忽然抬腳往洗手間的方向走去。

夏芍愣了愣，連忙跟了過去。

來到男性洗手間門口，李卿宇停下腳步轉身，看著跟在後面寸步不離的夏芍。

夏芍聳肩，「我也不想跟來男生廁所，但是職責所在，還請見諒。」說完，她偷偷開了天眼看了廁所裡面一眼，確認沒有異常，這才笑笑，做了個請的手勢，「請吧。」

沒想到李卿宇沒進去，而是挑眉問道：「保鏢的工作就是在門口看一眼就好嗎？」

這幢別墅的洗手間與飯店相似，裡面另有幾個人在用。夏芍不認為李卿宇膽小到連上廁所都要她先進去檢查，他明顯是在為難她。她覺得意外，他看起來不像是會刁難人的樣子。

夏芍淡定地說道：「在門口看一眼就能確定裡面是否安全，這是職業保鏢的水準。」

李卿宇眼底掠過不易察覺的笑意，轉身走進洗手間。

夏芍站在門口倚牆等著，有幾名千金小姐遠遠走了過來。

她們都是想跟李卿宇搭訕的人，見他來了洗手間，便也裝模作樣地跟過來。

夏芍聽見她們的對話。

「芷姝，我們幫妳看著，妳去洗手間，一會兒李少出來，我們會趕快跟妳通風報信。」一名身穿粉色洋裝的女生說道。

「幫芷姝看著是一定的，就怕有些人心思不正，自己偷偷跟人家偶遇。」另一名身穿藍色洋裝的女生嗤道。

「妳說什麼呢？」粉裙千金皺眉，先是忌憚地看了看走在中間眉眼有幾分厲色的女生，然後橫了藍裙千金一眼，「別以為人人都像妳，我可沒有覬覦李少，少挑撥離間！」

「覬覦？妳的意思是，董小姐對李少也是覬覦嗎？」

「妳……我的意思是，只有芷姝才配得上李少！」粉群千金惱怒地辯解。

董芷姝一臉高傲地哼道：「有自知之明就好，跟李少跳過舞的人都給我記住，以後我慢慢跟她們算帳！」

「芷姝，妳就放心吧，有我們幫妳，李少一定是妳的。」

「論家世、論才貌，誰比得上芷姝？妳只要對李少笑一笑，保准他為妳神魂顛倒。」

來洗手間勾男人的魂？夏芍聽得想很笑。

她的笑意不明顯，卻還是被三人瞧見了。

董芷姝變了臉色，粉裙千金見狀，搶先對夏芍發難，「妳笑什麼？」

夏芍挑眉，「我笑妳了嗎？」

粉裙千金愣愣地問：「那妳是在笑誰？」

「只要我不是在笑妳，我笑誰，與妳有關係嗎？」夏芍慢悠悠地反問。

粉裙千金噎住。她本來想教訓這個莫名其妙的女人來討好董芷姝，沒想到對方兩三句話就把她堵了回來。

藍裙千金對粉裙千金哼了一聲，接著仰起下巴對夏芍道：「妳不是在笑她，那妳是在笑誰？笑我，還是笑董小姐？」

夏芍不答反問：「為什麼妳認定我是在笑妳們？妳們說的話很好笑嗎？」

董芷姝三人都被問得傻住，夏芍又笑了，笑意有些深。

「如果妳認為妳們說的話不好笑，那我有什麼好笑的？除非妳也認為妳們剛才說的話很好笑，才會覺得我是在笑妳們。」

「妳——」藍裙千金沒想到夏芍的嘴巴這麼厲害，頓時惱羞成怒，「妳知道妳是在跟誰說話嗎？妳知道我是誰？知道她是誰嗎？」

藍裙千金看了看董芷姝，驕傲地道：「她可是董氏中資船業集團董事長千金董芷姝！」

中資船業集團是國內船業的龍頭企業，旗下遊輪、貨船、沿海、遠洋等渡輪都有生產，集團實力極為雄厚。雖資產比不上嘉輝國際集團，但在香港也能排得上前五。這樣的集團，任誰聽起來都會震三震，三人看多了聽見董芷姝身分後震驚和諂媚的人，也等著夏芍點頭哈腰。

卻不想夏芍只是噗哧一笑，「好長的名字，我還是第一次聽見有人的名字這麼長。她是姓董氏中資船業集團？還是姓董事長千金？」

董芷姝的臉色倏地漲紅，粉裙千金怒道：「妳這話是什麼意思？妳是在侮辱董千金嗎？別忘了妳的身分！妳不過是名保鏢，信不信董小姐要李少解雇妳？」

夏芍一笑，不予置評。

「算了。」董芷姝忽然笑了，維持著高傲的姿態，眼中卻有嘲弄的厲色一閃而逝，「所謂打狗還得看主人，保鏢不過是雇主的一條狗，咱們看在李少的面子上，不要與她計較了。」

另外兩人聽得直點頭，夏芍不惱不怒，反而很好心地提醒：「董小姐，妳再不進洗手間，李少就要出來了，到時候『廁所偶遇一笑傾城擄君心』的戲碼就要泡湯了。」

三人這才想起正事來，但夏芍的話裡含著諷刺，董芷姝的臉色難看，卻陰沉沉地笑看了看夏芍，說道：「果然是一條好狗！」

董芷姝瞪了她一眼，便踩著高跟鞋走進女生廁所，轉身的時候還對兩名同伴使眼色。兩人點頭，跟著進門，在靠近門口處守著。

夏芍暗暗點了一下龍鱗，捏了個指訣，使出暗勁。

女生廁所的門被暗勁震得砰地關上，門關上的瞬間，裡面傳來三名女子摔倒的尖叫聲。

與此同時，李卿宇從對面的男生廁所走了出來，彷彿像沒聽見女生廁所中傳來的的慘叫聲，若無其事地走回大廳，淡淡地說道：「我以為，保鏢的話都很少。」

顯然他聽見了夏芍和董芷姝三人的爭執，其實夏芍早知道他快出來了，他的腳步聲很輕，卻架不住她的聽力靈敏，所以她才把時機掌握得那麼好，讓李卿宇見證三人的醜態。

夏芍但笑不語，李卿宇繼續道：「妳可真會得罪人。」

夏芍還是笑，「做我們這行，本來就會得罪人，也不怕得罪人。」

「可妳給妳的雇主找麻煩了。」李卿宇微微皺眉頭。她得罪那幾個女人，她們若是不依不饒，找他討說法，那就白白給她們纏住他的機會了。

「我相信李少會搞定這三個女人的。你看，你今晚已經搞定好多個了。」夏芍笑著看了看舞池，暗指他又要繼續跳舞了，而她又有好戲看了。

李卿宇的鏡片在燈光下反射光芒，額角隱約有青筋凸起。

就在這時，有兩個女人從大廳門口走了進來。

她們一踏進來，場中頓時安靜了幾秒。

這兩名女子很年輕，約莫二十初頭，一人穿著一襲紅色小禮服，身材妖嬈，但不苟言笑，另一人則身穿白色連身長裙，氣質出塵，但表情冷淡。

夏芍微微一愣。她先前用天眼看到的，就是這兩個女生。這兩人不知道跟李卿宇說了什麼，讓他的情緒少見地出現了波動。

她們顯然大有來頭，剛走進來，就有不少人上前略帶奉承地打招呼，連其他淑女名媛也難得沒有露出敵視的表情，反倒有些懼意。

「余大師、冷大師，妳們也來啦！」很多人熱情地聚攏過去。

余？

夏芍眼神一冷。

她看過這兩人的資料，只是盛裝的兩人與資料上有所出入，她才沒在第一時間認出來。

這兩人，紅衣的是余九志的孫女余薇，白衣的是玄門老長老的孫女冷以欣。

在玄門的所有女弟子當中，只有她們兩人在二十來歲就達到煉氣化神的境界。

余薇今年二十三歲，在玄門玄、宗、仁、義、禮、智、信的輩分排行中，屬於仁字輩。得到余九志真傳，天賦很高，擅長佈風水陣，性情與余九志有些像，不喜歡別人質疑或違背她的意思，甚是霸道。

冷以欣則是從小第六感超乎常人，直覺極準，擅長占卜，可她非常清高，不喜歡幫人卜算婚嫁、股市投資等事，凡是與感情和金錢有關的事想請她占卜，都要看她心情而定。她與余薇一樣，都是排行仁字輩。

夏芍是宗字輩，與余九志和玄門四長老同輩，但現在不是與同門相認的時候，她也沒有相認的意思。余九志那一脈且不說，玄門四長老當中，其中兩位長老已經公開支持余九志，投到他的陣營。一位堅持唐宗伯還在世，不肯屈從余九志，被打壓得門下弟子幾乎死絕。另有一位長老保持中立，那就是冷長老。

對夏芍來說，余姓一脈是仇人，必須剪除。冷氏一脈則要視情況而定，不過看冷以欣和余薇一起出現，余氏一脈想必是在籠絡冷氏一脈，或者，兩派暗地裡早就串通一氣？

夏芍下眼簾，眼中一片冷意。

沒想到來香港的第一天晚上就見到了仇人……

她退到李卿宇身後，將自己的元氣收斂起來，儘量不引起那兩人注意。

被眾人圍著的余薇並未發現什麼，冷以欣卻微微蹙眉，抬頭看向人群之外。

余薇問道：「怎麼了？」

冷以欣淡然回道：「沒事，只是有些心緒不寧。」

「心緒不寧？」余薇看她，「我們超凡脫俗的冷大師也會心緒不寧？卜卦了嗎？」

「卦不算已。」冷以欣漠然道。卦雖不算已，但還是會有跡象可循，可怪就怪在她今天感覺到心緒不寧的時候起卦，卦象竟然沒有任何蛛絲馬跡，就像是天機不顯一樣。以前從未遇過這種事，這也是她今晚願意來這種世俗舞會的原因。

就在剛剛，她忽然又覺得心緒不寧了，卻找不到緣由……

兩人的對話旁邊的賓客聽得雲裡霧裡，心裡打鼓。這兩人今天怎麼出現了？李老連這兩位都請來了，有何用意？不會是想和玄門聯姻吧？

這時，余薇走向李卿宇，在見到李卿宇的一瞬，難得露笑，開口問道：「李少，我不請自來，你不會介意吧？」

李卿宇微微點頭，「余大師前來，榮幸之至。」

「不是說過不要叫我余大師嗎？你可以叫我小薇。」余薇笑道。

她說話不避人，傻子都聽得出來，余薇對李卿宇有意思。

多少人拿不下來的香港玄門冷玫瑰，竟然心儀李卿宇？

若余薇真的喜歡李卿宇，那李家恐怕不得不賣面子給她，那其他女人不就沒指望了？

剛從廁所回來的董芷姝三人，一瘸一拐地走了進來。三人極為狼狽，臉色異常難看。

看到李卿宇，董芷姝靈機一動，忽然扶著牆喚道：「好痛！李少，有醫生嗎？」

李卿宇果然轉過身來，目光落在董芷姝身上。

董芷姝故作楚楚可憐地道：「李少，我的腳……」

「扶董小姐去客房，請醫生過去。」李卿宇吩咐旁邊的傭人。

他並未親自過來攙扶，這讓董芷姝有些失望，但一想到能在李家別墅住下，心中一喜。這一跤摔得雖然晦氣，但機會也跟著來了。

她只顧著竊喜，被人扶著走向客房時才發現余薇。

董芷姝臉色一變。她來幹什麼？

余薇瞥了她一眼，冷嘲一笑，又看向李卿宇，「李少，我聽說李老辦這個宴會，有為你相看未婚妻之意。小薇略通相術，特來幫李少把關。依這位董小姐的面相來看，她顴骨高且露骨，兩腮削，下巴尖，乃是剋夫之相，想必李家不會想娶一個剋夫的女人吧？」

此話一出，眾人低呼，董芷姝更是瞬間臉色慘白。

「余大師，妳這話是什麼意思？這種話可不能亂說！」董芷姝的父親，也就是中資船業集團的董事長董臨臉色非常難看。

他看到女兒跟著李卿宇去廁所了，他不僅沒攔，還很鼓勵女兒主動出擊把李卿宇搶到手。沒想到女兒再出來時會扭到腳，余薇還說了這麼刻薄的話。

剋夫之相，簡單四個字，等於判了董芷姝日後姻緣之路的死刑。

在這個聯姻以求共榮的利益圈子裡，誰會願意娶一個有剋夫之相的女人？這一句話，不等於說她日後就嫁不出去嗎？想在香港有一樁門當戶對的好姻緣，幾乎是不可能了。

余薇這話狠，但她還有更狠的，「董伯伯，我也是有職業道德的，我說的話自然可信。你若不信，可以去請其他相師來瞧，若是令嬡的面相跟我說的有出入，我自此不再幫人相面。」

這話令董臨臉色極為難看，其他賓客也唏噓。在香港余氏獨大，身為第一風水師余九志最寵愛的孫女，她說的話，除了余九志，有哪個風水相師敢出來說句錯？

董芷姝臉色慘白地被扶走，董臨臉色一陣青一陣白，心中有怒氣，卻發洩不得。沒辦法，風水師就是這樣的行業，沒人敢惹，即便是李家也得給三分面子。

「李少，走吧，我們去那邊坐。李少看上了哪位千金，儘管跟小薇提，小薇幫你瞧瞧看。」余薇冷淡地看了董家人一眼，對李卿宇笑道。

「勞煩余大師了。」李卿宇始終保持疏離，只是禮貌點頭，請余薇去休息區入座。

相較於李卿宇的淡定，在場賓客卻頭大了，余薇要幫忙看誰跟李少合適嗎？她是真心要看？誰還敢叫女兒去？

余薇正想跟上，卻在看見李卿宇的面容後，臉色一沉，氣息驟變。

余薇與走過來的冷以欣互看一眼，冷以欣打量李卿宇一番後便垂下眼簾，一副事不關己的樣子，余薇則沉聲道：「李少，我們去客房，我有事跟你說，是與你有關的事。」

余薇看起來不像是在開玩笑，李卿宇看了看她便同意了，夏芍跟在李卿宇後面。

起初余薇並未注意她，直至來到二樓客房門口，余薇才看向夏芍，「李少，她是？」

「保鏢。」李卿宇簡短答道。

余薇立刻放鬆，對夏芍吩咐道：「妳在門外等著，我與李少有私事要談。」

夏芍點頭，即便知道面前站的就是仇人，她也不動聲色，依言站在了門外。

冷以欣跟著余薇進客房，房門關上的一刻，夏芍皺了皺眉。

不用想她也知道余薇會跟李卿宇說什麼，怪不得在天眼的預測中，李卿宇的臉色難得變了變。事關生死大事，誰能淡然處之？

可惜了李老的一番苦心，他本不想告訴李卿宇這件事，沒想到被余薇撞破了。若不是夏芍目前的身分是保鏢，沒有立場阻止兩人單獨談話，她真的不想讓李卿宇知道這事。

而在客房裡，正如夏芍的天眼預測的那樣，余薇一進門便說道：「李少，我看你天中發白下至印堂，眼下似流淚，此乃凶相。百日內，你必有凶禍。」

余薇的聲音音量不大，卻逃不過門外夏芍的耳力，她當即無聲嘆息。

這天是夏芍來到香港的第一天，一整天都陰霾不散，下著淅淅瀝瀝的雨。晚宴結束的時候，雨勢大了起來，還起了風，風颳著雨點打向車窗，沿路的燈光變得模糊不清。

更加讓人辨不清的是車裡男人的臉。路燈的光影被雨水分割得支離破碎，映在他的眼鏡鏡片上，讓人覺得那鏡片薄涼。男人卻仍平靜地端坐著，目視前方，毫無表情。

夏芍轉頭看了李卿宇一眼，今天雖是初見，但此時此刻她對這個男人生出了佩服之心。

以余氏在香港的威信，余薇的話可信度很高。被這樣的人說百日之內必有凶禍，是個人心裡就會七上八下。性命攸關的事，誰能不在乎？但李卿宇將情緒控制得很好，他只在房裡時情緒有所波動，從房門裡出來後便又恢復淡漠的態度，沒事兒人一樣招待賓客。雖然余薇來了之後，打亂這場相親舞會，沒再有名門淑女敢來邀請李卿宇共舞，但李卿宇卻沒怠慢了賓客，一場舞會，有始，有終。

即便此時在車裡，他也喜怒不露。

夏芍沒說話，車子回到李家大宅，李卿宇先去李伯元書房問安，夏芍在門口等著，聽他在書房裡的回話中並未提及余薇的事，但她已知道余薇說要回去幫李卿宇化解這件事，看來李卿宇是想不聲不響地自己解決，不想跟李伯元提。

李伯元讓夏芍進去，李卿宇打開門，他的身高給人一種壓迫感，夏芍欲進門，李卿宇略微擋了擋她，鏡片後的眼神頗深沉。

夏芍與他的目光對上，沒有言語交流，但她讀懂了李卿宇的意思，他讓她不要亂說話。

李伯元果然問了晚宴上有沒有什麼事，夏芍淡然一笑，搖頭道：「沒什麼特別的。」

「哦。」李伯元笑呵呵地點點頭，看了夏芍和李卿宇一眼，說道：「沒事就好。李小姐今天剛來香港就陪著卿宇出席晚宴，累了吧？卿宇，帶李小姐早點回房休息。」

「李老放心，我向你保證，有我在，李少不會有事的。」夏芍覺得李伯元必是知道了余薇和冷以欣到場的事，所以才叫她來問問。夏芍並非真的打算隱瞞，但李卿宇並不知道李伯元和她之間的約定，為了成全他的孝心，也為了不讓他憂慮，夏芍決定暫時先瞞過去，明早再抽時間與李伯元說說。

出了書房，兩人走在走廊上，李卿宇轉過身來，看向夏芍，「謝謝。」

夏芍挑眉一笑，先進房間，用天眼看了看，然後說了句「安全」，就回自己的小房間了。她的房間是李卿宇臥室裡內置的小隔間，沒有獨立的浴室，夏芍估摸著李卿宇會先用，她便先換下小禮服，打電話給徐天胤。

這麼晚了，但徐天胤還沒睡，電話鈴聲一響，便接了起來，夏芍將今晚遇到了余薇和冷以欣的事細說一遍。

「冷氏一脈說是中立，究竟什麼情況，還要再看看，沒想到今天會見到兩個玄門的人。」

「別急，門派弟子多，先探情況，等我和師父過去。」

「嗯，我也是這麼打算的。張長老那一脈，聽說被迫害打壓得厲害，我先接觸看看，把香港這邊的情況摸清再說。」
夏芍雖然很想今天就動手，除了余薇，但她知道不能魯莽，那樣勢必會驚動余九志。香港的風水師多是玄門弟子，勢力龐大，這裡只有她一個人，以一敵眾太危險。
聽她這麼說，徐天胤在那頭「嗯」了一聲，便沉默了。
夏芍忍著笑，趴到柔軟的床上，也不說話，等他先開口。
這男人話太少了，需要練練。
過了半晌，聽她不說話，徐天胤終是問道：「累了？」
「嗯。」夏芍忍著笑，故意逗他，「但是我想聽師兄說話。你說，我聽著。」
這明顯為難人的要求，徐天胤卻沒拒絕，只道：「嗯，好。」
夏芍有些興致地眼眸一彎，「這可是你說的，你就一直說到我睡著為止，說吧。」
「唔。」徐天胤的聲音從電話那頭傳來，夏芍噗哧一聲笑了出來。她幾乎能想像得到師兄被她為難，眼眸黑漆漆，盯著人瞧的模樣。
徐天胤也能想像得到師妹眼睛彎彎，笑容嬌俏的模樣。他站在軍區司令部的窗前，望著她的方向，目光柔和，嘴角勾起淺淺的弧度。
他還沒說話，便聽見電話那頭有敲門聲傳來，聲音不大，但逃不過他的耳力。
「李小姐，浴室妳先用吧。」
夏芍在敲門聲響起的瞬間就從床上翻身下地，聽見是李卿宇的聲音後，她才道：「好，謝謝李少，我一會兒就去。」
李卿宇走開後，聽見徐天胤道：「浴室？」

「是啊，沒有師兄在這兒，都沒人給我放洗澡水。」夏芍抿唇一笑，「你來之前，我許能先把李家的事兒了結。你在那邊一定別著急，聽見了沒？」

「嗯。」徐天胤過了一會兒才出聲，聲音有點悶，「保護好自己，等我。」

夏芍忍著沒笑出來，就知道這男人醋勁兒大。她應下之後，答應明天就聯繫馬克沁和莫非，這才掛了電話。

從房間裡出來的時候，李卿宇正坐在床頭的桌旁，一杯深紅的酒液放在桌上。他的眼睛望著窗外的風雨，西裝外套已經脫下，只穿了件襯衫，領帶依舊繫著。桌上的酒液深紅，光線昏黃，使他的面龐蒙上了一層朦朧感。

李卿宇見夏芍出來，只是對她點點頭。夏芍看了看他便去洗澡了，等她出來的時候，他仍然坐在桌旁，杯裡的酒沒動過，仍望著窗外。

香港的八月雨多，也是颱風最多的時候，窗外風雨飄搖，打在窗戶上，劈里啪啦的聲音更襯得屋裡寂靜，而李卿宇就是這寂靜裡的一道風景，夏芍似乎看見了他落寞和悲傷的情緒。

但這些都因她出來而打破，李卿宇轉過頭來，拿起桌上的一瓶紅酒，問她：「喝嗎？」

「我是保鏢，不是陪酒的小姐。」夏芍淡淡一笑。

李卿宇拿著紅酒，垂下眼簾，「抱歉，是我唐突了，那妳就早點回房休息吧，晚安。」說完，他便又往杯子裡倒了些酒，直到把杯子添滿，始終沒再抬眼。

夏芍輕輕挑眉，轉身回房，卻沒睡下，而是打開自己的行李箱，拿出一個紫檀木盒子，抓著裡面的東西便開門走了出去。

「送給你的，拿著吧。」

走過去，夏芍攤開手掌。

李卿宇一愣，視線落在她的手心。她的手白皙如玉，上面擱著拇指大小的玉羅漢。羊脂白玉的料子，一看就是老玉。他不由抬起眼，看著笑容雅致的女子。

夏芍送給李卿宇的正是當初佈下七星聚靈陣剩下的兩個玉羅漢中的一個。她這次來香港，把徐天胤送的十二生肖法器和兩個玉羅漢都帶來了。她本就打算將其中一個玉羅漢送給李卿宇保命用，只是原本是要請李伯元轉交的，但看李卿宇今晚這樣，這才先拿了出來。

當然，她送的話，理由就得換一個。

「拿著吧，聽說玉有靈氣，能擋災。我聽說，你們信這些。」夏芍往前遞了遞。

李卿宇沒動，顯然對她進了房間又出來有些意外，更意外她送來的東西。聽了她的解釋後，目光明顯變柔，抬眼淺笑，帶點調侃，「保鏢不陪酒，陪送這些？」

夏芍愣了愣，目光坦然，「不是送，我會記在傭金裡。」

「哦？不知妳要加收多少傭金？」李卿宇也不生氣，反倒微微一笑。

「多少都是李老支付的，李家資產這麼雄厚，想必不會缺這一塊玉的錢。」夏芍笑道。

嚴格來說，給多少錢她都不想賣，這是法器，並非普通的羊脂玉雕件，而是自清末就供奉在寺廟裡，經得道高僧誦持而成，連聚靈陣都能擺，別說護持身家性命了。若不是看在李老和師父是故交的情分上，給多少錢她都不賣。

「我想妳應該知道打江山容易，守江山難。爺爺拚了一生打下的李氏江山，要是隨意揮霍，李氏早就毀了。」李卿宇沒接夏芍的玉件，但也沒拒絕，只是瞅著，心意難測。

夏芍翻白眼。冤大頭？她才是那個冤大頭吧！得了便宜還賣乖，她今天總算是見識到了。

「這玉可不是隨便找來糊弄你的，是清末的老玉，從寺廟的得道高僧手中流落到民間的，別人想要還得不到。」夏芍說著，把玉羅漢放在桌上，囑咐道：「隨身收好，沒事別摘。」

李卿宇的眼神略古怪，「你們公司的保鏢都這樣？做著保鏢的工作，還搶風水師的生意？」

夏芍的眼神也古怪，「你話還挺多的，我還以為你話少呢！」

李卿宇笑了笑，笑容雖淡，疏離感卻少了許多。他的氣質沉靜，跟徐天胤的孤冷不同。

夏芍懶得再跟他解釋，只道：「總之，要你拿著你就拿著，這是捆綁銷售。」

李卿宇笑了起來，夏芍轉身往房間走，走到門口時停下來，看了看桌上的酒。

「就算有風水師說你有凶禍，也不一定就判了你死刑。保護你的安全，正是我的職責。保鏢就是為此而生的職業，在你的安全受我保護的期間，沒人能從我手上把你的性命取走。我保證，也請你相信。」夏芍沒回頭，說完便回房關上了門。

她不擔心李卿宇會消沉，他一直在添酒，卻一口都沒喝。衣著嚴謹，自制極強，這樣的男人，具備成大事者的心理素質。他不會消沉，哪怕明天就是世界末日，她仍相信，李卿宇這樣的男人也會有條不紊地過完今天的生活，一切有始有終。

李伯元選他當繼承人一點也沒錯，雖是初識，但夏芍覺得，他具備王者的氣度。

一夜無話，第二天早上起來的時候，雨還在下。

李卿宇果然一身筆挺的西裝，看不出一絲頹廢的樣子，昨晚顯然睡得還好。夏芍見他印堂的白氣淡了些，凶相略淺，便知他把玉羅漢戴在了身上。

兩人見面只是點頭致意，然後一起下樓用早餐。

李伯元待夏芍很上心，特地請了內地的廚師來，早餐做得很合夏芍胃口。

上午李伯元和李卿宇都要去公司，夏芍自然跟著。

嘉輝國際集團是電子商務集團，在世界上屬於先驅和巨頭，旗下的電子產業、高科技產業在市場上所占的份額極重，另外還投資一些其他產業，例如東市的陶瓷產業。

香港總部的大廈高百米，矗立在黃金地段，黑色的勞斯萊斯駛來，夏芍下車後仰望這棟大樓。如今華夏集團的資產還無法與嘉輝集團比肩，但她相信終有一日她會到達這個高度，甚至超越這個高度。

李卿宇剛回國，以前在美國留學時曾接手那邊公司的事務，因此回來後李伯元還沒宣布他在集團總部的職務，只是讓他以美國公司行政總裁的身分回來公司報告事務。李伯元這幾年做了很多安排，如今夏芍來了，繼承人的事拖了三年，不能再拖。他打算請夏芍看個好日子，然後召開董事會，任命李卿宇為嘉輝集團的總裁，並召開記者會公布繼承人的事。

然而，李卿宇一回國，這三天在公司裡便有了各種謠言。李伯元帶著李卿宇走進公司大廈的時候，員工們恭敬地向兩人道早安，夏芍卻能清楚地感覺到氣氛的暗湧與緊張。不少人向她看來，因為不知道她是誰，目光總停留在她身上。

李卿宇隨著李伯元去董事長的辦公室，剛走到門口，便聽祕書道：「總經理，有人找您，已經在會客室裡等了。」

李伯元一愣，李卿宇蹙了蹙眉，夏芍則頗有深意地一笑，她早用天眼預知來人是誰。

李伯元走進辦公室，夏芍陪著李卿宇去會客室，夏芍道：「李少，幫個忙，一會兒那個人要是問你身上的玉件哪裡來的，隨便你怎麼說，只要別說是我給的就成。」

李卿宇見夏芍彷彿知道來人是誰，少見地露出不解的神色。

祕書這時已打開門，會客室裡坐著一名冷豔的紅衣女子，正是余薇。

余薇看見李卿宇便露出笑容，但看見夏芍又是面色一冷，冷淡地說道：「我跟李少有私事要聊，這裡用不著妳，妳先出去。」

夏芍點頭，退了出去。門一關上，她就轉身往李伯元的辦公室走去。

李伯元正看著電腦螢幕，眉頭深蹙，見夏芍進來，臉色才緩和了些，「丫頭，昨晚的舞會，余家和冷家的人來了，這我已經知道了。」

夏芍關上門，笑了笑，「這事怪我，我來之前看過余薇和冷以欣的資料，但照片上的模樣與真人有所出入，一時沒認出來。余薇看出李少有大劫，李少以為您老不知道，我想他是怕您擔心才不讓我跟您說的。」

「唉，我就知道是這樣，這孩子從小就孝順。」李伯元嘆氣，「人算不如天算，我想瞞著卿宇，卻不料被余家的人識破。這可不好辦了，他們要是插手進來……丫頭，妳和唐大師難免有暴露的危險。」

夏芍含笑坐到沙發上，「李伯父，不是什麼事都可以靠風水術解決的。李少這次是人禍，並非天劫，只怕他們想插手也不知道要怎麼化解。」

李伯元愣住，「什麼意思？」

「李伯父難道忘了，當初在師父那裡，我為李少卜的那一卦顯示為大凶之數，但前提是您老立他為繼承人，他才會有此大劫。也就是說，他這劫難來自人禍，您若是不立他為繼承人，他便沒有此災禍。可您選定的繼承人若是非他不可，那想化解他這一劫，最直接的方法就是知道誰是他的人禍。」

夏芍最後一句話說得略微委婉，其實她的意思就是找出誰想害李卿宇。這個人不必想都知道是李家大房或二房的人，兒孫相殘對李伯元來說，畢竟是一種不幸。

李伯元眼裡果然流露出痛苦之色，話語裡明顯聽得出掙扎，「怎麼……才能知道是誰？」

「很簡單，把家人全都叫來，我自有辦法。」

「妳剛才說余家的風水師插手也不一定能化解，那妳就一定有辦法？」

不是李伯元懷疑夏芍，而是她說的有道理。自家孫子的劫數是因為他堅持要立他為繼承人才有的，確實是人禍。這不屬於風水方面的問題，而且尚未發生，她到底要用什麼方法查？余氏在香港是風水世家，他們都沒有辦法的事，她能有辦法？

夏芍當然不會告訴李伯元她有天眼，可以預見未來。只要李家人都到齊，她開天眼便見分曉。她只說道：「李伯父別忘了，我是師父的嫡傳弟子，玄門有些術法只有嫡傳弟子才能習得。余氏一脈再是風水世家，有些術法他們也是不知道的。」

這說法對李伯元來說很有說服力，他點頭道：「好，明天是週末，我讓他們都回來。」

就在李伯元和夏芍商議明天的事時，會客室裡的余薇臉色不太好看。

她的羊脂玉生肖雕件，與李卿宇的玉羅漢一比，無論是年代或吉氣，都是天差地別。

李卿宇的凶劫不好化解，那天發現他有凶禍之兆後，她便回去推演，可惜應在人禍上，推演不出凶手會是誰，只指向親緣。她向祖父余九志請了一件生肖玉件的法器，打算拿給李卿宇，提醒他防備家族裡的親戚，並讓這玉助他擋一擋凶數。

沒想到李卿宇一走進來，她就感覺到厲害的吉氣。再一細看，李卿宇面相上的凶象都減了不少，余薇少見地變了臉色，「李少，你身上戴著什麼？拿出來我看！」

李卿宇一愣，隨即垂下眼簾，「余大師為什麼這麼問？」

「你身上戴著的法器是誰給你的？拿來給我看看！」余薇非常急切，這麼強的吉氣，她長這麼大只見過一次，是在祖父那裡。他視若珍寶，不知有多少富商曾出天價購買，他都不賣。

玄門的風水師不缺法器，但大多是以自己的元氣開光加持，或者是尋找風水寶地蘊養出來的，尋常三五年就成。類似於她手中的生肖玉件，周圍有淡淡的金吉之氣已是難得，平時有人請靈玉都是價格不菲，這樣的玉件雖是法器，但威力並不會強到讓風水師不忍割捨。

而李卿宇身上的法器吉氣之濃郁，已達到風水佈陣的要求，十分難得。余薇的強項就在於風水佈局，她比任何人都愛這種法器，只可惜從未尋到過。

今日得遇，叫她怎能不急切？

李卿宇瞇眼。法器？

「李少，我能看看嗎？」余薇沉住氣，耐著性子再問。

李卿宇這才將玉羅漢從領口扯了出來，他盯著余薇，未放過她的每一個細微表情。他發現她在見到玉羅漢的瞬間表情狂喜，也看到她比對她手中的玉件後瞬間難看的臉色。

李卿宇回想起昨晚的事，她……真是給了他一件法器？

他不是傻瓜，余薇在風水世家長大，見過不少好東西，連她都愛的東西，必然是好物件。

「這玉是誰給你的？」余薇抬問道。

李卿宇挑眉，眼神略怪異，想起夏芍跟他說的話，便簡短答道：「朋友給的。」

「哪個朋友？」余薇追問。

李卿宇神色淡漠，鏡片反射著寒光，頗為懾人，「余大師，這似乎跟妳沒有關係。」

余薇一愣，這才發現自己探究太過，引起李卿宇的反感了。她不由緩了緩神色，解釋道：「是這樣的，這物件是不錯的法器，想來給李少的必是位高人，我想見見這位高人。」

「她不是什麼高人。這玉是從寺裡流落到民間，她偶然所得，然後送給我的。」

「哦？」余薇看著李卿宇。偶然所得？昨晚他身上可沒戴這塊玉，是昨晚送給他的？還是之前就送給他而他昨晚沒戴？這人為什麼要送這玉件給他？是偶然還是看出他有大劫來？

最重要的是，他口中的「她」，是男人還是女人？

余薇心中疑問很多，卻沒再問。她太過心急了，剛才險些惹他不快。

余薇收回自己的玉件，臉皮發緊。她提也沒提要給他玉件的事，只是笑了笑，「我昨晚幫李少占了一卦，卦象顯示此乃人禍，指向親緣。」

李卿宇微微蹙眉，余薇又道：「既是人禍，就很難有尋找凶心者的術法，但別人不成，我們余家自是有辦法幫到李少。我已經去求祖父了，還請李少尋個家人團聚的日子，我會請祖父上門為你占算找出欲害你之人。」

在外界看來，李伯元身家豐厚，兒孫滿堂，活到他這個分上，算是圓滿了，但家家有本難念的經，李伯元的妻子過世二十多年，如今李家大宅只有他一人住著，他膝下三子都已成家生子，平時不住在本家。本家大宅是集團最高的象徵，誰能成為繼承人，誰就有資格搬進主宅。

李家人多半會在週末齊聚主宅，陪伴老爺子，可這種陪伴隨著李伯元年紀越來越大，便變得越來越有目的性。

今天又是一家人齊聚的日子，氣氛卻比以前更凝重，這都是因為李卿宇被從美國召回，這些天一直住在本家的緣故。這其中的含義耐人尋味，也令大房和二房的人頗為緊張。

李家一共三房，大房是李伯元的長子李正譽，目前任嘉輝國際集團亞洲區總裁，如今已年過五旬，膝下一子一女。兒子李卿懷，二十七歲，尚未成家，在公司擔任副總。女兒李嵐嵐，二十歲，尚在英國讀書。

二房是李伯元的次子，名李正泰，目前任嘉輝國際集團歐洲區的副總裁，今年剛五十歲，膝下兩子。長子李卿馳，二十五歲，剛進入公司實習。次子李卿朗剛滿二十歲，尚在讀書，但在國外有自己的產業。兩個兒子都未成家。

三房是李伯元的小兒子，名李正瑞，是最不成器的一個，在公司裡混個閒職，白吃閒飯。他自己也不在意，對他來說，人生的意義就在於玩女人。有家族庇護，實職或閒職對他不重要，反正在外頭逍遙的時候，他依舊是李家三房的少爺。

李卿宇是三房的獨子，沒有兄弟姊妹，今年二十三歲。他父親很花心，當年看上了新出爐的港姐伊珊珊，兩人一個想風流，一個想嫁入豪門，於是一拍即合，滾到了床上。伊珊珊也是個有心機的，耍了些小手段，最後懷上了李正瑞的孩子。直到兒子李卿宇出生，她才母憑子貴，正式嫁給李正瑞，做了李家的三少奶奶。只不過一直沒拴住丈夫的心，婚後並不幸福。

今天除了尚在國外讀書的李嵐嵐和李卿朗不在，李家二代、三代一大早就齊聚一堂。

近來有颱風，一大早外頭就大雨瓢潑，灰濛濛的天看起來像是凌晨。這樣的天氣，李家兒孫也沒有缺席，早餐剛用過，人便都來了。

金碧輝煌的大廳裡，除了李卿宇之外，三代的晚輩都坐在一起。對面的長輩們按年紀長幼坐定，李卿宇扶著李伯元走來的時候，氣氛明顯暗潮洶湧。

夏芍與李卿宇一起站到李伯元身後，李卿宇扶著李伯元坐下後，就跟在場的長輩打招呼，輪到父母李正瑞和伊珊珊時，態度也不熱絡，僅點頭致意，「父親，母親。」

伊珊珊與其說是歡喜，不如說是炫耀，只看了兒子一眼，便趾高氣揚地瞥向二房。

李正泰的妻子舒敏是官家小姐出身，父兄都在行政特區為官，她自小就有明星如戲子的觀念，對當初連三流小明星都算不上的伊珊珊能嫁入李家很有意見。奈何李卿宇從小就受李伯元器重，這讓伊珊珊覺得自己生了個好兒子，腰板挺得很直，妯娌兩人鬥了多年，近來繼承人的事迫在眉睫，兩人鬥得越發厲害。

家庭會議還沒開始就有了火藥味，夏芍很是感慨。當初自家那一場家庭大戰，如今還歷歷在目，可自家那些事還好解決，李家只怕就沒那麼容易了。

李卿宇的父親不成器，在家裡最沒地位，母親也沒什麼背景，沒錢沒權沒人脈，父母沒辦法為他撐起一片天來，僅憑李伯元護著，就算董事會同意，只怕大房和二房反對起來，集團內部也會有惡鬥，難免元氣大傷。

李家的大房和二房在公司裡都擔任重職，李正譽與妻子柳氏是商業聯姻，柳家在香港也是豪門世家。李正泰的妻子舒敏是官家千金，娘家也很有勢力。說來說去，就屬李卿宇無根無基，再有能力，要上位，阻力也不小。

今天是家庭會議，傭人送上茶後就退得遠遠的，唯有夏芍站在李伯元身後，讓李家人很不習慣。他們看向夏芍，只見她一身黑色連身裙，長得不是特別漂亮，但有種神祕的韻味。

「爸，這位是？」李卿宇的父親李正瑞率先問道。他雖然四十多歲了，但保養得好，身材也沒走樣，看起來像是風流倜儻的公子哥兒。雖不如兒子李卿宇英俊，笑起來卻頗迷人。

夏芍年紀雖輕，心態卻早已不是小女生，徐天胤若對她笑笑，她許會心頭一跳，換成別人，她只是絲毫不理會。

李正瑞摸不清夏芍的身分，沒敢太放肆。伊珊珊卻皺眉，瞪了夏芍一眼。

「她是卿宇的保鏢，李小姐。」李伯元說道。

「保鏢？」眾人都愣住。

李正譽先笑了，他身材略微發福，但面相不錯，天倉高闊圓亮，地庫飽滿，眼若分明，鼻頭圓亮，一看就是富貴之相。他呵呵一笑，視線掠過李伯元和李卿宇，笑道：「這怎麼還用上保鏢了？卿宇是不是遇上什麼事了？怎麼不跟大伯父說？大伯父可以幫你解決！」

「謝謝大伯父關心，沒什麼事。」在眾人審視的目光裡，李卿宇恭謹地答道。

「沒遇上什麼事，請保鏢幹什麼？」舒敏笑了笑，「卿宇，你是不是在外頭惹什麼事了？你放心，咱們李家不是好惹的，何必大費周章請保鏢？有什麼事，跟二伯母說一聲就好了。」

夏芍笑了笑。這女人面相也很富貴，但面相不等於心性，她的鼻型在所有富貴的面相裡算是尖細，這樣的女人往往城府深，心腸不會太好。這種人最厲害的地方是善於洞察別人的心思，懂得人情世故，自尊心很強，手段也厲害。

「二嫂這話真有意思，我們卿宇怎麼不能請保鏢？現在有點家世的，請個保鏢都不稀奇，更何況咱們李家？」伊珊珊哼笑一聲，轉頭又埋怨起李卿宇：「卿宇，你也真是的，請保鏢就請，怎麼找了個女的？哪家保鏢公司給你的人？別到時候保鏢做不好，反倒起了別的心思，那可就不好了。」

伊珊珊邊說邊瞪夏芍，然後轉頭看向丈夫。李正瑞一聽夏芍的身分不過是兒子的保鏢，目光便放肆起來，尤其在看到夏芍面對妻子的尖銳時依舊眉眼含笑，不由眼睛一亮，視線落在她年輕的身段和白皙的肌膚上。

伊珊珊微怒，平時就算了，今天家庭聚會，丈夫當著這麼多人的面瞧別的女人，這不是給她難堪嗎？她忍不住把夏芍當作勾引人的狐媚子，眼神凌厲，可後背忽然一涼，連李正瑞也忽然心驚，夫妻兩人側頭，對上了兒子懾人的目光。

李正瑞和伊珊珊經常爭吵打鬧，李伯元心疼李卿宇，便把他接到身邊親自教養。無論他有著怎樣超出同齡人的天資和成就，對待長輩一直是恭謹的，但此時此刻，他看的好像不是自己的父母，眼神極為犀利。

「父親、母親，李小姐是我的保鏢，她保護我的安全，便是我的貴客。」李卿宇冷聲道，任誰都看得出他不是在開玩笑。

李正瑞心頭微凜，這個兒子與他關係生疏，對他在外面的風流韻事從不過問，沒想到會為了一個保鏢當著全家人的面下他的臉。

伊珊珊也沒想到兒子會當眾維護一個莫名其妙的保鏢。兒子從小就跟她不親近，她的心思都放在對付丈夫的情婦上，可兒子就是兒子，他竟然頂撞自己，伊珊珊一時接受不了。

「貴客？保鏢算什麼貴客？你是不給她錢了，她是白白保護你嗎？沒聽說過有把保鏢當貴客的，我看你是白長這麼大了！知道給自己請保鏢，怎麼不幫你媽請保鏢？能讓我的好兒子這麼護著，看來她也有點本事，既然這樣，不如把她給你媽！讓她跟著我，要是有人欺負你媽，就讓她教訓，尤其是那些不開眼的狐媚子，我倒想看看，有誰還敢不要臉地往咱們家貼！」

李卿宇蹙眉，夏芍無聲嘆息。

李正瑞耳小低圓，耳輪不反，是受祖上庇護之相，但他面帶桃花，一生困在女人手上，最後也會葬在女人之手。伊珊珊也好不到哪裡去，嘴尖而薄，性子刻薄，狐眼帶勾，善妒多疑，福緣淺薄。

攤上這樣的父母，真是李卿宇的不幸。

李伯元怒氣沖沖用手杖敲了敲地板，「混帳！晚輩面前，你們亂說什麼，沒有規矩！」

伊珊珊一驚，這才發現自己剛才太激動了。這家裡本來就沒有她說話的分，在老爺子面前，她向來不敢太放肆，這都要怪剛才兒子瞪自己的那一眼，讓她失了理智，沒控制好情緒。

她低下頭，暗暗咬唇，老爺子又發話了。

「李小姐不是卿宇請的，是我請來的。李家出錢請李小姐保護卿宇，這是公平交易，咱們李家哪一條規矩教過你們保鏢就不能受尊重了？卿宇說的沒錯，李小姐咱們李家的貴客，你們有臉擺身分，我老頭子還沒臉丟！」

夏芍見李伯父為自己動怒，心裡有些感動。其實她不氣李家人看待自己的態度，他們的態度不足以影響自己的心情。她知道自己是誰，知道自己的目的，這就可以了。逞口舌之快，不是她的作風。

夏芍淡然微笑，李卿宇看著她，眼裡有辨不清的情緒。

眾人面面相覷。保鏢是老爺子請的？這代表什麼？

李家的三代子弟都皺了皺眉頭，明顯覺得老爺子偏心，太把李卿宇放在心上，但同時也覺得這件事似乎說明了什麼，都不由看向李伯元。

李伯元也知道到了攤牌的時候，藉著怒意，他也不想再拖了，於是掃了一眼自己的三個兒子，臉色變得嚴肅。三家人似有所感，全都安靜下來，再沒去管夏芍這個外人在不在場。

「今天把你們叫回來，為的就是宣布我的決定。」李伯元的語氣並非商量，而是決定，「我想你們也猜出是什麼事了。我年紀大了，這兩年身體時好時壞，公司的事我是力不從心了。我想退休，安享晚年，過幾年清閒日子了。集團的繼承人，我考慮了幾年。衡量到近幾年經濟趨勢和產業走勢、公司的發展狀況，以及你們兄弟幾人的處事風格，我認為老大守成有餘，開拓不足，公司半個世紀的基業，只守成到不了今天的成就。咱們公司是電子商務和高科技領域的先驅，這個領域適合開拓，決策過於保守總有一天會裹足不前。」

李伯元看向大兒子李正譽。李正譽愣了愣，反應不大。到底是守成還是開拓，這在公司也一直是個討論的重點，兩派經常為了這事有爭執。李正譽在公司不是一天兩天了，老爺子不止點撥過一次他的保守作風，但見解不同，他也沒辦法。

李正譽看似沒什麼反應，但在夏芍看來卻是氣息明顯微頓，只是對方在商場上歷練多年，讓他善於掩飾情緒罷了。

李正譽的妻子柳氏自打進門就沒說過話，聽了老爺子的這番話，才有些擔憂地看向丈夫和兒子。從她的面相上來看，倒不是奸狡的人，反倒低眉順目，頗為賢慧。

二房夫妻互看一眼，舒敏低垂著頭，不動聲色，但兩手緊緊交握著。

李伯元評論完大兒子，看向二兒子，「正泰的性情沉穩有餘，可惜也適合守成，魄力還比不上老大。作為決策者和領導者，不如老大合適。」

對於這番評價，李正譽暗暗鬆了一口氣，李正泰的妻子舒敏卻輕輕蹙眉。伊珊珊在得意地笑瞥舒敏，老爺子的意思很明顯，老二一家是沒希望了。

舒敏目光略冷，用手肘碰了碰丈夫，但李正泰目光坦然，對老爺子的評價很認同，氣得舒敏胸口微微起伏，面上卻看不出怒意來，甚至保持著微笑。

「老三我就不說了。」李伯元看了三兒子一眼，連搖頭嘆氣都省了。

李正瑞無所謂地撇撇嘴，顯然對繼承家業沒興趣，他只要有錢花有女人泡就行，反而是伊珊珊緊張了起來，微微坐直身子，不自覺地去看自己的兒子。

此時此刻，明顯出局的二房不提，最緊張的莫過於大房的李正譽和三房的伊珊珊，兩人緊緊盯著老爺子，手心裡出了汗，這輩子都沒這麼緊張過。

李伯元目露威嚴，又掃視了兒孫們一遍，震得眾人都挺直身子，齊刷刷望著他。

「立長，還是立能，這是一直以來就爭論不斷的問題。我很不願意這件事發生在我們李家，但李氏集團如今確實面臨這個難題。我不能迴避，你們也不能迴避。經過我慎重的考察和思量，我認為在守成、開拓、魄力等綜合能力上，最適合做決策者的人，是老三的兒子卿宇。」

李伯元看向李卿宇，與平日的慈祥和藹不同，目光同樣是威嚴的，這一刻他確實是站在集團的利益來評估，「卿宇自小我就帶在身邊教導，原本我是沒想著把他當成繼承人培養的，但他在這些年展示了他的能力。十五歲介入公司事務，二十歲成為公司歐美區的首席執行長，這三年來，歐美區的市場在他的帶領下，提高了百分之四十的營業額。他頂著董事會的壓力，帶著研發小組，在短短三年間完成了新產品的研發、生產、銷售。他守住了歐美市場的基業，開發了新的市場。新的基業是他一手打下的，相信你們也看在眼裡。他有能力，有活力，也有魄力，最適合做李氏集團的掌舵人。」

大廳裡靜悄悄的，老爺子的最後一句話，在每個人的心頭落下最後一錘。

「董事會方面由我出面通知，待公司做好安排，再召開記者會公布這件事。」李伯元說完，也不管眾人是怎麼想的，轉頭對李卿宇問道：「卿宇，你對此有什麼意見嗎？」

李卿宇目光沉斂，喜怒不露。李伯元的宣告等於將他從最不成器的三房孫輩，拔擢成嘉輝國際集團的掌舵者，讓他站在兩位伯父和堂兄弟們之上。

他應該高興，應該喜悅，但此時此刻，他有的只是深沉莫測，但看向眾人的目光卻有著力度，「我一定不辜負爺爺和董事會的信任，請兩位伯父協助我，我會讓大家看到李氏集團在新世紀的新輝煌。」

李伯元頗為欣慰，點頭道：「好，爺爺等著看。」

夏芍看著三家人或狂喜，或憤怒，或臉色煞白，當下開啟了天眼。

她之所以現在才開天眼，是因為有些事還沒發生。比如，李伯元還沒宣布繼承人的決定，因此未來也就還沒有產生。而此時，他該說的已經說了，三家人針對這件事，想必已在醞釀對策，此時開天眼，時機正合適，也更能準確地預知未來。

以天眼結合她從面相上推測的三家人的性格，等於多了一道保險，結果必是準確無誤。

伊珊珊狂喜，眉梢眼角都是飛揚的笑意，只怕她當初嫁入李家時都沒這麼雀躍過。她看向舒敏，露出勝利者的笑容——妳跟我鬥了半輩子，從我嫁進李家那天起就沒看得起我過。妳笑我嫁了個風流貨，笑我籠絡不住丈夫的心，笑我出身低，可到頭來又怎麼樣？妳出身高，妳嫁的人對妳一心一意，最後還不是比不上我生了個好兒子。李氏集團將來是我兒子的，我才是李家的主母。將來搬進李家大宅，我叫妳一聲嫂子，妳得叫我聲夫人。

舒敏低著頭，沒看伊珊珊，臉上的笑容像是刻上去的。

這時卻有人說話了。

「爺爺，你的決定不公平！論開拓，論魄力，你怎麼只看得見卿宇？要是真在三代裡挑，我也很膽識，只不過我在國外讀書的時間長，才剛進入公司實習。你不能光看他這幾年的成績就做出讓他當繼承人的決定。我覺得堂哥在公司當了幾年副總，成績也不錯，不比卿宇差。」說話的是李正泰的長子李卿馳。他邊說邊看向大房的李卿懷，還對他使眼色。

李家三代子弟裡，李卿懷和李卿馳都繼承了父母優良的基因，長得頗好看，只是李卿馳眼瞳上浮有光，眼珠下微露眼白，俗稱下三白眼。這樣的人多半自信又自我，且好強固執，重義氣，可惜不太顧及別人的感受，有虎狼之心。

李卿懷笑起來卻讓人覺得如沐春風，只是眉間略窄，城府略深，所以他聽見李卿馳的話，只是微微一笑，不發表意見。

李正泰瞪著兒子，「你給我閉嘴，這裡還輪不到你說話！你爺爺活了人半輩子，走的橋比你走的路多，論看人的眼力，論看事的深度，哪是你現在能比的？」

李卿馳明顯不服氣，「我現在不能比，那卿宇就能比嗎？他比我還小兩歲呢！」

「就憑你說這句話，你就比不上卿宇。卿宇在長輩說話的時候，什麼時候急著發表意見過？我跟你說了多少次，要穩重，多聽多看多思考。你說的這些話，哪一句不暴露你心氣浮躁，看問題淺？」李正泰恨不得踢兒子一腳。他自知沉穩有餘，魄力不足，做集團的中堅力量可以，做決策者則能力不足，因此在生了兒子以後，視若珍寶，著重培養他的自主意識，可沒想到培養過了頭，這小子太有主見了。

不僅有主見，還自我意識太強，很難聽進別人的意見，只認為自己是對的，攻擊性強。他有膽識沒錯，卻是過了頭，變成了冒進，沒有李卿宇沉穩，很容易在決策上給公司帶來危險。

李伯元不選他，李正泰覺得有道理。

舒敏聽不下去了，她暗暗拉著丈夫的袖子，悄悄看一眼，小聲道：「兒子只說了幾句，怎麼就惹你一通教訓？」她聲音不大，但在場的人都聽得清楚，說完她就笑了笑，對李伯元道：「爸，我們對您老人家的決定沒有意見，您覺得誰合適就誰合適。卿宇這孩子能力不錯，您把他帶在身邊教養，我就知道您是用了心的。老實說，繼承人不是卿宇，也是大哥的。我們是二房，從來沒想過這事。您既然做了決定，媳婦倒是有句話想說。」

舒敏笑容誠懇，伊珊珊皺起眉頭，警覺地看著她。

李伯元點點頭，「妳說。」

舒敏笑道：「卿宇的能力是不錯，只是年紀到底輕了些，不知道董事會那邊會不會同意。還有，不知道大哥有什麼看法？」

她邊說邊看向大房一家，眾人齊刷刷看向李正譽，畢竟按照傳統，他才應該是繼承人，如今生生被奪繼承權，不知道他有什麼想法。

沒想到剛剛看起來還有點緊張的李正譽，在聽到老爺子宣布了決定之後，反倒一副接受了的平靜表情，被舒敏點名，他更是親切地看向李卿宇，「呵呵，都是自家人，卿宇也不是外人，爸怎麼決定我都支持。雖然我還是認為集團發展應該保守，但這只是見解不同。回到家裡，咱們還是一家人。我也是看著卿宇長大的，他這幾年來的成績擺在那裡，誰也不能不服。只不過，弟妹的擔心也有道理，董事會恐怕會認為卿宇太年輕。不過，爸可以放心，董事會那邊我會幫忙說服，誰當掌舵者都無所謂，關鍵是我們一家人要齊心。」

伊珊珊不敢相信，大哥真的這麼好說話？世上有這麼看得開的人？

李卿馳則皺起眉頭，大伯父也太窩囊了！本來就是他的東西，被別人輕易拿走，他還說得這麼輕巧？還要幫忙說服董事會？有他這麼好心的嗎？怪不得爺爺看不上他！

舒敏笑了笑，垂下眼簾。

李伯元倒是有些激動，看大兒子的眼神既感慨又感動，連連點頭，「好！好！老大說的對，都是一家人，都是為了李氏的未來！我們只有齊心，家族才能興旺，家和萬事興啊！」

李伯元原以為今天會有一場家庭大戰，沒想到結果這麼出乎意料，沒想到兩個兒子心態這麼穩，難得，實在是難得！

難不成之前是他多想了？

卿宇的人禍不是出在二代，而是……三代？

李伯元轉頭看向夏芍，夏芍剛巧將天眼收回，嘴角輕輕勾起意味不明的弧度。

呵呵，這些人都是演技派，大家族的悲哀啊！

夏芍的笑意落在了兩個人眼裡。

李伯元微微一愣。世侄女說過，今天把召集一家人，她就有辦法看出是誰對卿宇包藏禍心，可他不認為會是自己的兩個兒子，也弄不清楚她要用什麼方法推算出來。看她這神情，難不成是看出什麼來了？要不要一會兒讓她去書房推演占算一番？

李卿宇的視線也落在夏芍翹起的嘴角上，第一次覺得讀不懂她的笑容，這種感覺讓他蹙起了眉頭。她的家鄉在哪裡，為什麼年紀輕輕就從事這麼危險的職業，她經歷過什麼，從哪裡來，她的履歷表中都沒有記錄，一切成謎。

保鏢，他見過。見過冷的，沒見過愛笑的；見過警覺高的，沒見過從容的。見過惜字如金的，沒見過愛開玩笑的；見過一板一眼的，沒見過跟雇主做買賣還講捆綁銷售的。職業保鏢向來只關心雇主的性命安全，沒有關心雇主心情是不是好的，更沒見過有跟風水師搶生意，送雇主護身玉佩的。最主要的，這玉佩還讓真正的風水師都極為震驚。

她是祖父送給他的保鏢，奇怪的保鏢。

李卿宇看著夏芍，不知不覺看了很久，直到她感覺到他的視線，轉頭看來，他才霍然醒神，別開了頭。

這時，李伯元站起身來，「三天後召開董事會，董事會那邊我去說。我累了，你們隨意吧，中午讓廚房多做點菜，一家人一起吃頓飯。卿宇扶我回書房，李小姐跟我來。」

李卿宇和夏芍上前，一左一右扶著老人的手臂。

其他人也都趕緊站起來，李伯元擺擺手，便在夏芍和李卿宇的攙扶下轉身，上了樓梯。

三人剛踏上樓梯，就有一名傭人進來說道：「老爺，余大師和余薇小姐來了。」

眾人愣住，李伯元停下腳步，李卿宇皺眉，他沒同意余薇的要求，今天是對方不請自來。

夏芍的手倏地緊握。余薇？那麼，那個余大師，應該是余九志了？

門口傳來洪亮的笑聲，「余某不請自來，李老不會怪罪吧？」

李伯元對於余九志突然登門拜訪感到意外，余薇提出要在李家人聚會時請余九志來幫忙推演誰是想害李卿宇的人，但李卿宇婉拒了她的好意。本以為她不會來，沒想到她還是來了，還把余九志給請來。

李伯元很不樂意，別說他已經請了夏芍，就說兒孫們對他決定繼承人的反應出乎意料的好，實在不需要風水師明著來解決。要是讓兩個兒子知道自己懷疑他們有心害卿宇，還請了風水師來推演，豈不是會引發家族內鬥？

心裡再不快，李伯元表面上還是故作熱絡，「余大師客氣了，什麼風把余大師吹來了？」

只見余薇挽著一名男人的手走進來，男人身穿藏青色唐裝，身材中等，目光炯炯。六旬的年紀，頭髮卻烏黑有光澤，一根白髮也沒有。

余九志顯然將玄門的心法修煉到了極致，周身元氣雄渾深厚。僅憑元氣來看，他在心法上的修為與唐宗伯恐怕不相上下，都在煉神返虛的境界。

十年前，余九志以鬥法為名，暗地裡串通泰國的降頭師通密，和歐洲的奧比克里斯黑巫師家族，令唐宗伯以一敵三，險些喪命，最後廢了雙腿，輾轉至內地休養，一避就是十年。

當年害他的余九志在香港卻是呼風喚雨，勾結三合會，打壓同門，建立自己的勢力，儼然香港的第一風水大師，玄門掌門。

余氏一脈，四世同堂，享威名，受政商兩界敬畏。

而唐宗伯則是妻子早逝，膝下無子，遠走他鄉，隱姓埋名。

兩下相較，時差境遇，令人齒冷。

夏芍垂著眼，眸底浮現寒意。沒想到這麼快就見到仇人，她還想著等李氏集團繼承人的事定下來，幫李卿宇找到欲害他的凶手，再著手會會香港的風水師。

「李老客氣了，明明是我不請自來，打擾李老家族聚會，實在是抱歉。」余九志聲音厚實，內行人一聽，就知其具有極好的內家功夫。

「余大師大駕光臨，我不勝欣喜。我剛跟幾個小輩說完話，沒想到余大師和余小姐就來了。去我書房坐一會兒吧，讓傭人上茶來，我記得余大師愛喝大紅袍。」李伯元笑道。

李家人這才反應過來。

聽李伯元和余九志話裡的意思，今天余九志是不請自來？可余九志是香港第一風水大師，以他的名望，也沒有不請自來的道理。

余九志不請自來已經很不合常理，李伯元竟也不問他來幹什麼，立刻就把他往書房請。誰不知道在李家，書房是談私事的禁地？除非老爺子傳召，否則連李卿宇都不隨意進出。

若說李伯元不知余九志來做什麼，沒人相信。

李正譽旁敲側擊地說道：「余大師和余小姐來此，確實是蓬蓽生輝。今天這天氣又是風又是雨的，還勞煩余大師親自光臨，是不是有什麼要指點的事？」

香港是個中西文化交融的城市，許多香港人接受西方教育，觀念很「西化」，潛意識裡卻固守許多中國傳統，既信奉佛道二教，又篤信風水命理。

對風水有多推崇，風水師的身分就有多吃香，尤其像余氏這種風水世家，政界、商界、娛樂界乃至平民百姓，無一不知余氏，請余家預測運勢、改運批命，預約往往擠都擠不上。即便是商業巨頭的李家，面對余家的人，也只有交好而沒有得罪的道理。

「余大師是我請來的。」

聽到這聲音，李家人一愣，轉頭看去，說話的人是李卿宇。

「先前在晚宴上遇到余小姐，我想起爺爺這段時間身體狀況有所反覆，便請余小姐來家中看看能否調整主宅的格局，以利於爺爺調養身體。」李卿宇一板一眼的，撒謊都不帶臉紅。

李伯元一聽，也跟著作戲，眼裡適時流露出感動之色，搖頭道：「原來是你這孩子請了余大師來，你怎麼不提前跟爺爺說？」

「今天天氣不好，我以為余小姐會推遲時間，沒想到余大師親自來了。」李卿宇看向余九志和余薇，點頭道：「實在是很感謝。」

「哪裡。」余薇露出笑容來，只是那笑容耐人尋味，「李少親自開口跟我提的要求，我放在心上還來不及，怎能不來？」

這話誰都聽得出曖昧來，李卿宇還是那張嚴肅的臉，李家人卻是目光閃爍。

余小姐對卿宇有意思？

李家這種豪門，兒孫雖多是聯姻的，但正常情況下都是跟政商兩界聯姻，跟風水師聯姻的，倒不多見。況且，風水師的手段莫測，嫁進家門，替家族事業護航倒是不錯。只是好在此處，壞也壞在此處。風水師不同於其他圈子的人，一身神鬼莫測的手段，要是嫁進家裡來，豈不是要像供菩薩似的供著？萬一親戚之間有點摩擦，她暗地裡整人怎麼辦？

大房和二房的人互看一眼，三代的子弟也皺起眉頭，就連李卿宇的父母都是心裡糾結。

伊珊珊還沒從兒子繼承公司的狂喜中走出來，乍見余薇的暗示，有點反應不過來。她知道兒子的婚事由不得她做主，但她可從來沒想過找一個風水師當兒媳婦，尤其余家的這位大小姐，聽說高傲冷淡，萬一她嫁進來，豈不是要她這個當婆婆的看兒媳婦臉色？可若是真有個風水師當兒媳婦，說不定她可以讓她把丈夫那些情婦解決掉……

當然，前提是，兒媳婦得聽她的。

余九志笑看了孫女一眼，嘆道：「唉，這丫頭從小就眼高於頂，很少對什麼事上心。我也是看她真的用了心，這才答應陪她來的。既然李老不怪罪我不請自來，那咱們就去你書房聊聊吧，風水局的事好說。」

李伯元順勢做了個請的手勢，引著余九志和余薇上樓，徒留身後三家人氣氛暗湧。

陪著李伯元進入書房的，除了余九志、余薇和李卿宇外，還有身為保鏢的夏芍。她很好地掩飾著自己的氣息，連玄門心法上修煉出來的元氣也收斂起來，看起來就像是個普通人。

夏芍將余九志的一言一行都牢記於心，告訴自己不可輕舉妄動。

師父為了報此大仇，等待十年，她不差再等這一兩日。

今天余九志前來明顯是為了幫李卿宇尋找凶手，她已用天眼預知凶手，不如看看這個老傢伙有什麼本事。知己知彼，待她佈局，大仇終會有得報之時。

李伯元請余九志入座，傭人沏了上好的大紅袍送進來，書房的門一關上，余九志便先開了口：「李老，我今天來可不是為了幫你佈風水局。你的八字我以前幫你批過，你的身體雖是時好時壞，但大劫在十年後，現在還不礙事，如今有事的人是你的孫子李卿宇。」

李伯元在三年前就知道孫子的劫數，也知道余九志的真實來意，卻故作震驚，「什麼？」

「小薇前天晚上去卿宇的晚宴，回來跟我說，他天中發白下至印堂，眼下似流淚，百日內必有凶禍。這丫頭在家中推演，發現應在人禍上。她的修為尚推演不出此禍應在誰身上，所以請我今天趁著你們家族聚會的日子過來看看。」

「什麼？」李伯元還是一副沒反應過來的樣子，甚至從沙發上站了起來，臉色發白地看向李卿宇，「卿宇，余大師說的可是真的？」

李卿宇扶著老人坐下，臉上看不出情緒，只道：「爺爺，沒事的。既然余大師看出來了，必然有辦法化解，而且您還為我請了保鏢，我不會有事的。」

李伯元坐下，看起來有些發懵，過了一會兒才看向余九志，「余大師，你說的是真的？卿宇真的有凶禍？那要怎麼化解？還請你幫忙！不瞞你說，我剛宣布讓卿宇接我的班，他要是有事，李氏集團怎麼辦？」

李伯元不愧是打拚半輩子的老狐狸，演技爐火純青。

夏芍忍著笑，垂著頭，卻察覺有目光落在自己身上。她抬起頭，對上了余薇冷淡的目光。

余薇是在李卿宇提起保鏢時，才想起夏芍還在書房裡，「這裡沒妳的事，先下去吧。」

夏芍來香港三天，見了她三面，這句話她也跟夏芍說了三次。頭一次在晚宴的客房外面，第二次在嘉輝集團的會客室裡，今天則是在李伯元的書房中。

前兩次夏芍都很聽話地應了，她在余薇眼裡也只是個不值得多看一眼的保鏢，今天余薇也等著夏芍識相地出去，卻沒想到這次人家沒答應。

夏芍含笑說道：「余小姐，抱歉，雖然我不願意打擾妳，但我是保鏢，我的職責是保護雇主的安全。既然知道有人會對我的雇主不利，我有權知道這個人是誰，所以我不能出去。」

余薇微愣，連余九志也望了過來。

他踏進李家的門時，就看到了夏芍，只是她存在感極弱，很不起眼，他沒放在心上，可此時他再看向她，兩人目光相觸的瞬間，余九志心裡咯噔一聲。

對方的眼神不避讓，卻也不銳利，沒什麼不對勁的地方，但就是不對勁。

在香港沒有人用這種目光看他。

知道他身分的人，無不敬畏逢迎，用看平常人的眼光看他，這就是最不平常的地方。

余九志跟尋常人眼裡不尋常的事打了一輩子交道，對危險練就了敏銳的直覺，這種直覺不需要卜卦占算都很準。他相信這種直覺，不由打量起夏芍。

余薇皺起眉頭，她不喜歡這個女人看祖父的眼神。同樣身為風水師，她也很相信自己的直覺，只是讓她惱怒的是，她見了夏芍三面，今天才發現她的不尋常。

余薇眼神微冷，「讓妳出去妳就出去。妳想知道凶手是誰，以後告訴妳就是。我們一脈的術法，從不給外人看。即便看了，妳也看不懂。」

「但這可以幫助我判斷。既然余大師說有人蓄意加害我的雇主，那麼，我便需要視余大師用什麼方法找出凶手，來決定這件事可不可信。我的工作如此，還請余大師和余小姐理解。另外，余小姐也不必擔心什麼，我即便看過也學不會，更不會透露出去。我是職業保鏢，公司有保密條例。我們保護雇主的安全，同時也對雇主的一切事情嚴格保密。」夏芍微笑說道。

余九志瞇起眼來，李伯元心裡焦急。

她怎麼這個時候跟余九志槓上了？這人最不喜別人跟他對著幹，如今唐大師沒來，她一個人在香港，勢單力薄，這不是給自己找危險嗎？

夏芍這麼做，自然是有把握的。

她的元氣在鬥法時沒有耗損，平時收斂起來與平常人無異，且她命格奇特，推演不出命理軌跡，連平日的占算都不顯天機。余九志再試探她，只要她不露出殺氣，或是顯露同門術法，他就只能糾結著。

只要他不知道自己是唐宗伯的弟子，讓他注意到自己倒沒什麼。就算惹他不快，這個老傢伙也不會把時間浪費在她身上。她會找點事情給他做，很快！

香港的風水界平靜太久了，也該到了攪動風雨的時候了。在師父和師兄到來之前，局面越混亂越有利於渾水摸魚。把魚都趕進網裡，才好一網打盡。

夏芍從容地面對余九志的打量，余九志在感覺到她的元氣與平常人無異後，眸色更深。

余薇露出怒色，區區一介保鏢，這氣度實在叫人討厭。

她似要說什麼，李卿宇率先開了口。

「妳出去。」李卿宇看著夏芍，唇輕輕抿著，「余大師不希望妳在場，妳出去。」

夏芍挑眉，卻在挑眉的時候感覺到李卿宇的唇又抿了抿，他確實是生氣了。

她太不知輕重了，初到香港，哪裡知道風水師的厲害。這些人手段跟常人不同，就算她身經百戰，有豐富的保鏢經驗，跟這些人遇上也是會吃虧的。

「走廊盡頭有間會客室，妳去等著，鑰匙找管家要。」李卿宇深深看了夏芍一眼。

夏芍迎著他的目光，兩人對視，最終她笑了，「好吧，我本想遵守職業道德，以雇主安全為先。不過，雇主的要求不能違背。那我就只能選擇相信李先生。」

說完，她便轉身離開了書房。

書房的門關上，夏芍往走廊盡頭看去，迅速下樓尋了管家來。李伯元知會過管家，要他盡量滿足夏芍的要求，但聽她說要去走廊盡頭的會客室時，管家還是愣了一下。

「你們少爺允許我進去的，有急事，耽誤不得。」

管家一聽，趕緊開了會客室的門。

房間不大，也就一間臥室大小，裡面有一張沙發、一個螢幕，茶几上放著遙控器。夏芍讓管家出去，關了門，她坐在沙發上，拿起遙控器打開電源，螢幕上果然顯現出書房裡的畫面。

按理說，李伯元的書房是他談事情的地方，不該有監控設備才是。正因如此，夏芍才堅持要留下。沒想到，連書房這樣的禁地，李伯元都安裝了監視器。

夏芍的離開，讓余九志和余薇的臉色緩和了些。

李伯元笑道：「余大師別見怪，這保鏢是從南非一家公司請來的，不是香港人，不太了解余大師的威名，得罪之處還請給我個面子，我事後會提醒她的。」

余九志點頭，卻沒什麼笑容。自從那人失蹤之後，十年來他順風順水，從未遇過讓他心緒不寧的人，這名女孩是第一個，看來回去後他必須起一卦看看。

余九志不再耽誤時間，「李老，既然沒外人了，那就說正事吧。卿宇的凶禍好化解，難就難在推演出誰是包藏禍心的人。小薇已經卜算過了，卿宇的這一劫是人禍，應在親緣上。這人在你們李家當中，我之所以今天過來，是想在你們李家聚會的時候，開天眼預知一下。」

李伯元一聽，又開始演戲，「什麼？親緣？不不不！余大師，這……」

「我們余家在這方面還沒失手過，是不是禍在親緣，李老心裡應該比我清楚。」

李伯元當然知道是自己的兒孫裡有人想害李卿宇，他只是想拒絕余九志插手，「余大師，不瞞您說，我們家今天家庭聚會就是為了宣布卿宇為繼承人。到最後我兩個兒子都決定以家族為重，並沒有為難卿宇。我不是說余大師的推斷不正確，只是人之常情，要我相信兒孫裡有人想害卿宇，我實在是……」

李伯元一臉悲戚，一副不願意相信的模樣。

余九志笑哼一聲，「李老，你的心情我理解，但你總要為卿宇著想。他是你選定的繼承人，這就是他凶禍的來處。你今天不願意相信你的兒孫包藏禍心，明天你就可能會白髮人送黑髮人。我余九志在玄學界從來都是鐵口直斷，有沒有失過手，我想你應該知道。」

「這……」

「不瞞李老，你們李家這件事我本不想插手。你已經宣布了讓卿宇做繼承人，因已種下，我插手化解易惹因果，奈何我就這麼一個孫女，從小疼寵。這孩子心氣高，誰也看不上，就看上了你們的卿宇小子。」余九志看向李卿宇，打量一番，又看向李伯元，「我看卿宇這孩子面相富貴，是人中龍鳳，這劫若化解了，日後如日中天，倒配得上我孫女。我余九志說話向來不愛拐彎抹角，這孩子若是我的孫女婿，我就出手幫忙，若不是，我完全沒有必要出手。」

余九志提到李卿宇的姻緣，令李伯元愣了愣。

他是看出余薇對自己的孫子有意，卻沒想到余家用這件事來做交易。老實說，雖然孫子免不了要為了集團而聯姻，但從他內心來講，還是希望他能找個性情溫柔賢慧的名媛。這孩子從小就爹不疼娘不愛，至少他的婚姻生活，他希望他是幸福的。

性情冷傲的余薇，顯然不是李伯元心目中的孫媳婦人選。

「余大師，卿宇之前一直在美國讀書，跟余小姐接觸的少，現在的年輕人，跟咱們那時候不同了，講究感情基礎，所以這件事，您看能不能……」李伯元說得很委婉。要不是面對的是余家，李伯元勢必斷然拒絕。

「李老。」余薇面對李伯元，倒有些笑臉，只是傲氣未斂，跟她祖父一個性子，把話說得清楚明白，「我們余家的資產雖不能跟李家比，但我們風水世家本就與其他政商家族不同，想來李老也能想像得出我進了李家門，能給李氏集團帶來的好處。這些好處，不是任何政商聯姻能得到的，所以我自問配得上李少。感情方面，您老放心，只要您老同意我們交往，我和卿宇可以慢慢培養。」

余薇看向李卿宇，他依舊看不出喜怒。

余薇微微一笑，她就是喜歡他這樣的性子，這種男人才有挑戰性。

余九志看著余薇，這才露出點笑意來，無奈搖頭，「果然是女大不中留，長輩在這裡，自己居然就推銷起自己來了。看來真是長大了，迫不及待想嫁人了。不過，李老……」他又看向李伯元，「我就這麼一個孫女，她心意已決，我不好說什麼，但身為長輩，我得為她撐腰。你們李家要是同意，我可以讓他們慢慢培養感情，但名分要先定下來，畢竟卿宇的事，如果我們余家不插手，他活不過百日。我孫女在這時候還願意跟著他，也是他的福氣。」

李伯元聽了這話，頓生怒氣，臉色不由沉了下來，「余大師，這話好說不好聽，難不成是以我孫子的性命為要脅逼婚不成？」

余九志挑眉，彷彿沒看見李伯元沉著的臉色，「李老，我是為我孫女的幸福考慮，你也為你孫子的性命想想。這件事，我一旦出手，付出必定不少。不是我余九志高傲，可以這麼說，如今的術數界裡，能修煉出天眼的人，除了我，不會有第二個。就是我師兄還在世，他也沒這個本事。天眼一旦開啟，可預知眾生未來，窺破天機輪迴。我自三年前修煉出來，只開過一次天眼，元氣消耗極重。有生之年，我只能開三次天眼，如今還剩兩次機會。我打算為你的孫子再用一次，這有多珍貴，不言而喻。還請李老想想，如果他跟余家沒關係，我憑什麼犧牲這麼大？」

本來就沒想要你犧牲！

李伯元心中怒罵。老子請了唐大師和他的嫡傳弟子來為卿宇化劫，壓根兒就不想用你！要不是你們爺孫倆不請自來，現在老子早就把芍丫頭叫來書房，讓她推演了。

這時，余九志領著余薇站了起來，「李老，卿宇還有百日的時間，還請早早決定，到時候我再過來。薇兒，咱們今天先回去。」

余薇點頭，臨走前看了李卿宇一眼，「李少，好好考慮，我等你來。」

管家將余九志和余薇送下樓，李家人還坐在客廳裡，見余九志就這樣走了，也沒擺風水局，不由覺得奇怪。

書房裡，李伯元直接把手杖摔到地上，「混帳！豈有此理，竟然拿捏起我們李家來了，也不看看我們李家是什麼門第！」

「爺爺，消消氣。」李卿宇倒了杯茶給李伯元，扶著他坐下，幫他撫著胸口順氣，「不必受他們拿捏。李小姐送了孫兒一個玉羅漢，說是清末寺裡流落民間的法器。我平時戴在身上，不會有事的，您別擔心。」

李伯元一聽，連忙道：「法器？拿來我看看！」

李卿宇將白玉羅漢取出來，李伯元自然看不出什麼是法器，但夏芍給的東西，他當然是信的。且他對古董很有眼力，一眼便看出確實是清末年間的老玉。

李伯元鬆了口氣，道：「那得謝謝李小姐。你把李小姐叫來，爺爺當面謝謝她，你去樓下陪你大伯父和二伯父說說話。」

這明顯是支開李卿宇，他卻恭謹地應了，開門出去時，在走廊上遇見夏芍。夏芍經過他身邊時沒有搭理他，態度悠然地進了書房。

李卿宇看著關上的書房門，看了好一會兒才下樓。

事實上，夏芍的心情並不算平靜，她沒料到余九志竟然能開天眼。

天眼是佛家的說法，分修得和報得。修煉不易，報得則大多前世積大德才能得報。夏芍的天眼便是報得，她知道可以修煉而得，卻沒想到真的有人能修煉出來。

這件事必須告訴師父和師兄，讓他們早做準備。

好消息是，余九志的天眼開一次元氣消耗很大，一生只能開三次，並不像她這麼隨意，但即使只剩兩次，也是個不小的麻煩，必須想辦法……

夏芍眼珠轉了轉，在李伯元問起誰是想害李卿宇的人時，她緩緩笑了起來。

「李伯父，您不必聽他們的，誰有害李少的心思，我已經知道了。」

「什麼？」李伯元愣了，「妳什麼時候……」

如果他沒記錯的話，這丫頭什麼也沒做，連卦盤都沒動。

「我說過了，玄門嫡傳祕法。」夏芍神祕一笑，並不解釋，只是附在李伯元耳邊說了三個人的名字，然後在李伯元慘白的臉色裡，緩緩垂下眼簾。

家門不幸，不過如此。

若非開啟天眼，預知未來之事，她也想不到當年李氏集團繼承人被綁架的真相，竟然是三名親人或聯合或單獨行動所策劃的人倫悲劇……

至於接下來要怎麼做，就看李伯元的決定了，畢竟那些人是他的兒孫。

李伯元癱坐在沙發裡，彷彿一瞬間老了十歲。

夏芍幾經考慮，還是低聲說道：「李伯父，我還是會保護李卿宇的安全，直到他凶劫徹底化去。只是怎麼做，就要聽聽您的意見了。師父約莫還有兩個月來香港，我在這段時間有玄門的事要忙，而且……我有件事想請您幫忙。」

李伯元有氣無力地道：「妳幫了伯父大忙，別跟我客氣，有什麼事就說吧。」

夏芍俯身道：「關於余家，我打算請您……」

她把自己的計策緩緩說出來，李伯元震驚地抬起頭。

第二章　出遊遇襲

八月中旬，一場颱風剛過，香港便颳起了另一陣風暴。

此風非彼風，這場震動全香港的風暴是由嘉輝國際集團引起的。

隨著李伯元年紀漸大，這幾年嘉輝集團的繼承人成為了外界關注的焦點。李家三房，哪家一有風吹草動，就會被拿出來大肆議論，足見全香港對於李家這個豪門家族的關注程度。

直到幾天前，有知情人士透露，李老爺子已經內定孫子李卿宇為集團繼承人，公司董事會已在商討中，過段時間就會有結果。

許多人一笑置之，只當八卦聽聽，卻沒想到這次的消息竟然是真的。

嘉輝國際集團召開了新聞發布會，董事長李伯元親自宣布，經由董事會決議，由李卿宇擔任嘉輝國際集團的總裁。

記者會現場，年僅二十三歲的李卿宇氣質深沉，端坐在年近古稀的李伯元身邊，任周圍閃光燈閃個不停，記者提問此起彼落，他卻自始至終答得簡潔。

這個從小就被養在祖父膝下，在父親的花邊緋聞和母親捉姦追打小三的鬧劇裡長大的李家三代，曾有人推測李伯元有意將他培養成繼承人，但一說起李家大房和二房的勢力，便只當笑話聽。很多喜歡八卦的人提起李卿宇，關注點更是都放在他不太光彩的出身上，對他當嘉輝集團的繼承人並不看好，卻沒想到這事竟然成真。

一時間，李卿宇成為財經、八卦類雜誌的焦點，更成為全香港炙手可熱的黃金單身漢，入了少少名門千金的眼，可她們的芳心在幾天後碎了一地。

繼承人的風波未過，李家再次宣布，李卿宇將聘風水世家余氏的孫小姐余薇為未婚妻，並在三個月後盛大舉辦訂婚儀式。

消息一出，眾人譁然。

李氏集團竟然要跟香港第一風水世家聯姻？

以前從來沒有過這種事。一般來說，豪門家族多是跟政商兩界聯姻，也有豪門子弟娶娛樂圈女明星的，但這種在傳統思想裡並不認為是門當戶對。至於娶平民女子，成就王子灰姑娘故事的就更少了，更是從沒聽過有跟風水世家聯姻的。

李卿宇回國後的那場晚宴裡，在場的賓客都親眼見到余薇對李卿宇態度曖昧，但曖昧歸曖昧，李家未必同意聯姻。誰也沒想到，李伯元還真的同意了這門親事。

震驚過後，不少人紛紛猜測其中原因。

有人說，李家大房和二房的勢力太強，如果為李卿宇聘一般的政商界千金，怕平衡不了。與風水世家聯姻看起來怪了點，實際上卻是妙招。畢竟風水師地位超然，李家大房和二房勢力再大也得忌憚。余薇嫁入豪門，娶她進門的李家卻不僅僅娶進了一位風水師，而是余薇背後的整個風水家族。這麼一想，李伯元同意這門親事完全是做了筆大賺的買賣。

也有人嗤之以鼻。你說跟風水世家聯姻是為了平衡大房和二房的勢力？扯淡！要是李家大房和二房想爭繼承人之位，聯合起來阻撓李卿宇，或許李伯元還會用聯姻的手段壓制兩個兒子，但李家大房和二房簡直堪稱模範了。原本董事會有一半的元老支持立長，但李伯元的長子李正譽親自勸說這些股東，為李卿宇正名邀功。要是沒有李家大房和二房的豁達大度，李卿宇能這麼順利通過董事會決議，接手集團事務嗎？

李伯元有這樣團結的兒孫，有什麼理由壓制兩個兒子？

眾說紛紜，猜測不斷，誰也看不透李家到底為什麼要跟余家聯姻。

至於為什麼在三個月後才訂婚，李家給出的解釋是李卿宇剛接手集團，需要時間交接及熟悉公司各項事務，才有餘裕談訂婚的事。

這說法還算讓人信服，但其實誰也不知道，李卿宇的凶禍過去之後才能訂婚。

就在外界議論紛紛的時候，余九志和余薇來到了李家大宅。

「爺爺，伯父，伯母。」余薇對李伯元和李卿宇的父母李正瑞和伊珊珊點頭致意，又跟在場的大房和二房的人打招呼。她對李伯元的稱呼改了，對李正瑞夫妻和李家其他人尚未改口，態度雖斂去了平日的高傲，卻仍是有些冷淡。

伊珊珊皺眉，還真是怕什麼來什麼。她本就不看好這個兒媳婦，沒想到公公還真給她兒子定了這麼一門親事。

舒敏笑看伊珊珊一眼，頗為幸災樂禍——妳兒子當了繼承人，妳不是風光嗎？日後妳等著給這個兒媳婦端茶倒水，把她當菩薩供著吧！

伊珊珊沉下臉，余薇倒是露出了笑容，只是她的笑容是給李卿宇的，「卿宇。」

余薇很自然地去挽李卿宇的手臂，李卿宇表情未動，不著痕跡地做了個請的手勢，避開余薇的碰觸，「人已經到齊，今天是余大師祈福的日子，錯過吉時就不好了，還是先開始吧。」

余薇眼眸泛著冷光看著李卿宇，看著看著便釋然地勾起嘴角。算了，她不急，慢慢來好了。最起碼，現在外面都知道李卿宇是她余薇的男人，她有一輩子的時間讓這個男人愛上她。

余薇輕輕一笑，連李卿宇對余九志生疏的稱呼也沒再提醒，只道：「確實到吉時了，那就請爺爺開始吧。」

余九志點頭，李家人卻個個面色古怪。

幾天前李伯元跟他們說，李卿宇跟余家聯姻，余九志打算為李家人誦經祈福，請李家人這天務必回來主宅。誦經祈福對香港人來說不陌生，但通常是在年底進行。年底的時候，香港人習慣還神、化太歲、地主神位加持、開運轉運等，卻沒聽過八九月還有祈福的事。

余家這是什麼規矩？

余九志說這是看在親戚的情分上，為李家兒孫轉運開運。眾人雖然覺得奇怪，開開運程也好，這才勉強放下怪異的念頭來配合對方。

一家人坐在客廳的金紅地毯上，圍坐成半弧，把余九志圈在中間。見余薇坐在李卿宇旁邊，連李伯元都盤坐下來，大家才真正放下心來。

而此時夏芍正坐在二樓書房的螢幕前，看著樓下的畫面。

余九志周身元氣緩緩漲了起來，夏芍從來沒看過別人是怎麼開天眼的，她只見到余九志掐了幾個指訣，無非就是不動明王印，再變為內外獅子印。接著周身元氣滿漲，聚集到眼睛上。

眾人只看得到余九志的衣服無風自動，有一種說不出來的氣勢，他們自己的氣勢卻弱了不少，心裡沒底，有種想遁逃的感覺。但被余九志的氣勢鎮住，腿腳無法動彈，只驚駭地盯著他看，最後看見他雙眼陡然睜開。

一道常人看不見的金光在余九志眼裡聚集，與此同時，夏芍看見余九志結了個內縛印，最後換成寶瓶印，嘴裡不住唸著天心咒。大家以為這聽不懂的咒語是祈福的，殊不知他們身上已經被余九志眼裡的金吉之氣罩住。

那道金氣跟夏芍的天眼不一樣，是屬於外放的，從李家大房開始，李正譽、柳氏、李卿懷，接著是二房的李正泰、舒敏和李卿馳……

金氣每罩在一人身上，余九志的身子便震一震，臉色便白了白。外人看起來他像是電視裡作法的人一樣抽搐。其實他是每看一人，元氣便耗損大半，身體才會不由自主地震顫。

李家大房還好，輪到李家二房的時候，余九志的元氣明顯支撐不住，臉色變得灰白，還開始喘氣，預測的速度也變快了不少，幾乎是一眼掃過，只是在看到舒敏時頓了頓。

舒敏看到余九志目露寒光地望著自己，不由慌得失了分寸，想往丈夫身上靠去。

余薇暗地裡掐了個指訣，夏芍看了微微一笑。

舒敏坐著的位置在震位，屬木，余薇掐的指訣在申金，五行制剋。舒敏本就害怕，如今被余薇小施術法，氣勢更低，身子癱軟，想動也動不了，然後被余九志天眼的金吉之氣罩住。

余九志的元氣又耗損一重，幾乎到了臨界點，再消耗下去，他便會元氣大傷，輕則在床上躺個十天半月，重則有性命之憂。

就在這緊急關頭，他還是略略掃了眼李卿馳，但沒法再細看，只一眼身子再次一震。他悶哼了聲，臉色煞白地捂住胸口，頹然俯下身子。

「爺爺！」余薇神色一變，急忙起身奔過去，扶住了余九志。

余九志應是吐了血，但他死要面子，硬是將這口血吞回去。除了臉色慘白，異常疲憊之外，一點也看不出他吐血了。

李家人面面相覷，怎麼祈個福就變成這樣？這真的是祈福開運嗎？

他們又不是沒請風水師祈福開運過，怎麼跟今天的不太一樣？

余大師這作法的樣子，也太嚇人了，但再深的疑問也沒有機會問出口，李伯元和李卿宇將余九志扶起送上樓，到客房裡暫歇去了。

夏芍關掉螢幕，眼裡光芒莫測。

原來如此，這就是修得的天眼。

雖然不知道余九志是通過什麼契機，得到了什麼機緣，才會修成天眼，但顯然他的天眼制約很多，並不如報得的天眼使用起來隨心所欲。

不提余九志的天眼制約是否多，他的元氣濃郁程度很驚人。他今天用天眼一次觀看了李家六人，消耗的元氣之多，即便是師父來了也得吐血。僅以元氣判斷，余九志的元氣跟師父的只怕不相上下，將來兩人遇上，師父腿腳不便，只怕會吃虧。

再者，開天眼和鬥法不一樣，開天眼只是耗費心神和元氣，鬥法比的則是奇門術法的殺伐制剋。夏芍看了余九志開天眼，只能計算出他在鬥法時能堅持多久，卻無法知道他對玄門術法掌握了多少，又到了什麼程度。

余九志並非玄門掌門，有些嫡傳術法他是不懂的，真正鬥起法來，師父還是有優勢的。

然而，十年未見，師父對余九志的了解只停留在當年。十年的時間，余九志不是也遇到了不為人知的際遇，連天眼都修煉出來了嗎？那他除了師父了解的那些術法外，這些年還有沒有習得別的手段？

看來是時候會會玄門的人了。

夏芍的嘴角緩緩勾起譏誚的弧度。只能開三次天眼？那這回可又損失一次了，還剩一次。

……

余九志在李家客房裡休息到晚上，才由余薇陪著離開。

李伯元回到書房時，臉上尚有悲戚之色。

夏芍問過，才知余九志告訴他的真相與她所說的一致，三個人都是李伯元的親兒孫。

李伯元頹然坐在沙發上，喃喃道：「家門不幸……」

他就算前幾日對夏芍說的話有那麼點不相信，現在也不得不信了。

只是，悲戚之餘，尚有驚駭之情。

他今天親眼見到余九志的推演預測法，瞧著邪門，卻是親眼所見，可他至今不知道夏芍用什麼方法推算出來的。

余九志躺了一天才能下床，夏芍卻始終優哉游哉，與平時沒有半點不同。

不愧是唐大師的高徒！

如果他們師徒聯手，說不能真的能剷除余九志。

「唉，世侄女，伯父按著妳的話做了，妳可一定要把余家處理乾淨，伯父一點也不想讓那位余小姐嫁進來啊……」李伯元閉了閉眼，嘆道。

那天夏芍跟他提出這件事時，讓他嚇了一跳。她竟然請他答應余家聯姻的要求，讓余九志為李卿宇開一次天眼，並讓李家用藉口將訂婚之期推遲到三個月後。她答應以三個月為期，剷除余家。這次聯姻只是設套，絕不會將李卿宇的婚姻賠進去。

李伯元猶豫過，畢竟事關孫子一生的幸福。他希望孫子能遇到自己喜歡的女子，若政商兩界的找不到合適的孫媳婦，他甚至不介意孫子找個平民女子。李家不缺錢，到了這個年紀，他只盼望兒孫幸福。

但李家今天的一切，都源於當年唐宗伯對他的知遇指點，這個恩必須報。

李伯元幾乎三天沒合眼，反覆思量琢磨，最終痛下決定。應！不應，宗薇也會纏著卿宇！

余家不倒，他們的手段莫測，誰知道會用什麼法子纏上李家？只有除掉余家，李家才會高枕無憂。若唐宗伯和夏芍不能解決余家，他便拚盡在華人世界的影響力，也要取消婚約。

余九志是唐宗伯的死仇，李家盡一份心，就算是幫唐宗伯報仇了。

「李伯父，您放心，我發重誓，為期三月，必除余家。」夏芍再次保證。

師父和師兄還有一個半月來港，這段時間給她挖坑佈局，足夠了。

只是這一個半月的時間，她得抓緊些。來了香港半個月，她還沒跟馬克沁和莫非聯絡過，她打算今晚就找他們，請他們幫她做些事情。

在為李卿宇化劫的這段時間裡，她不能時刻跟在他身邊，她還要見玄門的人。她不在的時候，免不了要勞煩馬克沁和莫非幫忙盯著。

當然，她會先用天眼為他預測吉凶，再挑沒事的時間外出辦事。

她準備今晚就趁夜深出門一趟，可用過晚餐之後，李卿宇竟向她提出邀約：「我想開車出去兜兜風，有興趣一起來嗎？」

夏芍看看外頭的天色，「這個時辰？」

李卿宇挑眉，目光有些深究，「時辰？」

夏芍咬唇，沒多解釋，只問：「除了開車兜風，還要做別的事嗎？」

李卿宇想了想，答道：「或許還會去酒吧喝點酒，怎麼樣？」

他見她皺了皺眉頭，看起來有點糾結。

夏芍確實感到糾結，按照奇門術數來看，今天不太適合出行，尤其是在這個時辰，出去容易遇事。至於是什麼事，她也不好說。她跟李卿宇一起出去的話，她就身在局裡，用天眼也看不出來。只是根據局象，知道事情不大，卻有點麻煩。

雖然她可以提議李卿宇過了這個時辰再出去，可是晚兩個小時就又太晚……

夏芍很想問能否改明天，但當她看著站在窗邊望著外面風景的李卿宇時，忍不住動搖起來。這個男人總是一貫深沉自制，連在得知李伯元要他與余家聯姻的時候，也還是不露半點情緒，甚至想也沒想就點頭。

對方是余薇，她不覺得李卿宇喜歡余薇，但他仍是點了頭，彷彿決定的不是自己的婚姻。對於這件事，夏芍有些內疚。一切都是她和李伯元謀劃的，沒真想把他的婚姻搭進去，他卻被蒙在鼓裡。除非他沒有感情，否則怎麼會真的願意？他只是將感情藏得很深，不代表心裡不難受，否則為什麼會想開車出去兜風喝酒？

他是想要發洩一下吧……

夏芍幾番思量，終是點了點頭。

算了，反正也不是什麼大事。就算是大事，她也捨命陪君子了。

「要變裝嗎？你現在可是全港少女眼中的一塊鮮肉。」夏芍打趣道。

李卿宇仍舊面無表情，只在走出李家大門時回了一句：「即將售出。」

夏芍愣了愣，噗哧一聲笑了出來。

李卿宇居然有幽默細胞？

她沒看見，走在前頭的李卿宇，額角突突跳動。

……

香港的夜色很美，華麗裡不失沉靜，看得見美景，也靜得下心。

李卿宇並未變裝，他似乎不在意無所不在的狗仔，連出門都開著勞斯萊斯，完全不避人，卻也不讓人覺得招搖。

李卿宇開著車，車速緩慢，車窗開著，在路上繞了一個多小時，最後車子停在一處不知名的半山腰上。車上有紅酒香檳，李卿宇拿了兩個酒杯，倒了酒，一杯遞給夏芍，一杯自己拿著，下車倚在車身上，吹著山風，遙望山下的點點燈光。

夏芍跟著下車，挑眉問道：「你不是要去酒吧？」

李卿宇臉上露出淺淡的笑意，「這裡不是比酒吧好嗎？」

夏芍翻白眼，好吧，這裡好。不去酒吧也好，那種地方人多嘴雜，容易惹麻煩。

李卿宇輕啜紅酒，也不說話，氣氛沉悶。夏芍也不是活潑的性子，要是徐天胤在，她許會鬧鬧他，可身旁的人是李卿宇。

不過，她還真的有話想說。

「余薇的事，你就這麼答應了？」

李卿宇果然轉過頭來，目光有些深。夏芍怕他誤會自己想過問他的私生活，便笑了笑，又問：「跟沒有感情的人共度一生，換成是我，也會不好受。」

夏芍看著李卿宇，不知道自己這麼說算不算唐突。

李卿宇目光柔和地道：「怎麼，你們公司的保鏢還兼顧心理輔導？」

夏芍愣了愣，這個男人拐彎抹角地罵人，以為她聽不出來？上回說她搶風水師的生意，這回不就是在拐彎抹角說她搶起心理治療師的生意嗎？

她又翻起白眼，索性認了，「對，捆綁銷售，要收費的。」

李卿宇低頭，少見地沉沉笑出聲來，抬頭時眼神依舊柔和，甚至帶點繾綣，「這麼說，你們公司對員工的培訓倒是全方位。下回我請保鏢，會再找你們公司的，不過……」李卿宇的眸色又深了，「下回不會再找妳了。」

夏芍愣住，「為什麼？我很優秀的。」

對於她的自賣自誇，李卿宇笑意更深，「再優秀，也是女人。」

夏芍皺眉。怎麼？原來他是大男人主義？

「女人總要嫁人的，保鏢的職業太危險，妳已經二十歲了，不想退出這行嗎？妳這麼會搶別人生意的人，在其他行業也會有很好的表現。」

他雖是開她玩笑，但夏芍聽得出來，他是在擔心她做保鏢不安全。

兩人相識僅僅半個月，這麼短的時間就能得到他對自己的關心，夏芍覺得她應該知足和感激。她微微一笑，問道：「二十歲很老嗎？」

李卿宇凝視著她，「不老，但已經到了可以為自己打算的年紀。找個愛妳的男人，結婚生子，享受圓滿的人生。刀口舔血的日子，還沒過夠嗎？」

「那你呢？你就不為自己打算嗎？不想找個你愛的女人，結婚生子，享受圓滿的人生？這種連婚姻都不能自主的日子，還沒過夠嗎？」夏芍反問。

李卿宇被反問得微愣，低沉一笑，似笑她的伶牙俐齒，「我跟妳不一樣，妳的人生可以選擇，我不能。我生在李家，李家給了我一切。為了家族，我必須有所犧牲。」

「可我覺得，以你的能力，不需要李家，你也一樣可以做到這個程度。」

李卿宇顯然不贊同她的話，「我的能力是李家培養的，爺爺把我教養長大，我從小花李家的錢，利用李家的資源，接受李家給予我的精英教育。我現在可以說，我不需要李家了，但在我未長成之時，是李家庇護著我，它從未說過不要我。」

夏芍聞言垂眸，確實是這麼個道理……

「我是李家的繼承人，李氏集團的總裁，我擁有太多人夢寐以求的東西。我掌握著它，總要拿別的東西來換。事業成功、婚姻美滿、兒女成雙，這樣的人生誰不想要？但很少有人能占全。」李卿宇語氣平靜，聽得出來這是他的真心話。

他不是話多的人，或許是今晚的風很柔，或許是身邊的人讓人放鬆，李卿宇把夏芍當成了傾聽者一般，兩人不由自主聊了起來。

「男人不是女人，對婚姻沒有那麼多童話般的憧憬。我從記事起，就知道愛情是童話，婚姻是現實。童話只有書裡有，現實卻是我們都在經歷的。世上有多少男女是因為愛情走到一起的？到了適婚年齡，遇到合適的人，只要沒什麼不良嗜好，性格可以忍受，雙方父母同意，兩人就可以走到一起了。這就是現實，現實永遠多過於童話。世上有多少人生活在現實裡，就有多少童話只能寫在書裡。」

李卿宇望著山下的霓虹，目光幽遠，「我對婚姻也不是沒有憧憬，我希望對方是個好女孩，婚後我會忠於她，盡丈夫該盡的責任。她會信任我，不會為八卦雜誌的捕風捉影爭吵冷戰。對長輩，我們盡晚輩的責任。對孩子，我們盡父母的責任。這樣就很好了。聯姻，還是自由戀愛，我要的生活都只是這樣。」

夏芍許久沒說話，對李卿宇有了更深的認識。他是個生活在現實裡的男人，看問題成熟實際，頭腦清醒，甚至實際得讓人覺得人生很無趣，少了那麼一點對生活的激情，但……他仍然是個好男人，一個懂得負責任的男人。

「我是不是打破了女人對愛情的幻想？」李卿宇見夏芍不說話，笑了笑，問道。

「不是。」夏芍搖頭，她跟李卿宇的人生價值觀其實差不多。在沒有遇到徐天胤之前，她也沒有過早地考慮愛情。愛情只是生活的一部分，遇到是她的幸運，遇不到也不強求，卻沒想到會這麼早遇見了那個愛她逾生命的男人。

徐天胤跟李卿宇不一樣，他們完全是生活在不同世界的人。

李卿宇生活在現實的世界裡，有法制有規則，或許有爾虞我詐，但至少有秩序。而徐天胤的世界裡沒有秩序，他遊走在法制和規則之外，所見所聞、所做的事都是屬於黑暗的。

如果不是遇到了徐天胤，夏芍絕對不會相信，世界還有這樣一面。而正是這個世界裡滿是黑暗的男人，默默為她撐著一片天，讓她早早遇見了愛情，也相信愛情。

想到徐天胤，夏芍溫柔微笑，讓李卿宇看得發愣。

「看不出你話還挺多的，我一直以為你很老成，話很少，原來你還會跟人聊天。」

李卿宇笑而不答，他確實很久沒跟人聊過天了，尤其是跟一個不熟悉的女人。他也沒想到兩個人能聊得來，像多年不見的老友，這種感覺很舒服。

「你覺得余薇會給你想要的那種婚姻生活嗎？」夏芍把話題又繞回來。

李卿宇想要的婚姻生活很平淡很簡單，可余薇顯然不是這種人。雖然她知道他們訂婚的消息是個局，但李卿宇不知道，就算他有為家族犧牲個人幸福的覺悟，可對婚姻這麼簡單的要求都不能實現，心裡會不好受吧？

「我不喜歡控制慾太強的女人，她很明顯不合適。」李卿宇喝了口紅酒，語氣又沉了下來，「不過，還是那句話，很多事很少有人能占全的。沒有婚姻，還有生活，不是嗎？」

李卿宇看了夏芍一眼，仰頭把杯中酒一口喝乾，「可能是我婚姻緣不好？妳會看八字嗎？幫我看看是不是這麼回事。」

夏芍再次翻白眼，似真似假地道：「放心吧，我看你妻妾宮光潤無紋，豐隆平滿，將來的妻子必定家世不俗，應是經商之人。余薇跟你還沒訂婚呢，我瞧著她跟你沒有夫妻緣，你的婚姻生活會美滿的。」

夏芍也把紅酒喝了，轉身鑽進車裡。李卿宇笑了一聲，笑她扮神棍扮得很像。上車後，關上車門，李卿宇坐在駕駛座上，半晌沒發動車子，過了一會兒，他才說道：「謝謝。」

夏芍一愣，隨即笑了。這個男人就是愛死撐，明明不喜歡余薇，還偏得用一番大道理催眠自己，活得可真累。希望他以後會遇到一個像他說的那種女孩子，簡單一點，溫柔一點，至於余薇……她不會看著她嫁給李卿宇的。

「還去酒吧嗎？不去的話就開車回去吧，晚了李老會擔心的。」她還得趁李卿宇睡著後再出來找馬克沁和莫非，順便打聽點事，看看玄門的風水師們現在都在香港的什麼地方活動。

「好，以後有機會再出來。」

李卿宇剛發動車子，後頭的山路上就隱約傳來其他車子的油門加速聲。

夏芍轉頭往後看，三輛法拉利敞篷跑車坐滿了男男女女，他們相互追逐著，車裡的音響聲量開得很大。這些人一路笑鬧著，從李卿宇的車旁呼嘯而過。

李卿宇等這三輛跑車過去，才準備踩油門下山，沒想到那三輛車竟然又倒了回來。

「這不是李少嗎？」三輛車退回來，呈半弧形，將李卿宇的車前後和左邊都擋住，堵在了山道一側。最前頭一輛法拉利上下來一名青年，穿著貴氣，看著像是富家子弟，舉止卻流裡流氣，身上一股酒味。

三輛車上一共下來十個人，兩女八男。女的穿著暴露，男的更是不正經，其中兩個人手臂上還有刺青，痞氣十足。

最先下來的那個青年走過來，透過車窗看進車裡，目光輕浮。

夏芍微微蹙眉，猜測著這些是什麼人。

李卿宇沒下車，只是轉頭看向車窗外，眼神有幾分涼意，「林少，這是什麼意思？」

「跟李少幾年沒見，老朋友相見，打個招呼而已。聽說李少要跟余小姐訂婚了，兄弟還沒時間恭賀，沒想到會在這裡看見李少，特地來恭喜你，李少不會不高興吧？」林冠笑著扶住李卿宇的車，又往車裡看了一眼，「咦？裡面的……不是余小姐？」

夏芍坐在後座，林冠從駕駛座的窗戶望進來，車裡光線很暗，他看不太清楚，但隱約感覺不是余薇，頓時便笑了。

「喲，李少也會玩這套？剛要跟余小姐訂婚，轉頭就帶別的女人出來了？」林冠說完，其他人都勾肩搭背笑了起來。

兩個手臂上有刺青的男人明知李卿宇的身分，對他卻不忌憚，還大咧咧開著玩笑，「李少，這事要是讓余小姐知道，恐怕就不好了。」

「你怎麼能這麼說？哪個男人不玩女人？李少能在余小姐眼皮底下玩女人，那是他的厲害！就是不知道什麼樣的女人敢碰余小姐的男人……」

兩人看一眼身邊的同伴，幾個男人不懷好意地笑，兩個女人卻是目光直往李卿宇身上瞥。

李卿宇對這幾個人的挑釁全然不理，只是說道：「林少，我敬你是林伯父的兒子，請你說話放尊重一點。」

「放尊重一點？女人跟著男人出來鬼混，還用放尊重一點？」林冠不但不聽，反而朝車裡喊：「裡面的小姐，李少的技術怎麼樣？想不想換個人嘗嘗？」

其他人又是一陣起鬨，兩個刺清的男人過來敲車窗，要夏芍把車窗放，想瞧瞧她的長相。

夏芍不知道這個姓林的跟李卿宇有什麼過節，但很明顯是來找碴的。這還真是應了今晚出來前的局象，有點麻煩了。

夏芍坐在後面看不見李卿宇的臉，只聽他聲音微涼地道：「林少，我再說一遍，請你放尊重一點，她是我的保鏢。」

「保鏢？」李卿宇不說還好，一說這話，林冠立刻露出誇張的表情，吹了聲口哨，對身後的一群人喊道：「保鏢！女保鏢！聽見了沒？咱們李少最近風光啊，李氏集團的總裁，風靡全港！黃金單身漢，竟然雇個女人當保鏢？」

其他人哄笑，林冠湊近車窗，招呼同伴：「來來來，都來看看，瞧瞧李少的女保鏢！」他邊說邊把頭伸進車窗裡，直往夏芍那邊看，還吹了一聲響亮的口哨，放肆而囂張。

這時，李卿宇握著方向盤的手忽然毫無徵兆地探出，抓著林冠的頭髮便往車窗上砸去。

林冠猝不及防，被李卿宇抓個正著，按在車窗上。

砰一聲，林冠被壓得臉色漲紅。

林冠的同伴都愣住，酒意頓消。

李卿抬頭看著被他壓制住的林冠，有一種居高臨下的睥睨姿態，「我說過了，要你放尊重一點。說請字你聽不懂，這樣聽得懂嗎？嗯？」

他伸出另一隻手，拍拍林冠的臉，「酒喝多了，這樣清醒了嗎？」

林冠被壓在車窗上，一時喘不上氣，忍不住瞪著李卿宇，卻看見他眼底的涼意。

林冠又驚又怒，沒想到李卿宇竟然會動手。李卿宇已經不是童年那時，被他惹惱了還會跟他打一架，自從他去國外讀書回來，他挑撥他，他再沒動過手。

「混……咳咳！」林冠想破口大罵，一出聲卻是咳嗽。

林冠的咳嗽聲把同伴驚醒，幾個男人圍了過來，兩個人去拉林冠，剩下的人來拉車門。其中一個刺青的男人，忽然掏出一把手槍，指向李卿宇。

「媽的！林少你也敢動！放手，不然老子斃了你！」

夏芍突然動了。她掐了掐指尖，那個男人身體僵住。夏芍趁機推開車門，圍在外面的幾個人被撞飛。在她下車時，李卿宇揪著林冠，把他朝拿著手槍的男人拋過去，然後跟著下車。

他剛下車，就聽見骨裂聲。李卿宇一拳打退眼前的人，轉頭看去，只見夏芍正一腳踏在被車門撞倒的男人胸口上。那男人的骨頭裂開，差點吐血。

夏芍臉上掛著淺笑，眼中泛著冷光，出手如電，角度刁鑽，拳腳所到之處，骨裂、慘叫聲不斷。她的動作很優雅流暢，下手卻是穩狠準，很快地上就倒了一票人。

李卿宇愣愣地看著夏芍，她泰然自若地從他身邊走過去，一巴掌拍開那個持槍的男人，接著俐落地奪槍，彎腰把林冠從地上提起來，槍口指向林冠的腦袋，慢悠悠地說道：「去，叫個人把擋路的車開走。」

林冠被李卿宇推出去時，不慎扭到腳，後來又被夏芍掃了一腳，一條腿徹底斷了，此時鼻子正流血，看起來慘不忍睹。他被夏芍拽起來，用槍敲著頭還不肯就範，眼神凶惡，瞪向李卿宇，「李卿宇，你他媽的找死！你敢動老子，信不信老子找一幫人搞死你和你的小保鏢！」他罵完李卿宇，又罵夏芍：「妳知道老子是誰嗎？在香港敢拿槍指著老子的頭，你他媽找死！」

夏芍像是沒聽見他的叫囂，看向兩名嚇得抱在一起的女人，吩咐道：「把車開走。」

「不准開！給老子打電話叫人，老子今晚要他媽……啊！」

話沒說完，林冠便覺得太陽穴一陣劇痛，兩眼一翻，險些昏倒。

兩個女人尖叫一聲，驚恐地看著林冠太陽穴滲出血絲。

夏芍笑咪咪道：「去吧，別耍花樣，槍裡還有六發子彈沒用。」

兩個女人哆哆嗦嗦上了前頭的跑車，抖著手發動車子，把車子開到一旁。

「鑰匙。」夏芍對著車上的鑰匙努了努嘴。

兩個女人互看一眼。她要鑰匙做什麼？沒有鑰匙，車就不能開了，這一地的傷患……

夏芍挑眉，兩個女人趕緊把車鑰匙拔出來交給她。

誰知夏芍又把另外兩輛車子的鑰匙也要了來，然後槍托往林冠後頸落下，林冠應聲倒地。

她拿著槍和鑰匙，叫李卿宇上了車。

車子發動，兩人下了山。到了山下，夏芍將三輛跑車的鑰匙從車窗拋了出去。

李卿宇從後視鏡看了夏芍一眼，沒有說話。許是今晚見她動手，對她有了新的認識。

夏芍問道：「那個姓林的是什麼人？」

在香港不賣李家面子的，必然是有不俗的背景，而且對方還有槍。姓林的帶的那群人看起來很痞，不像是出身豪門。

「小人物，不值一提，但他的父親在香港黑道名氣很大。」李卿宇一邊開車，一邊從後視鏡裡看夏芍，「他父親林別翰是三合會的坐堂，母親姓李，跟李家沾著點親。」

夏芍微愣。三合會？

三合會和安親會的歷史都很悠久，安親會的前身是青幫，分四庵六部，三合會則分內八堂外八堂，名稱雖不一樣，但都是主管幫中事務的。

坐堂在三合會應屬內八堂，主管幫中事務，相當於總管，位階不低。

林冠是林別翰的私生子，說來也巧，他母親是李家的遠親，在香港也是經商家族，可惜家道中落。林冠的母親為了尋找援手，設計懷了林別翰的孩子。那是二十多年前的事了，當時的林別翰就深得三合會的龍頭戚家的器重，在幫中很有威望。

林別翰極重義氣，有個青梅竹馬的未婚妻，可惜身體羸弱，結婚後始終未有所出。李氏設計林別翰的事情到底是怎麼得手的，很少人知道，道上只傳聞事後林別翰大怒，非但沒有幫李氏一家，反而放出話，誰也不許幫忙，結果李氏娘家因此而敗落。

據說李氏是因為懷了林別翰的孩子，最後才沒被林別翰所殺，但他始終不認這個孩子。林冠小時候過了一段私生子的日子，直到十年前，林別翰的妻子過世，臨終前囑咐他讓林冠認祖歸宗，林別翰這才承認林冠的身分，但至今也沒把他接回林家居住。

林冠和他母親最艱難時，是靠著李家的接濟過活的。林冠小時候在李家大宅住過一年，他跟李卿宇年紀相仿，李卿宇的母親伊珊珊也是未婚生子，讓李卿宇也背負著私生子的名聲。因此，林冠找到了同病相憐的人，把李卿宇當作玩伴。沒想到李卿宇懂事早，不愛跟著他胡鬧，林冠想方設法地挑釁他，兩個孩子曾經打了一架，從那之後，李氏就帶著林冠離開李家大宅。

李家對林冠母子算是仁至義盡，幫他們母子在外面置辦了一棟房子，供他們母子棲身，但這正戳中了林冠敏感的自尊心。後來，李卿宇在李家大宅接受李伯元親自教導，伊珊珊也正式嫁入李家，林冠卻和母親在外頭居住，不被林別翰承認。

同樣是私生子，境遇天差地別，這讓林冠很不平衡。他少年時期就不學無術，結識了一幫小混混，吃喝嫖賭樣樣來。雖然林別翰不承認他的身分，但他畢竟是三合會坐堂的獨生子，所以知道這件事的人對林冠還是多有照顧。

然而，這更助長林冠的囂張氣焰。十年前他父親對外承認他的身分，雖是沒讓他搬回林家住，但也送他去國外念書，可惜他不學好，回來後還是一個樣，靠著他爸在黑道上的威名作威作福。因為犯的都是打架鬥毆的小事，林別翰便睜隻眼閉隻眼，只當沒這個兒子，也不管他。

李卿宇被宣布成為李家的繼承人，這對林冠來說，無疑是一粒揉在眼裡的沙子。他一直想找李卿宇麻煩，這才有了今晚的衝突。

「不必在意他，林伯父跟爺爺有些交情，林冠不敢跟他父親說這件事。」

夏芍沒想到今晚居然把三合會坐堂的獨生子給揍了，世上的事果然是無巧不成書。她來香港為師父報仇，想拿回玄門的主事權，而三合會跟余九志關係密切，公開支持余九志。說起來三合會也算是敵人，不料她還沒找余九志麻煩，就先遇到了跟三合會有關的人。

玄門歷來跟三合會和安親會交好，唐宗伯曾說過，玄門的風水師們在港澳、東南亞和美國、新加坡等地比較活躍，因此與占據南方的三合會關係更密切些。只不過當初安親會的老當家重情，與唐宗伯關係不錯。當時，正值安親會和三合會爭鬥最厲害的時候，玄門裡的長老分作兩派，有支持安親會的，也有支持三合會的。

唐宗伯被暗算時，正值他去內地為安親會在新市的堂口選址，當時新市剛好處於兩個幫派爭奪的地盤，三合會也委託了余九志去那裡為置辦的產業選址，兩個幫派為此爭得不可開交。為了和平解決，余九志便提出與唐宗伯鬥法，誰贏了，哪個幫會便在此安家落戶，輸了的就退出，不得有怨言。

唐宗伯一口答應，卻被早已有所準備的余九志暗算。

當年的事，三合會到底有沒有參與不得而知。如果沒有，事情好辦很多。如果有，這次香港之行的任務就艱巨多了。

回到李家後，夏芍說了句要休息就回自己的房間。

她自然沒有休息，只是將房門反鎖，然後悄悄打開窗戶，從陽臺翻了出去。

夏芍左拐右拐，不多時便走進一條小巷子。四下看了看，走進其中一棟老舊的樓房，在頂樓的一個住戶門前停下了腳步。

輕輕敲了三下，房門便開了。

來開門的是莫非。她對夏芍點點頭，便將她讓進了屋裡。

馬克沁正坐在沙發上吃泡麵，一見夏芍進來，就開始抱怨。

「來得太晚了，我們都到香港半個月了，妳才想起找我們！我真懷疑徐是雇我們來旅遊的，不過旅遊住在這種破房子實在悶，這半個月可憋死老子了！」

莫非看他一眼，表情冷，聲音更冷，「等待是傭兵的基本素質，抱怨，說明你不合格。」

馬克沁像是被制住，摸摸光頭，咕咚咕咚把湯喝完，便坐在一旁不說話了。

夏芍笑看了兩人一眼，開門見山說明了來意：「我已經知道是誰要害我的雇主，請你們幫我留意一下這三個人的動向，我需要你們幫我在這三人的家中裝監視器，儘量拿到證據。」

「安裝監視器？」馬克沁直起身子，一副被夏芍大材小用的模樣，誇張地道：「還真的是小事啊！嘿，莫，她想讓我們去當工人！」

「我們的雇主是夏小姐，她的需要是讓我們協助。你對雇主的要求有怨言的話，我可以跟伊迪說一聲，讓他停止你的任務，換別人過來。」莫非看也沒看他，只是看著夏芍遞來的資料，然後點點頭，「我今晚就安排。」

「我看看！」馬克沁聽到莫非要攆他回去，立刻跳了起來，把資料搶到手，快速翻閱，接著指著其中一人道：「我監視這個小子！這小子一看就不順眼！」

「動作要快，今天李家發生了一件事，他們可能會起疑心，說不定會有動作。」

夏芍說的是余九志以祈福開運為名開天眼的事。

莫非說道：「那是你雇主的事，不必說給我們聽。妳只需要吩咐我們怎麼做，我們不管妳有什麼理由，只要是雇主吩咐的便會照做，這是傭兵的鐵則。」

夏芍笑道：「好，那我三天前打電話給你們。對了，請你們調查的事，查得怎麼樣了？」

莫非聞言轉回房裡，拿了一份資料出來給夏芍，「這是妳要的資料。我們已經查過，在香港從事風水業的人約莫有四萬，其中百分之九十是小風水師，不太有名氣。有名氣的那些都是玄門四老的弟子，他們在商業區開館，地址、業務和客戶狀況都在資料裡。妳要找的人風水館已經在五年前關閉，對方近年的情況和地址也在資料裡面。」

夏芍翻看了一下，她要找的人是玄門四老中的張老。他是唯一堅持唐宗伯還在世，不肯服從余九志的人。正因如此，其門下弟子被打壓得幾乎死絕，自己也被逼得閉館，連住所也遷去了富人不多的地區。

夏芍收起資料，對莫非和馬克沁道謝，然後說道：「我最近會很忙，晚上可能會經常出門辦事，到時我會聯絡你們，請你們幫我保護我的雇主。」

「嘿！又要幫妳看著妳的雇主，還得幫妳監視三個人，可我們只有兩人！用你們的中國話說，妳以為我們有三頭六臂啊？」馬克沁瞪眼。

夏芍笑笑，知道他不是認真的，只是故意找碴而已。這人大概還記著那天她把他當墊背，還把他的軍刀丟到垃圾堆的事。於是，她開玩笑道：「閒了也不行，忙了也不行。用我們的中國話說，你比女人還要婆媽。」

馬克沁的中文勉勉強強，說起話來帶著濃重的外國腔調，他顯然不太明白「婆媽」是什麼意思，但夏芍拿他跟女人比，他一聽就知道不是好話，頓時叫道：「莫，她是不是在罵我？我真的很懷疑，徐怎麼會看上這個女人！她一點也不善良，把一個大活人從樓頂丟下去，拿人當墊背，還把比克留給我的軍刀丟到垃圾堆！」

夏芍噗哧一聲笑了出來。她就知道，這男人個頭大，心眼兒小。

「那是你技不如人，怨不得別人。」莫非板著臉說道。

夏芍打算今晚去見玄門四老中的張老，正好莫非和馬克沁要潛入李家大房和二房家中安裝監視器，三人便一起下樓。

也不知道兩人從哪裡弄了輛大車來，外觀看起來像是小貨車，內裝卻讓夏芍眼睛一亮。裡面各種儀器齊全，明顯是改裝過的。

馬克沁開著車，要先將夏芍送去張老的落腳處。

車子越開越偏僻，張老住的地方遠離住宅區，是一幢獨立的小樓房，旁邊有個死水般的湖泊，對面有座小山，山腳下有零星幾個墳墓，深夜看起來頗為詭異。

夏芍忽然開口說道：「停車！」

張老的家還沒到，夏芍就要求停車，馬克沁和莫非看了她一眼。眼見張老的家就在前面不遠處，抬頭就能看到，這才停了車。

車子一停下，夏芍就跳了下來，落地時開了天眼。

果然，此地陰氣極重，異常凶險。

如果夏芍有羅盤，便會發現張老家的獨棟二層小樓房坐向是出線的。

夏芍平時不用羅盤，但當初跟著師父學習風水理氣時，羅盤是先識之物。唐宗伯手中有一個玄門祖師傳下來的大羅盤，五十二層，格子最多的一層足有三百八十四格，放在手中沉甸甸的，儼然端著一本風水術數的百科全書。在學習羅盤的那段時間，夏芍對師父的大羅盤眼饞得緊，與那個紫檀木的六壬式盤一樣，被她天天盯著瞧，恨不得走到哪兒都抱著。

對風水師來說，羅盤是必備之物。中國人認為，人的氣場受宇宙氣場影響，和諧就是吉，不和諧就是凶。他們憑著經驗，把宇宙中各個層次的資訊，星宿、五行、天干地支等全部放在羅盤上，通過磁鍼的轉動來判斷吉凶。

風水學中的氣，其實就是磁場。羅盤中心的磁鍼被磁場牽引著轉動，包含著磁場的規律。羅盤中心有兩道醒目的十字交叉的紅線，叫做「天心十道」。凡是發生過凶殺事件的房子，其坐向大多是出線的。

從風水學上來說，這是氣有問題，而從地球科學上來說，這是磁場有問題。

夏芍因有天眼，陰陽二氣皆在眼前，形象而直接，所以她從來不用羅盤。儘管不用，在打量過此地的環境後，她也敢保證，張老家中的房子門向上來說，必定在出線的凶格。

別的不說，這棟房子在道路盡頭，門向開得詭異，正面有幾座孤墳，墳後有座山。因是在郊區，也不知是開發商要建房還是怎樣，那座山中間被挖了一半，遠遠看著就像裂開似的。

夏芍走到幾個墳堆前看了看，地上的草長勢差，土色黑，已經變成了一塊養屍地。

所謂養屍地就是指一些地脈之象極陰，屍體葬進去後不容易腐爛，肌膚保持水分有彈性，衣被服飾色豔如新，而且屍體的頭髮和指甲會繼續生長。民間有傳聞，這樣的屍身會汲取日月精華，最後成為僵屍，吸食人血，於夜間出沒害人。

養屍地確有其事，因為地氣陰，屍體葬在裡面確實不容易腐壞。有人類學家認為，指甲和頭髮正常生長說明地氣滋養著人體，屬於生物學上的正常現象。可這些屍體會不會變成僵屍害人，那就是民間傳說的部分了。這種民間傳說是否真實，夏芍沒親眼見過，不好妄下結論。

不過，這種極陰地脈由於陰氣重，確實很容易招惹靈體前來。本來地脈就陰，靈體多了，此地氣場就更陰。房子的大門是氣口，天天納陰氣入門，必然是凶格。

再者，這棟房子的問題不僅如此。

夏芍看過這片墳地，便又走回馬路中央，順著路直望過去。因為房子坐向問題，這條大路直衝的方向，屬於白虎開口的格局，主橫禍、血光之災。

這還不算完，房子一側，略微靠近屋後的位置還有個死水湖，位置很不對勁。一處凶象也就算了，這房子有三處凶格，凶上加凶，可謂是不折不扣的凶宅。

夏芍蹙眉，實在不明白，張老是風水師，家怎麼會安在這樣的凶地？

她望著遠處的二層小樓出神，坐在車裡的馬克沁和莫非看著夏芍的背影。此刻正值深夜，大路上沒有人，中央站著一名女子，靜靜地望著路盡頭的小樓，怎麼看怎麼詭異。

兩人不知道，詭異的事還在後頭。

夏芍的目光陡然一變。原本籠罩在張家小樓附近散不去的陰氣，開始聚攏，小樓上空好似壓了片烏雲般，陰煞越聚越多。

這時，夏芍忽地覺得背後陰風陣陣，猛一回頭，竟見墳地裡不知何時冒出幾個靈體。

夏芍一直開著天眼，這幾個陰人剛剛不在，什麼時候出來的？而且看這些陰人周身的煞氣，不像是普通靈體，而像是被陰煞之氣蘊養出來的，有些凶氣。

她往後急退，突如其來的動作被車裡密切注意她動向的馬克沁和莫非看在眼裡，兩人面色一沉，迅速下車，槍已在手，警覺地張望四周，但不管怎麼看，都沒發現什麼可疑狀況。

「怎麼回事？」莫非問。

夏芍像是沒聽見，目光緊盯著對面零星的墳堆。那幾個陰人在她退走時發現了她，竟似有意識般看了過來，無神的眼睛盯著夏芍及走過來的馬克沁和莫非。

夏芍想起什麼似的，伸手掐指一算，臉色沉了下來。

「你們兩個上車，馬上離開這裡！」夏芍二話不說，把馬克沁和莫非趕回車裡。

馬克沁和莫非見夏芍表情嚴肅，就知道她不是開玩笑的，到底發生了什麼事？

「喂！女人，妳……」

「快上車！」不待馬克沁問完，夏芍將兩人推到車上，身後幾個陰人已經緩慢飄了過來。

「怎麼回事？」馬克沁瞪著眼，堅持地追問。

夏芍懶得解釋，一眼瞥到車上裝備的儀器，說道：「看看你們的儀器！」

馬克沁反應不慢，迅速打開儀器，只見螢幕出現受干擾的波浪線，發出滋啦滋啦的雜音。

「有干擾？」

「這地方磁場有問題，待久了對你們不好。」夏芍邊說邊把車門關上。

莫非從窗口探出頭來，問道：「我們走了，妳呢？」

「我是風水師，處理這些事是我的專長，你們不用擔心我，天亮我打電話給你們。」夏芍站在車外揮手，眼角餘光留意著朝飄過來的陰人，卻發現這些陰人靠近馬路邊緣時，明顯有東西困住了他們。

莫非順著夏芍視線看去，只看到幾處孤墳，再瞥向故障般的儀器，便深深看了夏芍一眼，「凌晨五點聯繫，妳若沒有打電話來，我們便通知徐。」說完，她對馬克沁道：「走。」

馬克沁對莫非的話異常聽從，莫非一句話，他就發動了車子。

直到車子調頭開走，夏芍還苦笑著。這個莫非，不說要她小心，只會威脅她。

她轉頭看向被擋住過不來的陰人，眸光一暗，沉著臉走了過去。

走過去才發現養屍地周圍被下了釘陣，這幾個陰人是被困養在這裡的。由於此地地脈極凶，久而久之養成了凶性。還好這裡被佈了陣法困住，否則路過這裡的人，必會被靈體所傷。

夏芍剛才之所以沒發現這幾個陰人，應該是因為時辰的問題。這幾個陰人被困養在陣中，平時出不來，但此時正是「五不遇時龍不精」的凶時，凶氣大盛，陰人才能藉由凶氣現身，但以這個時辰的凶力，以及他們被養出的凶煞之氣，竟無法突破釘陣，可見佈陣的人修為之高。

夏芍打量了一下周圍的風水格局，忍不住笑了起來。

本來想直接登門拜訪，可遇到這麼有趣的事，不跟張老來個特別點的招呼，有失禮數。

夏芍想了想，抬腳朝湖泊走了過去。

這個湖是死水湖，只有一個氣口，她找準氣口的位置站定，取出繫在腿側的龍鱗，盤膝坐了下來。她要佈一個困井之陣，跟張老打聲招呼。

所謂困井之陣，就是找一個媒介，將氣口封住，媒介便會源源不斷吸收附近的陰氣，而夏芍面前的死水湖剛好適合當作媒介。一旦氣口封死，死水就會吸收陰氣，以這時五不遇時的時辰，再輔以龍鱗煞氣，養屍地裡被困住的陰人很容易便會突破釘陣的限制，被吸收過來。

所謂「五不遇時」是奇門遁甲的說法，即時干剋日干，百事皆凶。有訣曰：「五不遇時龍不精，號為日月損光明。」但凡有靈異事件發生的時辰，大多是這種凶時。

此刻正值子時，丙子遇庚日，大凶。這種時辰連龍鱗的煞氣都會大漲，破除釘陣沒問題。

夏芍也知道，張老困養陰人，使其受陰煞養成凶戾之性，不是想害尋常人，否則也不會設陣困住，避免陰人傷人。不過，即使是這樣，她還是想動一動這個陣，以此作為試探。

師父雖說過張老是他這一派的人，資料上也表明張老是因為偏向師父才遭到余九志的迫害。可時隔十年，人心易變，她不得不小心行事。只有判定他可信後，她才會表露身分。

夏芍本想傳簡訊給徐天胤，讓他不要因她動用龍鱗而擔心，但拿出手機才想起來，這地方氣場亂，收訊差，於是只得收起手機，待過了這個時辰再說。

她看了眼不遠處的養屍地，意念一動，龍鱗出鞘。許久不曾動用過的龍鱗，出鞘後感受到極陰的煞氣，頓時活躍起來。就像是乾渴的旅人在沙漠裡找到水源，便要吸收煞氣，夏芍卻用意念阻止了它，接著把龍鱗插入地上，正中湖泊的氣口。

氣口被龍鱗堵住的瞬間，夏芍迅速變換指訣，驅動龍鱗的煞氣，將湖泊圍了個水洩不通。整個湖泊在黑夜裡如同黑洞般，開始迅猛地吞噬周圍的煞氣。

張家小樓附近的陰煞大漲，正在二樓臥室安睡的老人忽然睜開眼睛，跳下了床。

他穿著白汗衫、及膝的寬褲，套上拖鞋，便急忙奔下樓去。

老人的速度比年輕人還快，簡直是健步如飛，可他的動作再快，跑出小樓時，對面養屍地周邊的釘陣還是已經被人破除，裡面的五個陰人猶如紙片般，眼看就要被吸進死水湖裡。

「住手！快住手！」老人氣急敗壞地大吼，心中卻是震驚不已。

他的釘陣竟然被破了？

當初他為了防止這些陰人養久了，戾氣越來越盛，困住他們時便耗費大半元氣佈了陣法。這個陣法不是無解，但要解少說也得有跟他差不多的修為。如今國內有這本事的人不多，除了玄門四老和余九志之外，可能只有余家的黃毛丫頭和冷家的丫頭了。可這兩個丫頭要想破他的陣法，怎麼也得半天，絕不會如此神速。

就是師兄在世，也不可能這麼快。即便是余九志來了，也得花費大半個時辰。正是因為這樣，他才放心在此地困養陰人，就算有人來搗亂，他也能及時制止，卻沒想到第一次遇上有人來叫陣，而他居然來不及阻止？

「你給我住手，混帳！」張老一邊跑一邊大吼。

夏芍聽見張老的喝止聲，意念一動，五個陰人打著轉兒被吸進了湖裡。

看見自己苦心困養的陰人就這麼被吸進去，張老大怒，朝夏芍拋擲一物過來。

盤腿坐著的夏芍，忽覺有東西直擊自己背後的命門。她未起身，只身了柔韌地向後仰倒，那東西就擦著她的腰側而去。

撲通一聲，那東西掉入湖水之中。

夏芍瞥了一眼，只見湖面上浮起一只拖鞋……

就在這時，張老已至，一掌向她面門逼來。

張老掌風未至，夏芍便感覺到一股雄渾的暗勁，她在地上一滾，翻身而起。張老沒打中人，夏芍盤坐處的陰煞之氣卻被這一掌震出漩渦。

好厲害的暗勁！

夏芍在心裡讚了一聲，眼神發亮，鬥志被激了起來。這可跟面對不入流的小混混不一樣，此刻在她面前的是內家高手。

她看出張老這一掌是想將地上的龍鱗給擊起來，破除她的陣法，但沒想到龍鱗入地極深，紋絲不動不說，他一掌擊散的陰煞之氣也在瞬間又聚攏回來。

這一幕看得張老暗暗納罕，待看向插在地上的龍鱗時，眼裡更是浮現驚駭之色。

夏芍嘴角微勾，反手襲向張老。張老身體一震，回身曲指成爪，直扣夏芍的手腕。

張老個頭不高，比夏芍還略矮些，還有些禿頭，怎麼看都是個不起眼的小老頭兒，但他身手極為敏捷，翻扣夏芍手腕脈門的手指骨節粗大，枯如老樹，實則力如精鐵，還未扣上夏芍的手腕，她已感覺到暗勁壓制得手腕生疼。

夏芍也不是吃素的，她的手一抖，暗勁直擊張老的掌心。趁著他眼神微變的時候，不退反進，手腕就著張老的掌心一旋，轉手反扣。擰轉、旋翻，動作如行雲流水，一氣呵成。

張老也使出暗勁，氣勁直衝夏芍的手心。兩人互看一眼，同時彈開，各退三步。

張老的眼睛緩緩瞇起，「小丫頭，妳是玄門的人？」

很明顯，剛才兩人的招數如出一轍。

「小小年紀就練到暗勁的境界，妳是哪個輩分的？師父是誰？」張老盯著夏芍，目光犀利，心裡卻是震驚。這個小丫頭比余家和冷家那兩個丫頭年輕，修為居然比她們高深。從她的身手來看，她應該是出自玄門，可玄門什麼時候有這麼一個天賦異稟的弟子？

張老打算壓對方一頭，負在身後的手指在十二掌訣的位置掐了一下，想按兩人此時所站的方位，以五行壓制對方的氣勢。可小丫頭顯然看穿他的想法，她輕輕一笑，走了兩步，換了個位置，然後笑咪咪地看著他。

張老冷笑一聲，「好，妳不說是吧？現在玄門的晚輩真是越來越沒有規矩了，長老問話居然也敢不答。或許是我這個長老敗落了，多年不主事，都不把我放在眼裡了。妳不說也行，老夫就擒下妳，再叫妳說出來。綁妳去妳師父那裡討個說法，我倒要問問，為什麼要派個後生來無緣無故毀我陣法！」

張老怒哼一聲，抬手就是一掌。

夏芍側身避過，她雖然只差契機便可煉神返虛，進入化勁境界，但畢竟還沒達到。修為上雖說與張老差不多，經驗卻與他差得遠，因此不敢輕視對方。

兩人在湖邊打了起來，你來我往，掌勢如風，夏芍越打越是嘆服。張老果真是寶刀未老，扣、捉、拿、勾之間又快又狠，力道驚人，害得她幾次僅能險險避過。她毫不懷疑，若被張老拿住，勢必傷筋斷骨。

當然，夏芍也是有優勢的，玄門功夫雖說同出一脈，但在修煉的時候，會根據自身條件不同，著重挑適合自己的修煉。夏芍是女孩子，練不得那些鐵爪，因而走的是柔韌的路線。她勝在身法輕盈，隨走隨變，一股柔勁兒令張老異常光火。

這丫頭對戰經驗不足，反應卻快，一露出破綻被他所鑽，立刻就會避開。這細手臂細腿瞧著不堪一擊，卻很有韌勁，總能在危急關頭安然避開。

百招下來，張老暗暗驚異。以她的年紀來說，能在他手下過招這麼久，已經算是奇才了。她破了他的陣法，他本是恨得牙癢癢的，但看她這修為這身手這年紀，又覺得捨不得。

這到底是哪個老傢伙收的徒弟？命這麼好！

這丫頭天賦如此高，想來是哪個長老收的弟子，那麼……她是仁字輩？可怎麼沒聽說過？

張老眉頭微皺，神色忽然一變。

不管是誰，今晚他必須拿下這丫頭。這丫頭定是受了她師父指使，來破壞他陣法。也就是說，跟他不是一派的人，這樣天賦異稟的後生，絕對不能放回去。

擒下她，看看能不能說服她棄暗投明。

張老這麼想著，攻勢變得凌厲。

新一輪的攻防戰，不管怎麼打，夏芍總能靈巧避開。張老眼珠滴溜溜一轉，只見他飛起一腳，直朝夏芍面門踢去。

那隻腳上沒穿拖鞋，拖鞋早就被扔出去，此時他的腳底板沾滿泥沙，髒兮兮的，夏芍皺眉，往後退去，連忙屏息，暫時停止吸氣。

張老哈哈一笑，「臭丫頭，論經驗，妳還嫩了點，吃我老頭兒一腳吧！」

夏芍哭笑不得，擺出停戰的姿勢，喊道：「停！」

「妳說停就停，早幹什麼了？敢破我的陣，今天就叫妳吃吃苦頭！」

「您老再不停，我就不告訴您我是誰了。」夏芍邊打邊退，退到湖邊，一腳勾出龍鱗。龍鱗在空中打旋，黑濃的煞氣裹得幾乎看不見刀身，明明插在濕地上，竟半點泥沙都沒沾。

夏芍將龍鱗繫回腿側，張老停下了攻勢。她有如此凶戾的法器在手，卻不拿來攻擊他，明顯是不想傷他。如果她真是被人派來搗亂的，怎麼會不想傷他？

張老盯著夏芍，「行，不打了。告訴我妳師父是誰，為什麼破我陣法？」

夏芍慢悠悠一笑，反問：「在此之前，我能問問您，困養陰人用來幹什麼嗎？」

張老一聽，起了戒心，表情卻是譏笑，「怎麼，我都被你們逼到這麼偏僻的地方來了，沒什麼別的愛好，就想養幾個陰人陪我度晚年，這也礙你們的眼了？」

夏芍自是不信這說法。養陰人度晚年？沒聽過這種愛好。

老實說，困養陰人有點損陰德，如果是師父口中那個忠於他的師弟，理應不會是這種行事作風才對。不弄明白這事，夏芍怎麼也不放心說出自己的身分。

這麼一思量，她果斷開了天眼，向張老看去。

沒想到張老的感官很敏銳，目光瞬間變得銳利，迅速退開，夏芍卻已收回了天眼。

張老在剛才那瞬間，明顯感覺到無形中似有一隻大手將自己罩住，令他渾身不適，卻想不明白為什麼會有這種感覺，也不明白夏芍是用了什麼術法，但當他警覺地退開後，看見她望著自己，眼中有感動和複雜之色。

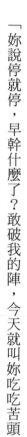

夏芍問道：「您困養陰人，該不會是想煉製符使，對付余九志吧？」

符使是一種將陰人和符籙結合起來的攻擊術法，須用陰煞之氣將陰人養得凶戾，再以祕法融入符籙中，才能用符籙驅動陰人進行攻擊。困養陰人無不是選擇極陰之地，以陰煞困養，掌握不當，若使陰人傷了無辜，會惹來業障，且養陰本身也損陰德，因此唐宗伯曾告誡夏芍，不得輕易使用此法。

夏芍從未用過這法子，今晚見到這幾個陰人，才會一時沒想起來是煉製符使。可就在剛才，她在天眼中預見了不久的將來，張老利用符使攻擊余九志的事。她看的時間短，尚不知這場爭鬥的結局，但顯然張老和余九志是死敵，方不惜以這種方法來對付他。難怪有玄門的養生法，張老還是禿頭，原來是這些陰性術法導致的……

至此，夏芍對張老疑心盡去，反而很是感動，於是，不等張老再問，當下自報家門。

「玄門宗字輩，第一百零六代嫡傳弟子夏芍，見過張老前輩。」

夏芍是唐宗伯的弟子，在玄門裡跟張老是同一輩的。姑且不論這個，按年紀和在奇門術數界的資歷，夏芍張老一聲前輩，理所應當。

張老愣住，伸出手顫巍巍地指著夏芍，「妳、妳……宗字輩……嫡、嫡傳？妳是……」

夏芍微微一笑，點頭道：「我師父姓唐。」

「唐……」張老嘴唇發顫，「妳是……」

「我是師父在八年前所收的弟子。」

「對！對！對得上！」張老語無倫次，夏芍卻聽得出來，他說的是師父失蹤的時間和收她為徒的時間差不多對得上。

「掌門師兄他……還、還在人世嗎？」夏芍看不清楚張老的表情，但能感覺到他紅了眼。

夏芍說道：「這裡不是說話的地方，師叔，咱們還是進屋說吧。」

「好！」張老點頭，剛點完頭就想起什麼似的，「等等！不能妳說什麼我就信什麼，我沒這麼好糊弄！妳……妳有什麼證據證明妳是師兄的徒弟？」

夏芍哭笑不得，尋了根棍子，將湖面上的拖鞋挑上岸，遞還給張老，開玩笑地道：「您老不會是心疼那杯茶吧？這事兒說來話長，沒茶喝，我不說。」

張老臉上的警覺之色緩了緩，穿上拖鞋後，便朝自己的小樓走，也不管夏芍有沒有跟上。走到半路，他停下了來，回頭對夏芍道：「把妳那個法器再插回地上，將湖邊的困井陣佈好，別讓那裡面的陰人出來害人。天亮之前，還得把釘陣再佈回去。」

張老氣哼哼的，說完就背著手走回小樓，夏芍隱約聽見他咕噥道：「真是的，現在的年輕人都這樣嗎？沒事找事……」

夏芍笑笑，把龍鱗取出來插到地上，把陣佈好，這才起身走進張家小樓。她用意念控制了龍鱗的煞氣，讓它維持在困住那五個陰人的程度，多餘的煞氣並不讓它外洩。但這陣還是會源源不斷吸收附近的陰煞之氣，因此養屍地的釘陣要盡早佈回去，免得時間長了發生禍端。

夏芍一走進去，便環視了一下客廳格局，接著露出了然的表情。

怪不得這附近的風水這麼凶，張老住在這裡卻安然無恙，原來他在屋中佈局化解了凶煞之力。只不過這附近的風水成三煞之勢，太過凶戾，即便有風水局化解，也只是緩解了煞氣入門的時間而已，抵擋不了幾年。一般遇到這種住宅，風水師都會主張搬遷，除非有厲害的法器擋煞，否則佈了風水局也只是拖延幾年。張老應該是為了困養陰人，才會住在這裡。

小樓裡收拾得還可以，就是家具老舊。張老在被余九志等人打壓之前，也是有名的風水大師，錢財應是不缺的，但家中家具這麼陳舊，只能說明張老是個念舊之人。

張老正好從內室端茶出來，見夏芍在打量屋中格局，便隨口問道：「妳看看這裡的佈局還能撐多久？」

「我今晚不來，不動用法器煞力，這佈局還能撐三年。今晚煞力一放，衝擊太強，估計只能再撐一年了。」夏芍實話實說。

張老哼了一聲，「妳倒是好意思說！」罵完把茶放到桌上，罵罵咧咧道：「大半夜的，不讓人睡覺，跑來這裡搗亂不說，還要喝我的茶，我這可是武夷山的新茶！」

夏芍笑了笑，自來熟地找了張椅子坐下，端起杯子輕啜一口。茶水剛入口，眼裡便浮現笑意，「師叔，您這是新茶？」

張老一愣，沒想到她會品茶，一口就讓她喝出來了。他臉面掛不住，強詞奪理，「怎麼？我都不知道妳是不是編瞎話糊弄我，妳還想喝我的新茶？門都沒有！」

夏芍搖頭失笑，放下杯子，將脖子上的玉葫蘆取出來，遞給張老，「您看看這個法器。」

張老接過玉葫蘆，低頭細看。玉葫蘆周圍的金吉之氣濃郁，是很不錯的護身法器，而且這吉氣明顯是風水佳穴養出來的，看起來戴了很多年，上面已經有夏芍的元氣，但仔細一探，能感覺出那麼一點故人的氣息來……

張老拿著玉葫蘆抬頭對著燈光看，發現葫蘆嘴的位置在燈光下有幾條不明顯的黃絲，眼神立刻就變了，「這玉葫蘆妳從哪裡得來的？這葫蘆……是三十年前我和掌門師兄去內地幫人看風水，在當地挑了件原石料子，掌門師兄把它雕成兩個玉葫蘆，帶回來尋了處風水寶穴蘊養出來的。後來師兄收了個關門弟子，那小子當時才三歲，給了他一個當入門禮，還留了一個。這個玉葫蘆頭上帶點黃絲，不對著光細看看不出來，妳從哪裡得來的？」

張老有句話沒說，就是當年掌門師兄收那小子入門的時候，那小子才三歲，性子雖然不討喜，模樣倒可愛。當時剩下一個玉葫蘆，他曾經開玩笑說，說不定這個葫蘆還能騙個女娃娃回來當弟子，兩人正好湊一對，難不成……師兄真的收了個女徒兒？

「這個玉葫蘆是八年前我入門時，師父送我的入門禮。他說師叔記得這個玉葫蘆，讓我找到您後，把它給您看，您一定能認得出來。」夏芍目光坦然地直視張老。

張老被突如其來的事震得有點發懵，往事浮上心頭，不由慢慢紅了眼。

「那我掌門師兄他……他還好嗎？」張老哽咽地問道。

夏芍能感覺到張老的期盼與害怕，她笑了笑，壓低聲音道：「您放心吧，師父尚在人世，精神還不錯。」

「……尚在人世？還活著？」張老激動地站起來，「好好好，我就知道，我就知道！那、那他現在在哪裡？」

「師父他尚未來香港，十年前他跟余九志在內地鬥法，遭到暗算，傷了腿。」

「什麼？」張老愣住，顯然不知道當年唐宗伯失蹤的真相。

夏芍悶了悶，想來也是，余九志做出這樣的事，自然會極力掩飾。

「您別激動，先坐下，聽我慢慢跟您說。」

夏芍將余九志因何事提出跟師父鬥法，過程中又是怎樣聯合泰國降頭師通密和歐洲奧比克里斯黑巫師家族的人重傷他的事娓娓道出。又將自己八年前在十里村因為誤打誤撞解了周教授的祖墳風水，結果被師父看中，收為關門弟子的事和盤托出，最後說了師父這些年來的境況。

張老越聽越氣憤，甚至拍桌子又站起來，「好個余九志！當年鬥法，他告訴我們他敗了，然後掌門師兄遇到客戶，邀請他去看風水，結果走了之後就杳無音訊……果然是被他害了！」

「他說他敗給了師父？那三合會呢？當年可是三合會和安親會在那裡爭奪地盤，余九志說他輸了，那三合會最後輸了地盤嗎？」夏芍目光微閃，注意到其中的關鍵。

「我不太注意兩個幫會的爭鬥，不過當年的事我還真有印象。」張老回憶道：「我記得余九志回來之後，三合會的戚老當家還對他有點意見，意思大概是既然知道術法不如我掌門師兄，就不該要求鬥法。不過，余九志很有名氣，又一直是支持三合會的，戚老當家也只是說說他，並沒把他怎麼樣。後來掌門師兄沒了音訊，玄門漸漸以余九志為大，三合會和余九志的關係就越發好了。」

這麼說，當年的事為求逼真，余九志把三合會也誆進去了？

夏芍深思，又聽張老道：「好好好，沒事就好……沒事就好……」

夏芍忍不住嘆氣，師父如果知道還有人這樣擔心他，想必也會很感動吧？

「對了，妳等等，等等啊！我去泡新茶來，年初剛買的，這回保證是新的！」張老看桌上冷掉的茶，連忙起身要回內室。

夏芍哪能真讓老人家去泡茶，要泡茶也該是她去泡。

「您告訴我茶葉在哪裡，我去泡就好了。」

張老指給她廚房的位置，看她走進去後，便坐在椅子上端詳手中的玉葫蘆。

夏芍再出來的時候，見張老正拭著微濕的眼角，身體在燈光下看起來竟略顯佝僂。

「玄門弟子夏芍，見過師叔。」夏芍端著茶碗，按規矩敬呈給張老。趁著他接茶的時候，把玉葫蘆收回來戴上，免得他再觸景傷情。

「好！好！」張老端著茶，既欣慰又感慨，竟不顧茶水燙，一連喝了好幾口。接著好生打量起夏芍，越看越是歡喜。

夏芍易著容，算不上太好看，可在張老眼裡卻是十分討喜，怎麼看怎麼順眼。

夏芍笑笑，抬手在太陽穴旁搓了搓，揭下了一張薄薄的面具來。這面具只有眼部那部分，揭下來後，她的模樣竟完全不同了。

「這是？」張老驚異地問。

「不瞞您老，我之前在內地的風水界有些名氣，這次來香港，怕引起余九志注意，所以才會易容。」一個多月沒露出本來的容貌，面具揭下來之後，夏芍覺得臉上清爽許多。怪不得當初師兄不給她弄整張面具，原來戴著的時候雖說不是太難受，但揭下來還真不想再戴回去了。

張老卻是愣住了，就見夏芍的年紀一下子小了許多，原本看起來還有二十歲，現在這樣，怕是才十七八歲吧？

張老倒是越看越歡喜，大笑道：「這個模樣好！哈哈哈，沒想到妳師父還真用玉葫蘆騙了個女娃娃來當弟子。」

夏芍微愣，「什麼叫用玉葫蘆騙了個弟子？」

「這事說來話長。當年妳師父收了個男娃娃，那個臭小子，我一看就不順眼，性格太不討喜，問他話，不是點頭就是搖頭，三棒子打不出一句話來，氣得我當初教他基本功的時候，在梅花樁上使勁兒絆他！哼哼……」

張老說得神采飛揚，沒發現夏芍嘴角抽了抽。

「坐下坐下，聽我慢慢跟妳說，當年啊……」

當年的事，如今說起來已跨越半個世紀。

張老本名張中先，祖籍並非香港，而是在內地中部那一帶。他十來歲的時候，剛剛解放不久，父母在解放前都去世了。六十年代初的時候鬧饑荒，他離開家鄉孤身一人外出謀生，結果在路上遇到匪徒。他那時年輕氣盛，好幾天沒吃飯，打不過也跟人家打，差點被打死，還好當時有人路過救了他。

救他的人正是唐宗伯。張中先醒來以後，知道被唐宗伯所救，一來是感激，想拜他為大哥，日後有機會報答他。二來見他身手好，想求他教導。

那時候，唐宗伯還不是玄門的掌門，只是掌門的入門弟子。他不肯違背師門規矩私下教人，便沒有同意。當時，唐宗伯正要去香港，想著內地混亂，這一走不知道什麼時候能回來，於是連結拜的事也沒同意，只說隨緣。

不料張中先頗有毅力，唐宗伯不肯帶他一起走，他便在悄悄跟在後面。雖然最後被唐宗伯發現了，但他也沒理他，只是沒說破，讓他繼續跟著。

張中先隨著唐宗伯一路南下，在南下的過程中，見他幫人指點幾回風水，頗為神奇。可惜沒多久唐宗伯就到了南邊，打算坐船去香港。那個年代，正是「大逃港」的時候，很多人用各種方法偷渡到香港，有的人竟然還想游到對岸。這種方法現在說起來很令人心驚，但那時屢見不鮮。其危險性可想而知，在海裡遇難的人很多，生還者押解回境，溺斃者浮屍海上。

張中先一門心思認定唐宗伯這個大哥，便也想游泳跟著他，幸好在開船前唐宗伯發現了他。在得知他老家已沒有親人後，念及這一路他心志堅定，兩人也算有緣分，這才答應帶他去香港。只不過，師門能不能收他，全靠他自己了。

張中先來港以後，由唐宗伯引薦給玄門的一位長老，那長老看了他的面相和八字，考察了他三年，這才同意他入門。

張中先天賦不是最好的，卻是最刻苦的，無論是在術法或在功夫上，都進步相當快，而且他重義氣，性子樂天，苦也不說，在玄門裡人緣很不錯，與唐宗伯也正式結拜，稱他為師兄。

等唐宗伯接了掌門之位，張中先便成為了長老。張中先後來也收了弟子，頗有名氣。

唐宗伯失蹤的這些年，玄門對於他的生死多有討論，也曾佈陣查找他的下落，但入了奇門的人，長年幫人改運化劫，有的看命觀相，洩露天機太多，命理跟尋常人很不一樣。尋常人或許能推演出來，唐宗伯的下落卻一直推演不出。當然，這也跟唐宗伯到了十里村後，在宅子裡佈下隔絕氣息的風水陣有關。

在唐宗伯失蹤的這幾年裡，認為他已身亡的人漸漸跟隨余九志，連冷家都模稜兩可，保持中立，唯有張中先態度堅決，甚至懷疑當年鬥法的事有蹊蹺，堅持繼續追查。

張中先惹惱了余九志，余九志便聯合兩名投靠他的長老，使手段將張中先擠出風水界。現在的張中先已不幫人看風水，專心困養陰人，要跟余九志決一死戰。

「他們太卑鄙了，聯合曲志成和王懷，在媒體上抹黑我，專門拿我看的地段的風水說事，說這裡不好，那裡有疏漏。時間一久，我的客戶越來越少。除此之外，我門下的弟子有在國外混的，這兩年莫名其妙死了幾個，我懷疑是他們幹的。他們說我血口噴人，合夥排擠我。我也是換了好幾次住處，才選定這裡。我本想養幾個陰人，做成符使，跟他們幾個拚命，沒想到……今晚竟然能遇到師兄的弟子……沒事就好，沒事就好！」

夏芍聽到此處，目光變冷。

張老忽然站了起來，「哎喲，我那幾個陰人還被妳困在湖裡，我得趕緊去重佈釘陣！」
兩人一聊就是大半夜，再過兩三個小時天就亮了，這事確實再不能拖了。
夏芍叫住了張老，「師叔，這陣是我破的，還是讓我幫您佈陣吧。」
「不用不用，妳待在這裡喝茶……哦，不，妳把妳那法器取來，之後的事就不用妳了。」
「還是您老在這裡喝茶吧。」夏芍笑著把張中先拉回來，「我還沒佈過釘陣，您就當愛護晚輩，讓我練練手吧。」
張中先微愣，半天沒回過神來，等想明白是怎麼回事，不由朝夏芍瞪起了眼，「妳來我這裡不先拜見前輩，毀了我的陣法，還想從我這裡撈一次佈陣的機會？妳個臭丫頭！」
夏芍被罵，反而笑得歡，「總之，您老不許跟我搶，不然等師父來了，我要告狀。」
「混帳！妳先跟妳師父說說妳把我陣法毀了的事，看他打不打妳！」
夏芍笑道：「您會錯意了，我的意思是，我告的是您煉製符使的狀。師父可是再三告誡我，沒事不要煉這種東西的。」
她說著轉身出了門。
張中先困養這五個陰人已有三年，現在毀了也沒用。夏芍抬頭看看天色，凶時已過，當下走到湖邊，將龍鱗取出，耳邊仍能聽到厲鬼般的嚎叫，陰風一陣又一陣襲來。
夏芍察看了下養屍地的氣口，再次用龍鱗的煞氣將氣口堵住，又佈了一次困井陣，將五個陰人從湖中吸納回來。期間陰人從她身邊飄過時，她幾乎能感受到那令人頭皮發麻的陰冷。
夏芍瞇眼，果斷用元氣護住身體。略微一思量，便明白了是怎麼回事。
按理說，這些陰人遇到龍鱗的煞氣就該消散了，但她把龍鱗的煞氣拿來佈陣，將陰人困在裡面，並非傷害他們。這些陰人被龍鱗的煞氣圍了幾個小時，竟染上了它的凶煞之力，現在看起來，竟是已經養成了。

此地地脈雖凶，又有養屍地，但想養成這麼凶戾的陰人，少說得十年八年，沒想到一染上龍鱗的煞力，短短半夜就養成了。

夏芍心中驚異，卻不敢分心，連忙在困井陣外佈下釘陣，取了龍鱗，將多餘的煞氣吸收回來。確定不會在附近為禍後，這才打算回小樓把陰人煉成的事跟張老說，不料一轉身，就見張中先站在她身後不遠處，表情驚異。

張中先盯著夏芍手中的龍鱗，目光駭然中透著了然。

現在他算是知道為什麼他耗費了大半元氣佈下的釘陣會這麼容易被破了，她手中那把法器實在是狠戾，其凶煞之力見所未見。這匕首用來佈個困井陣實在是大材小用，要是用來佈大陣，殺傷力想都不敢想。

他從未見過這麼凶的攻擊法器，小丫頭是從哪裡弄來的？

再者，僅僅這把匕首就夠驚人了，沒想到這丫頭的修為還到了煉氣化神的頂層。從心法上來說，已跟他有得一拚。掌門師兄是怎麼撿到這個寶的？

夏芍笑笑，「本來還想著今天動用龍鱗，您老家裡的風水局只能撐個一年半載，外頭養屍地的陰人卻還得兩三年，到時候得害您老人家搬家。誰知道陰煞之力已入陰人之體，這也算是無心插柳的結果吧。」

「龍鱗？」

「進屋給您看。」

回到小樓裡，當張中先聽說夏芍手中的攻擊法器竟然是千年前的凶刀龍鱗時，驚駭之餘，不由興奮了。拿著龍鱗左右比劃，興奮得像個孩子，「妳這女娃果然是個寶呀！這種好東西都能被妳得到，哈哈哈，這是天要滅余九志啊！那個老不死的修為再高，也比不過龍鱗！」

「他一個人是好對付，可他背後有整個余家呢，而且曲家和王家也幫他。他們人多，咱們人少，還是要謹慎點才好。」

「誰說咱們人少？」張中先瞪夏芍一眼，「咱們人不少，我門下還有十來個人，先前怕他們被迫害，我讓他們都躲起來了。現在妳在這裡，妳師父也要來了，我立刻把他們叫回來，準備跟余九志開戰。」

夏芍思量了一會兒，問道：「我看師叔這房子只有您一人住，您的家人呢？」

這事夏芍已在莫非給的資料裡得知了，張中先妻子早年過世，膝下兩個孩子，一人早亡，還剩下一個女兒，已經嫁去國外。他的徒弟原先在新加坡和美國的比較多，現在也銷聲匿跡三四年了。玄門四老中，只有張中先這一脈最為凋零。

當然，這種凋零是有原因的。

既然話說到這裡，夏芍索性問了起來，想聽張老親口說說近況，再做決定。

「他們啊……唉，我哪還敢讓他們待在國內？我門下弟子開始死的時候，我就覺得不妙，讓他們去國外暫避。我現在只剩下三個徒弟，他們自己有收弟子，加起來一共十二個人。我讓他們這幾年都低調些，在家修煉，少出來活動，連考核我都沒讓他們來。」

夏芍被張中先最後那句話給吸引，「考核？」

張中先點頭，「對，風水界的從業資格考核，每三年一次。最初只是玄門給弟子的考核，後來變成玄學界從業資格的考核。不過僅限於香港和一些在國外的弟子，名義上是玄學易理的交流，其實是看誰有多少本事，本事大的，生意自然好些。」

夏芍聽得眼睛一亮。內地沒有這種考核，後世的時候曾聽說有風水師從業註冊，但其實官方並沒有任何易學方面的註冊師，表面上都是不承認的，因此沒有官方效力。沒想到玄門這邊居然有內部的資格考核，聽起來頗有意思。

風水師資格考核是由玄門長老主持的，參加比試的人，無論是相術、風水術、占卜問卦，或者奇門術法，都需要考校。本事足的，自是底氣足，來年在媒體上發表觀點評論，客戶就多。而沒什麼本事的，也就沒臉再出來露臉，頂多開個小館賺小錢。

從某方面來說，這也保障了曝光率高的大師多是有真才實學的，不至於誤人。

夏芍眼珠一轉，問道：「今年有考核嗎？」

「有，就在這個月底。我雖然被他們擠兌出來，但是我想去，也用不著他們答應。」

月底？那還真是趕巧了！

夏芍眼中露出算計的光芒，看來她可以趁這個機會探探師門的人。

「師叔，咱們去參加風水師考核，到時勞煩師叔幫我隱瞞身分，就說我是您收的弟子，或是您的徒孫。這些人到底有多少本事，我想親眼見識一下。」

張中先一聽，比夏芍還激動，當即應了下來，「我收的徒弟現在就剩三人，他們彼此都知道。我的徒孫他們倒是不清楚，畢竟這些年他們都躲起來了，妳就委屈當我的徒孫吧，哈哈哈！我帶妳去見見那群老不死的，以後報仇時別手軟，就當為玄門清理門戶！」

夏芍眼神發冷，「絕對不會手軟，您放心吧。他們當初怎麼把您擠兌出風水界，我就怎麼對付他們。以其人之道還治其人之身，最有趣了。」

見過張中先的當天凌晨，夏芍就離開了，兩人約定月底再見。她按時打電話給莫非，電話接得很快，莫非依舊一板一眼的，「妳很準時，一分鐘也沒早。」

夏芍咬了咬唇，這話怎麼聽起來這麼彆扭？應該是在誇她吧？

事實上，她從張家小樓出來後，就打電話給徐天胤，跟他說了與張老相認的事，並表示會在月底參加玄門的風水師考核，會一會玄門的弟子，也看看他們的水準。徐天胤似乎很擔心她，沉默了許久，才說了三個字：「要小心。」

掛了電話，夏芍才跟莫非聯絡。先前因為怕他們在李家大房和二房家裡「幹活」，貿然打電話會壞事，她才掐著時間，準點報平安。

「事情都安排好了，我們會監視妳說的那三個人，一旦有證據就會找妳。」

「嗯，我還有事請你們幫忙，幫我再弄一張易容的面具，不起眼的容貌最好。」夏芍去參加風水師考核，不能以真面目見人。余家人已見過她當保鏢的模樣，她不能再頂著這張臉去。

「好，三天後妳來拿。」莫非說完便掛了電話。

三天後，夏芍依舊是等夜深了才溜出李家大宅去找莫非和馬克沁。

馬克沁正無聊地在沙發上把玩自己的軍刀，見夏芍進來，忙把軍刀寶貝似的收起來。夏芍掃視了一圈，發現屋裡比上回來時多了三套監控設備，螢幕卻有二三十臺，裡面播放的正是李家大房和二房家中的畫面。客廳、臥室、書房、廚房，連浴室的畫面都有。雖然不知道兩人是怎麼一夜之間做到的，但顯然他們有自己的法子。

此時畫面裡的李家人都在熟睡中，其中李卿懷和李卿馳似乎不在家。

「李卿懷在外面有兩個公寓和一個別墅，李卿馳也是另有房子，他們兩人不是每天回家住，也不是每天回公寓，有時會住在公司。他們兩人的住處和公司的休息室，這三天我們也安裝了監視器，不過，他們兩人現在都沒回家，也不在公司。根據我們的調查，忙完公事後，李卿懷習慣去酒吧喝酒，李卿馳會與朋友出去兜風。在李卿懷常去的酒吧裡，還沒發現他的蹤影。李卿馳與朋友開車兜風，也是行蹤不定。」莫非指著其中的幾個螢幕，對夏芍說道。

沒想到莫非和馬克沁在這麼短的時間內就把事情安排得這麼穩妥，夏芍非常驚訝。

「這裡有妳要的東西，妳看看這裡面的事有點可疑。」莫非遞了兩樣東西給夏芍。

只見莫非手裡拿著兩樣東西，除了一張易容的面具外，還有一個錄影帶。

夏芍接過錄影帶放到播放器裡，仔仔細細看了一遍。

監控畫面裡是李家大房的書房，時間是晚上，李正譽在書房看書，柳氏敲門進來，帶著二房的舒敏。舒敏先跟李正譽寒暄幾句，便表示有私事要談。柳氏覺得丈夫和妯娌獨處有些古怪，但她很通情達理，送了咖啡進來就迴避了。

舒敏說道：「大哥，我就開門見山了。這兩天卿宇已經開始交接，你有什麼看法？」

李正譽笑了起來，「弟妹這麼問是什麼意思？董事會已經通過卿宇擔任總裁的決議，我的態度很明確了。既然爸看好卿宇，那咱們做兒女的就只能支持他的決定。」

「大哥孝順，這我知道。我們正泰也孝順，對爸的決定沒有二話。不過，我想說句心裡話。從兒子的角度來說，爸的決定我沒意見，可從為人母的角度來說，我就有意見了。我們家卿馳雖然魯莽些，可你們家卿懷一點也不比卿宇差。卿宇繼承李家，以後他這一脈的人就是正統，可大哥你才是李家的長子啊！卿懷本來應該接你的班，你要他怎麼想？」

「卿懷那邊我問過他了，他沒什麼意見。卿宇在公司的成就確實比他高，他自己也承認有不如人的地方。孩子都這麼說了，我這個當父親的還能說什麼？弟妹，妳的心情我能理解，當父母的哪有不為孩子著想的？我知道這件事卿馳一定不服氣，妳回去好好勸勸他，實在不行，妳讓他來我這裡，我這個當大伯父的開導開導他。」

李正譽說話滴水不漏，舒敏微微皺眉，很快又笑了，只是語氣卻變了。

「行了，大哥，你也不用在我面前裝了。我挺佩服你的，咱們李家就你最能忍。只是，大哥的那些如意算盤別人不知道，我可是一清二楚的。你那麼積極說服董事會，現在外頭誰不說你大度？你倒是賺了個好名聲。到時候卿宇一死，你在公司萬眾歸心，誰還能阻止你繼承公司？爸若再有別的提議，董事會第一個不同意。」

「妳這話是什麼意思？我好心好意幫卿宇勸服董事會，誰在妳面前嚼舌根了？誰允許妳胡亂猜測的？」李正譽氣得拍桌子，甚至激動地站了起來。

「是不是猜測，大哥心裡有數。不過，如果我是你，我就不會找沈老大那種在三合會有些根基的人來辦事。我會找個無名的小混混，錢不用給太多，事成之後也不怕被他敲詐，處理起來更簡單。」舒敏意有所指地說道。見李正譽眼底有瞬間的驚駭，她的笑意更深，接著掏出一張紙條放到桌上，往李正譽面前推去。

「大哥，你不用懷疑我幫你的目的。你知道，我跟伊珊珊一直不和，我不會讓她踩在我頭上。這件事對我們兩家都有好處，大哥還是好好考慮吧。」

舒敏說完，優雅起身，離開了李正譽家。

柳氏回到書房，見丈夫氣得將書都揮落到地上，不由擔心地道：「我在門口都聽見了，老公，你不會真的找人對付卿宇吧？你可別衝動，那是犯法的事。我知道你心裡不舒服，但爸已經決定了，你就別……」

「行行行，我知道了！」李正譽煩躁地擺擺手，話一出口，感覺到自己的態度不太好，於是緩了緩神色，安撫妻子道：「舒敏向來心機深，都這麼多年了，妳又不是不知道。」

「可她說你去找三合會的沈……」

「她知道什麼？那是卿懷晚上去酒吧喝醉了，跟人話不投機打了一架，傷了三合會的一個人，正好是沈海底下的，我去跟他要了點情面，就這麼簡單。」

「真的？」柳氏看著丈夫，不知該不該信。

「我什麼時候騙過妳？結婚這麼多年，我對妳怎樣妳還不清楚嗎？」

柳氏被他說服，又問道：「那她還叫你考慮什麼？」

「她給了我一個號碼，上面沒寫人名，我猜不是什麼正經人的電話。」

「什麼？」柳氏變了臉色，在丈夫的書桌上找到紙條看了看，確實沒有人名，「你可千萬別打，不然咱們家就說不清了！你看這事……要不要跟爸說？」

李正譽笑道：「這事妳別操心了，妳以為我不知道她把號碼給我是什麼意思嗎？舒敏這是想拿捏我，她明擺著把我當槍使，事成後她攥我一個把柄在手，再拿來威脅我，到時候公司就是他們家的了，真是打的好算盤，只不過她拿捏錯了人。我可沒有害卿宇的意思，這紙條上面什麼也沒寫，就算給爸，她也會推脫，搞不好反咬一口說我們害她。我看，還是不要讓爸知道，別到時候我們反而惹了一身腥。妳放心，她不敢動手，她畢竟是女人，膽量沒那麼大。」

「那卿宇……」

「卿宇身邊有爸為他請的保鏢，妳擔心什麼？大不了我去找三合會的熟人說說，出點報酬，讓他們注意著卿宇的安全就是。」

柳氏聽丈夫絲毫不避諱提起三合會，這才徹底放了心。

「人家說，娶妻當娶賢，這話一點也不錯。老二是個老實人，可惜他老婆心機太深。不像我，娶了妳這麼個賢慧的，想犯錯都不行。」

柳氏羞得紅了臉。她保養得好，四十來歲看起來像是三十幾歲，這一笑頓時有幾分嫵媚。李正譽的眼神亮了亮，伸手去拉妻子……

螢幕中的畫面到這裡就停住了，後面的想必是夫妻的床笫之事，沒什麼好看的。

夏芍頗為感慨，也不知道李卿宇的命好還是不好，竟然有一個這樣的大伯父。

「就沒有受過專業訓練的人來說，這演技算是不錯了。不過，痕跡太明顯，表情不協調，肌肉太緊繃。」莫非如此評價。

夏芍哭笑不得。這樣已經很難判斷了，妳還想他怎麼樣？

「就目前的監視畫面來看，證據稍嫌不足，過兩天再有消息，我會通知妳的。那個手機號碼我拉近距離看過了，我們會去查查這個人。」莫非道。

夏芍搖頭笑笑，「這已經足夠了，我打算拿回去給李老看看，讓他將李家人叫回來，當眾播放這卷帶子。」

「那怎麼行？」馬克沁坐直起來，「妳沒有聽莫說嗎？這帶子證據不足，妳這樣叫打……打草嚇跑了蛇！」

「打草驚蛇。」莫非糾正道。

「對，就是這句！妳這樣做，他們就會知道我們在監視他們，那我們以後要怎麼監視？」

「我很希望你們以後可以不再監視。」面對馬克沁的不滿，夏芍笑道：「這不叫打草驚蛇，叫做敲山震虎。」

「蛇跟老虎有什麼差別？」馬克沁顯然不懂這兩句話的差異。

夏芍看了眼手中的帶子，目光複雜，「現在一切都還沒發生，不是很好嗎？我當然可以等他們動手再抓現行，但那樣的結果對李老來說未必是好的。等到兒孫真的犯罪……李老肯定是不想看到這樣的結果。現在拿這卷帶子去敲打這些人，就能讓他們及時收手，李老會贊同的。」

馬克沁皺著眉頭看她，莫非則是目光略深。

兩人都不開口，夏芍把帶子和面具收了起來，「當然，這幾天還是請你們繼續監視，月底我可能要離開幾天，到時我會為你們引薦，李卿宇的安全就請你們代為保護幾天了。」

夏芍離開後，馬克沁拿出軍刀把玩，咕噥道：「這個女人現在又有好心腸了，當初拿我當墊背的時候怎麼不發發善心？」

莫非瞥了他一眼，表情嚴肅地道：「她是我們的雇主，不要在背後議論雇主的是非。」

夏芍回到李家大宅的第二天一早就把帶子交給李伯元，李伯元看完大怒，抖著手拍桌子，「混帳！管家，把他們都給我叫回來！」

李家大房和二房被叫回來的時候，李卿宇正在公司，李伯元是有意瞞著他的，不想讓他面對這卷帶子的內容。李卿宇的父母也沒被叫回來，依兩人的性子，知道這件事必定會大吵大鬧，李伯元對三房的兒子、兒媳的性子還是清楚的，便瞞著他們，沒叫他們回來摻和。

李正譽和柳氏帶著兒子李卿懷，李正泰和舒敏帶著李卿馳來到大宅，被管家請去了書房。書房向來是老爺子對兒孫訓話的地方，兩家人一聽去書房，各自心中直跳。

待到了書房後，看見李伯元沉著的臉色，兩家人又是心臟跳了跳。然而，等李伯元讓管家把帶子放出來後，李正譽和舒敏的心跳像要停止般，尤其是舒敏，臉色煞白。

她第一個看向李正譽，以為是他在家裡安裝了監視器，故意揭發自己，而李正譽的臉色也沒好看到哪裡去，他雖然一直沒露出什麼馬腳來，後面也編瞎話把妻子糊弄了過去，但……是誰在自己書房裡裝了監視器？

老爺子？

李卿懷和李卿馳也沒想到兩家長輩發生了這種事，不由看向各自的父母。

李正泰最先反應過來，臉色難看地看向妻子舒敏，「妳幹的好事！妳怎麼解釋？」

「我、我……」舒敏百口莫辯，腦子還發懵著，看見李正譽時，忽然目光一閃，指著他控訴道：「這是大哥設套害我，昨晚明明是大哥叫我去的！」

「妳血口噴人！」李正譽大怒，忙跟李伯元解釋：「爸，錄影裡你也看見了，我是一心支持您老的決定，一心為卿宇著想！兒子是什麼性子，您老不清楚？您可不能冤枉了我！」

「是啊，爺爺！」李卿懷看了父親一眼，少見地開了口，「我爸說的沒錯，那晚我是在酒吧喝多了，跟幾個人鬧得不愉快，沒想到裡面有三合會沈海手下的人，我爸是幫我出面調解。」

李正譽點點頭，暗地裡卻不著痕跡地看了看兒子。

李伯元怒色不減，看著自己的兒孫和兒媳婦，心中悲涼。誰有心害卿宇，他早就知道了。

夏芍和余九志兩人的話，分毫不差。眼前在自己面前站著的，都是自己看著長大，寄予厚望的兒子及孫子，如果不是知道誰包藏禍心，只用眼睛去看，還真是分辨不出來。

家門不幸啊！

夏芍把這卷證據明顯不足的帶子交給他，他知道她的苦心。今天把這卷帶子放給他們看，希望能敲打他們，讓他們現在收手，以後他就當這件事沒發生過。兒子還是他的好兒子，孫子還是他的好孫子，兒媳也還是以往那個知書達理的兒媳，他只當她是為了她兒子一時鬼迷心竅，生出壞心來。

至於夏芍，他承她這個情。也希望兒孫以及兒媳能及早回頭，不要悔恨終身。

李正譽因為隱藏得好，沒有證據證明他有害李卿宇之心，舒敏卻露了底，想抵賴也沒辦法。她見李伯元怒瞪著自己，連丈夫都用陌生的目光看她，兒子更是盯著她沒說過話，頓時臉色漲紅，一咬唇，心一橫，索性認了。

「對，是我說的，那又怎麼樣？誰敢說我說的不是實話？三房本來就沒什麼本事，卿宇就是命好，出生的時候剛巧碰上媽過世，爸那時候正心情低落，一聽說卿宇出世就天天說這孫子是媽送來安慰他的，這才趕緊接了回來。要不是這樣，就憑伊珊珊三流戲子的出身，她能進李家大門？要不是這樣，爸能把卿宇當寶貝，帶在身邊教養？」

舒敏嘲諷一笑，直視李伯元，「呵！爸，你也摸著自己的良心問問，你什麼時候對卿懷、卿馳那麼好？都是你的孫子，卿懷還是長孫呢！」

「二嬸，妳為卿馳著想我能理解，可是請妳別把我扯進來。」李卿懷垂下眼簾道，對舒敏的那番話看不出心裡作何感想。

舒敏怒極反笑，「好，我不說你，就當你小時候我白疼你了，你們一家人就裝吧！我現在就說我兒子，我們卿馳哪裡差了？他就算性子魯莽點，也是因為年輕。再說，還有我們家卿朗呢！他在國外讀書，天賦也不差。爸，你想立能的話，怎麼也得把幾個孫子都考慮進去吧？」

「妳給我閉嘴！」李正泰氣得臉色漲紅，「我跟妳說過，不爭繼承人，不爭繼承人，妳怎麼就是斷不了這個念頭？妳自己的兒子自己不知道合不合適嗎？卿馳我早就說過了，太浮躁，太衝動！卿朗是聰明伶俐，但他的心根本就不在公司上，他有他自己想做的事，當初他出國讀書的時候就說得很清楚了，妳這個當媽的怎麼就不知道兒子要什麼？妳能不能不逼他？」

「你才給我閉嘴！」結婚二十多年，舒敏第一次跟自己的丈夫這麼說話，她表情猙獰，有些瘋狂，「我都是為了你好，為了兒子好，我逼他也是為他好！我不像你，爸說什麼就是什麼，從來不知道為我、為兒子爭取！結婚二十多年了，你為我們爭取過什麼？我舒敏怎麼就嫁了你這麼個窩囊廢！」

李正泰一聽這話，如遭雷劈，不可思議地盯著妻子，臉色漲紅，「窩囊廢？我堂堂一個李氏集團歐洲區的副總裁，妳嫁給我覺得委屈？好，妳覺得我窩囊，那妳去找個不窩囊的！滾，從今往後，妳別給我進李家的大門！」

舒敏也覺得自己話說過分了，但她沒想到向來對她百依百順的丈夫，居然說出這麼決絕的話，她的身子晃了晃，眼中含淚，硬是不肯低頭，點頭道：「好！你攆我出門，以後你就別想再讓我回來！你以為我不在了，你跟兒子就能好嗎？告訴你，爸根本就不信任我們，要不然，他這錄影帶哪裡來的？裝這種東西，他有把你當作兒子看待嗎？」

她這麼一說，書房裡沒人說話了。李正泰看向坐在書桌後的李伯元，李正譽也看了過去。

這對他來說才是重點。錄影帶哪裡來的？自己家什麼時候被監視了？書房的鏡頭裝在哪裡？除了書房其他地方還有沒有？最主要的是，這事是不是爸授意的？他怎麼會起疑心呢？是不是佘大師祈福作法那天？他早就覺得那天不太對勁！是不是佘大師上回來家裡，看出了什麼，然後透露了出去？到底露了多少？

李伯元坐在椅子裡，由管家幫忙順著氣，看起來氣得不輕。

「我……你……你們……」李伯元喘著氣，看著自己的兒孫和兒媳，「你們是李家的人，我創下的李氏集團，給你們打下的江山基業，我虧待你們了？你們哪個一出生不是少爺？傭人伺候著，家裡的錢花著，受著高等教育，我什麼時候虧待過你們？我是為了集團好，才定下的繼承人！集團沒有了，你們哪個還能是少爺、少奶奶、孫少爺？你們給我說，我李伯元辛苦打拚半生，我對不起你們哪一個？」

李伯元不停咳嗽，柳氏見了趕緊去安慰公公，為老人家順氣。

舒敏卻哼笑一聲，「話是這麼說。雖說手心手背都是肉，可誰不是手背露在外邊，手心抓在手裡？我們對您老來說，都是手背肉，卿宇才是你的手心肉！」

「妳——」李伯元臉色發白，直喘氣。

一旁的管家聽不下去了，他是李家的老傭人了，最知道分寸，主人家裡的事，按理是沒他插嘴的份，但他就算僭越一回，話也得說。

「二少奶奶，您就少說一句吧。您就沒看看今天到老爺書房裡來的人？卿宇孫少爺不在，三少爺和三少奶奶也不在。老爺把他們支開了，有意給您留了顏面和後路的。」

舒敏一聽，愣在當場。

今天若伊珊珊在，依她的性子，勢必不會放過這個機會。就算李家不許她報警，她也會把事情宣揚得人盡皆知，到時候，大家都會知道她舒敏為了爭奪繼承權，攛掇大伯哥謀害侄子。

舒敏不是傻子，她懂後果的嚴重性，可她從來沒像今天這麼丟人過，早就亂了心，便對管家斥道：「閉嘴！你一個下人，這裡有你說話的份嗎？」

「妳……不識好歹！不識……咳咳！」李伯元撫著胸口，開始大口喘氣。

眾人一看不對勁，瞬間變了臉色，趕緊擁上前去，「快，叫救護車！」

「藥呢？藥呢？」

管家臉色一變，藥他就帶在身上。這是今早李小姐從老爺書房裡出來的時候吩咐他的，她告訴他要準備好藥，另外通知家庭醫生先過來。

夏芍今早將帶子交給李伯元時，從他的面相上看出他有疾厄之兆。她知道李伯元這幾年沒有大劫，今天的事不會危及性命，才放心跟著李卿宇去公司，只交代了管家該怎麼做。

管家立刻拿出藥來，給李伯元服下，並從書房的小臥室裡喚來家庭醫生，幫李伯元做了急救，然後打電話叫救護庫將他送去醫院。

李卿宇在公司接到李伯元住院的消息時，已經是晚上下班的時候。他匆匆趕到醫院，見大房和二房的人都在，唯獨舒敏不在。沒人敢讓她留下，就怕老爺子醒來見著她再犯病。

李卿宇在路上已得知錄影帶和爺爺住院的原因，他並沒有看錄影帶，鏡片卻反射著寒光。

「錄影帶哪裡來的？」去醫院的路上，李卿宇沉聲問。

夏芍平靜地看著他，「我給的。」

「妳沒跟我說。」李卿宇轉頭看她，聲音很沉。

夏芍的目光還是平靜，她這麼做有她的理由，她認為她做了最好的處理，因此心中無愧，「你是在怪我把這卷帶子給了李老，導致李老住院？」

李卿宇看著她坦然的目光，目光深沉，最終別開頭去，「不是，妳只是在盡本職，錯在有害我之心的人，但妳應該跟我說的，為什麼要瞞著我？」

「李老不想讓你知道。你明白他老人家的苦心，那卷帶子對你來說太殘酷。」

「可我還是知道了。」李卿宇的聲音聽不出其他情緒，但夏芍還是感受到他的悲傷。

「至少你沒看到那卷帶子。有的時候，你覺得結果很殘酷，其實過程更殘酷……至少，你還有疼愛你的爺爺。」夏芍開導他。

李卿宇低著頭，「可他現在躺在醫院。」

夏芍嘆氣，沒想到男人有時比女人更難安慰，「放心吧，李老不會有事，他十年之內不會有大劫。雖然是有些健康問題，可基本上不會出現大問題。」

這話總算讓李卿宇抬起頭，表情怪異地看向她。

夏芍半開玩笑道：「我是全能保鏢，什麼都會。看風水、看面相、卜算運勢，我都會。」

李卿宇看著她，不知是氣還是笑地勾了勾嘴角，「是，妳物超所值，還會心理輔導。」

「所以？我已經收了李老的雇傭金，你還打算再多付我一部分嗎？」

李卿宇的嘴角抽了抽，看向窗外，唇邊噙著淡淡的笑意，「再說。」

因有夏芍的開導，李卿宇的壓力少了許多，但車子到達醫院時，他的表情還是又冷了下來，腳步下意識加快。

李伯元住的是單人豪華病房，李家大房和二房在外室的沙發坐著，李伯元在內室吊點滴，人尚在沉睡中。李卿宇進來的時候，兩家人明顯眼神躲避，有些心虛。

李卿宇的視線在兩家人身上掠過，罕見地沒跟長輩打招呼，直接進去看李伯元。

醫生表示李伯元沒有大礙，他心臟是不好，卻還沒到需要動手術的嚴重程度。不情緒激動的話，只要按時服藥，幾年內不會出現什麼問題。

夏芍感覺到李卿宇在聽見這句話時整個人都放鬆了。他坐在床邊，拿了溫毛巾幫李伯元擦臉，動作緩慢而認真，直到擦好了才放下，走到外室去。

「你們都回去吧，這裡有我照顧就行了。」李卿宇面色冷淡，語氣生硬。

李正譽和李正泰愣了愣，為他的語氣微微蹙眉。

李卿馳道：「李卿宇，你這是什麼態度？爺爺病了，我們就不能在這兒陪著看護了？」

這話一說出口，他便覺得脊背一寒，抬眼正對上李卿宇反射寒光的鏡片。明明兩人身高差不多，但被這個小他兩歲的堂弟盯著，他竟有種被俯視的感覺。

「小聲點，這裡是醫院。」李卿宇一句話便讓李卿馳閉嘴，他看向兩家長輩，也是一句話讓他們閉嘴，「爺爺是為什麼進醫院的？」

兩家人都不說話，李正泰覺得理虧，畢竟是他妻子鬧出來的事，他便道：「行了，我們還是先回去吧。卿宇，等你爺爺醒來，記得告訴我們。」

李卿宇點頭，態度相當疏離，「爺爺醒了要見你們，我再通知。沒通知你們之前，記得別出現在醫院。」

兩家人又皺了眉頭，李卿馳要鬧，「你憑什麼……」

「憑我是李家的繼承人，李氏家族未來的主人。」李卿宇氣勢懾人。

兩家人一震。對，他現在是李氏的當家人，在李家，除了李伯元，他說的話就是命令！

「這裡有病人，不需要這麼多人，會影響病人休息。」李卿宇轉身對護士道。

護士為難地看了看兩家人，最終還是李正泰先發話，帶著兩家人走了。

夏芍無聲嘆氣，希望這些人能就此收手。

幾天後，李伯元醒了，也沒提要見大兒子和二兒子，只是在醫院裡躲清閒。李卿宇面相上的白氣少了幾分，這讓夏芍頗為欣慰。

到了月底，李卿宇印堂上的劫象又弱了幾分，夏芍總算能放心請假去參加風水師考核了。

第三章　廢村撞鬼

玄門三年一次的風水師考核，來的人大部分是玄門弟子，也有其他門派的風水師，算是術數界一大盛事。這考校的是真功夫，查地脈、望龍氣、斷陰宅，風水佈局、占卜推演等的綜合運用，以及術法上的考核。

風水師之間的鬥法，通常不選在太喧囂的市井之地，主要是為了避開傷地氣和傷人。因此，地點選在遠離香港的一處小島，為期一週。

傳說那個小島是處廢棄的小漁村，現在沒幾戶人家居住，而村子敗落的原因是……鬧鬼。

張中先將他這一脈所剩無幾的十二名徒子徒孫召來香港，把夏芍安插在隊伍裡，向玄門表明他們將參加這一次的考核。

張中先這一脈的弟子，上一屆的考核沒參加，按照玄門的規矩，這一屆再不參加，就視為改行，所以張氏一脈弟子這次才會報名參加考核。其他人雖然感到意外，但也在意料之中。

余九志冷哼一聲，瞇起眼道：「他還不死心，還想在這一行冒頭？哼！既然他想讓他那一脈死絕，那就讓他來！丟了臉，死了人，只能怪自己學藝不精！」

玄門收下了張氏一脈弟子的報名申請，約定月底那天搭乘遊輪一起前往小漁島。

夏芍在走之前，先用天眼預知李卿宇近期的吉凶，發現風平浪靜後，便將莫非和馬克沁引薦給他，暫時由兩人貼身保護他的安全。

對於夏芍要離開一段時間的事，李伯元是知道內情的，故而除了囑咐她千萬小心之外，也擔心李卿宇會遇到什麼事。夏芍保證李卿宇未來一星期不會有危險，李伯元才放下了心。

李卿宇對夏芍的突然離開感覺意外，也覺得古怪，但她說公司有緊急的事情，他自然不好說什麼，只是在她臨行前一晚，敲開了她的房門。

兩人相處兩個月，雖住在同一間臥室裡，卻謹守這一道房門之隔，李卿宇從來沒踏進去過，今晚卻破天荒敲門進來。

夏芍的行李很簡單，除了日常用品，就只有幾件衣服和外套。她早就收拾好了，見李卿宇敲門進來，也愣了一下。

李卿宇看了眼她的小行李箱，沒有多說什麼，只是伸出手，掌心上擱著玉羅漢，「既然是公司有急事，那這個東西妳就收回去吧。」

夏芍一愣，明白過來他的用意，心裡感到溫暖，卻是淡淡一笑，「不用了，已經給了你，你戴了兩個月，這玉認了你為主人，我戴著也跟它無緣。」

李卿宇皺眉，「妳還真把自己當風水師了？」

夏芍答非所問：「反正我這次不是去執行危險的任務，我會按時回來的。這段期間，我會和我的同伴保持聯絡，你會有我的消息。」

李卿宇看了她一會兒，這才將玉羅漢收起來，轉身出房間，「回來晚了的話，我多付妳的那部分傭金，妳就拿不到了。」

直到房門關上，夏芍才噗哧一聲笑了出來，她看起來真的有那麼財迷嗎？

第二天一早，夏芍帶著她的小行李箱離開李家大宅，半路到飯店。在飯店的盥洗室易容，換上久違的白色連衣裙，去了張家小樓，與張中先的徒子徒孫打招呼，便一起來到了海港。

搭載眾人的遊輪行駛在海上，夏芍迎著海風站在船頭，閉著眼睛，神情愜意。

她很少出海，即便在青市讀了兩年高中，學校靠近海邊，她也只在海邊逗留過，從未有機會乘船出海。這一次對她來說，倒是新奇的體驗。

來香港兩個月了，內地公司的事都交給了幾員大將打理，她只在晚上李卿宇休息後，拿出筆記型電腦，以視訊的方式聽取孫長德的報告。若是她在外地的這段時間，華夏集團一樣能運作得很好，那就表示集團在青市根基已穩。待她到了大學，就是可以再有大動作的時候了。

艾米麗那邊的艾達地產，在青市跟龔沐雲收購的金達集團在爭奪地標上發生了幾次衝突，但新納地產公司在最後總是有意無意退讓，這讓很多人都看不懂。

夏芍得知這件事時只是笑笑，她告訴艾米麗，暫且不必在意這件事。她打算在解決余九志之後，讓艾達地產進入香港發展。

香港重視風水，她的風水術在房地產的產業會有很大的發揮空間，地產公司在這裡比內地容易打開市場，也更容易積累本錢。到時候，她會回去跟龔沐雲堂堂正正較量，光明正大把新納地產收購到手，再以青市為根基，進軍全國的房地產。

青市因夏芍的轉學有一番震動，很多人找不到夏芍卜算運勢，夏芍要孫長德轉告大家，再等待幾個月。學校那邊早就辦理好轉學手續，開學她卻沒去報到，而是跟學校請了假。

今年夏芍升上高三，課業繁重，她也不想這時候請假，但實在是走不開，只能在晚上勉強找時間複習功課，經常是看書看到凌晨才上床睡覺。

等李卿宇完全安全之後，她就可以安心去學校報到了。

在腦海中把事情理過一遍後，夏芍睜開眼睛，轉身準備回艙房。前往漁村小島要三個小時，這段時間不如回去看書。她出來的時候帶了課本，得盡量找機會複習功課。

身後忽然傳來略微稚嫩的聲音，「師妹，原來妳在這裡。」

夏芍苦笑，轉過身去，見身後走過來一個穿著T恤和休閒短褲的小男孩。說是小男孩，其實也不算太小，有十二歲了。

男孩皮膚很白，T恤也是白色的，上面畫著一隻短尾巴的龍貓，休閒短褲肥大，腳上穿著一雙夾腳拖鞋，手腕戴著白色的迪士尼貓怪手錶，怎麼看都是可愛的男孩子。

但他的個性絕對不可愛，一雙吊角眼，眼睛往天上看，頭髮尖兒根根豎著。夏芍跟他認識不久，就知道這小子脾氣不好，臭屁又欠揍。

他的名字叫溫燁，是張氏一脈年紀最小的弟子，義字輩，師承張中先唯一的女弟子海若。

溫燁年紀雖小，在陰性術法上的天賦卻很高，對靈魂的感應強烈，擅長抓陰人、驅靈、使用符籙。用民間的話來說，就是「叫魂」和「抓鬼」，是個實打實的小神棍……

如果不是他天賦高，海若也不可能讓年齡這麼小的他跟著一起出海。

張中先的三名弟子裡，只有海若是女的，因此夏芍就以海若五年前在美國新收的弟子為名，參加風水師考核，而既然要以海若弟子的名義，張中先便不好對弟子們隱瞞夏芍的身分了。他收弟子，對心性要求極嚴，信得過三名弟子的為人，所以他的三名弟子已經知曉夏芍的身分，可張中先的徒孫們不知道。

只有海若的三名弟子知道夏芍並非她所收的徒弟，因為夏芍從未跟他們一起修習過。對此，海若宣稱夏芍的師父是張中先已過世的一名弟子幾年前收的，這次是想為師父報仇，為了不引起余家人的注意，才謊稱是她的弟子。

張中先曾收有七名弟子，都在海外發展，後來他們各自又收了徒弟，故而同門之間未曾見過面的事也是常有的，夏芍就因而順利蒙混過關。過關是過關了，溫燁卻讓夏芍頗頭痛。

溫燁五歲就入門，堅稱入門的時間比夏芍長，非得喊夏芍師妹。他向同門師兄弟宣告，從今天起，他不再是最小的弟子，他有師妹了，甚至開始行使身為師兄的職責，走到哪兒都看著夏芍，一副指點和教誨的姿態，讓她哭笑不得。

就像此時，她才走上甲板一會兒，這小子就找來了。

「不要到處亂跑，這船除了我們這一脈，沒半個好人，小心他們背後耍陰招。」溫燁抱胸皺著眉頭警告，「跟過來，回艙房。」

夏芍在心裡罵一句臭小子，便笑著跟在他後面往艙房走去。

走到門口，溫燁還沒開門，艙房的門便從裡面打開，余薇和兩名年輕男人一起走了出來。溫燁只當沒看見，直接往前走。他的態度讓兩個男人都皺眉，其中一人叫道：「站住！你們是張長老義字輩的弟子吧？見了我們怎麼不問好？」

這兩個男人正是玄門另兩位長老曲志成和王懷的孫子，說話的叫王洛川，染著棕色頭髮，穿著白襯衫休閒褲，眼角微微上挑，眼神輕浮。另一人叫曲峰，五官堅毅，容貌略嫌普通，但看起來頗為強勢。

兩人盯著溫燁，至於夏芍，連看也沒看一眼，顯然在玄門弟子裡，溫燁比較有名氣。

夏芍要的就是這種不被人注意的效果，她一句話不說，只跟在溫燁後面。

溫燁手插在褲子的口袋裡，吊著眼看人，點頭道：「師叔好，師叔走好。」

「你是什麼意思！」王洛川皺眉。走在最前面余薇也冷著臉，目光冷厲地瞪向溫燁。

溫燁指著甲板，手腕上的貓怪手錶在陽光下泛著耀眼的光芒，「甲板我們用完了，請三位師叔自便。我說走好，沒錯吧？」

王洛川一時語塞，話是這麼說，卻覺得這小子說的不是好話，可是又挑不出他的錯來。

溫燁懶得理他，帶著夏芍就往船艙裡走，王洛川這才看見夏芍，臉色一沉，「妳呢？沒規矩！妳們張長老這一脈的人，都這麼目無尊長嗎？」

溫燁瞥了夏芍一眼，「師叔讓妳跟他們說走好，沒聽見嗎？」

夏芍垂眸忍笑，點頭道：「師叔走好。」

王洛川臉都黑了，溫燁點頭，踩著他的夾腳拖鞋，大搖大擺帶著夏芍進了船艙。門砰一聲關上，聽見王洛川的怒罵聲，「混帳！等到了島上，有他們好受的！」

夏芍無聲冷笑，待看向溫燁，又忍不住輕笑出聲，這小子還挺會氣人的！

這次風水師考核的人數有一百多人，玄門弟子占了大部分，其他門派的風水師只有十來人。張氏一脈僅十二人，可見余、冷、曲、王四脈的弟子來了多少。

遊艇很大，一百來人分了幾間艙房，房間完全夠了。夏芍跟海若的三名弟子在一個艙房，海若是位年近四十的女人。修煉玄門養氣功法的女子通常看起來都比較年輕，海若看著也就像是三十歲的成熟女子，眉眼間氣韻溫和，說話也細聲細氣，性情相當溫柔。

聽張中先說，海若在美國已經結婚，婚後夫妻感情雖好，卻一直沒有孩子。她收了兩名女弟子，如今都已二十多歲，溫燁是最小的，海若一直把這三名弟子當兒女看待。

海若的另兩名女弟子是對雙胞胎姊妹，名叫吳淑和吳可，聽說是海若從孤兒院裡領養回來的，也是小小年紀就入門。兩姊妹長得很像，臉蛋兒圓圓的，姊姊沉默些，妹妹靦腆些，兩人話都比較少，但對人還算友善。

溫燁一回來就告狀：「都是她的錯！沒事上什麼甲板，害得我去找，還遇上幾個渣滓！」

海若擔憂地看向溫燁和夏芍，吳淑、吳可兩姊妹也從雜誌裡抬起頭來。

「你們沒起衝突吧？」海若問。

「衝突？哼！我才不跟他們吵，等上了島，小爺整死他們！」溫燁明明是個小蘿蔔頭，不到變聲期，說話卻總愛壓著嗓子，「幸虧我去了甲板上，要是她一個人在那裡，准被欺負！」

溫燁坐下來，抬頭看夏芍，「喂，怎麼說也是師兄我罩了妳，妳連聲謝謝都沒有？」

「小燁，別胡鬧！」海若輕斥一句，轉頭對夏芍無聲說抱歉。

夏芍不介意，很好說話地笑著點頭，「謝謝，你的英勇事蹟我會銘記在心的。」

雙胞胎中的妹妹吳可聽了抿嘴直笑，溫燁卻不幹了，「什麼你啊的，我是妳師兄！跟妳說了那麼多遍，叫師兄！」

夏芍卻不說話了。她的師兄只有一個人，對她來說有特殊意義，哪怕是叫這小子一聲師叔她都叫得出口，就是師兄不行。

夏芍慢悠悠笑道：「我今兒叫你一聲師兄，怕你改天叫我十聲師叔祖也還不回來。」

吳淑、吳可看向夏芍，見她笑咪咪的，似在開玩笑，溫燁則翻了個白眼，明顯也當夏芍在開玩笑，「師叔祖？妳想多了。等收拾掉某些人以後，咱們玄門就算是會選新的長老，那也是我師父或者師叔頂上去。師父和師叔下面還有我，妳老老實實叫我師兄吧！」

「小燁，說了別胡鬧的！」海若又輕斥他一聲，接著溫婉地笑看夏芍，有些歉意，「實在對不住，這孩子被我寵壞了。性子是差了些，但其實是個好孩子，妳別往心裡去。」

海若說完便從吧臺取了杯果汁遞給溫燁和夏芍，夏芍謝過她，善意地點點頭。她自然看出溫燁秉性不錯，等以後她身分公開的時候，再好好治治這小子。

溫燁拿著一大杯果汁，鬱悶地咬管子，「都說我最小，好不容易來了個入門比我晚的，還不叫我師兄……哼！妳等著，等到了島上，那地方鬧鬼，有陰人騷擾妳，我可不救妳！」

夏芍笑而不語，只是喝著果汁看向窗外。

吳可坐在對面，靦腆地不好意思搭話，只好奇地時不時偷看一眼。吳淑則輕輕蹙眉，覺得夏芍面相尋常，不像是從事這行的人的面相，但她周身確實有元氣，只是看起來修為不高，似乎天賦很普通。張氏一脈收徒極嚴，以這女孩子的面相和天賦，怎會被師叔收入門下？

吳淑想不通，她當然不知道夏芍為了不引人注目，特意收斂元氣。

就在遊輪於海上平穩航行時，有艘快艇在漁村海島背風面的某個隱蔽海口處停下。

五個男人自快艇下來，後面三人都持槍，上了岸就目光銳利地掃視四周。

「當家的，這島上鬧鬼，上回咱們把貨放在這裡交易，傑諾賽家族的人莫名死了十來個，這回你說他們敢來嗎？」一名四十多歲的中年男子恭敬地望著前方審視地形的年輕男人。

「我敢來，你說他們敢來嗎？」年輕男人穿著藍色襯衫、休閒褲，身材挺拔，語氣狂傲。

「您敢來，為了面子，他們也必須敢來。」中年男子說道。

「呵。」年輕男人轉身笑了笑。他這一轉身，才看見他的襯衫只繫了兩顆扣子，胸口大敞，脖頸一側紋著條黑色長龍，從脖頸一路蜿蜒，直入腹部。

年輕男人又問：「你說，我敢來，龔沐雲敢來嗎？」

中年男子答道：「您敢來，龔大當家必也敢來。這次咱們的貨數量很大，他應該會來。」

年輕男人挑眉，邪氣一氣，「那你說，傑諾賽家族的人要是在島上又死了，是算我的，還是算龔沐雲的？」

中年男子深深俯首，「當家的好計策！」

年輕男人狂傲地大笑，轉身大步邁進濃霧籠罩的荒廢島嶼，「走，入島！」

另一邊，遊輪到達漁村海港的時候，一船百來人上了岸。

港口破舊，很多年不曾收拾打理過的樣子。眾人面色凝重，因為這座漁港霧氣瀰漫，白茫茫一片，依稀有種陰涼的感覺。這座漁島，確實不太對勁。

遊輪是租用來的，船長聽說島上鬧鬼，堅持不肯停靠在港口等，只說一週後開船來接，然後便啟航走人。破敗的港口邊，徒留一百來人看著遊輪遠去。

夏芍掃了眼百來人的風水師隊伍，這些人不說在風水界都是中堅力量，算得上有實力了。

一行人自動分作四堆，余、曲、王三脈的人離得近些，張氏一脈的人站得離他們遠些，目光戒備。冷家的人獨自站在中間，離誰也不近，果然是中立風格。

其他門派的十來個人站在一起，大多神情嚴肅地望向島上。

余九志站了出來，說道：「一路過來，大家都累了，今天就先在村裡休息，明天再開始進行考核。島上還有人家，今晚我們就借住那裡。看見島上那座山了嗎？那就是我們明天考核的地方，拿出你們的本事來，到時候現場點幾個風水穴來看看。」

余九志一身西裝革履，彷彿立在風水界的神壇上。站在他身邊的兩名五十多歲老者也穿著西裝，兩人身材中等，同樣頗有威嚴，一人高些，一人矮些。

高的是玄門四老中的曲志成，他戴著眼鏡，臉闊目明，看人時彷彿沒人在眼裡。

矮的是玄門四老中的王懷，他笑起來眼睛瞇著，甚是和藹，卻有些高深莫測。

冷長老也戴著眼鏡，身穿白色運動裝，看起來像早上在公園打太極的老人家，身健體壯，面色紅潤，拄著根龍頭拐，威嚴裡透著文人氣質。

四位老人站在一起，雖說風格各有不同，但都讓人有壓迫感。在這樣的陣容裡，一身老頭衫大褲衩的張中先便顯得突兀。張中先站在余九志身旁，非要跟他並肩而立，還抬腳把曲志成往旁邊踢了踢。

現今仁字輩以上的弟子都知道，曲志成原不在玄門四老的行列裡，他是十多年前唐宗伯失蹤後，余九志提拔上來的。原本余九志是四老之一，現在他不在其中，儼然以掌門自居。

看著余九志，許多人面露敬畏。

唐宗伯失蹤十來年了，許多年輕弟子都沒見過他，他們從各自師父那裡聽說他是玄門的已故掌門，如今雖說新掌門未立，但在眾人心裡，余九志就是掌門。

唯有張氏一脈的人不願承認余九志，他們跟他有不共戴天之仇。好幾名弟子死得莫名其妙，他們知道是余氏、曲氏和王氏合夥幹的，但沒有證據，這口氣忍了好幾年了。

余九志只當沒看見張中先，說道：「走吧，先進村再說。」

他轉身帶頭往裡走，張中先不客氣地擠過來一撞，背著手，沿著小路先一步入村。

「爺爺！」余薇一怒，上前扶住余九志。余九志臉色也不太好看，望著張中先的背影，眼睛瞇了瞇。他沒說什麼，慢慢往村裡走去。

冷長老拄著手杖跟上，冷以欣在旁邊扶著。

入村的道路兩旁長了雜草，蜿蜒曲折，讓人難以想像這樣的小島上會有村子。

走了約莫半小時，眼前總算慢慢現出住家，一群人看著，不由蹙眉。

村子已破落不堪，像廢棄了的海島小村，屋舍有閩南風，屋頂是硬山式曲線燕尾脊，紅瓦屋面，石砌牆體。可以想像得出，此處以前是個美麗的村子，只是已經荒廢，房前屋後長了草，屋瓦窗下結了厚厚的蜘蛛網，看起來很久無人居住。

玄門的弟子導氣於身，感應著村子裡的氣息。其他人也按各自門派的心法導氣，感應四周。有人拿出羅盤，見磁鍼跳動得異常厲害。

夏芍站在人群裡，為了防止開天眼引來玄門四老的注意，便憑著感應觀察村子，看得忍不住蹙眉，這裡確實有問題。

村子的格局在村口來看，枕山、環水、面屏，乃三陽之地。遊艇未靠岸的時候遠遠看去，整座小島類似船型，按理說該是風調雨順出富貴後人的小村子，怎麼會敗落至此？

再者，村子盡頭拐角處陰氣很重，大白天的，風從那邊吹來竟冷颼颼的，應有陰人在。可問題就出在這裡，這村子風水不錯，按說不該養陰成凶才是，到底怎麼回事？

「奇怪。」站在夏芍旁邊的溫燁開口道。他指著前方拐角處的一個宅子，「那邊我感覺不出陰人的五行毒來。大白天的陰氣這麼強，不應該感應不出來，難不成沒入土為安？」

夏芍聽了眼睛一亮。不愧是專司抓鬼的小神棍，感覺果然敏銳！

五行毒在醫學上也有說法，據說有風毒、水毒、火毒之類，可對應在命理學說中，每個人生辰八字不同，生來便有土命、水命的說法，因此即便離世，只要有一分殘念在世，便能區分出各自的不同來。

溫燁應是感應到村子裡的陰人厲害，推測並非一人，卻沒感應到，才覺得奇怪，但他已經很厲害了，此時隊伍中拿出羅盤的人數有三分之二以上，說明這些人靠感應都沒有溫燁靈敏。

夏芍笑著垂眸，忽然感覺到不遠處有道目光投了過來，她抬頭看去。這一看不由微愣，在其他門派的那十來名風水師裡，有個男人正望過來。

那男人約莫二十五六歲，長相頗俊，眼神乾淨帶笑，穿著一身金黃道袍，胸前有太極圖，身後背著桃木劍，上頭挑著一個金搖鈴，隨風叮噹作響，卻是一副道士打扮。可他的耳朵塞著耳機，似在聽音樂，身前掛著帆布袋，耳機線的盡頭落在帆布袋中。帆布袋鼓鼓囊囊的，估摸是放著黃紙符籙一類的東西。

夏芍嘴角微抽，這種組合……真是怪人處處有！

那人的視線落在溫燁身上，像是聽見他剛才的話，走過來道了一聲道號，笑問：「無量天尊！請問可以結伴同行嗎？」

海若等人看向男人，溫燁打量著對方，語氣不太好，「喂，大叔，你的打扮好奇怪！」

「小燁！」海若喝止他，其他門派也有高手，亂說話易惹禍端。

男人倒不生氣，只是剛要說話，余家的一名弟子便指著村子盡頭道：「有人！」

來人是一名老漢，約莫六旬，眼底有青絲，神情恍惚，舉止瘋癲。

老漢從村路盡頭跑出來，邊跑邊喊：「我不知道你的頭在哪裡！我不知道你的頭在哪裡……別追我，別追我！」

大白天的，靜悄悄的廢棄村莊突然跑出個人瘋狂大叫，令人背後發涼。

幸好在場的都是風水師，並不慌亂，見老漢一路跑來，便把他給截下。

余氏一脈的人在最前面，他們動手攔人，其他人站在一旁看。

張氏一脈的人站在最後後，雖然沒上前，但一眼也明白了是怎麼回事。

吳淑道：「那個老人眼底青絲游離，遭了青頭了。」

青頭指的就是陰人。

海若點頭道：「沒錯。他是受了驚嚇，人魂游離了。叫叫魂，安安神，神智就能清醒，這是小燁的專長。」

溫燁卻不理師父，吊著眼，鼻子朝天，「不去！余家的人愛表演，就叫他們表演好了！我等著他們表演完了，聽那老頭說鬼故事！」

夏芍噗哧笑了出來，這小子真毒舌。

吳淑、吳可姊妹也忍不住笑了笑，眼神寵溺，明顯把溫燁當弟弟看待。

溫燁說完才發現跟他說話的人是海若，當下不太自在地哼了哼，又補了一句：「咱們要保存實力，不能叫人知道了底細。後面不是還有個怪道士嗎？讓他去！」

「小燁。」吳可偷偷拽了拽溫燁的衣角，就怕那怪道士聽見。

道士耳朵裡塞著耳機，聽著音樂一副陶醉狀，沒有出手的打算。

前頭余氏的弟子已按住老漢，以元氣調節他身體的陰陽氣場，助他安神，這才看向余薇。

余薇的輩分在余氏一脈的弟子中是最高的，天賦修為也是最高的，其他人等她發話。

余薇冷淡地略俯身看了看老漢髒兮兮的臉，站在她身後的王洛川偷瞄她的大胸脯，吞了吞口水。曲峰則是看向別處，不發一言。

老漢安了神，見到一身紅衣的余薇，又露出驚恐表情，拚命往後退，狂亂喊道：「我不是妳老公！我不是妳老公！別找我，別找我……」

「噗！」夏芍身後傳來一聲悶笑，她轉頭看去，見怪道士臉上的笑意沒收住，見她望來便又念了一聲「無量天尊」，然後無辜望天去了。

眾人也想笑，余薇的臉頓時黑了。她皺著眉頭，惱怒道：「人魂游離了，誰幫他收收魂，別讓他亂叫了！把他弄醒，問問村子的事！」
余薇轉身走開，不想親自動手。
有小孩子哭鬧不停的時候，老人都會說：「這是受驚了，抱著去屋後叫叫魂就好。」究竟這麼做有沒有用，道理是什麼，已經很少有人能弄得明白。
事實上，現代靈魂醫學對靈魂的認識並不認為是人死後的鬼魂。所謂靈魂，是由蛋白質、DNA、RNA等生命大分子構成的生物體所產生的各種層次的生命現象，它依生命大分子、細胞、組織、器官及生物體本身的新陳代謝存在而存在。
這是一種精神層面的研究，許多宗教都有其獨特的解釋。國學、道教和中醫認為，人的元神由魂魄聚合而成，其魂有三，一為天魂，一為人魂，一為地魂。
魂和魄都只是一種稱呼，實為人的精神體現，是依附於活人軀體而存在的精神。
因此，民間所說的「叫魂」，其實就是安神。
為老漢安神的弟子是余氏一脈義字輩的弟子，他從行李箱裡翻出道士的行頭穿上，手執蕩魂鈴，腳踏罡步，口中唸唸有詞。
罡步就是用腳在地上走一遍洛書的數字路線，河圖與洛書是陰陽五行術數之源，連周易都可追溯於此。作法不同，走的罡步也不同。眼前這弟子走的是九宮罡步，即踩踏行走間劃地佈局，形成九宮格，踏北斗七星方位，以元氣調和陰陽五行。
蕩魂鈴搖得並不吵鬧，而是慢而清靈，像和著輕風的催眠曲，有助於安撫老漢的心神。
老漢周身混亂的元氣漸漸恢復，人也從癲狂狀態安靜下來。過了約莫半小時，老漢的眼珠終於動了動，開始看人了。

他第一眼看見的便是在他面前作法的人，頓時像抓了救命稻草，老淚縱橫，「道長！道長，你終於來了，你救救我們村子吧！有鬼，有鬼啊！」

老漢的話聽著像是他們村子曾請過人來作法一樣，那位玄門弟子被他抱得有點尷尬。余薇對王洛川使眼色，王洛川便對老漢道：「村子裡出什麼事了？我們都是風水師。」

老漢聞言，這才看見周圍還有一群人，「道長，這些人是……」

「都是風水師，聽說村子裡鬧鬼，同來看看。」那名作法的玄門弟子解釋罷，問道：「老人家，你別怕，我們這麼多人在，再厲害的陰人也不要緊，你說說發生了什麼事吧。」

老漢從來沒見過這麼多風水師，一時有些懵，但鬧鬼的恐懼很快壓過了一切，當下拉著那位玄門弟子往村裡走，「道長，我們村子鬧鬼，大部分的人都搬走了，還剩下些腿腳不便的老人。我們現在都聚在一個屋裡住，你們跟我來。」

老漢帶著眾人去的地方不遠，轉過街角就到了。他進院子裡把人都叫出來。一間不大的房子，竟住了十多位老人，年紀最大的已有八十多歲，被人扶出來，見到陣仗龐大的風水師，不由激動得老淚縱橫。

在老人們你一言我一語的講述中，眾人才慢慢知道發生了什麼事。

「我們村子鬧鬼是兩年前開始的。以前有風水先生說這裡風水好，出富貴鄉紳，事實也是這樣。別看我們村子小，在外頭闖出名堂身家千萬的人不少。有錢的人後來搬走了，把家裡老人接出了島，村子剩下的都是我們這些家境普通的老人，和一些農婦。村子沒有就此荒廢，落葉歸根，村子裡還有祖宗祠堂在，逢年過節年輕人會回來祭拜。」

「我們村子叫做易漁村，全村人都姓易，族長住在村東頭那個大房子。兩年前，鬧鬼就是從他家開始的。據說有個女人總是半夜出來找她的頭，把全村人嚇得……我們晚上都不敢睡覺。族長請了位風水師來，也不知從哪裡請的，來了之後說要作法，可當天晚上人就暴斃了。」

眾人都隔著一條街望向那個陰氣來源的房子，沒想到有風水師死了。

夏芍也看著那個宅子，溫燁感應的沒錯，那陰人沒有五行毒，像是不接地氣一樣。就好像沒有入土為安，怨念非常強大。死了風水師，並非不可能。

可惜這麼多人在，她不能隨意開天眼，只能等住下之後再說。如果晚上沒人去動那陰人，她就等風水師考核結束後再去查探。

夏芍眼角餘光掃過，見站在最後的怪道士也在看那宅子，眼神略微深沉。許是察覺到夏芍的目光，怪道士轉過頭來，與她的視線對上，於是他又恢復無辜的表情。

老漢從恐懼中掙扎出來，繼續說道：「那位大師死的第二天早上，族長的女兒就變得瘋瘋癲癲，神志不清。她說的話很奇怪，整天在村裡溜達，見人就問是不是她老公……她哪有老公啊，訂了親，還沒嫁人呢！我們看見她就躲，後來她脾氣變得越來越暴躁。族長懷疑她得了病，帶著她去醫院治療，全家一起搬走了。我們這些人不是家家戶戶都有能力搬走的，村子裡那些回來的年輕人聽說鬧鬼，就帶著家裡老人走了。剩下我們這幾戶，窮的窮，孤寡的孤寡，想走也走不了。自從族長把他女兒帶走，我們就又看見那個女鬼了。」

旁邊有人附和道：「沒錯！老一輩的人都傳說女鬼喜歡穿紅衣或白衣，但那女鬼穿的是黃衣，還沒有頭……可嚇人了！後來我們經常晚上看見……看見窗上有血，看見……」那人說到一半臉色發白，嚇得直搖頭，「我不想說，太嚇人了！」

「你們都看見了？」一道男孩稚嫩的聲音傳來。

一群人轉頭，見問話的是溫燁。余曲王三脈的人皺眉，顯然不喜張氏一脈的人出聲。

夏芍知道溫燁為什麼這麼問。

一般來說，窗上有血屬於幻象，是陰煞強烈侵入腦中所產致，可尋常陰人就算養出了凶性，其凶戾也是有程度的。一般來說，能使人看見幻象的就已經很厲害了，能讓全村的人都看見幻象……這得是多凶的存在？

其他人顯然也想到此，不由神情嚴肅。

村子裡的老人以為這群風水師覺得他們在說謊，急忙道：「大師們，我們說的都是真的，我們真的都看見了！大夥兒看見的都一樣，要不，我們也不會認為是鬧鬼！你們既然來了這麼多人，求你們一定得救救我們！」

「是啊，我有個兒子在外地不敢回來，想讓他在外頭請位大師來，可他賺的錢不多，請不來那些靈驗的，只能從一些小館裡找人，可人來後不是嚇跑就是暴斃了，最後我們也沒辦法了，只能幾戶擠在一起，打算過了這年就算去外頭要飯也不在村子裡住了，沒想到你們來了，可一定要救我們啊！」

在眾老人眼裡，有著神鬼莫測手段的風水師尋常都見不到一兩個，今天莫名其妙見到一群，不趁此時求他們解決村中的女鬼，更待何時？他們人多，合起夥來肯定有辦法！

然而，眾人只是來參加風水師考核的，不是專程來對付陰人的，況且還是這麼厲害的陰人。因此一時沒人說話，不想貿然答應的人很多。

余氏、曲氏、王氏三脈的人雖是風水界的中堅力量，但大多在大城市為富商巨賈看投資運勢、家宅風水。收陰人且不說術業有專攻，就算有這個本事，安逸日子過久了也未必想惹這種麻煩。這可是大青頭，搞不好有送命的危險。就算佈陣把她給封住，這些老人能給什麼好處？

眼下面臨風水師考核，關係到各人的名聲。遠的不說，就說近的，佈陣耗費的元氣不小，明天一早還得上山察龍脈、斷陰穴，之後還有其他的考核。元氣消耗在對付陰人上，影響考核，結果算誰的？

冷氏一脈的弟子看向冷長老，冷長老暫不表態。冷以欣陪在老爺子身旁，始終面無表情。她擅長的是占問之事，不擅長鬥法捉陰。

王懷忽然笑了起來，看向張中先，「張老，你怎麼看這事？」

「張老是肯定會接的，你們那一脈不是最與人為善嗎？這積德的事想必張老不會推脫。」曲志成冷哼一聲。

張中先氣勢不減，語氣嘲諷，「是啊，與人為善多積善德，我們這一脈的弟子都是這樣的心性。不像有些人，上樑不正下樑歪，自私自利。說是風水師，其實比普通人還不如，除了斂財，就是貪生怕死。」

曲志成臉色一寒，額上青筋暴跳，卻壓下了怒氣，怒極反笑道：「是啊，張老一脈的人大公無私，捨己為人，那這次村子裡的事就由你們接了吧。」

「我們接？我們是來參加風水師考核的，到時白消耗了元氣，讓你們白撿便宜嗎？我沒那麼傻！村子裡的事我們要管，但考核之後我們再管。你們貪生怕死的可以不問這事，我有的是辦法讓這些村民這幾天不受陰人騷擾。」

想讓村民這幾日暫不受騷擾，佈置結界即可。只是陰人強大，結界怕撐不了幾日，但有個幾日也足夠了。

曲志成目光微閃，看向余九志。

余九志嚴肅地道：「這村子的陰人強大，張中先，你們一脈的弟子十來人，要是聯手能除去這陰人，那你們的術法造詣自然是過關的。我們這次考核是公平公正的，你們要是除了村子裡的陰人，元氣不算你們白消耗，術法上的考核我可以算你們通過。」

余九志這話聽起來是公平公正，但張氏一脈的弟子無不露出憤慨之色。

這不明擺著讓他們一脈的人去送死嗎？

以前的考核雖然也不簡單，但至少沒有性命之憂，可這次的陰人不一樣。

余九志太惡毒了！

見風水師們起了爭執，村裡的老人們不知如何是好，只能乾著急。

余九志對他們道：「我這位張師弟的人會解決鬧鬼的事，有事你們找他們談吧。」說完，他又轉身對其他人道：「今晚在村裡住下，空房這麼多，隨便你們找地方住，明早再上山。」

余九志一發話，眾弟子作鳥獸散，很多人選房屋時有意避開那個族長住的宅子。余薇看了那宅子的坐向方位，選了處方位制剋的宅子帶人進去住。冷以欣則就近選了個屋子，看見屋外的蜘蛛網時，輕輕蹙眉。

眾人進屋時都撒了鹽巴、花椒，取蓮花杯放了酒，置了玲瓏塔，佈下結界。眾人都覺得晚上那陰人應該不敢太鬧，且張氏一脈的人要去鬥那陰人，其餘人佈這結界足夠了。

其他門派的風水師也都跟著找了屋子住下，只離得張氏一脈頗遠，唯獨那怪道士沒走，他留在了張氏一脈的隊伍裡。

人一散，村裡的路就顯得空曠起來，老人們看到還有十來個人留下來，便像抓住救命稻草般拉住張中先，求他救命。

弟子們怒道：「我真懷疑來這座島是他們提前商量好的！以前考核都是去郊外或靈山大川，沒聽過有來小島的。這鬧鬼的村子陰人凶戾，分明就是陰謀，衝著我們來的！」

「我也這麼覺得，他們實在欺人太甚了！師公、師父，我們在風水界銷聲匿跡幾年了，實在不想再受這氣，今晚索性跟他們拚了吧！」

「別說氣話，我們人少，他們占優勢，除非……我們能收了村子裡的陰人當符使！」

「開什麼玩笑？沒感覺到那陰氣嗎？大白天的就這麼陰氣森森，這陰人不好對付。能把她封住就不錯了，收她？煉神返虛的修為也得悠著點。咱們這些人裡，沒這麼高修為的。」

「就算收了那陰人，放出來跟他們決一死戰，村子裡的老人怎麼辦？這麼凶的陰煞，害人不淺，這法子行不通！」

「我知道行不通，我這不是氣不過嗎？」

弟子們眾說紛紜，這時，一名少女的聲音慢悠悠在人群後傳了來。

「老人家，我能問問兩年前村子裡鬧鬼之前，還發生過什麼事嗎？」

眾人一愣，他們認識夏芍，聽說是已故的蘇師叔五年前收的女弟子，一路上話很少，修為也不高，只在最基礎的煉精化氣階段，沒想到她還有心思繼續打聽村子裡的事。

夏芍不尷尬不靦腆，只平靜地看著村子裡的老人，等待老人的回答。

鬧鬼的過程很清楚了，但起因很突然，怎麼會忽然鬧鬼呢？

「老人家，村子裡的山水有動過哪裡嗎？兩年前是否有動土的大事，或者發生過什麼特別的事情？」夏芍怕老人一時想不起來便指明方向。

這村子的風水至今看都是很好的，但看全必須到山上的高處俯瞰，後面那座山明天才去，今天走過去就天黑了，不如直接問。

老人們沉思過後，有人搖了頭，「沒有……我們村子有好幾百年的歷史了。當初有風水先生說我們村子風水好，不讓亂動土，我們就從來不動村裡的山水。」

「確實沒什麼動土的事……」

「咦？不對，有件事！」有個老人忽然變臉，「你們忘了？兩年前海上有次地震，地震不大，但是祠堂供奉著的一塊牌位掉下來，斷掉了……」

他這麼一說，其他老人都變了臉色，似乎想了起來。這兩年鬧鬼的事太凶，大家因為害怕都把當初那件事給忘了。現在一想，鬧鬼之前確實發生了這麼一件事。

「那個牌位不是供人的，說起來是我們村裡的一個傳說了，供的是兩百年前的兩條金鱗大蟒。聽說是一雌一雄，斷的那個牌位……是雌的。」老人這麼一說，臉色發白，「大師，妳的意思不會是……」

「不可能吧？蟒蛇而已，又不是人，那個女鬼是個人！」

「但她穿的是黃色的衣服！我們小時候聽的故事裡不是說那條大蟒蛇被砍了頭嗎？」

「你你你……淨瞎想！別嚇人，蟒蛇還能成精？」

老人們對這件事有爭執，夏芍又問道：「還有人記得這故事嗎？能不能說來聽聽？」

她這麼一問，老人們便都看向坐在門口椅子上年紀最大的老者。

那老人點了點頭，慢慢說道：「這個故事是我們村子裡流傳了兩百年的，當時朝廷打仗，我們村子裡出了一位特別能征善戰的武將，後來功成名就封為將軍。這位大將軍榮歸故里，想在村子裡建一座廟宇供奉他的先祖。他想把廟建去山上，但村子裡的人都不允許他動風水，最後他退而求其次選了後頭的一座島。那座島很小，平時沒人住，島上山林茂密，將軍選了那座島建廟，奇怪的事就在他率人動土的前一天發生了。」

老人嘆了口氣，聲音很遙遠，「動土的前一天晚上，將軍做了個夢。夢裡有兩條金鱗大蟒，對他說請他三天後再去島上，它們要先遷走。唉，將軍沒把這夢當回事，帶著兵將去後頭的島上。動土時發現了一條金鱗大蟒，兵將們嚇得把大蟒打死。剛打死一條，就又從遠處回來一條，大家都受了驚，不管不顧，把那條大蟒也打死。打死的那條蟒蛇被砍下了頭，後來發現是條母蛇，腹中尚有小蛇……唉，作孽啊！」

「後來，村裡來了位風水先生，說這兩條蛇已百餘歲，早有靈性，如此枉死，村裡人必遭報應，便讓我們為兩條金鱗大蟒立牌位，世代供奉。後面那座小島的廟宇也改成了鎮靈廟……這些都是祖輩傳下來的故事，不知真假。自從兩年前鬧鬼，後面的廟我們便再沒去過了。」

夏芍聞言又問道：「祠堂在哪裡？請帶我去看看那個牌位。」

祠堂的建址很有講究，從風水上看，坐下龍脈，有形勢，有堂局，有上砂，有結構，有明堂，有水口，一行人跟著村裡老人來到祠堂外面時，眼睛都亮了，可見祠堂風水有能人異士指點過。難怪兩三百年來，一座小漁村能人丁財運都很旺盛。

漁村荒廢已久，祠堂內外卻打理得還算乾淨，至少屋前無雜草，也沒結上蜘蛛網，一看便知村裡老人在驚慌度日的這兩年裡仍然記得供奉祖先。

一行人站在祠堂門口看了眼，祠堂裡也有陰氣，跟族長宅子裡的陰氣不能比，但確實有。

夏芍走進祠堂，見裡面供奉的牌位果然斷過，只是又被村民黏了起來。

「大師，那條母蛇是不是從這牌位裡跑出去了？」身後跟著的村人驚恐地盯著那牌位。

夏芍不答，走過去將牌位拿了起來。

她這動作嚇到不少人，張中元第一個跳起來，「丫頭魯莽！」

海若等人也急忙阻止。

溫燁伸手去抓夏芍的手，「牌位上有……」

他們的速度都沒夏芍快，牌位在入她手的那一刻，附在牌位上的陰煞已經入體。

夏芍冷笑一聲，放出周身元氣困住那陰煞，只引了一點到身上，腦海中瞬間生出幻象。

一名黃衣女子渾身是血地從她身旁飄過，脖子上沒有頭顱，頭顱飄在房樑上，一雙金色的凶戾眼睛正緊緊盯著她。

夏芍不慌不忙，微微一笑，幻象消失。祠堂的地上莫名其妙開始湧出血水，血湧得很快，轉眼就淹了眾人的腳踝，耳旁還有陰森森的怪笑聲。地上的血水裡忽然出現一條金色大蟒，身體粗壯，將偌大的祠堂給擠滿。大蟒盤在眾人腳下，身子緊緊收縮著，彷彿一用力便能將所有人的腳骨給折斷。

這條金色大蟒的頭似乎埋在血水裡，可仔細一看，這條蟒蛇竟是沒有頭顱的……

夏芍閉上眼睛，元氣導於掌中，輕輕一振。手中牌位上附著的陰煞被震散，幻象不見，祠堂裡所有的人都安然無恙，只是看著她的眼神很複雜。

村子裡的老人不知發生了什麼事，一臉茫然裡帶點對未知的恐懼。

溫燁率先發飆，一腳踹在夏芍腿上，指著她的鼻子罵：「妳找死啊！這牌位上有陰煞，隨便碰這麼凶的陰靈，妳是想讓她上身？」

「你看它上了我的身嗎？」夏芍挑眉一笑，從容地將牌位放回去。

她並非魯莽，就憑這牌位上的陰煞還傷不了她。那陰人是厲害，可牌位上的陰煞只是殘餘，大量的煞氣在族長那邊的宅子裡，牌位上的陰煞應是陰靈破出之時殘留在上面的。以她煉氣化神頂級的修為，這點煞氣奈何不了她。更何況，她還有龍鱗在身。

夏芍碰這牌位就是想看看幻象。村子裡的女鬼是不是這條金鱗大蟒，一看幻象就知。

這方法最直接，現在鬧鬼的事已見分曉。

張中先的三名弟子互看了眼，他們已從師父那裡得知夏芍的身分，僅從修為上來說，她竟能與師父比肩，但未曾親眼所見，總叫人難以想像。

她剛才震碎牌位上的陰煞之氣時，導氣於掌的速度很快，元氣在周身的流動異常順暢，收放自如。這看似簡單，卻並非一朝一夕能成，雖還看不出她的修為究竟在什麼程度，但至少基本功是很扎實的。

溫燁在氣頭上，氣哼哼的，「等妳有事就晚了！真是的，現在的後生怎麼都這麼毛躁！」

張中先瞪了溫燁一眼，但瞪著夏芍的目光更凶一點。

哼！當他看不出來？她剛才明明是自己引了陰煞入體！這臭丫頭，仗著自己修為高，膽子太大了！現在不能罵她，等回去看他怎麼教訓她！

村民們不知發生了什麼，只看著這些風水師的臉色變了又變，不由推了推之前那個瘋瘋癲癲的老漢，老漢問道：「大師，到底是不是啊？」

夏芍點頭道：「是它。」

老人們一聽，臉色頓時白了。誰能想到，村子裡祖祖輩輩相傳的故事竟然是真的？

「我剛才看見了幻象，確實是一名黃衣女子，而且一條金色大蟒頭顱被斬斷了。」夏芍對張氏一脈的弟子們說道。

眾人臉色大變，海若道：「這陰靈占據著族長的宅子，僅牌位上這點煞氣就能致人入幻，實在凶戾。師父，這陰靈咱們今夜除是不除？」

海若問出了關鍵問題，弟子們便討論了起來。

張中先的大弟子丘啟強道：「除，那麼今夜必有一場死鬥。我們不是貪生怕死之輩，就怕元氣耗損太多，余家人趁火打劫暗害我們。」

張中先的二弟子趙固脾氣暴躁些，說道：「死在除靈的事上，我沒什麼怨言，但是死在余家人手上，我嚥不下這口氣！」

「咱們幾個死了無所謂，可這幾個義字輩的孩子們不能丟了性命。無論如何，咱們張氏一脈要留個根。」海若瞥了眼視若兒女的三名弟子。

「都胡說什麼？」張中先訓斥道：「我還沒死呢！不就是個陰靈嗎？除是一定要除，但余九志說今晚就得今晚嗎？我張氏一脈的人什麼時候得聽他的了？」

挨了老爺子的訓斥，弟子們都緘默不語。

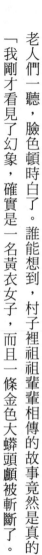

夏芍笑道：「三位師伯，現在說這些還太早。你們別忘了，族長宅子那邊的陰靈感覺不到五行毒，這事有蹊蹺。我的意思是，今晚我們可以先去看看，待看明情況再說。」

她這聲師伯叫得三人心頭尷尬，可經她提醒，眾人才想起五行毒的事。

「看什麼看，妳給我消停點！」張中先瞪眼，「今天都給我乖乖待著，明天一早去參加考核，等回來之後再說！村子裡我佈個結界，保證這幾天沒事！」

村裡的老人們聞言驚慌了，「大師，你可不能見死不救，我們可都指望你們了啊！」

「指望我就聽我的安排！」張中先倔脾氣犯了，「我拿性命擔保你們沒事！今晚我就住到你們那裡，我佈的結界要是擋不住那陰靈的煞氣，你們遭殃我也跟著遭殃，就這麼定了！」說完他就出了祠堂，留下一眾弟子和村民面面相覷。

海若趕緊對夏芍解釋：「師父是怕妳……怕我們出事，他是很疼我們的。」

夏芍了解地笑笑，她早領教過張老的性子，自然不會誤會。

其他徒孫倒是覺得海若師叔和師公對這位新師妹似乎都關心過頭了。

張中先這麼安排是為夏芍著想，她是來為唐宗伯報仇並收復玄門的，自然不能讓她在這裡出了事。這次風水師考核對她來說考核是其次，了解玄門四老各脈弟子的實力才是最重要的。明天去後山勘察地脈她必須去，不能把精力浪費在這裡。

張中先雖是好意，奈何夏芍有自己的想法，她對這條金鱗大蟒很感興趣。

這陰靈戾氣太凶，按理說本該除了，但她有點心動，不太想傷了它。這是難得的符使陰子，跟在養屍地裡面困養的陰人不一樣，這不是後天養成的。這樣的陰靈收來當符使，只要不為惡便不生業障。若能收服它帶在身邊，一來有很大的助力，二來時間長了，若能化了它的凶戾之性，慢慢感化超渡，百年之後送它入輪迴，反倒是善事一件。

兩全其美的事，為什麼不試？

當然，關鍵在於能不能把它收了。

但正因有挑戰，夏芍才更加蠢蠢欲動。這是來之不易的歷練機會，錯過了太可惜。要是成功了，這符使的厲害可非張中先那五隻困養而成的符使可比。這蟒是兩百年前枉死的，剛才在祠堂裡看見，枉死之前少說有百歲之齡，已有靈性。後來又積累了兩百年的怨氣，牌位上殘留的煞氣都能引起那種程度的幻象，可想而知這條大蟒成為陰子該有多厲害。

這念頭一提起來就壓不下去，夏芍表面上不動聲色，她知道沒人會同意她做這麼冒險的事，於是她決定入夜之後去探探村子裡的族長宅子。

跟著海若挑了個屋子住下，打掃完佈結界，夏芍便故作乖巧地拿出課本複習。

她還有心情念書，吳可非常好奇。夏芍看她一眼，和善地笑笑，低頭接著看書。

這一看便看到了晚上，晚上為了方便照應，海若、溫燁、吳淑和吳可姊妹與夏芍睡在一個屋子裡。夏芍確定幾人呼吸均勻後才悄悄起身，無聲無息出了房門。

剛走到門口就聽見有人在身後道：「妳要去哪裡？」

夏芍回過頭來，見溫燁站在房門口。

夏芍有些驚訝，她的修為在幾人當中是最高的，連海若也有所不及，她悄無聲息出來，本以為不會被發現的，這小子怎麼……除非他從一開始就沒睡。

「妳要去那邊的宅子嗎？」溫燁手插在口袋裡，一副人小鬼大的模樣。

「你想跟我去？」夏芍笑問。

溫燁皺起眉頭，「應該是我帶妳去，我是師兄。」

「你會有成為師兄的一天，不過現在早了點，等你長大再說。你還是回去吧，那邊我自己一個人去就成。」

溫燁被惹毛，好在他知道壓低聲音，「我不是小孩子，別把我當小孩了看！論抓鬼，我是大師級的，妳又是什麼等級？」他想起了白天的事，審視地問：「妳是煉精化氣的階段吧？」

夏芍笑而不答，暗道這小子很敏銳，今天她就露了那麼一瞬，義字輩弟子裡只怕沒人能看得出來，他倒警覺。

「妳要是不同意我跟妳一起去，我就把師父和師姊都叫醒，讓妳去不成！」

夏芍心裡罵一句臭小子，轉身就走，「你要是敢扯後腿，我就把你打暈餵蛇。」

「切！女人才怕蛇！」溫燁故作老成，跟在後面走。

今晚對於族長宅子裡的陰靈來說，大概是很鬱悶的一晚。到處都是結界，它只能飄蕩在大街上，四處撞也撞不開，尤其是村裡十幾位老人住的地方，佈下了九宮驅靈結界，最不能入。

按理說，依這陰靈的煞氣，這些結界對它來說本該不難突破，它卻沒能進去。

夏芍有種奇怪的感覺，可能與它沒有五行毒有關。

這金鱗大蟒的陰靈怨念很重，它突破不了結界便異常暴怒，發現街上居然有兩個人，便驅使著陰煞聚攏過來。

夏芍和溫燁導氣周身，調整元氣，防止陰煞進入身體，但一路上還是各種幻象不斷，先是有一名無頭的黃衣女子撲來，嘴裡喊著：「我的頭呢……我的頭呢……」然後有一條大蟒張著血盆大口攔路來襲，再就是人頭和蛇頭在空中飄來飄去，眼神怨毒，聲音淒厲。

溫燁兩眼望天，跟撲來的一顆七竅流血的女人頭眼對眼，無聊地道：「哼，天下的陰靈都只會玩這套，無聊死了，滾開！」他邊說邊放開周身元氣。那顆頭顱離他太近，被他的元氣撞上，頭顱似被業火燒著，淒厲尖叫，轉眼化成了灰。

夏芍眼睛一亮。這小子五行屬金，修煉的術法帶雷，竟能把近身的陰煞燒著。怪不得小小年紀就在玄門這麼有名氣，還真是天生制剋陰人。

「這就佩服了？小伎倆而已。等我們去了那邊的宅子，我露一手給妳看，非要妳心服口服叫我師兄不可。」溫燁下巴一揚，得意地哼了一聲。

夏芍搖頭失笑，懶得跟他鬥嘴，辦正事要緊。

然而，兩人走著走著，卻原地轉起了圈子。按理說，十分鐘不到就能到族長宅子，可走了很久，似乎走不到盡頭，四周的陰氣還不斷增加。

「鬼打牆？」夏芍停下來，笑了笑，她還是第一次遇到鬼打牆。

夜晚或者在郊外行走的時候，轉來轉去都轉不出去，民間叫鬼打牆，科學的說法是迷路。事實上，在環境極黑的情況下，人的視覺能力下降，按照生物的運動規律，會呈現一種圓周運動。你以為自己走的是直線，但其實走的是曲線，自己把自己繞暈。就算是大白天迷路，如果不停下來而是繼續走，那麼絕大多數人的行走路線最後都會是一個圓圈。

在靈界的理解中，鬼打牆跟鬼遮眼類似，是陰人用陰氣製造的幻象，段數不高，破解也很容易。只要脫一件衣服，在衣物上撒泡尿，拿衣物開路即可。

夏芍笑咪咪地看向溫燁，「看來沒白帶你出來。」

溫燁一下子就理解夏芍的意思，頓時跳腳，「我不要！我這件龍貓T恤是師父特地買給我的，是限量版的！」

夏芍歡快一笑，「沒關係，捨不得衣服，脫褲子也行。」

她的話一出口，溫燁在黑濛濛的陰氣裡臉黑得頓時看不清。

「為什麼是我？妳也可以……」他話說到一半，看看夏芍白色的連身裙，似乎覺得確實不能叫她脫衣服，於是咬了咬唇，看了看自己心愛的T恤。

夏芍差點笑出聲來。只見溫燁鬱悶地轉過身脫下上衣，走到旁邊撒尿去了。等他回來時，是兩指捏著衣角回來的。他捏著衣服伸出手，臭著臉走在前面。

陰氣一遇上童子尿，頓時裂開一條口子，兩人在陰氣散開的瞬間，直衝了出去。

約莫五分鐘後，來到了族長的宅子。

溫燁也不管宅子裡濃密得彷彿寒冬的陰煞之氣，一腳踹開大門，一手導氣於掌，以掌開路，大喊道：「我要宰了這條臭蛇！」

通常情況下，陰人遇此會躲避，否則必被掌心雷火所燒，但這金鱗大蟒的陰靈段數很高，宅子裡的陰氣與街上的完全不在一個層次，溫燁一進去，陰氣竟不散反往他身上聚攏。

夏芍心頭一跳，想起當初龔沐雲被三合會暗殺那晚死在龍鱗陰煞之下的那名殺手。那殺手被陰煞所纏，七竅流血而亡，死狀奇慘。

怪不得來這座宅子除陰靈的風水師會暴斃，沒用元氣護住自己，怕是一踏進宅子就被陰煞所纏而暴亡了。哪怕有元氣護持，對方陰煞太強，稍有不慎也會被陰煞所噬。當初她收服龍鱗的時候，可是足足用了五十四道符咒才把它壓制住。溫燁這樣往裡闖怕是不成，這跟他以前遇到過的陰人明顯煞力不同。

果然，溫燁才往裡跑了幾步，瘦小的身影便像一張薄薄的紙片，被濃墨般的陰煞侵蝕，像是快要被燒掉的老照片。

夏芍倏地放出周身元氣，虛空製出一道符，符咒在濃墨般的黑氣裡現出一個符籙圖案，前方陰煞一遇上，頓時被震散。

溫燁的身影顯現出來，夏芍出手及時，他並沒有太大的事。

煞氣一散，溫燁回過頭來，他第一次遇上這種情況，臉上尚有焦急之色，似是怕夏芍出事，但回頭時見夏芍收掌，臉上露出不可思議的表情，「虛空製符？剛才是妳？」

夏芍懶得解釋，牽起他的手，眼睛往前看，「跟著我，千萬別鬆手。」

夏芍開了天眼，宅子裡陰煞的來處在她眼裡清晰可見。她單手結了個外獅子印，劃開一道口子，拉著溫燁便往前走，「不動明王印。把自己護持好了，別叫陰煞上了身。」

溫燁一手被夏芍牽著，一手拿著衣服，哪裡騰得出手來？

那金鱗大蟒可不怕童子尿，追著溫燁手中的衣服便從兩人背後撲來。

「把衣服丟掉。」夏芍心中狐疑，嘴上吩咐。

童子之身乃先天陽剛之身，陰邪遇上，本該迴避，這金鱗大蟒再厲害也該有所忌諱，沒想到它竟敢追著來，是什麼讓它無所顧忌？

溫燁也覺得奇怪，一時忘了反應，手腕忽然一痛。夏芍彈出一道氣勁，正中溫燁腕脈，他手中的衣服頓時落地。

「結印，護持，跟好了！」衣服落地的瞬間，陰煞聚了過來，夏芍拉著溫燁便走。

溫燁驚道：「暗勁？」

夏芍沒理他，眼睛亮如星子，所有陰煞的來去走勢在她眼中無所遁形。她拉著溫燁，單手虛空製符，反掌打出，一路震開陰煞前行。黑如濃墨的宅子裡露出了路面和枯死的花草，兩人踏著枯草青石的路面前進，她像是來過這裡似的，竟知道該往哪裡走，所到之處陰煞圈圈震開。

夏芍的元氣充沛，甚至渡元氣給溫燁，連他結印護持都省了。

從外宅到內院，製二十六道符，道道不歇，如入無人之境。

「感覺到什麼了嗎？」進了內院，前方百步處是主屋，煞氣的來源便在那裡，夏芍停在院子裡問溫燁。

感覺到妳很變態……

溫燁心裡第一時間冒出這句話，剛進宅時要宰了某條臭蛇的雄心壯志受到了很大的打擊，現在什麼金鱗大蟒都沒有眼前的「師妹」令人在意。

二十六道符！他一路數過來，而且是虛空製符！

虛空製符靠的是修為和悟性，師父入煉氣化神的境界五六年了還不會。聽說師公會，但師公連續製二十六道符，多半也得元氣虛脫，但這個「師妹」一路走來，元氣始終飽滿。

元氣多得用也用不完，她是怪物嗎？

「妳真的是蘇師叔的弟子嗎？蘇師叔的修為還沒我師父高，妳的修為又是怎麼比我師父還高的？」溫燁興師問罪。

夏芍笑笑，果然是孩子，這時候還有心情關注這問題。她伸出手點了點溫燁的鼻尖，「你這小子還真把自己當師兄了？你啊，早著呢！」

溫燁剛要跳腳，見夏芍忽然往主屋的方向看去。

「你不是要去收拾那條臭蛇嗎？那條蛇有點怪，我們去看看到底是怎麼回事。」

這話剛說完，兩人還沒挪動腳步，宅子裡的陰煞之氣變了。

先是震了震，便不再流動，彷彿被定住一般，接著竟慢慢散了開來。

伴隨著陰煞散去，主屋方向傳來陣陣音樂。

這音樂並非尋常的流行樂，而是延綿流長的佛教音樂……

哪裡來的佛樂？

「走，去看看！」夏芍拉著溫燁奔向主屋。

屋門一開，兩人住愣。裡面的地上鋪著一塊黃布，上面放著MP3，正播放著佛樂。

夏芍聽出這佛樂是《楞嚴咒》。《楞嚴咒》中所說的都是降服諸魔、制諸外道的。從一開始到終了，每一句都是諸佛的心地法門，每一句有每一句的用途，每一字有每一字的奧妙，都具有不可思議的力量。聽說得道高僧即使只念一字一句都能使妖魔遠避，魑魅遁形。

此時怪異的是，站在黃布後的竟是那個怪道士。

怪道士瞳眸黑亮清澈，左手執拂塵，右手執桃木劍，上面還挑著幾張符籙，他看見夏芍和溫燁進來，不慌不忙地把法事做完，待屋裡的陰煞驅散才對兩人笑了笑。

他的笑容乾淨，不染纖塵，有種安撫人心的氣質，夏芍彷彿看見了得道高人，可這種感覺剛生出來，MP3忽然轉而播放起了重金屬搖滾樂。

怪道士笑容不變，用手中佛塵抽了MP3一下，音樂立即終止。

「對不起，音樂順序錯了。」怪道士笑道。

夏芍滿頭黑線，掃了眼屋內，發現陰煞之氣散盡。她不解間轉身開天眼望去，發現所有的陰煞都退出這個宅子，往小島東邊聚攏。

夏芍眼睛一亮，想起遺漏的地方，身後的怪道士這時開口道：「這孽障真身不在這個島上，在東面的孤島。」

夏芍點頭，剛才她看見陰煞往東退去的時候，也想明白了。

「怪不得進村的時候感覺不到五行毒，原來那條臭蛇的真身不在這裡。」溫燁皺眉道。

「它的真身應該鎮在後面那座島上的廟裡，上不著天下不著地，沒有入土為安，因此感覺不到五行毒。」夏芍補充道。無論是佛寺還是道觀，除了供奉神佛、舉行祭祀外，還有一個作用，那就是鎮妖。

「想來這條金鱗大蟒當初枉死，村人便建了廟宇要超渡它，但是因為一些原因沒有超渡得了，便將它鎮在廟中，立了牌位，受村民世代供奉，以求化解它的怨氣。沒想到兩百年過去了，它的怨氣未滅，牌位碎裂之後，裡面的怨念便形成陰煞禍亂漁村。這兩年為禍的只是這條金鱗大蟒的一部分怨念，它的本體還在遠處的島上。」夏芍邊分析邊轉過身來。

怪道士的目光定在夏芍身上，夏芍微微一愣，收起天眼。

怪道士露出意味不明的笑，「女施主聰慧，今夜能闖進宅子裡來，兩位的修為實在令貧道敬佩。請問明天我們能結伴而行嗎？」

「你？」溫燁吊著眼打量他。

「貧道無量子。」怪道士說道。

夏芍：「……」

溫燁：「……」

無良子？這人的道號是認真的嗎？

無量子一看兩人的表情就知道他們誤會了，笑道：「無量天尊的無量。」

溫燁翻白眼，「我覺得你還是叫無良子合適。沒見過道士聽佛樂和搖滾樂的，而且你能自己進來這裡，並把陰煞驅散出去，修為估計比我們高，不用跟我們同行吧？」

無量子的修為到底在什麼程度，夏芍目前還看不出來，但正如溫燁所說，他能將困擾漁村兩年的陰煞驅離出島，修為必定不低。雖不知他為什麼看上兩人，兩次提出同行，但夏芍在剛才見識了他的修為後，忽然想了解此人。若能結交，最好不過了。

夏芍點頭道：「法師要是沒有同伴，我們搭個伴也成。不過你也看見了，我們張氏一脈的弟子在這次風水師考核裡比較受排擠，只希望到時候不會連累法師。」

就算存了結交的心思，夏芍覺得這些話還是要說明白。無量子雖然怪了點，但至少現在跟他們無仇無怨，沒道理陰人家。

無量子笑道：「貧道這次來只是為了交流學習，考不考核倒無所謂。看女施主修為頗高，說不定路上能有所收穫。」

夏芍挑眉，這人說話倒直，要真沒有別的目的，結伴也無所謂。

「那明天就一起走吧。既然村中陰煞已去，我們就先回去休息了，明天見。」說完，夏芍便帶著溫燁出了宅子。回去路上，溫燁把衣服撿回來，在宅子裡找水洗了。

「喂，幹麼讓他跟我們一起走？妳又不知道那人可不可靠。」溫燁邊搓衣服邊發牢騷。

「沒什麼，就是想讓他跟著。」

溫燁覺得她這回答太欠扁，「喂，不要覺得妳修為高就可以亂作主張！修為再高，妳也是師妹！我們玄門最注重輩分，妳應該問問師公和師父，還有我！」

夏芍噗哧一笑，「你還真把自己當師兄了？快洗你的衣服，洗完回去睡覺。小孩子家家的，別打聽那麼多大人的事。」

溫燁一怒，撈起盆裡沾了水的衣服便虛空抽打夏芍，水珠甩去老遠。夏芍笑著躲開，溫燁氣呼呼地繼續洗衣服，夏芍則抬頭望向東方。

那金鱗大蟒真身不在此處陰煞就這麼強，可見那座島上的本體該有多厲害。這越發讓她動了心，風水師考核她反而覺得是其次了。

這條大蟒必須收了，到時有龍鱗和金蟒相助，她就不信清理不了門戶。

夏芍心中盤算著明天要找個機會溜走，但要想辦法說服張老……

溫燁洗好衣服，兩人這才離開宅子，可剛踏出宅子，兩人便愣住。

風水師們都跑到了外面，震驚地看著從族長宅子裡出來的夏芍和溫燁。

眾人在各自屋外佈了結界，晚上能感受到外頭的陰煞，如今陰煞往東面島上散去，睡在屋裡的人感應到，這才紛紛跑出來。

余家的人站在最前面，曲王兩家跟在後後，冷家和張氏一脈的人從最遠處過來，張中先後頭還跟著村裡的十幾位老人家。張中先衝在前面，海若跟在後面，面色焦急。

當眾人在門口看到出來的夏芍和溫燁時，心情只能用驚濤駭浪來形容。

余九志的目光最先落在夏芍身上，威嚴中透著強烈的壓迫感，彷彿要將她看個透徹。看到她周身不過是煉精化氣的元氣時，不由皺了眉。

曲志強也看向夏芍，白天他將除陰靈的事塞給張氏一脈，只是想著張氏一脈今晚不管此事，考核完之後也會管，到時死幾個人更好，誰叫張中先這些年一直不承認他是玄門四老，卻沒想到他們今晚就動手了。他們居然沒全部出動，只憑兩名義字輩的弟子就將陰煞驅散？這宅子裡的煞氣看起來不像是佈陣困住，難不成是除了？

怎麼可能？這兩人只是義字輩的弟子！

王懷也瞇起眼，不著痕跡地打量夏芍。玄門的人之所以盯著夏芍，是因為溫燁的本事大家都知道，他雖然天賦高，但依他的年紀和修為，絕對對付不了這次的陰靈，那麼便是他身旁這其貌不揚的義字輩少女，可她的修為……

余薇垂眸，修為是可以收斂的，可玄門向來沒有收斂修為的弟子，凡是天賦高的，誰不想獲得同門羨慕，誰不想獲得師尊注意？天賦高便有機會成為某一脈的入室弟子，誰會收斂修為？除非，她有不為人知的目的。

不過，如果是張老這一脈的弟子，隱藏實力倒是說得通。

余薇盯向夏芍，溫燁的修為助不了她多少，她能隻身除了陰靈？

冷家人面面相覷。除陰靈？不可能！現在陰煞是散了，可憑這陰靈的厲害，要除必有一番惡鬥，但眾人在屋裡都沒感覺到，除非只是驅散了。只是既沒佈陣，人數又少，陰靈為何退？

冷長老也審視著夏芍，連向來事不關己的冷以欣都難得抬眼打量夏芍。

其他門派的人就更想不明白了，眾人見張中先帶著人衝過來，便讓開一條路來。

張中先氣急敗壞地罵道：「兩個兔崽子！誰叫你們來的？膽子大到不要命了？」

海若一把抱住溫燁，一巴掌打了下去，「怎麼這麼魯莽？師父以前是怎麼教你的？你這孩子，怎麼就是不聽話？」

後面跟來的丘啟強和趙固卻有些激動，要真是夏芍做的，那張氏一脈有救了！

眾人諸般情緒都在夏芍眼裡，她現在可不是讓人注意到她的時候，她還打算明天找個機會溜去後面的島上收服金鱗呢！這些人今晚就盯上她，她明天還怎麼溜？

夏芍的目光在人群裡掃了掃，果見無量子站在其中，正含笑望來。夏芍和溫燁雖然走在前頭，但兩人中途去洗衣服，反而不如無量子離開得早。

無量子那表情分明有些納涼看戲的意思，這道士真應該叫無良子……

「不是我們驅散陰靈的，是那位法師所為。」夏芍指著人群後的無量子，「我們到了的時候，法師已經將陰靈驅散。我們出來時遇到了鬼打牆，我剛才帶溫燁進宅子洗衣服，所以才從這裡出來。」

夏芍一說，眾人紛紛看向無量子。

余九志將無量子打量了一番，玄門的人向來是自傲的，雖說風水師考核允許其他門派的人來，但其實自家是正經傳承，很多人並不把其他門派放在眼裡，那十幾個人，玄門的弟子自始至終就沒正眼看過。乍一出現無量子這麼個人，說不心驚那是不可能的。

余九志雖然懷疑，但並沒有貿然懷疑，他少見地端出溫和的態度，上前問道：「敢問村子裡的陰靈可是法師驅散的？」

無量子笑了笑，謙虛道：「貧道法力甚微，道法不精，讓諸位見笑了。」

眾人一驚，這才發現原來有這麼位高人隱藏在彼此之間。

驅散陰靈的高人找到了，村子裡的老人激動得腿腳發抖，熱淚盈眶，甚至齊齊跪下謝恩，「法師，謝謝您救了我們全村！您您您您法號叫什麼？我們給您立長生牌位！」

無量子看向夏芍，見她一副看熱鬧的態度，顯然在報剛才他看戲的仇。

他有些頭疼，趕緊將老人們扶起，並接受一群人崇拜的目光。

相比之下，事情弄清楚後，夏芍接收到的就是鄙夷和冷嘲的眼神了。

余薇看了夏芍一眼，又恢復高傲的神態。冷以欣也將目光收回，投向了無量子。

王洛川跟夏芍和溫燁在船上有過一次小摩擦，冷笑一聲，「沒本事就別出來遛達，還真以為收點小陰靈就是本事了，也不看看自己幾斤幾兩！」

「好在是弄清楚了是哪位法師的功勞，否則叫這兩人白受了，說出去還讓人以為我們玄門作假，搶別人的功勞！」有名王家弟子說道。

「你們說什麼？」張氏的弟子忍不住了，「不是我們的人做的，我們立刻就澄清了，至少說明我們不想貪功！換成你們，還真不一定有我們師妹這麼誠實！」

夏芍愣了愣，她原以為她差點成為眾人心目中的救世主，突然發現救世主另有別人，失望之餘，會有人給自己臉色看。倒沒想到，這些弟子居然為自己說話。看來張老這一脈收徒，心性品德真是要求嚴格。

張中先一聽夏芍和溫燁沒和陰靈發生正面碰撞，反而安下心來，但還是氣兩人自作主張，「你們兩個都給我回去！」

夏芍和溫燁乖乖跟著張中先走，至於無量子如何跟余家那群人周旋，夏芍才不操心。她一點愧疚心理也沒有，本來這陰靈就是他驅散的。

回去之後，她自然沒少受拷問。張中先把義字輩的弟子都攆回去睡覺，只留了溫燁在，讓兩人把事情經過複述一遍。聽到兩人還是跟陰靈發生正面衝突，兩人自是沒少挨一頓罵。

溫燁不以為然，「那些人狗眼看人低，他們是沒看到師妹的修為，只不過今晚被那怪道士搶先了而已。他要是不搶先，那金蟒本體不在，憑師妹的修為，驅散它沒有問題。」

不說還好，一說兩人又被張中先罵了個狗血淋頭。

丘啟強、趙固和海若在聽說夏芍的修為後很震驚，震驚之餘，也有欣喜和期盼。

夏芍見張中先今晚的氣是消不了了，便沒說出自己明天的打算。想了一晚上，也沒想出怎麼說服這個倔強老頭兒。

易漁村背陰的山脈連綿起伏，由南到北如一道揚風起航的帆為村莊遮風擋雨，一百多名風水師要去的地方便是山脈的最高峰。

昨晚無量子被村裡的老人們請去家中熱情酬謝，早上出來的時候，老人們還端著酒為他餞行。夏芍在一旁看著，沒戳破那陰靈只是被驅散，如若不收服或者不除掉，還是會回來。

不過，她今天的目的就在於此，不會再讓金蟒回來傷人。

正想著怎麼跟張老開口，余九志由余薇扶著站了出來，曲志成、王懷、冷長老和張中先一站出來，還沒說話，眾人就安靜了下來。

「今天去山上，大家自行結伴，我們幾人先去往山上等你們。以明早日出為限，到達不了山上的人，判定出局。」

除了余薇、冷以欣、王洛川、曲峰這幾個直系子弟，其他人都愣了，敢情去山上的路上還有考核？本以為考核到了山上後才開始，沒想到這就開始了。

從村子到後山半天時間就到，規則居然要以明早日出為限，這麼說考核有難度？

張氏一脈的弟子目露擔憂之色，張中先是評審，按規矩不能跟弟子們一起，余九志的意思是評審們先上山？老爺子跟他們一起走……萬一出事怎麼辦？

張中先瞪了眼弟子們，意思很明顯——我沒事，你們稍安勿躁！

夏芍也有些擔憂，甚至多過了她聽到考核時心中竄出的驚喜。想了一晚怎麼溜去後面的島上，機會就來了。張老身為評審，要是先上山，便不會知道自己溜走，她只要明早日出前出現在山上就行了，但他跟余九志幾人同行，確實讓人不放心。

此時天眼不敢亂開，僅從面相上看，張老今天不像是會有險。且夏芍知道，半個月前她破了張老的釘陣，他困養了幾年的陰人受龍鱗煞氣所染，如今已被他做成符使帶在身上。五隻符使，加上他修為不弱，即便遇險也能擋一陣。

夏芍還是站了出來，一路低調的她，這時開口道：「這麼說，我們這些人要跟師公分開一日？我們對考核沒有意見，但我們希望明天到達山上的時候，師公會安然無恙。」

眾人齊刷刷看向夏芍，目光如針。

「妳這話是什麼意思？」余九志昨晚知道她並非驅散陰靈之人，便沒有將她放在眼裡，「張中先，這是你們義字輩的弟子？」

「是啊！」張中先背著手回答，「我倒覺得這丫頭說得有道理，你們幾個看我不順眼也不是一天兩天了。昨天除靈的事是個人都看得出來你們心思不正，我弟子擔心我跟你們一起上山，這不是很正常的事？換了你們的弟子，要是不擔心，那就說明你們收徒不慎，收了白眼狼。」

張中先故意加重「收徒不慎、白眼狼」的字眼，從玄門十幾年前的事裡過來的人都知道張中先是在諷刺余九志，說他是玄門收徒不慎，收入門的白眼狼。

余薇怒道：「張師叔若不放心跟我爺爺走，可以自己上山，免得出事賴在我們身上！」

張中先卻賴上他們了，「我還就是要跟你們一起走，我要出了事，就是你們幹的！」

「你──」曲志成皺眉，「張中先，你不要耍無賴！」

「我就賴你們，有本事你們讓我出點事。」張中先背著手，賴皮地一笑，「今天你們的徒子徒孫都在，我出了事，你們就等著被戳脊樑骨。我一把年紀，能活幾年早不在乎了，我死後能看見你們被戳著脊樑骨過日子，倒也不錯。」

曲志成氣得直哆嗦，王懷也瞇了眼。冷長老深深看了張中先一眼，不表態。余九志將手杖往地上一敲，村子屋前臺階的青石喀嚓一聲裂了。

「當著後生晚輩和外客的面胡說什麼！」余九志大喝。眾人看著斷裂的青石臺階，倒抽一口氣。他的手杖可是木頭做的，木碎青石，功力可見一斑。

「上山的人可以結伴，不能超過三人。到了山上，超過三人一組的也出局，就這樣！」余九志不想再讓張中先胡攪蠻纏，說了考試規則便對曲志成、王懷和冷長老道：「我們走！」

見四人先行，張中先跟了上去。他沒回頭，只對身後的弟子們擺擺手，讓他們不用擔心。夏芍想笑，她倒是關心則亂了。余九志當年所做的事，玄門很多弟子都不知道，可見余九志是個要面子的人。他不會告訴弟子們他暗算掌門，也就不會明目張膽在別人眼皮下動張老。有時候太在乎面子也是有好處的，呵呵！

直到看見余九志帶著玄門四老走遠了，夏芍才開天眼往村後的山上看去。片刻後，她眼神略寒。明天日出前必須回來，一天一夜的時間，行程很緊，她得立刻動身，不能再耽擱。

此時被留下的人已經議論起來。結伴不能超過三個人，眼下一百多人，三人一組，難不成要分三四十組人上山？用意是什麼？

一行人邊猜測邊尋找同伴，不管用意是什麼，尋找強力的同伴總是重要的。

昨晚驅散了陰靈的高人無量子自然是眾人結交的首選，幾名其他門派的風水師立刻來請他，「道長，我們都是別派之人，人少勢寡，不如一起走，路上也好有個照應。」

玄門弟子也對無量子很在意，過來相請的人不少。

不想無量子都婉拒了，「諸位的好意貧道心領了，只是昨晚說好與人同行，還請寬宥。」

只見無量子淡定地走到夏芍和溫燁身旁，笑道：「女施主、小施主，沒想到昨晚說好同行，今天剛好三人，實在湊巧。」

夏芍笑著點頭，四周卻多有不可思議的目光。

無量子跟他們一起？他不知道張氏一脈跟這次評審們合不來嗎？那少年看起來還厲害些，那少女怎麼看都平凡無奇，找這樣的同伴一起走，無量子就不怕被扯後腿？

有人以為昨晚夏芍和溫燁不知用什麼方法結交了無量子，對兩人露出鄙夷的目光。

張氏一脈的弟子總共十二人，算上夏芍和無量子也才十四人，壓根兒就組不齊五支隊伍，勢必有一支隊伍裡只有兩個人。

雖然不知是什麼考題，但人多力量大，三個人比兩個人的通過機率高，因此在決定誰的隊伍裡只能有兩個人時，夏芍表示，她可以只與無量子同行。

對此，溫燁和海若都不同意，溫燁想跟著夏芍，海若則擔心夏芍身邊沒有同門，萬一遇上危險不好收拾。

夏芍只得安撫某個自認為被拋棄的少年，「我們兩個的修為你也看見了，我們雖然只有兩個人，但肯定能順利到達。你跟著我們浪費你的身手，不如幫同門師兄弟過關。我們本來人就少，多一個人過關也是好的。乖，這個時候不要鬧脾氣。」

她這話也是說給海若聽的，昨晚丘啟強、趙固和海若都是聽說了她的修為，而無量子能孤身將陰靈驅走，修為必定不低，兩人結伴，戰鬥力高出在場的人一大截，他們兩人其實是最不需要擔心的一組。

海若思量片刻，點了點頭，把溫燁安排去跟趙固的兩名弟子一組，自己帶著吳淑和吳可兩姊妹，張氏一脈就這樣組成了四支隊伍。

其他人在找同伴的時候，也發現人數無法正好組成三人，總有人要面臨兩人一組的局面，為此沒少明爭暗鬥，更有人暗地裡罵那幾個老頭子陰損，明明知道人數對不上還來這一套。

組隊耽誤的時間越長，登山的時間就越短，考試通過的難度就越大，而且，到現在為止，評審們會在路上出什麼難題，眾人都不知道，但很快有人發現這次考試規矩的漏洞。

要求是到達山上的時候，不得多於三人一組，但評審們先走一步，他們怎麼知道路上人家是組成三人隊還是三十人隊，等到了山腳下再分開不就成了？

有人因發現這個漏洞而竊喜，但出發時大家還是按著規矩來，想投機取巧的人便想著半路再拉人入隊，一起通過考試。可這個自以為不錯的想法，在一行人出發半個小時後就破滅了。

眾人出了村子，進入了山路，各自找認為最近的道路上山，山路卻漸漸起霧……

當初下船的時候就有霧，大家一開始並不在意，但走著走著，人越來越少，霧越來越濃，前頭後頭的人慢慢看不見。最初還能聽到說話聲和腳步聲，後來除了鳥叫聲和自己同伴的腳步聲，便什麼也聽不到了。

夏芍一路往東邊走，看起來想從東面上山，其實是想要直接出島。剛才她讓溫燁跟別人組隊，其實是想把他支開。以無量子的修為，自己去山上完全沒問題，她甩起人不會有顧慮，但沒走多久，路上便起霧，前後的人聲漸少，夏芍發現不對勁後，身後已看不見溫燁等人。她轉身喚了兩聲，無人應答，這才看向無量子。

無量子耳朵裡仍然塞著耳機，不知道在聽佛樂還是流行歌曲，見夏芍望來，清澈的眼眸帶著笑意，「陣法。」

夏芍點頭，她也是這麼認為的。具體是什麼陣法，現在說不好。

兩人在山路上轉了一圈，雖然濃霧影響視線，還是發現自己在原路轉圈。這種轉圈看起來跟鬼打牆有點像，但此時白天，陰靈已退出小島，哪裡來的鬼打牆？

事實上，這不是鬼打牆，而是一種陣法。

九宮八卦陣！

九宮八卦陣傳說是三國時期諸葛孔明所創，是否如此已不可考。此陣很有意思，不知道是不是古代先輩根據鬼打牆引發靈感而創下此陣。

鬼打牆有的時候並非與陰煞有關，只是迷路而已。比如在墳地，四周墳堆抑或墓碑相差無幾，人走進去，並非被陰氣所迷，只是標誌物令人混淆，提供了錯誤的訊息，讓人以為自己仍有方向感，實則已經迷路。

古代先輩創造出的九宮八卦陣便是利用這種原理，以同樣的標誌物製造假象，讓人怎麼走也走不出去。這些標誌物可以是石塊，可以是草木，正應了那句「一草一木皆可成兵」。

只是九宮八卦陣在後來的演變中漸漸有了章法，以石陣來說，可按遁甲分成休、生、傷、杜、景、死、驚、開等八門，內部結構為三行三斗九曲連。迴環往覆，迷門迭出，變化多端。

書中言，九宮八卦陣可擋十萬精兵，此言是不虛的。

夏芍一看是這陣，心中暗笑。八卦陣是很厲害，但她有天眼在，最不怕的就是迷陣。天眼開啟後，陰陽二氣及天地方位辨得很清楚。尋常人的眼睛被蒙住，天眼卻不可能被矇騙。

余九志和玄門四老出這迷陣考驗解陣能力，卻恰巧給她提供了方便，她正想著怎麼甩開無量子一個人往東面島上去，現在正好是個機會。

夏芍似模似樣地說道：「是九宮八卦陣沒錯，只是不知道設了多少個迷門。」

一般來說，迷門設置上是第一斗設一個，第二斗設兩個，以此類推，第九斗設九個，但這並不是定數，有時候會設跳躍式迷門，少則九門，多則八十一門。可以想像，此陣就是個大迷宮，不得法的話，進去就出不來了。

「玄門四老果然功力不淺，這陣應該是昨晚設下的，從時間上來說，不具備設置太多迷門的條件。他們有五人，我猜四十五門已經是極限了。」無量子笑道。

「那也不少了。」夏芍點頭道：「一般來說，全陣會開四門，生、死、驚、開，因死字犯忌，常不開。所以，生、驚、開三門常為出路，怪不得要我們結伴不得超過三人，原來是在這裡等著我們。」

夏芍假裝轉頭審視四周，偷偷開天眼辨別方位，發現生門在東北方艮宮，驚門在西方兌位，開門在西北乾宮。她要去東面小島，從生門出最有利。

夏芍笑道：「眼下生門和開門可以一試。不如，我往艮方去，道長去乾方一探，怎樣？」

夏芍這路指得也算是很有良心了，考試規定要去的山上往西北去最近，她雖然要將無量子甩掉，但也給了他一條最近的路。

無量子卻不肯，他笑看著夏芍，似能看透她的想法，「女施主一眼就能看出三門佈在何方，貧道有所不及。既然這樣，還是讓貧道跟著女施主吧。妳說是生門，我們就去生門。」

夏芍很鬱悶，非常鬱悶。

無量子徑直往東北方走，她發現他走的方向確實在艮方。此時在陣中，他竟然不需要她的指引就能準確找到艮宮的方向，這道士根本已經看出如何解陣了吧？

她有天眼在，一眼就能辨明方向，他卻是怎麼在這麼短的時間內推演出方位的？這人果然是貨真價值的高手！

夏芍不清楚無量子的目的，他既然能推演出方位，就該知道往乾方走離考試要求到達的山上最近，為什麼非得跟著自己往東北方去？

她總有種被看穿的感覺，要麼是他早就看出她想往東邊小島去，要麼就是……他的目的也在東邊小島。

夏芍覺得，後者的可能性很大。她跟無量子昨天才認識，兩人還很陌生，就算他知道她想去東邊小島，也沒有陪著她的道理。除非，那本來就是他自己的目的地。

夏芍跟了上去，不遠不近，始終與無量子保持著距離。這人雖然很怪，但身為法師，要去東邊島上的目的無非就是兩個，要麼除靈，要麼鎮靈，總不能跟她一樣，想收了金蟒為陰子當符使用吧？

夏芍這麼一想，還真希望無量子只是想跟著她，否則這三個目的，無論是哪一個，對她來說都是麻煩。不行，她得想辦法把這人甩開！

就在夏芍思量著怎麼甩掉無量子的時候，漁村小島東北邊，離海邊只有二三里路的地方，五個人在山間小路上，一人一邊對峙著。

其中三人是外國人，為首的男人有著深藍色的眼珠，開口是正宗的美語：「戚，你說在這座島上交易，可昨晚到現在，我們損失了三十人，現在又困在這裡，走也走不出去，你最好給我一個滿意的解釋，否則……」

男人身後有兩名高大的白人男子拿著槍，不住掃視著這條小路。他們的臉色還算鎮定，眼裡卻能看出恐懼。

這座島太奇怪了，簡直就是惡魔之島。昨晚他們看見的那無頭女人和金色大蟒，直到現在還歷歷在目。最詭異的是，他們有同伴莫名其妙喪失理智，對自己人開槍，造成十來個人死亡。後半夜那個無頭女人和金色大蟒沒再出來，他們卻從半夜開始就被困在這裡，來來回回在這裡轉悠，走丟了不少人，到現在只剩下三個人。

地上的年輕男人大咧咧坐著，嘴裡咬著根草葉子，襯衫領口敞開，露出胸前的玄龍刺青。他身邊只跟了一個人，正是昨天上島來時的中年男子。當時跟在他後面的另外幾名幫會成員已經不見，不知是走失了，還是已經死了。

「戚宸，你聽見我說的話嗎？」安德里．傑諾賽眼睛微瞇，陰鬱地問。

戚宸抬起頭來，山間霧氣迷濛，他的笑容卻給人一種很耀眼的感覺，但他一笑，安德里和他身後的兩人便臉色大變。

三人手中的槍立刻舉了起來，但誰也沒有戚宸的動作快。

他的手上不知道什麼時候多了把手槍，抬手便是一槍。子彈擦著安德里左邊臉頰而過，正中他身後的一名白人男子眉心。那人頭上多了個血洞，應聲而倒。

戚宸身後的中年男子也跟著舉槍，與他一起指向了安德里和他唯一的一名手下。

「安德里，我們不是第一次合作了，你還沒弄懂我的忌諱。」戚宸用英文說道：「我不喜歡有人站著跟我說話，也不喜歡被人威脅。現在二對二，你想說什麼，坐下來跟我說。」

安德里臉色陰沉，「就因為我這邊三個人，所以你要殺我一名手下？」

「他是因為你死的。我不喜歡被人威脅，凡是威脅我的人都要付出代價。你該慶幸，死的人是你的手下。」戚宸又笑了。當他看向安德里唯一的手下時，那人眼裡露出驚恐之色，緊張地握緊了手中的槍。

「記住，犯了我的忌諱是會死人的，而你運氣好，還有一次機會。」

安德里怒不可遏，「我是黑手黨傑諾賽家族的長子，你……」你敢殺了我？

但這話被安德里生生嚥回去了，他覺得戚宸真的能幹得出來，這人就是個瘋子。

果然，戚宸大笑一聲，「長子又不是繼承人。老實說，我覺得憑你要是能繼承傑諾賽家族，傑諾賽就完了。」

「你——」安德里快被他氣瘋了。他怒瞪了戚宸好一會兒才放下槍，回頭示意手下也把槍放下，這才寒著臉問道：「那你還願意幫我？」

「別往自己臉上貼金，你哪一點也入不了我的眼。」戚宸狂傲地挑眉，「你二弟那樣的人還能稍微入入我的眼，但他被龔沐雲搶走了，我只能扶持你了。任何與安親會為敵的事，我都是很樂意做的。」

戚宸邊說邊看了路邊一眼，安德里會意，陰沉著臉走過去坐下，直直盯著戚宸——三合會的當家，黑道上赫赫有名的煞神。

戚宸雖然危險，但不拐彎抹角的性子在這種時候反而令人信服。安德里也知道他比不上自己的弟弟，戚宸肯幫助他，必然有他的目的。他這麼直接地說出來，反倒叫他放心。

安德里見過龔沐雲，對於在黑道上評價與戚宸不相上下的梟雄，他對他的印象只有高深莫測。他沒有那麼多心思去猜他心裡想什麼，相比之下，戚宸更適合做他的合作夥伴。

「那批軍火你到底放在哪裡？」安德里問。

「不在這座島上。」戚宸將嘴裡嚼著的草葉吐出去，理所當然地道。

「什麼？」安德里幾乎跳起來，剛壓下的怒氣又竄了起來，「不在這裡，你讓我的人跟著你上島來做什麼？上帝，這是座惡魔之島！我損失三十多名手下，昨天晚上，我們險些送命！」

「老傑諾賽真的應該把繼承人的位置傳給你弟弟。安德里，你的智商和膽量跟你弟弟差得遠。」戚宸搖頭，「你跟你弟弟爭繼承人爭得火熱，你從我這裡購進軍火的事，你以為他會不知道？他知道，龔沐雲就知道。我們這裡有句話，叫兵不厭詐。這裡只是個幌子，你沒有膽量以自己為餌引你弟弟和他的合作者上鉤，怎麼打得贏這場仗？」

戚宸轉頭看了看路上濃密的霧氣，「軍火在東面島上，我的人在那裡守著。」

「那趕緊過去吧！」安德里站起來，才想起他們被困在山路上，「你確定他會來？」

如果對方會來，那倒也是件好事。這座島邪門得很，他希望他親愛的弟弟也會來，這樣說不定他就回不去了。這島困了他們這麼久，對方到了島上之後也一定會被困住。

「以我跟他打了二十年交道的經驗，他一定會來。」戚宸笑著站起身，眼神冷酷。

戚宸起身的時候，十艘快艇快速地在海面上前進。這些快艇沒有在荒廢的海港靠岸，而是擦著海港過去，繞了小島一圈，向著海島東面的孤島而去。

前方一艘快艇上，一名穿著淺白唐衫的男子負手而立，鳳眸狹長，面容俊美如畫，在這緊張的氣氛裡也生出漫不經心的氣度來。

他的身後一名頭髮挑染酒紅色的男人問道：「當家，有消息稱戚宸在剛才經過的那座鬧鬼的漁村，我們為什麼不靠岸？」

「他在那裡，但他的軍火不在那裡。」龔沐雲負手含笑，「我了解他，那座漁村是個餌，真正的貨應該在前面那座島上。」

這名酒紅色頭髮的男人正是安親會總部的左護法郝戰，他有些不解，「戚宸的貨既然在後面那座島上，他一定會在上面安排人把守，我們上去免不了開戰。這件事交給兄弟們辦就好了，當家何必親自來香港？」

這裡可是三合會的地盤，太危險了！

龔沐雲淺淺笑道：「沒什麼，香港是個好地方，故友多。」

「呵呵，是啊，這故友真有面子！」站在龔沐雲身後的齊老，笑著打趣道。

龔沐雲笑了笑，「等做完這件事，在香港住幾天，你們安排吧。」說完，他看向近在眼前的孤島，「先上島吧。」

第四章　制伏金蟒

龔沐雲帶著人踏上東面小島的時候，離海邊很近的一條山間小路上，夏芍和無量子兩人正被一名外國男人和一名四十多歲的亞裔男人拿槍指著。

「你們是什麼人？」安德里最沉不住氣，搶先問道。他們本打算再找找出路，沒想到這兩個人從山路那邊走了過來，這可是昨晚到現在第一次遇到村人。

這個村子不是荒廢了嗎？怎麼會有人？

無量子甩了下拂塵，念了聲道號，對安德里道：「貧道無量子，雲遊到此，遇高人佈下九宮八卦陣，尋艮宮至此。不知何處衝撞施主，還請施主寬宥。」

安德里眼神發直，一句都沒聽懂。

夏芍被人拿槍指著，心中本有寒意，無量子一開口，她險些笑場。她是看出來了，這道士就是腹黑，他又不是看不出對方是外國人，就算能聽懂中國話，哪能明白他這麼文謅謅的話？

安德里沒聽懂，戚宸卻聽懂了，「道長的意思是，島上被高人佈了陣？」

「正是。」無量子答道。

「誰佈的？為什麼在島上佈陣？」

「我等相約在此切磋術法，佈陣者乃是當今奇門術數界的幾位前輩。」

戚宸少見地皺眉，「道長說的人可是玄門的余大師幾人？」

夏芍挑眉，這人認識余九志？她不著痕跡地打量戚宸，在看見他身上的紋身時瞇眼。

這紋身……她有印象！

夏芍很快想起來。她來港前看的資料裡有說，這人是南方黑道龍頭三合會的戚宸。

據說戚宸身上刺了條黑龍，在紐約黑道得了個黑龍王的名號。此人狂傲不羈，行事狠辣，忤逆、背叛他的人，全都沒有好下場。

這人現在是三合會的當家，跟余家走得很近，支持余九志執掌玄門。

夏芍本將戚宸當作仇人，不過，得知當年余九志和唐宗伯鬥法之約的結果，余九志對三合會撒了謊，她便起了別的念頭，但即便有別的念頭，她對三合會也沒半分好感。只不過現在她以清理門戶為主，三合會暫時放著，助師父收復玄門後再看看師父的意思，畢竟玄門跟三合會以及安親會有淵源，怎麼處理跟三合會的關係還得看師父。

戚宸身後持槍的中年男子附耳道：「當家，看來是余大師他們，沒想到我們跟他們撞在一起了。被困在島上這麼久，竟是因為玄門的幾位大師，怎麼辦？」

無量子笑道：「既然相識，那便請施主行個方便，讓我二人過去。」

無量子和戚宸的話安德里一句沒聽懂，但他聽懂了最後一句，無量子讓戚宸放他們過去。

「不能放他們走。」安德里對戚宸道：「問問他們怎麼出去，要他們帶我們到海邊。」

安德里的話是用英文說的，夏芍英文不錯，自然聽得懂。她冷哼一聲，看了眼兩名拿槍指著他們的人，「沒聽說過請人帶路還拿槍相逼的，這是哪一國的道理？」

夏芍一開口，戚宸和安德里這才看向她。安德里不知夏芍和無量子的身分，他急著去東面島上，當下拔槍道：「帶路，不然殺了你們！」

戚宸按下他的手，往前走了兩步，問道：「妳是玄門的人？哪個輩分的弟子？」

「是不是玄門的人，跟你有關係嗎？」夏芍語氣極淡。沒認出戚宸來還好，既然認出來了，想讓她有好感，那是不可能的。

「妳這是什麼口氣？知不知道在妳眼前的是……」

「不知道，也不想知道。」夏芍打斷戚宸手下的話，「你們要出這個陣，等到明早日出。現在我們要過去，不想帶著你們。」

這麼直接的話，把戚宸身後的男人氣得大怒，槍口指著夏芍，「我看妳是找死！」

「找死的人是你。」夏芍目光一寒，指尖微動，兩名持槍者頓時不能動彈，

她迅速上前，動作很快，只聽喀嚓一聲，持槍者的手臂便軟綿綿垂了下來，肩頭、手腕兩處脫臼，手槍落入夏芍手中。

此時陰煞已散，那名外國男人還沒從剛才動不了身體的詭異感中回過神來，看夏芍近在咫尺，便想往後退。夏芍一腳掃去，順著山間小路撞出去。

安德里怒罵一聲，舉起槍來，看見夏芍身後，扣住扳機的手指頓住。

夏芍感覺到身後有道拳風掃來，她敏捷地側身避過。對方的拳速很快，掃來的時候只聽呼地一聲，勁道剛猛。

是個練家子！

夏芍側身的同時，屈指彈向對方的腕脈。這一指帶了暗勁，氣勁能震得人手腕發麻。對方結結實實挨了這氣勁，半截手臂不能動彈，他卻像沒事人一樣，不退反進，伸腿往前掃去，接著便是一道三聯手。

夏芍回身接招之時，對上戚宸黑沉的眼眸，「你師承武當，學過伏虎拳？」

「有見識的女人，可惜動了我的人都活不長。」戚宸囂張地哼笑。

暗勁？就憑這女人？

戚宸一掌擊向夏芍胸口，這一掌帶著剛猛的勁風，讓人覺得打來的不是人的手，而是沉

鐵。夏芍以暗勁護體，抓著他的手腕，兩人從路旁打到路中央。你來我往，讓看的人花了眼。

安德里舉著槍，不知道該打哪裡，想開槍又怕射到戚宸。夏芍打鬥間一眼掃來，目光定向遠處的無量子，喝道：「道長，盯著這人！記著這是咱們的領土，在這兒作亂的就給我揍！」

無量子看向夏芍時，她人已在山霧邊緣，身形被濃霧遮蔽得若隱若現，與戚宸打鬥的身影也只剩下輪廓。很快，兩人沒幾招便打去了更遠處，一眨眼的功夫就不見了蹤影……

夏芍和戚宸一路過招，戚宸越打眼睛越亮，出拳越是猛烈。夏芍卻往戚宸身後的山路上退，好一會兒，手中招法忽然改了套路。

她之前出手，多以暗勁為主，震得他連退至此，此刻一改攻勢，積極主動起來。

夏芍出手的角度很刁鑽，連點戚宸腋下、肘窩、腕脈、腰側，戚宸手臂身麻之時，動作雖略遲緩，勁力卻絲毫不洩，反而越發勇猛。

打著打著，兩人離得極近，幾乎貼在一起。戚宸低頭凝望，表情霸氣傲然，夏芍則微抬下巴，眉眼含笑，笑意略涼。

「停手吧，再打下去也沒用，你不是我的對手。」夏芍話說得輕巧，說的卻是事實。

戚宸瞇眼，「妳說我不是女人的對手？」

「我說的是事實。戚當家不會連區區一個事實都不敢面對吧？」夏芍笑了笑。伏虎拳是武當的鎮山之拳，它的特點不僅僅是剛中見剛，還有柔中至柔，不拘泥於拿勁。用得好，妙處難以言喻。但戚宸許是看不上那些柔勁，只練剛勁，至烈至陽，厲害是厲害，卻沒有領悟透此拳的奧妙，甚是可惜。

夏芍知道他的缺點在哪裡，當然不會指點他，直接開門見山道：「戚當家，我問你一件事，你們既然來島上，應該有船吧？我們做個交易，我帶你出陣，你把船借我一用。我要去東邊的島上，回來再將船還你。」

戚宸瞇了瞇眼，眼中神色在瞇眼的時候看得不太真切，「東邊？」

「沒錯，而且，我有條件。」夏芍微微一笑，朝戚宸勾了勾手指。

戚宸盯著她那根勾著的手指。這女人竟敢朝他勾手指，他是狗嗎？

兩人手腳還相制著，夏芍見戚宸居高臨下俯視她，完全沒有靠過來的打算，便不強迫他，還主動湊近他，壓低聲音，把自己的條件一說。

戚宸愣了一下，接著露出笑意，「我還以為他是妳的同伴。」

「我們只是結伴而行，出了陣，就不是同伴了。」

她解釋了，戚宸卻不答應。

「我要是不答應呢？妳廢了我的人一條手臂，現在來跟我談交易，還要跟我講條件，妳覺得我戚宸是這麼好說話的人？」

「你的人拿槍指著我，威脅要殺我，我只廢了他一條手臂，繳了他的槍械，已經手下留情了。我相信換成戚當家，對方已經不在世上了。」夏芍不慌不忙道。

戚宸狂傲一笑，不否認，但還是不答應，「那我也是吃虧。妳帶我出陣，我把船借妳，這才是公平交易。妳加一個條件，給我什麼好處？」

「我剛才沒殺你的人，給你的面子已經可以換一個條件了。你要知道，我能解陣，主動權就在我手中。你可以不跟我交易，我自己去海邊，到時候你的船還是我的，而你和你的人要在島上至少困到明天日出。」夏芍說得氣定神閒，心裡卻不是這麼想的。

要真是她說的這樣，她確實大可不必和戚宸合作，問題是她不會開船，需要戚宸送她過海。之前她沒想到會遇到戚宸等人，便想著游泳去東邊島上，反正兩座島間聽說距離不遠。只是要把無量子甩掉，最好的辦法就是她坐著船走，把他一個人放在岸上，然後盡速去東邊島上收服金蟒，免得他跟在後頭礙事。因此，她才把戚宸引來這裡，跟他談條件。

戚宸不傻，他笑了笑，眼神冰冷，「妳在威脅我。知道嗎？威脅我的人，通常不會有好下場，女人也一樣。」

「難道你這話就不是在威脅我？」夏芍一副你我扯平的樣子。

沒想到被她反將一軍，戚宸哼了哼，「伶牙俐齒！」

「戚當家好好考慮考慮，我剛才提的是交易，不是威脅。」夏芍提醒道。

戚宸眼裡的冷意略收，惡意一笑，「既然是交易，我為什麼要選擇跟妳交易？我可以跟妳的同伴交易，把妳留在島上。」

夏芍噗哧一聲笑了，很乾脆地把戚宸的手腳放開，往後退去，然後對他擺手，笑得更惡劣，「好啊，那你去找我的同伴吧，如果你還能順利走回去的話。」

戚宸轉身一看，山霧瀰漫，前後都是荒涼的山路，不知前路，也不知後路。他看了夏芍一眼，轉身就走，消失在山霧裡。五分鐘後，他從夏芍身後的路出現，竟繞一圈又回來了……

戚宸看著夏芍，臉色發黑。夏芍笑得悠哉，「沒用的，你以為我在騙你？我們已經不在剛剛那條路上了，現在在另一處迷門，沒有我帶著你，到明天早上你都出不去。」

戚宸手插在褲子的口袋裡，眯起眼看著夏芍的笑臉，彷彿是第一次認真看她。

這一切都是她計劃好的，或許從她出手傷他的屬下開始，她就算準了他會出手，然後打鬥問她讓同伴看住安德里，其實是把人留在了那裡。

她的身手很厲害，在玄門年輕一輩裡，他沒見過這麼強的。雖然較量時間不長，但毫無疑問她用的是暗勁，這種麻煩的內家氣勁他在與玄門四老過招時曾討教過。聽余九志說，當今能將內家功夫練到暗勁的人，年紀都在半百以上，且人數不多，都稱得上是泰斗級的人物。

這少女看起來也就十七八歲，玄門什麼時候有這麼一號人物？以她的身手，他相信她認真與他較量的話，打不上十分鐘。而剛才兩人打了有一陣，她顯然沒用全力。

她設了套給他鑽，讓他答應也得答應，不答應也得答應。

這個女人竟然從一開始就把他給算計進去！

戚宸難得認真地看著一個女人這麼久，半晌，他哈哈大笑，笑罷點頭道：「妳這個女人膽大聰明，就是長得醜了點，性格不討喜，不然我對妳倒有些興趣！」

夏芍翻白眼。你才醜！你才不討喜！你全家都不討喜！

「感謝你對我沒興趣，但我現在對戚當家的決定很有興趣。」

「我還有別的選擇嗎？能逼我做決定的人不多，妳應該感到榮幸。」戚宸笑著走過來，霸道而狂妄，「女人，先告訴我妳的名字，我會記住妳的。」

夏芍卻不打算說，「我沒問過你的名字，你就不要問我的了。」

「可妳知道了我的身分。」戚宸挑眉。

「那是你和你的手下自己暴露的，不是我問的。」夏芍攤手。

戚宸被她氣笑了，「這麼講究公平，妳一定很會做生意。不過，我還是想知道妳為什麼要去東面的島上。」

「這是我的事，跟你沒關係。」

「怎麼沒關係？我也要去那裡，那裡是我的祕密基地。妳要上島，總要得到我的允許。」戚宸沒說謊，那裡確實是他的祕密基地，只是輕易不用，而且一直以這座漁村小島當掩飾。

按理說，她不是他的人，私自上島的人除非是村裡人，外人一經發現就該處死。就算她是玄門的人不能輕易動，他也該阻止她去島上，不該把這麼重要的事告訴她。但如果這次龔沐雲來，後面島上的基地應該會被他發現，反正也保不住了，說出來也無妨。且他也不知道為什麼，總覺得跟她說話很有趣。能跟他說話不膽怯，且一句句堵他的女人，他還沒遇過。

他想用這件事套她的話，看看她有什麼反應。

夏芍皺眉，「你也要去東面的島上？那我勸你還是別去，那邊現在不安全。」

「什麼意思？」戚宸臉上笑意不見，取而代之的又是那危險審視的表情。

顯然，他以為夏芍知道了什麼。

夏芍也變了臉色，「你的祕密基地裡不會有人吧？有多少人？什麼時候上島的？」

戚宸自然不肯將這些說給她聽，夏芍也沒時間問他，直接開了天眼看向戚宸。

這一看，夏芍臉色大變。

「糟了，出事了，快走！」夏芍說完，轉身便奔向霧中。

戚宸跟在她身邊一步沒落下，邊跑邊問：「出什麼事了？妳怎麼知道出事了？」

「你們昨晚在這附近被困住，應該看到了一些不乾淨的東西吧？那陰靈是一條金蟒，被鎮在東面島上的廟裡，不知道出了什麼問題，現在跑出來了，我去東面島上就是為了收服它！如果島上有你的人，後果一定很嚴重！」夏芍答道。

她很少這麼急切，倒不是因為看見了島上屍橫遍野，而是她在島上看見了熟人。

龔沐雲，他有危險！

至於那些死了的人，現在她也說不清是戚宸的還是龔沐雲的，她之所以把事情跟自己的目的告訴戚宸，是為了讓他閉嘴。要是她不提供一個可靠的說法，以這男人的性子，萬一以為她觸及到他的情報或者利益，處理起來會很棘手。

現在不是吵架的時候，龔沐雲有危險了，她得趕緊去救人。

兩人跑回來處山路的時候，夏芍的神情已恢復，戚宸寒著臉，看起來就像是兩人的打鬥夏芍贏了一樣。

「好了，戚當家，既然你輸了，那就遵守我們的約定，送我們去東面島上吧。」

焦急等待戚宸回來的安德里一聽這話就愣了，「去東面島上？帶這女人和這個怪男人？」

跟隨戚宸的部下脫臼的手臂手腕已經接上，也看向戚宸。

當家……輸給了這女人？

戚宸哼了一聲，拳頭緊握，想要掐死夏芍——該死的女人！輸了就輸了，他不在乎承認，但她又在設套了！

果然，夏芍說完這話便走到無量子面前，坦然地對他笑道：「道長，事已至此，我就不隱瞞了。我有意去後面的島上找那條金鱗大蟒，明早之前會回來，如果道長無意去東面，那就從西北乾宮出陣。要是有意去東面，我尋了船來，我們一起走。」

無量子笑了起來，這才說道：「女施主總算對貧道說實話了，那貧道也跟女施主說句實話，我也正要往東去。」

夏芍一點也不意外，卻適當地挑了挑眉，笑道：「那正好，有人助我了。閒話不多說，戚當家有人在那邊島上，我估摸著會出事。救人要緊，我們趕緊走吧！」

無量子一聽這話，斂起笑容，五人便往東北方出陣。

安德里沒聽懂夏芍和無量子說的話，他只知道夏芍要去東邊，戚宸允許了。路上他嘰哩呱啦地要求尋回被夏芍一腳不知踢去哪裡迷了路的手下，夏芍哪有時間理他？

到海邊不過兩里地，一會兒就走到了。

五人從迷霧中出來，走到了綿軟的海灘上，面對廣闊的大海，所有人都有一種豁然開朗的感覺，不敢相信迷路的地方竟然離海邊這麼近。

正因離得近，才令人心驚。昨晚到現在，迷路了這麼久都沒找到出口，居然被這少女帶著半小時就走了出來。

戚宸身邊那名手下看向夏芍的目光這才敬畏起來，他走去遠處，尋了藏匿快艇的地方開過來，請戚宸、安德里和夏芍上了船。

無量子走在最後，但還沒等他上船，快艇便發動，快速駛離出去。

無量子愣住，夏芍笑著對無量子揮揮手，「對不住了，道長，我知道你要去東邊，可我要去收服那條金鱗大蟒當符使，無論你是去除靈、鎮靈還是跟我一個目的，我們都不會是一路人，所以，此舉還請道長見諒。請不要去東邊了，您要去的地方是那邊。」

夏芍指著考試要求到達的山上，然後對無量子欠了欠身，表達歉意。

直到快艇消失在眼前，無量子才搖頭苦笑，喃喃道：「還是被她陰到了，唉……」他看著海面，自言自語：「怎麼辦？用游的？唉，好多年沒下水了……」

無量子要怎麼做，夏芍管不著，她只管島上的事。東面小島離漁村島確實很近，開快艇十分鐘就到了。一到了岸邊便有風從島上吹來，冷風裡帶著濃重的血腥氣。

長年在刀頭舔血的人對血腥味最敏感，何況這麼重的血腥氣？

「當家，真出事了！」戚宸的部下看向夏芍，目光驚駭。

戚宸瞇著眼，冷聲道：「走！」

夏芍衝在他前面，開了天眼往島中心看，那裡正散發著濃烈的陰氣，一路隨處可見倒在山林路旁七竅流血死狀慘烈的幫派成員。

一行人還沒跑到廟裡，夏芍便見那裡開始湧出濃烈的黑氣，遠處傳來慘叫聲，其間夾雜著此起彼落的槍聲。

夏芍擔心龔沐雲會被陰煞所傷，心中大為焦急。

島中心有一座清朝時期建造的藏傳式小廟隱藏在蔥鬱的山林裡，小廟比傳統的寺廟更多彩，但兩百多年的歲月早就讓它失去了往日的鮮豔，木柱掉漆、石階生了青苔，一切都湮沒在靜謐的山林裡，像迷失在漫長的歲月中。

若有遊客或是旅人偶然間來到島上發現這座小廟，定會感到驚喜，許還能在此尋到心靈上的安寧，遙想久遠年代裡的故事，但相信此時此刻沒有任何人願意來到這座小島，因為裡面正發生著難以想像的詭異事件。

廟裡傳來連續不斷的槍聲，一條鋪著青石板的山路蜿蜒延伸到廟門口，一路倒著橫七豎八的屍體。這些屍體無不七竅流血，身上還帶著槍傷，槍槍在要害上，死狀奇慘。

小廟門前有一道縱深的裂縫從門口的青石臺階橫亙至裡面的主殿，將廟宇從中間劈開一般，整座大殿的承樑從中間裂開，似斷未斷，小廟以一種將傾的姿態向兩邊歪斜著，濃重的黑氣正是從廟殿正中裂開的地方散出。

地上到處可見腥紅的血跡，十來個人狀似癲狂，正拿著槍掃射小廟的承樑。將傾的屋子木屑如雨般落下，裂縫裡的黑氣越來越濃。

這些人眼底均有青絲游走，兩眼猩紅，額角和手上的青筋爆出，似是失去理智般，拚命開槍，壓制得藏身在廟後的一群人完全出不來。

廟後是極深的山谷，想走要從前面走，郝戰和齊老一左一右護在龔沐雲身邊，槍擊聲中郝戰大叫道：「當家，我們掩護你，你跟齊老從旁邊下山！戚宸的人好像中邪了，很不對勁！」

如果不是親眼所見，誰也不會相信世上有這種邪門的事。他們一行人到了島上，起初很順利，當家認定三合會在島上必有人把守，便從周邊包圍，展開搜索，搜到半山腰就出事了。

中途遇到三合會的人，兩幫人發生槍戰。兩派人馬邊打邊上山，看見這座小廟後，不僅三合會的人，安親會的人也莫名其妙不分敵我，瘋狂掃射。有的人被掃射成了蜂窩，有的人發狂後七竅流血倒地暴斃。一批人死後，又有另一批人也發瘋，詭異的狀況讓眾人來不及細想，郝戰和齊老帶著僅剩的十來個人進了廟中躲避。

那些中邪的人追進來，卻好像對他們失去了興趣，竟對著小廟的樑柱開始掃射，像要毀了這座廟一樣，他們一行人被對方的火力壓制在了廟後頭。

這已經是最好的情況了，至少對方不是衝著他們來的，要走此時是最佳時機了。

「當家，快走，我掩護你！」郝戰跑到廟側射殺兩個人，急切地看著龔沐雲。

龔沐雲看了眼身後的山谷，鳳眸微挑，輕笑一聲，「不必管前面的人，我們攀著這山谷下去，下面應該有我們要找的東西。離開之前，給我把這座島炸了。」

小廟後的山谷其實只有十幾公尺高，眼下林木茂盛，崖壁上有茂密的樹木，對於訓練有素的人來說，攀岩下去不是難事。

其他人不知道龔沐雲是怎麼在這種緊急的情況下發現山谷下有東西的，全都佩服地看著他。而且這島太邪門了，炸掉也好，只是不知道炸了之後三合會會是什麼反應？

兩個幫會不和很久了，想到戚宸人貨兩空時暴怒的臉，大家就覺得此刻的恐懼減輕不少。

這時，沒人發現有道黑氣從小廟中升起，慢慢侵入郝戰身體。

「好了，下去看看。」龔沐雲轉過身來，對在不遠處掩護的郝戰道。

郝戰聽到人聲後抬起頭，眼底泛著青氣，忽然拿槍指著龔沐雲。

「當家小心！」電光石火間，齊老將龔沐雲往旁邊推，自己卻沒能躲開射來的子彈。

噗一聲，一顆子彈釘入齊老的胸口，血花爆開，齊老吐血，旁邊有人連忙扶住他。

就在齊老把龔沐雲推開的瞬間，龔沐雲手中多了把銀色手槍，朝郝戰開槍。郝戰的肩膀濺血，血噴在廟側的牆上，手中的槍頓時落地。

郝戰沒有罷休，另一隻手摸出匕首，朝龔沐雲刺來。龔沐雲側身閃開，郝戰撲了個空，眼看著就要墜落山谷。龔沐雲抬腳絆住他，在郝戰步伐踉蹌的時候，伸出往他肩膀上一扣。喀嚓一聲，郝戰左臂脫臼，手中匕首滾落山谷下。

受重創的郝戰似是沒有知覺，仍然掙扎著想爬起來。

郝戰突然發瘋讓安親會的人措手不及，他跟其他幫會成員不一樣，是當家的左膀右臂，換了別人，眾人早就舉槍射殺，但要殺郝戰，忍不住猶豫起來。當家有意留他一命，大家只好邊救齊老邊防備郝戰。

就在這時，站在最後面的三人忽然不動，下一秒跟郝戰一樣，中邪般開槍射殺同伴。

「保護當家和齊老！」剩下幾人擋在齊老面前，跟同伴廝殺，轉眼間就倒下五六個人。

一夥人護著龔沐雲和齊老往前走，小廟裡又竄出一道黑氣，這回是衝著龔沐雲來的。

冰冷的感覺從脊背升起，龔沐雲臉色微變，手腕上戴著的一串黑色佛珠忽然喀嚓一聲，最大的那顆佛珠從中間裂開，剛罩上龔沐雲的陰煞忌憚地退走。

身體回暖，龔沐雲手腕上的佛珠掉到地上。

佛珠落地的瞬間，遠處的煞氣捲土重來，這次又帶上了幾個人。龔沐雲身後的三名手下被陰煞控制，舉槍便射向龔沐雲和齊老。

就在這混亂的時刻，廟門口忽然傳來清亮的大喝聲：「孽畜，不得傷人！」

來人還沒進廟，龍鱗已然出鞘。大片如墨般的陰煞之氣從廟門上空擦過，衝著小廟空中想要撲下去傷人的金蟒煞氣撞去。金蟒沒想到會突來一個大敵，毫無防備之下，幾乎被龍鱗的煞氣吞噬。金蟒的煞氣迅速退回，鑽進小廟的裂縫裡。

兩道凶戾的陰煞撞上的情形，尋常人是看不見的。安親會的人只看到廟門口飛奔進來一名少女，一手執著匕首，一手不知畫著什麼，連連虛空打出。龔沐雲身後那三名中了邪的手下身體一震，兩眼一翻，栽倒在地。

緊接著，還想撲過來的郝戰、廟前持槍掃射樑柱的三合會成員，一個一個莫名其妙倒地，全都失去了威脅。

僅剩的五六名安親會的人警覺地將龔沐雲護住，龔沐雲卻抬手揮退手下。

他露出笑意，目光落在少女手中的匕首上，這奇怪的匕首他見過一回。眼前的少女仍喜愛穿那一身白衣裙，舉止間的氣韻未曾改變，唯有容貌變了而已。

但，仍是她。

龔沐雲對她出現在島上很意外，還沒開口說話，又有三個人跑進來。為首的男人高大狂妄，與龔沐雲的目光撞上，兩人同時一凜。

雙方的人馬還沒反應過來，龔沐雲和戚宸已經動了。

兩人同時抬臂舉槍，槍口指著對方的眉心，手卻同時拉住了少女的手腕……

夏芍進廟的時候，龔沐雲等人已經擦著側邊快要走到門口。這廟本來就不大，夏芍站在龔沐雲身前，戚宸兩步就到了她身後。龔沐雲本能地拉著夏芍遠離戚宸，戚宸竟然也是拉著夏芍遠離龔沐雲，於是，僵持的畫面就出現了……

夏芍被兩人一前一後握住手腕，站在持槍兩人中間，心裡相當鬱悶。

兩派人也都反應過來，紛紛舉槍指向對方，場面劍拔弩張。

龔沐雲和戚宸只盯著對方，顯然沒將對方身後的人馬看在眼裡。

龔沐雲先戚宸一步開口：「這不是戚當家嗎？許久不見，戚當家近日可好？」

「勞煩龔當家掛念，吃得好睡得香，就是沒有龔當家悠哉，還有空到小島上來旅遊。只是，香港是戚某的地盤，龔當家來這裡怎麼也不跟我打聲招呼？最起碼讓我盡盡地主之誼，好好招待一下。」戚宸也笑，牙齒森白。

「哪裡，龔某就是專程來看望戚當家的，只不過許久沒來找不到門兒了，不慎走岔了路，到了戚當家後院來。不過，龔某既然來了，不好不奉上見面禮，只是不知道戚當家一路過來，看見的……可還滿意？」

「滿意！龔當家向來出手大方，給老朋友送禮不惜下血本。我戚宸也不是小氣的人，既然龔當家出手這麼大方，改天我一定加倍回敬！」

龔沐雲淺淺一笑，優雅雍容，眸色涼薄。

戚宸也笑，笑容燦爛，眼神冰冷。

夏芍耐著性子聽這兩人互相嘲諷，卻敏銳地感覺隱隱有殺氣。

她眼神一變，頓覺不好，但她還沒開口，龔沐雲和戚宸很有默契地同時扣下扳機。

兩聲槍響不分前後，同時響起。

像是老朋友知道對方的習慣一般，兩人好似預見對方要射的方位，同時偏開頭，子彈擦著兩人的髮絲過去，釘去了對面牆上。

夾在龔沐雲和戚宸中間的夏芍臉色發黑，兩隻手腕震開暗勁，同時將龔沐雲和戚宸震得鬆手。兩人看向她，夏芍驟然發飆。

「有意思嗎？像小孩子吵架！看清楚現在是什麼狀況了嗎？」

夏芍耳邊還嗡嗡的，那兩顆子彈從她身邊擦過，距離太近，讓她有些緩不過神。

她不管兩個幫派之間有什麼恩怨，也沒心思幫他們化解。出了這座島，他們兩幫人打得你死我活也不關她的事，可現在那金蟒被龍鱗傷到躲了回去，她要收服這條金蟒，可由不得他們在這裡鬧起來，那無疑是給她添亂。

兩幫人都愣住，這種時候誰也不敢說話，就怕場面失控。這少女倒好，直接開罵。

夏芍轉頭瞪著龔沐雲，沉聲質問道：「剛才你的人發生了什麼事？身為當家人，現在是吵架的時候嗎？」

龔沐雲舉著槍的手臂沒放下來，看著夏芍，少見地發愣，臉上還噙著笑意，只是那笑意僵硬得猶如刻上去的一般。

夏芍又轉頭瞪戚宸，同樣質問道：「剛才一路走過來，你的人發生了什麼事看見了嗎？身為當家人，現在是吵架的時候嗎？」

戚宸嘴角一抽，從小到大沒被女人這麼指著鼻子罵過。

見當家人被一名少女破口大罵，兩幫人馬怒了。

這個女人知道她罵的是誰嗎？

兩幫人剛要出聲喝斥，便見她一眼掃來，模樣雖不起眼，氣勢卻駭人。

「別跟著起鬨，帶著你們各自的當家給我退去廟外，立刻出島！一會兒打起來，我可顧不上你們！」夏芍說完就把龔沐雲和戚宸還舉著槍的手拍下來，從兩人中間走向小廟主殿。走了兩步，又想起什麼，轉身掃視眾人，「別讓我看見你們在島上打起來，誰給我添亂，我收了這條大蟒之後，第一個帶去收拾他！」

夏芍走到主殿門口，看到地上倒下的人，說道：「把你們各自的人抬走，這些人都沒死，身上的陰煞已除，過個三兩天就醒，留在這兒我顧不上。」

說完，她攏手撣人，逕自入殿，徒留身後兩大幫會的人馬目光極其豐富地看著她。

進了殿，夏芍首先察看地上的裂縫，裡面能看見森森的陰氣，金蟒的陰靈藏在裡面不出來。她把這大殿打量了一番，發現大殿中間固定在地上的佛像從中間裂開，連同整個不太寬敞的主殿房樑上都裂了條縫……

夏芍一見便斷定是兩年前那場地震震壞了年久失修的廟宇，導致裡面鎮著的金蟒陰靈得以破陣而出。它現在顯然還沒能完全出來，夏芍開了天眼，發現陰煞的來處在佛像底下，如今佛像裂開，但還沒有完全倒塌，因此金蟒的陰靈還是被壓著，活動範圍大概僅限這座島。兩年來為禍漁村的是那條雌蟒的怨念所化，昨晚已經回歸本體。今天這金蟒以陰煞附身人體，用槍掃射這座廟身，應該是想要把廟弄塌，把佛像給毀了，然後破陣而出。

夏芍要收服這條金蟒得把佛像搬開，解了陣，將陰靈釋放出來，才能完全收服它。

若時間足夠，她定然不會立刻將金蟒陰靈放出，她會先趁著對方無法完全破陣，消耗它的氣力，再放其出來，以便收服。可現在她趕時間，明天日出前要回那邊的島上，而且無量子不知道還會不會想別的辦法過來，她必須搶時間。

夏芍抬頭看天色，天近午時，正是一天之內陽氣最盛的時候，怪不得大蟒的陰靈躲起來不肯現身。如此正好，趁著午時未過，陽氣未衰，她且佈個陣法，防止大蟒打不過她而逃跑。

夏芍轉身走出殿外，去側殿找尋會兒，尋了枝不知放了多少年的乾巴巴的毛筆，拿著筆出了廟門。院子裡的人已經被清理出去，但龔沐雲和戚宸都沒走，兩人一左一右立在廟門外，兩幫人馬相互戒備。

龔沐雲和戚宸見夏芍走出來，不約而同看向她。

戚宸眼一瞇，語氣很不好，「女人，妳到底要搞什麼鬼？」

夏芍沒時間理兩人，龍鱗一拋，落下來時劃過手心。只見刀刃在她掌心劃了道血口，她的掌心頓時滲出鮮血。

戚宸皺眉，龔沐雲眼神也略閃。

夏芍將龍鱗收起，毛筆蘸著掌心的鮮血，在小廟四周的圍牆上畫符，邊畫邊道：「這廟是兩百年前建的，鎮著兩條金鱗大蟒，如今廟毀了，陰靈破陣而出，我要將這蟒收服，現在畫符佈陣，且將它的陰煞困在廟裡，免得一會兒它逃走。但是這陰靈的煞氣很強，這陣不一定完全封得住，你們還是趕緊出島吧。」

夏芍以八卦方位在廟宇圍牆外側畫了符籙，繞了一圈之後回來，見龔沐雲和戚宸還沒帶人走，不由皺起眉頭。

龔沐雲看著她掌心的傷口，取出一條雪白的帕子，遞給了夏芍。

夏芍一愣，笑著接過。

「就妳一人？」見她接了帕子，龔沐雲這才問道。

夏芍晃了晃手中龍鱗，「還有它。」

「一把刀有什麼用？」戚宸的眉頭皺得足以夾死蒼蠅，看夏芍如同看一個腦子不好使的人，目光在她掌心的帕子上掃過。

這女人，剛才在那邊島上還挺聰明的，現在怎麼變笨了？

其他人也好不到哪裡去，除了聽不懂夏芍在說什麼的安德里以外，其他人都用奇怪的目光看著夏芍。他們是沒遇過這種事，如果不是今天親眼見到有人中邪，他們甚至不相信世上有這麼邪門的事。剛才雖說這少女進廟時做了一些詭異的動作，然後他們中邪的兄弟們就都倒了，可她剛才說什麼？

這廟裡有兩條蟒蛇的陰靈？

開玩笑吧？

她要說裡面有兩隻鬼，他們或許還笑一笑，但她說是兩條蟒蛇……

身在香港見慣了風水等事的三合會成員也覺得這事不靠譜。

夏芎才沒心思理別人信不信，她見兩幫人不走便再懶得勸，因為佈了陣之後，再有龍鱗幫忙，這兩條蛇應該是逃不出去。洩出去的陰煞頂多會讓人產生幻象，不至於使人喪失心智。

夏芎道：「反正我已經勸過你們了，不走也成，一會兒看見什麼不乾淨的東西，記住那是幻象，別理就行了。我還是那句話，在島上就不許打架，誰擾我心神，我就出來收拾誰！」

夏芎進進廟門，在關門之前又看向戚宸，「你說過這裡是你的基地，我幫你解決了一個大麻煩，今天你在島上，也算間接救了你一命。記住，這救命之恩以後你得還我。」

說完，她砰一聲把門關上。

戚大當家瞪著眼前的門，他可以離開的，卻不知道自己為什麼不走。他看得出來龔沐雲認識那個女人，他留下也許是想看看她跟龔沐雲到底是什麼關係。凡是跟龔沐雲有關的人，他都很樂意殺掉。

況且，這個女人今天凶他、威脅他，把他多年來的忌諱全犯了，以他戚宸的處事風格，沒道理饒了她。因此，且先看看她在裡面搗鼓什麼，等她出來再想辦法把她擄走，帶回去懲罰。

戚宸露出冷冷的笑容，心裡這才舒坦了些。

夏芍把門關上後，在門上畫一道符咒封門，然後將手帕裹在傷口上。

午時過後，陽氣開始衰弱，陰氣開始旺盛，但午時剛過，陽氣還是很強的，她不管兩條大蟒敢不敢出來，進殿裡對已裂開損毀的佛像拜了拜，說道：「此事不得已而為之。待收服陰靈，來日必為佛祖重塑金身，重修廟宇，並告村民前來供奉，恢復香火，得罪了。」

夏芍告完罪，拿起龍鱗刷地劈落。

一道黑氣順著損壞的佛像頭頂劃下，高大的佛像瞬間從中間劈開兩半，往兩邊倒去。巨大的響聲讓在廟外的兩幫人馬一驚，龔沐雲和戚宸站在前頭，轉頭看對方一眼，一個目光涼薄，一個眼神冷酷，對視的瞬間仍有殺氣鎖著對方，最後又都移開視線。

兩人很多年不曾並肩站著而又不動手，但這只是暫時的，為著不知在折騰什麼的夏芍。

這時，夏芍敏捷地往廟牆上一踏，翻身上了廟頂。兩幫人馬在廟外隨著她的出現一片譁然，戚宸身後跟著的那名四十多歲的部下眼睛一亮，道一聲：「好身手！」

夏芍到了廟頂後卻不動了，眾人只見她居高臨下俯瞰下方的縫隙，不知在看什麼。他們看不見縫隙裡湧出的黑氣，看不見因封印毀壞，被壓制兩百年的陰煞洶湧地湧出時那遮天蔽日的濃墨般的黑氣，卻漸漸感覺到了冷意。

更詭異的還在後頭。

夏芍面上含笑，不知在和誰說話，「喲，你好，總算是見到妳的真身了！咦？怎麼只有妳？妳老公呢？」

「上帝，她在跟誰說話？」安德里問道，但沒人理他。

只見夏芍不解地又說道：「他不在？我聽到的故事是他跟妳一起被封印在這裡。漁村祠堂裡有他和妳的牌位，我以為他的真身也在這裡。」

眾人：「……」

夏芍淺淺笑了起來，「這我就不知道了，或許妳當了我的陰子，成為我的符使之後，我可以幫妳尋找他的下落，不然妳以為我為什麼會願意做白工？」

過了一會兒，夏芍哼了一聲，「不行，妳已經禍害漁村兩年，剛才又害了不少人，業障太重，我若放妳出去，妳必禍害人間，到時就是我的業障了，我必須收了妳！」

「她到底在跟誰說話？」安德里又問，臉上的表情已經有些驚恐。

夏芍的表情冷了下來，揮著手中的龍鱗。

「好，既然妳不聽勸，那就打到妳服為止！這是妳自討苦吃，別怪我跟龍鱗不留情！」

夏芍往空中拋了龍鱗，龍鱗打著轉沒落下。接著她手中掐了個什麼印，抬掌擊了出去。

這一掌看在眾人眼裡是虛空打出，就像是她衝進廟裡那時候一樣，但很快周圍的溫度又下降了幾度，眾人眼前的景象慢慢變了……

廟頂忽然現出一條金色大蟒，盤著的蟒身相當巨大，幾乎將整個小廟的高處都遮蔽住。

四周以眾人可見的速度開始聚集黑氣，明明是白天，眨眼間就到了夜晚。耳邊開始有不知名的東西飄蕩，鬼哭狼嚎。

兩幫人記起夏芍的話，看見什麼就當是幻象。

可如果是幻象，為什麼他們可以看見廟頂上的少女跟所謂幻象的金色大蟒打了起來？

少女在大蟒面前顯得渺小，偏偏她的姿態悠閒裡帶著殺伐果斷。大蟒身上濃烈的黑氣撲向少女，眾人仰頭看著，只覺巨大的蛇身壓下來，恍若天塌。

龔沐雲表情嚴肅，戚宸也面色凝重，難以想像眼前所見的情景到底是真實還是幻象。

廟裡的黑氣漸漸濃烈，這黑氣是眾人從未見過的說不清道不明的詭異。

更詭異的是少女手中的匕首。

那把匕首的黑氣竟不亞於金色大蟒，大蟒很忌憚那把匕首，進攻十數次未敢近身。相比之下，少女始終面帶微笑，泰然自若。

「若今天有兩條，我或許還覺得麻煩些，但只有妳……呵呵，抱歉了。妳不過三百年道行，比起龍鱗來差得遠。」夏芍意念一動，龍鱗的陰煞之氣幾乎放出一半。

金色大蟒腦袋吊在半空，與脖子之間以黑氣連著，衝夏芍張大嘴，吐著蛇信，周圍鬼哭狼嚎，陰氣森森，刺耳的聲音竟組合成類似人聲的聲音傳出：「區區煉氣化神期的人類！」

「哦，煉氣化神妳看不上？那妳就要吃苦頭了。」夏芍一笑，尋常這個修為的人，手上若是沒有龍鱗這樣的法器，想收服眼前的金蟒是不可能的。

她不僅有龍鱗，且元氣向來沒有耗損，這蟒遇上她，算它倒楣！

龍鱗的煞氣撲向金蟒，蟒身挪動後退，將所有陰煞都聚集在一起迎向龍鱗。夏芍靈敏地一轉，自兩道煞氣碰撞的空隙角度刁鑽地鑽到金蟒身邊。

眾人一陣譁然，只見少女虛空畫了一道符，反掌一擊，拍在了金蟒身上。

這一次大家看清了她畫的是一道符，因為廟宇裡黑漆漆的，少女畫符的時候，指尖似乎帶著金色的氣，明亮耀眼，拍在金蟒身上，竟然符籙不散，就像貼在金蟒身上一般。

金蟒發出慘叫聲，痛苦地扭動身軀，嘴裡噴出濃黑的霧氣。那霧氣卻打不著夏芍，她跟匕首似乎心念相通，匕首的黑氣一直護著她，金蟒的黑氣攻擊到哪裡，便被匕首的黑氣從哪裡逼退，夏芍就趁這功夫在蟒身的空隙間飛來轉去，身形輕靈敏捷。

在濃黑的霧氣裡，她的白裙輕盈飛揚，指尖一直有金氣畫出，手臂在空中揮舞，宛若虛空作畫，一道道金色符籙拍到大蟒身上，在大蟒身上久久不散，呈螺旋狀順著蟒身道道增加。

八道……十六道……二十四道……三十六道……

每貼一道符籙，金蟒便咆哮一聲，痛苦掙扎，周身黑氣逐漸減弱。當符籙貼到四十三道時，只見黑濃的霧氣裡，金色大蟒已被螺旋狀的符籙貼滿。那些符籙流動著金絲般的氣，在黑色的濃霧裡甚是亮眼。

夏芍微微一笑，又畫了一道金色符籙，引在金蟒七寸處，卻沒有拍下，又用龍鱗指著金蟒，輕聲喝問：「說，服不服？」

廟內黑氣已減弱許多，金蟒的陰煞之氣被符咒壓制，蟒身受到控制，想動也動彈不得。七寸處高懸的金符雖然沒落下來，但也壓得它頭抬不起來，只能以一種臣服、屈辱的姿態趴在廟瓦上，翻著怨毒的蛇眼，看著面前拿著龍鱗指向它的少女。

金蟒的頭顱頗為巨大，有夏芍半個身子高，夏芍在它面前，實在是不堪一擊。

親眼目睹這場鬥法大戰的人，許這一刻還不知看到的是真實還是幻象，總覺得以往對於世界的認知崩塌了。今天發生的事讓他們清楚地知道，在這世界上有一部分人生活在絕大多數人認知之外的世界，所擁有的本領神祕莫測，令人心驚折服。

夏芍並沒有讓金蟒仰望她太久，她將手上的龍鱗陰煞略收，腳下輕輕一挑，一條蛇尾巴就被挑到她面前，她笑咪咪地坐了上去。

四下一片抽氣聲，只見那條金蟒眼珠都快凸出來了，少女竟然大膽地坐了它的尾巴。

夏芍坐下來後，與金蟒平視，說道：「我不命令妳了，我們來聊聊。」

金蟒翻了翻蛇眼，眾人也都跟著翻起白眼。

聊聊？那妳懸在蛇頭頂上的金符是幹麼的？手裡拿著的匕首是幹麼的？

龔沐雲眼中浮現笑意，戚宸哼了哼，眼裡也有笑意，嘴裡卻不說好話，「不知所謂的女人！我要是這條蛇，不想別的，就想怎麼咬死她！」

龔沐雲笑道：「戚當家想成為這條蛇？我看挺好，尤其是那掉了的腦袋。」

戚宸眼底的笑意變冷，「腦袋掉了，還活著就成。這蛇至少死後還活了兩百年，我要是死後還能活著，一定也學學這女人，找龔當家的族人聊聊。」

「哦？戚當家的言外之意是，活著的時候拿我龔某一家沒辦法，要死了再來問候？」

「我說的是龔當家的族人，不是家人。我活著的時候，你一家別想好過。我死了以後，你全族都別想好過。」

兩人對視，目光漸冷，兩幫人馬又戒備起來。

這時，陰風吹來，又是鬼哭狼嚎，聽得人頭皮都發麻。龔沐雲和戚宸雙雙抬頭，見廟頂上金蟒張開嘴，眼神怨毒含恨，一看就知它並不願被收服。

它是什麼意思，沒人聽得懂，夏芍卻懂。

金蟒吐出的信子腥風撲鼻，黑氣纏繞在每個字裡，「人類都是狠毒的，殺了我的伴侶，殺了我的後人，我就殺光你們的後人！殺光……殺光……殺光……」

夏芍蹙眉，「妳無辜枉死，被鎮壓在廟裡兩百年，我明白妳的怨氣。這世上確實有很多狠毒的人，但為了這些人讓自己難入輪迴，值得嗎？我可以把妳當作我的夥伴對待，每天三炷香，誦經化解戾氣，百年之後，或許妳能再入輪迴。」

「我要入輪迴做什麼？」金蟒語氣尖銳，「我要殺人！妳放我出來，是為了收服我，驅使我，人類沒一個好東西！妳最好一直困著我，要是讓我掙脫開，我就咬死妳，咬死所有人！」

夏芍也知道一時半會兒勸不動這條金蟒，它怨氣實在太強了，這是心結。當初沒有害人之心卻無辜枉死，被鎮壓了兩百年怨氣不得發洩，換成世間任何生靈，心中都會有怨吧？

夏芍一時間還真不知怎麼勸，金蟒跟龍鱗不一樣，龍鱗是千年前無數人的怨念集合體，金蟒是靈物，有心智，她想要收它為陰子，雖說可以強行收下，可它要是不願意幫她的忙，收了也是白收。

她沒有太多時間可以耗，思量之下，她只得先把金蟒收了，再慢慢開導它。

符使跟符籙不一樣，並非以符紙煉化，而需要載體。夏芍這次來島上，身上帶了兩件法器，一件是師父給她的玉葫蘆，一件是最後一個清代玉羅漢。

夏芍打算以玉羅漢為載體，讓金蟒的陰靈依附其上，一來以羅漢之威鎮住它，二來以百年前得道高僧加持的靈氣慢慢感化它的凶性。

當夏芍拿出玉羅漢起身的時候，金蟒的眼底迸出血絲，暴怒道：「混帳人類！妳最好別放我出來，等我出來就咬死妳，我一定要咬死妳！」

金蟒雖然在鬥法中敗北，但它明顯凶性不改，不願成為陰子供人驅使，因此當夏芍站起來的時候，廟外的兩幫人馬露出擔憂的神色——這能成嗎？

能不能成夏芍也沒試過，一般來說，如果陰子願意，它自己可以依附上去，但不願意的話，就得強行收服。這事夏芍沒做過，做起來可能生疏些，但她的元氣沒有問題，即便在收服的過程中金蟒反抗，她相信她也壓制得住。

當下她話不多說，拿出玉羅漢來準備動手。

就在這時，一個清亮的聲音傳來：「無量天尊！」

這聲道號隔著有段距離，卻十分清晰，連佈下陣法的廟宇內的陰煞之氣都被震得散去，廟外的陰氣更是瞬間散盡，陽光又從頭頂上照射下來，眾人只覺手腳溫暖，身後已走來一名穿著道袍的男子。

龔沐雲和戚宸轉頭看去，夏芍輕輕蹙眉。

嘖！這道士來得真不是時候！

無量子還是來了，看起來像是游過來的，道袍濕漉漉地掛在身上，看起來十分狼狽。

無量子仰頭看向廟頂，對著夏芍道：「女施主，這孽障兩百年來被鎮在佛像下都不曾被佛性改變分毫，僅憑妳手中的法器，即便收了它，日後也難免為禍。廟已損毀，不可收，不能鎮，恐怕只能除了。」

說話間，他拂塵一甩，被夏芍在門內封了血符的廟門被震開。

夏芍一驚，她對自己畫的符和元氣修為是有自信的，這符鬥法的時候，金蟒都逃不出去，無量子竟然這麼輕易地就震開？

血符是畫在裡面的，金蟒不敢接近，從外面打開卻比從裡面容易。且這符對陰靈的傷害性極大，無量子是人，自然不會太壓制他，但他只是一震便把門內畫下的那道符上的元氣給震散，夏芍覺得這道士的修為太高深了些。

好在無量子進來後，門又給關上了。

他站在門前未急著上廟頂，只是抬頭看向被夏芍用四十幾道金符裹得像粽子的金蟒。

金蟒看見無量子，周身的陰氣忽然大盛。它被夏芍制住之後也沒反抗得這麼激烈過，但見了無量子，卻好像有某種原因驅使著它必須掙脫開符咒，它金色的眼珠幾乎被血絲填滿。

這金蟒也是有靈性的，知道符咒的厲害，因此之前面對夏芍的時候，雖然不從，也只是咆哮幾聲，沒試著掙扎。可見到無量子，它竟然不顧受傷地掙扎起來。

夏芍趕緊將離金蟒七寸處不遠的那道符撤得遠些，免得傷了金蟒的靈智。她鬱悶地看向無量子，這金蟒是個硬骨頭，說收它還好，說除它，它還不得跟你拚命？

不料金蟒忽然厲聲道：「道士，竟然是你！你把我封在這裡兩百年，你竟然還活著！」

夏芍愣了，半晌沒反應過來。

什麼意思？無量子是……把金蟒封印在這裡的人？

不可能吧？那可是兩百年前的事了！

無量子合掌說道：「金蟒，妳認錯人了，貧道是天師後人，天師已羽化仙去百餘年了。」

夏芍聽了，無端鬆了口氣。她還真以為是兩百年前鎮壓金蟒的高人，要真是那位高人，他今天要除這條金蟒，她跟他對上，肯定沒有勝算。

金蟒聽後發出尖銳的嘯音，刺得人耳膜發疼，「老道士死了？死得好，死得太好了！」

無量子聽到他這麼說先輩，神情無喜無悲，只道：「天師仙去之時，曾算出此廟會有一劫，妳若破陣而出，必為害人間，貧道乃是奉天師之命前來除靈的。天師曾斷言，妳凶性難改，今天見了果然如此。」

「除靈？」夏芍往金蟒身前一擋，當然她沒忘了以龍鱗做防護。

「除我？哈哈，你有本事就來！我就算是魂飛魄散，也會記住你們一族，詛咒你們一族！

你們永遠別想煉虛合道，永遠別想！」

無量子垂眸，夏芍挑眉，該不會被金蟒說中了吧？無量子這一脈的人，自從這件事後就再沒有煉虛合道過？

不過，這也不能說是詛咒使然，煉虛合道指的是修道者不著於法，不著於相，任何方法都不必用，從有入無，無無既無，與道同體，從此無拘無束、瀟灑自如地遊賞於人間仙境。

但這樣的大道境界，從有道法開始就沒有幾個人能達到。

「天師仙去時是不曾領悟煉虛合道的境界，但困住他的心魔卻不是妳，而是……雄蟒。」

沒想到無量子會解釋，夏芍愣了，金蟒也愣了。

「雄蟒在哪裡？不是應該跟雌蟒一起鎮在這座廟裡嗎？」不等金蟒開口，夏芍便先問道，這是她一直理解不了的事，「漁村祠堂裡，村民們還供奉著金蟒夫婦的牌位，為什麼這座廟裡只有雌蟒？雄蟒呢？」

金蟒不顧受傷急切地扭動，「他呢？你們把他怎麼樣了？他在哪裡？」

「雄蟒已渡化飛升而去。」無量子聲音不大，卻很清晰。

夏芍愣住，甚至有些愕然。

金蟒顯然也不相信這荒唐的說法，又變得暴怒起來，「你騙人！他怎麼可能……我們無辜枉死，我被鎮在這裡受苦，他怎麼可能還有心情渡化飛升？你騙人，你是騙人的！該死的道士，我要殺了你，啃噬你們一族的血肉，讓你們死後都不得安寧！」

無量子眼眸明淨如水，看起來不像是騙人的。隨後，他將兩百年前的事緩緩道出。

原來兩百年前，雄蛇先被開山建祖廟的將軍帶來的官兵所殺，雌蛇隨後趕來，也被斬殺。

當時無量子的先祖剛好雲遊路過此島，見雄蛇頭上已生出一隻角，假以時日便可成一條小龍。感慨惋惜之餘，無量子的先祖便將雄蛇和雌蛇的靈分別收在兩件法器中。他本想著這兩條金蟒靈智已開，修煉不易，無辜枉死令人惋惜，便想在此建廟，誦經護持，令這兩條金蟒能藉著法器的靈氣繼續修煉，即便不能飛升也早日入輪迴。

沒想到雌蟒在枉死之時失去了它剛剛孕育的後代，十分凶厲，怨念極強，渡化不能。無奈之下，這座廟改成了鎮靈廟。無量子的先祖以這座孤島為中心，漁村小島為輔，設下鎮靈陣。

這件事無量子的先祖對雄蟒隱瞞了下來，他告訴雄蟒，雌蟒以另一件法器為依附，跟他一樣修煉著。那未曾出世的生靈，他已作法超渡，令它們再入輪迴。

這是謊言，那些未曾出世的小蟒還未有靈性，確實已被超渡，雌蟒卻因怨念太重，被鎮在了佛像之下。

雄蟒的性情溫和，與雌蟒不同，它的靈性和修為比雌蟒高許多。如果不是它性情溫和，當初大可以和雌蟒聯手將前來島上的官兵趕走，但它不願傷人積下業障，便想與雌蟒遠遊，不料卻還是遇到了大劫。

修煉大道者，無一不應劫，這一劫雖是劫數，但遇到了無量子的先祖，也不能說不是機緣。雄蟒一心想與雌蟒超脫三界，從此自由自在。它以為雌蟒跟它一起被無量子的先祖帶在身上繼續修煉，卻不知道在它跟著無量子的先祖雲遊天下大寺道觀、名山大川的時候，雌蟒一直被壓在廟中受苦。

無量子的先祖高齡一百三十六歲壽終正寢，在他羽化之前的三年，曾帶著雄蟒到了天下龍脈之始的昆侖山脈，尋了一處風水絕佳之地，感悟自然道法。沒想到，雄蟒在此感悟超脫，竟以靈體之身生出兩角，化龍飛升而去。

它走之時，無量子的先祖曾告訴雄蟒，雌蟒修煉未成，還不能從法器中出來，他會把雌蟒交給後代，令他們帶著它繼續修煉。終有一日，它們有再見面的機會。

雄蟒心性善良，身為靈物，修煉比人還不易，能化龍飛升，可以說千萬年也不遇。它對帶著自己遊歷山川的無量子的先祖心懷感激，對他的話深信不疑，臨走時表示會等著與雌蟒相見的那一日。它哪裡知道，直到它飛升而去，進入昆侖的那一刻，雌蟒一直被鎮在當初它們靈智初開的小島上，別說相見，雌蟒連入輪迴的機會也沒有。就算是下輩子，它們也見不到。

對於雄蟒，無量子的先祖自認為是積了一件大功德，對於雌蟒，他卻心存愧疚。與雄蟒相伴數十年，他對這條靈智不低於人類的靈物也有幾分感情，他不知道自己這樣騙他是對還是錯。這件事就這麼成了困住他的心魔，怎麼解也解不開，在昆侖山待了三年，無量子的先祖坐化在此，卻在坐化之時也不曾體悟大道，未曾進入煉虛合道的無上境界。

臨坐化前，他回家一趟，留下了給後代的手書，說明自己曾參透一部分天機，百餘年後，鎮靈陣會遭受天劫，陣會毀壞，雌蟒應該會破陣而出，禍害人間。他算出家中會出一名天賦極高的後輩，因此命他這個時候一定要趕來阻止雌蟒。

假如它凶性不改，又不能度化，無法再次鎮住，便只能選擇除去，總不能叫它禍害鄉里。

無量子奉先師之命前來，先是到了漁村，發現為禍的只不過是一部分的怨念後，便將其驅走，今天就是來島上除靈的。沒想到被夏芍拖延在了漁村小島，游海過來後，她已將雌蟒制伏，差一點就收了。

夏芍見無量子神情悲憫，顯然除靈的事對他來說也很掙扎，不知這麼做是對還是錯。

金蟒在聽說雄蟒的事後，安靜了下來。

夏芍沒有回頭看它，只看著無量子，「你家先祖天師好不道地，雄蟒即便是千萬年難遇的靈物，它也有得知事實真相的權利。這世上任何的大道，如果存在於謊言之下，即便是得了大道又能怎樣？你家天師難道就沒想過，雄蟒在昆侖一直等著雌蟒，等來等去，就算等到地老天荒也等不來的時候，它會是什麼心情？雌蟒被鎮在廟裡，一心以為雄蟒與它同在受苦，待它逃出後，到處找它找不到，它又是什麼心情？這兩條金蟒靈智已開，與人無異，精神上的煎熬難道就不是惡業？到底是功德大，還是惡業大？」

無量子閉了閉眼，這件事正是困擾他們一脈的問題。幾代以來，有天賦的後輩不是沒有，就連他自己也困於此事之上，到現在不得解脫，尋不到解法。

這樣悲傷的故事，彷彿天地間的樹木輕風都跟著感應到了。廟裡漸漸有風吹過，低低切切的聲音，猶如草木被微風吹過，沙沙作響。

夏芍轉過身去，這才發現金蟒伏在廟瓦上，金色的眼裡能明顯看見悲傷，而那些草木微風之音，不過是這靈物悲傷之時，牽動陰煞所發出的層層疊疊的聲音。這些聲音裡，恍惚能辨出其中類似人聲的聲音。

「它沒跟我一起受苦，孩子們也超渡了……」

金蟒吐著信子，彷彿在說話。夏芍愣住，這條金蟒哪裡還像是剛才那條怨毒地喊著要殺光所有人的凶戾陰靈？它的悲傷與人無異，甚至近似於人的情感。

連她在聽到這樣的故事都替這兩條金蟒傷情，直到現在鬱悶還積在胸口散不去，可雌蟒所說的第一句話竟是慶幸伴侶沒有跟它一起受苦，慶幸那些未出世的後代已被超渡。

夏芍難過之餘，不由生出感慨。

這件事如果發生在她身上，或許她也會怨恨，但她定不希望自己所愛的人跟著一起受苦。都說人是萬物之靈，實則那是人自己的想法。世間萬物都生在一個虛空之中，為何不能都有靈有性？返樸歸真，明心見性，人世間最初的美好，其實還是善。

就如同這條金蟒，無辜枉死，怨恨了兩百年，害了不少人，怨念不減，但在聽到雄蟒飛升超脫後，它仍在這一刻放下了怨恨，只為雄蟒沒有跟它一起受苦。

這世上再多的怨恨，終不及一句所愛安好。

這就是善，人之初，靈性最根本的善。

夏芍望向遠方，只覺眼前景物豁然開闊，有什麼東西在心頭間撞了撞……

陡然之間，她似乎見到了一些本源的東西。

無量子眼睛一亮，說道：「盤腿冥想。」

夏芍聽見這話，被點悟過來，一瞬間知道自己遇上了什麼，趕緊依照無量子所言，盤腿坐在了廟頂，閉眼冥想。

雖是閉眼，但夏芍依舊能看見剛才的景象。天地間的事物還是那些，但在她心中已有不同的感悟。她好似在靜坐中進入虛空，看見一切圓明，像初生的嬰兒，看見人世最初的東西……

原來這就是煉神還虛！

夏芍在冥想中運起門派心法，令元氣遊走周身，守持最本源的精、氣、神，使之不內耗，不外溢，並充盈在體內，慢慢與身體相抱而為一。

此時此刻的她，露在衣服外的肌膚以肉眼可見的速度淨化著。

她的肌膚本就好，像玉瓷般無瑕，此刻更盛一層，就像是嬰兒般，變得越發白淨瑩潤。灰濛濛的雜質像是在剝離，化為點塵散去，而提升後的肌膚猶如經歷了洗禮，煥發著光澤。

除了她的臉沒有變化之外，身上的肌膚變得極美。

眾人不敢出聲，只是看得眼睛發直。

龔沐雲眼底中光華流轉，神情有些恍惚。

戚宸看著夏芍那張略暗沉的臉，眼睛瞇了起來。

夏芍這一盤腿冥想，坐了整整一下午，等她睜開眼的時候，天色已經黑了下來。

龔沐雲含笑望著她，對她輕輕頷首。雖然不能理解，但似乎明白她遇到了什麼事，那笑容看起來像是在祝賀她。戚宸則不知在想什麼，氣息略危險。

無量子見夏芍睜眼，笑道：「恭喜女施主，煉神還虛。」

夏芍起身跳下來，感覺身體輕盈了幾分，看周圍的事物更覺得清晰，也不知天眼有沒有提升。現在不是試驗的時候，她走到無量子跟前，對他鞠了一躬，「多謝道長提點。」

「那是女施主開悟所至，與貧道無關，無須言謝。」

夏芍轉身見金蟒似乎還沉浸在悲傷裡，又躍上了廟頂，再次在蛇尾巴上坐下來，淡淡一笑，說道：「跟我走吧，我一樣可以帶妳修行。」

金蟒看著她，不說話。

夏芍坦然地道：「我也是剛剛才悟出道理，這世上的惡終歸會有因果報償，我們不應該為了惡使自己陷在其中，我們要向著自己的善，無論發生什麼事，都不要迷失原本的自己。我想，對妳來說，原本的妳去處應該在昆侖，等待或者尋找與那些已入輪迴的孩子們再見的機會。妳不應該為了別人的過錯被鎮壓在這裡，那些犯下惡因的人，會有屬於他們的報。妳不應該為了他們的過錯吃苦，應該去尋找自己的前路。跟著我吧，我可以帶著妳修煉。我答應妳，有生之年會帶妳去一趟昆侖龍脈，說不定妳也會有所感悟？不過，妳害了不少人，修煉起來必然不會有雄蟒那麼容易，這點妳要心裡有數。」

金蟒低垂著頭，廟裡又開始響起嗚咽的風聲，像是靈物在哭泣一般。

「喂！」夏芍大膽地戳戳金蟒的前額，「我一天三炷香，好吃好喝地供著妳，不會欺負妳的！頂多就是帶著妳去欺負別人，行不行？別婆婆媽媽的，給句話啊！」

金蟒瞪著夏芍，似乎要看自己的頭頂。夏芍會意，將金蟒頭頂的符咒撤去。金蟒的頭能動之後，輕輕點了點，然後就轉去一邊，不理夏芍，看起來像是有點難為情的樣子。

夏芍露出笑容。這傢伙答應了！她有符使了！

夏芍笑著起身，「那我就讓妳附在這個玉羅漢上，以後妳就跟著我了。」

拿出玉羅漢後，夏芍這才想起無量子，「道長，我看這金蟒有回頭的意思，你就跟你家先祖道聲對不住，別……」

夏芍本想說讓無量子別除它了，但話說到一半卻愣住。

只見無量子印堂處有光芒在聚集，那光就好像三花聚頂一般。

三花聚頂，這是要……煉虛合道了？

許久，無量子再睜開眼時，印堂間的光芒已褪去，眼神更加明淨清澈了。

夏芍覺得這絕對不應該是煉虛合道，她剛才境界提升，就用了一下午，無量子若是真晉階，不該這麼短的時間就完成。他看起來更像是明悟了什麼，一隻腳踏進了煉虛合道的境界，但要提升還有段日子。

無量子笑了笑，也跳上廟頂，從背著的白色布包拿出一件東西，遞給夏芍，「女施主聰慧開悟，金蟒跟著妳，想來貧道能對天師有所交代。這件法器，女施主拿去吧。」

夏芍看向無量子手心，那裡擱著一件金玉玲瓏塔，塔有九層二十四門。雕工精美，從她對玉器的研究上來看，這玉也是老玉了，明清時期的。

「這是祖上天師留下來的法器，當初雄蟒修煉就在這座塔裡。貧道這次出來，正巧帶上了此塔，沒想到女施主能將雌蟒收服，這塔就贈與女施主吧。」

夏芍知道這法器貴重，但金蟒在聽到無量子的話後，快速轉過頭來，身子竟要掙扎著盤起來，就為了看看無量子手中的塔。

這塔對於雌蟒來說應該有著特殊的意義，夏芍思量後，覺得收下對它來說應該是個安慰，於是鄭重謝過無量子。接著她又聽見有嗚咽的風聲，便把手伸出去，巨大的蟒頭伸過來，信子對著這件玲瓏塔吐了吐，似乎在感受裡面有沒有雄蟒的氣息。

夏芍揮手將金蟒周身的符咒全數撤掉。符咒剛撤，金蟒一恢復自由身，不必夏芍開口，便迫不及待化作一道黑森森的陰煞附著在她掌心的金玉玲瓏塔上。過了一會兒，似乎到了塔內空間，整個塔身散發著濃郁的金吉之氣，陰煞全部被鎖在塔裡，沒有溢出一星半點。

握著自己的符使，夏芍心裡歡喜，再次對無量子道謝。

無量子笑了笑，「貧道承蒙女施主點醒，這謝禮是應當的。既然金蟒已有妥善的結局，貧道就放心離去了。」

夏芍一愣，她有說什麼點醒過他嗎？

無量子並不多說，笑裡多了些深意，「只是貧道有句話要贈與女施主。存於天道之外，不代表存於天機之外。要在三界之中生存，有些劫數在所難免。不過，既然天機讓妳我遇上，又讓貧道受女施主點撥，貧道理欠女施主一個因果要還。日後，妳我還會再見的。」

夏芍心裡咯噔一聲，還沒想出這話裡的深意，無量子便轉身告辭了。

夏芍連忙跟著踏出一步，「道長，日後我若是有事請道長幫忙，怎麼找你？」

無量子一笑，沒有回頭，聲音遠遠傳來，「不必尋我，兩年之內，我們還會再見。」

夏芍看著無量子漸漸走遠的背影，覺得無量子好像看出她是重生而來，本不該屬於這個時空，但他的話真的是這個意思嗎？是不是她多想了？或者，有別的意思？

這人年紀比她大不了幾歲，竟一隻腳踏入了煉虛合道的境界……

迄今為止，無量子可謂她所遇過的唯一一位世外高人。看不透，也參不透，但她覺得他沒必要騙她。既然如此，她便也不去想了。

看了看手裡的玲瓏塔，夏芍笑笑，出了廟門，本想讓龔沐雲用船把她送回漁村小島，沒想到剛踏出廟門，戚宸就如烈風般襲來，抬手便往她臉上伸來。

夏芍迅速閃開，警覺地喝道：「你想做什麼？」

戚宸堵在廟門口，皺著眉頭道：「把妳臉上的東西拿下來，醜死了！」

夏芍一愣，摸了摸自己了臉，一時沒去想戚宸是怎麼看出她易容，但她自然不可能摘下來，知道了他的目的以後這才放鬆下來，「醜不醜的，跟你有什麼關係？」

「有礙觀瞻！」戚宸語氣理所當然。

夏芍笑了，「那萬一摘下來更有礙觀瞻呢？」

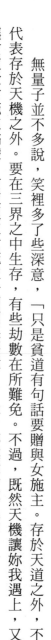

「不可能！」戚宸挑眉一笑，十分有自信。

夏芍翻白眼，懶得理戚宸。她想往外走，看他堵在門口便轉身翻過廟旁的牆頭，從側面繞去了前路。她特意從龔沐雲那邊走，雖然跟龔沐雲見面的次數不多，但兩人好歹以朋友相稱，比起戚宸來，夏芍對龔沐雲更熟悉，也更信他，畢竟安親會目前是站在自己這邊的，三合會還屬於敵方勢力。

龔沐雲見她從後面繞出來，便含笑往她身前站了站，將她微微擋在身後。

戚宸看見兩人有默契的動作，臉色頓時變得陰沉。

安親會的人見夏芍站在自己這邊，不由露出歡喜的神色。他們不認識這少女，但剛才她收服金蟒的事還歷歷在目。這樣的人在尋常人眼裡無異於高人，當家似乎與她認識。

不愧是當家，這樣的高人都認識！

這些人並不知道，他們大多數的人沒見過夏芍，但她的名字卻如雷貫耳。夏芍是安親會的貴客，當年當家下令不許招惹她。只不過她現在易容，他們不知她就是那位大名鼎鼎的夏董。

此刻若是齊老在，他定能認出夏芍，但他受了槍傷，已被兩名安親會的人送出島救治，郝戰也被送走了，但當時中了金蟒陰煞而昏迷的三個人還躺在原地。想來是龔沐雲身邊的人只剩下三個，人手不夠，就只送了齊老和郝戰下山，剩下的就暫時沒動。

夏芍低頭看了看地上昏迷的三人，眉眼間的青絲已經不見，身上的陰煞也除了，只是被金蟒操控，損了元氣，因此還在昏睡。

夏芍蹲下身子，沒人攔她，她在眾人眼裡如今就是神鬼莫測的高人，安親會的人趕緊讓路給她，好奇地低頭看她在做什麼。

夏芍將掌心在三人印堂處推了推，三人便緩緩睜開了眼睛。

「他們傷了陽元，我給補了些，下山沒問題，可回去以後要休養一段時間。」夏芍說道。

三人不記得被操控後發生什麼事，卻還記得神智不清的那一刻不停掙扎的感受。不過，親眼見過中邪的同伴做過什麼瘋狂事，三人一醒過來就面如死灰，跪地道：「請當家責罰！」

龔沐雲淡淡地道：「回去後去刑堂自領二十鞭。」

三人不可思議地抬頭，感激地道：「謝當家活命之恩！」

夏芍在一旁看著，表情略古怪。她見識過安親會的鞭刑，那鐵鞭帶著倒鉤刺，打起來皮開肉綻，可不好受。這刑罰不輕，三人還如蒙大赦的樣子……其實根本就不是他們的錯，他們只是被操控了而已。這樣還要受罰，有點不近人情。

但她沒說什麼，這畢竟是安親會的事，龔沐雲這個當家都發話了，她一個外人不好置喙。再說，聽得出來，三人的罪原本按照幫規是很重的，龔沐雲只讓三人領二十鞭子已經是很輕了。儘管夏芍覺得這二十鞭對三人來說很冤，但站在管理者的角度，管理這麼大的幫會和財團，龔沐雲肯定有他的難處。身為華夏集團負責人的夏芍，能體會一些，因此她什麼也沒說。

這倒讓龔沐雲看來一眼，夏芍卻是看向戚宸那邊。他那邊地上的人可就多了，足有十來個，她起身便走了過去。

戚宸看她走過來，臉色稍好看了些。

安親會那邊的人卻如臨大敵，「當家……」

龔沐雲擺手阻止手下的話，負手含笑看她走向戚宸，一點也不擔心她救了三合會的人會給自己這邊帶來麻煩。她的性子他還是了解的，對自己沒有利的事，她不會做。

夏芍幫三合會的十來個人補了些元氣，將人喚醒。醒來的人看見戚宸，頓時也是面如土色，跪地請死，「當家，島上出事了，是兄弟們護衛不利，請當家處置！」

戚宸卻沒說怎麼處置，反而看向龔沐雲，對底下的人道：「我不留動不動就請死的廢物，來咱們島上做客的龔當家在這裡，與其請死，不如多殺幾個安親會的人，我留著你們還有用。」

這十來人一聽，轉頭看見龔沐雲，瞬間目露凶光，齊齊拔槍。

龔沐雲的人也立刻舉槍。

夏芍的掌心放在最後一人的印堂上，挑眉看戚宸，「我好像說過在島上不准打架。」

戚宸咧嘴惡劣地一笑，「我好像沒答應過妳。」

他的動作比聲音還快，剛開口就突然伸出手，往她脖頸抓來，似是想要制住她。

夏芍早知道他會這麼做，手捏著躺著的人的衣領，腳尖在地上一點，滑出去的同時，把人丟給了戚宸，她則順勢回到龔沐雲那邊，指尖輕動。

剛把人丟開要回頭的戚宸及三合會的人便再難動彈。

戚宸目光沉沉地落在夏芍身上，像要殺人一般。

夏芍笑著說道：「我要走了，就不勞煩戚當家送了。記住，你和你的人都欠我一條命，改日我會找你們討還的。」說完，轉身尋著山路下山。

龔沐雲看向戚宸，身後安親會的人舉著槍，都在等他一句話。只要他點頭，這可是殺了戚宸的大好機會。

戚宸瞇著眼，眼裡看不見恐懼，只有冷然。

龔沐雲垂在袖口裡的手握拳，不知過了多久，忽然轉身走下了山。

身後的人趕緊跟上，三合會的人和安德里都鬆了一口氣，但沒人知道龔沐雲為什麼會錯過這麼好的機會，放過他多年來的大敵。

夏芍走在前面，卻一直注意著後面的動靜。

沒有聽到槍聲，龔沐雲走了過來。

「你怎麼沒殺他？」夏芍問道。

龔沐雲與她並肩而行，笑看前方山色，「殺了他，不就壞了妳的事？妳留著他有用吧？」

夏芍愣了愣，笑了起來。她倒是覺得，龔沐雲和戚宸鬥了這麼多年，有點惺惺相惜，就這麼殺了他，剩下的那個人以後或許會很寂寞。

夏芍不再說話，專心盯著自己的手指。

龔沐雲見她一直捏著指尖，不由問道：「他們那邊還動不了？」

夏芍道：「嗯，我做個實驗。」

她幫三合會的人補元氣，只是因為傷人的是金蟒，現在她是它的主人，幫它早點將人救醒等於讓它少積些惡業。雖然剛認識戚宸，但她對他的做派也算心裡有數，他不會放她和龔沐雲安全離開島上的，因此她在救醒三合會的人後，就已經做好了準備。再者，她本就打算將戚宸等人用陰氣控制住，正好也試驗一下，修為晉階後對陰煞的控制有沒有提升。

夏芍來香港之前，已經可以大面積地控制陰煞，範圍大約覆蓋一條街面沒有問題，但是現在明顯超出了一條街的範圍，覆蓋了半座小島。

夏芍眼裡有驚喜之色，目光一動，倏地放開手指。
遠處的山頂，戚宸等人突然恢復活動自由，戚宸的臉色很黑，怒喝道：「給我追！」
三合會的人得令，立刻奔下山，但剛邁出去兩步，詭異的事又發生了。
一群人突然感覺手腳竟然再次動彈不得。
戚宸咬著牙，正往山下走的夏芍輕笑，目光微亮。
她的功力果真變強了。她剛才是將整座小島後山的陰氣全都控制撲去山頂，而且只用了短短兩三秒的時間。不僅範圍擴大許多，連控制陰氣的速度也增加。
隨後她不時鬆手、掐指訣，試驗了三四次，直至走到海邊。
山上三合會的人在夏芍的折騰下，一會兒能動，一會兒不能動，連罵娘都無力了……
夏芍收手一笑，跳上了快艇。
龔沐雲將她這一路上拿戚宸等人做實驗的小動作看在眼裡，搖頭一笑，有些無奈和寵溺。
「要去那邊漁村的島上？」
「嗯，你們把我送到那邊的岸邊就趕緊離開吧。這裡是香港，是三合會的地盤，你們在這裡太危險了。」夏芍說道，目光望向漁村小島的方向，心裡期盼著快點上島。
龔沐雲卻道：「無妨。世界各地都有黑道勢力，要這麼說的話，我只能在安親會的勢力範圍內待著，其他地方都不用去了。」
夏芍覺得龔沐雲的話也有道理，他這次來香港肯定是有事要辦，她就不必操心了。
「既然你沒事，我就不管那麼多了，你自己安排吧。」
龔沐雲聽見這話，眼睛微微一亮，生出些喜意，凝著她的側臉，問道：「妳是知道我在島上有危險，所以特意趕來的？」

夏芍不能說自己是用天眼看出來的，只得答道：「我本來就是要去島上收服金蟒的，沒想到你也在，恰巧碰上了而已。」

她一直看著漁村的方向，並未察覺龔沐雲聽了這話，笑意依舊，卻略顯落寞。

「不管怎麼說，妳也是救了我一命，妳要我還妳什麼？」龔沐雲問。

夏芍愣了愣，這才轉頭看向他，想起自己確實是跟戚宸提過要他還救命之恩的事，大概被這男人記在心裡了，於是半開玩笑道：「是我記憶力出問題了嗎？我記得來香港之前，還有人說我們是朋友。我救我的朋友，理所當然。若是要還，還叫朋友嗎？」

龔沐雲微愣，眼中泛出流光來，比被海浪打碎的月影更亮麗。

夏芍看他一眼，又轉頭心急地看著前方的島。

龔沐雲也沒再說話，快艇一路急速駛向漁村小島。

就在兩人前往漁村小島的時候，身後被拋得遠遠的孤島山上，被陰來陰去當作實驗品的戚宸，爆發出怒吼聲：「女人，不要讓我抓到妳！」

十多分鐘後，快艇停在了漁村小島的海灘上。

夏芍上了岸，龔沐雲也跟著下船，看了看島上霧濛濛的景色，笑道：「這島風景不錯，許久沒看日出了。到山上看看日出，想來也不錯。」

夏芍無語，「看日出？你倒是悠閒。你這趟是來旅遊的嗎？」

「忙裡偷閒，未嘗不可。」龔沐雲看著夏芍，目光有幾分繾綣，「這趟本就是忙裡偷閒，順道來看看朋友。今天偶遇，也算了了一樁心事。」

夏芍一愣，她不會聽不明白龔沐雲的話，只是有些意外。沒想到自己來香港才兩個月，他一直掛念著。

「我不是去島上玩的，我有事要辦。島上玄門四老都在，這次來這座島本來是為了風水師考核的，但我改變主意了，要去問候問候他們。」

龔沐雲沉吟一會兒，笑道：「無妨，玄門對安親會還是很客氣的，畢竟安親集團在華爾街有很大一部分生意請了玄門弟子看風水，算得上是大客戶。那幾位見了我，即便支持三合會，也得對我客客氣氣的。妳只管辦妳的事，我看我的日出。妳不必理會我，我只當看看沿路風景，不會打擾妳。」

龔沐雲都這麼說了，夏芍也不好說什麼。其實他的話有道理，風水師的地位很超然，但風水師也是人，余九志等人就是再支持三合會，對安親會也得客氣，惹怒黑道，對他們沒好處。風水師有神鬼莫測的術法，黑道有精良的現代武器，不到萬不得已，誰也不想跟槍械雷彈對上，不想天天算自己有沒有生命危險，去躲那些不知道會從哪裡冒出來的殺手。而且，並非每個風水師都像夏芍有龍鱗有金蟒，年紀輕輕修為就如此高，可以不把一些事放在眼裡。

對玄門大部分的弟子來說，他們更像生意人，幫人看風水算運勢，收取酬勞，以此謀生，就連余九志這些人也不會吃飽了撐著無端惹怒大客戶。他們越享受外界的敬畏，越在乎名利。

既然如此，如今張氏一脈勢弱，如果龔沐雲出現在自己身邊，應該會被認為是張氏一脈的後臺，給張老他們撐撐腰也未嘗不可。

這麼一想，夏芍便帶著龔沐雲和他身後的幾名手下上了島。

島上的九宮八卦陣依舊在，此時約莫子時，日出前到達山上雖趕了點，但時間足夠了。

夜裡走九宮八卦陣比白天更不方便，可視性更弱，人的視覺就像是被遮蔽了似的，一進入陣中，安親會的幾個人開始警戒，龔沐雲倒是悠閒，前後看了看來路，約莫心中自有估量，但正如他之前說好的，他並不開口問，一點也不打擾夏芍。

「這是古時傳下來的九宮八卦陣，玄門那幾個老傢伙也不是浪得虛名，佈了這麼個陣來考我們。這陣不難解，跟著我走就好了。」夏芍好心說了陣的名字，她相信龔沐雲一定聽過，想必他會有興趣。她說出來只是為了讓他路上不無聊，自己慢慢研究去，她要做自己的事了。

龔沐雲瞧出她的體貼，不由溫柔一笑，四處打量前後被霧氣包圍的山路。

夏芍則是開了天眼，想循著遁甲的方位往山上去。

天眼剛開，她倏地停下腳步。

不是因為前方有什麼不對勁，而是天眼好像有了變化。

夏芍起初只是想辨明陰陽二氣及八卦方位，就像她之前解陣出島的時候一樣。沒想到天眼一開，看到的景色卻不一樣了。

陰陽二氣、八卦方位仍在，卻多了許多東西。天地元氣、八卦方位、前方的山路、花草樹木、山峰走勢，竟然每一樣物都事看得清清楚楚的，甚至能看見路邊草葉下伏著的蛐蛐兒、茂密的枝頭間安睡的鳥兒、山頂上站在一起的幾名老人，還可以看見九宮八卦陣中，在各條山路上轉來轉去尋找出路的風水師們。

夏芍收回天眼，心臟怦怦跳。

這不是天眼，或者說，這是天眼，但提升了，像是天眼通。

天眼通是佛家的說法，佛家之中有五通，名為：天眼通、天耳通、他心通、宿命通、如意通。這五通各自所見不同，天眼通能超脫肉眼的所有障礙，見常人所不能見，天機、因果、輪迴，一切可見。

天眼通與天眼不同，天眼是可以報得，也可以通過修煉得來，天眼通非修煉不能成。

夏芍的天眼提升後，是否開啟了天眼通的領域，能見天機因果輪迴等事，她也不太清楚，但至少此刻能看見以前所不能見的。

以前只能看見陰陽二氣，看見方位，長時間凝視可以看見未來，此時卻連肉眼上視物的一些障礙也掃除了。在她眼裡，天地極廣，沒有什麼能遮蔽她的視線，所有的景物都像是一幅畫卷，鋪開在她眼前。

她看見山上余九志、曲志成和王懷三人站在一起，冷長老離得不遠不近，張中先背著手站在遠些的地方，五人都看著一個方向，那便是孤島的方向。想來是那邊鬥法收服金蟒時的陰煞波動太強，引起了五人的注意。余九志三人明顯有震驚之色，張中先的臉色也不太好看，握著拳頭，神色焦急，不知道是不是心裡認定這事跟夏芍有關。

夏芍用天眼通觀察五人，五人竟都無所覺，連修煉出天眼的余九志都沒有發覺。

夏芍又看向九宮八卦陣裡的人，見還沒有一組人能夠出陣。溫燁這小子正拿著羅盤，指著前方，兩名張氏一脈大他許多歲的弟子便跟著他往那邊去。夏芍一笑，因為那方位對了。

山路上有些人正坐在路邊休息，邊休息邊商量；有些人拿著羅盤，原地打轉；有些人正在為走哪條路爭執……

有十支隊伍已接近正確的解陣方位，其中便有余薇、冷以欣、溫燁、海若等隊伍。從實力上來看，還是玄門的弟子占上風。其他門派的風水師，只有一支隊伍在其中，還有些人已經和隊友走散，單獨在路上摸不著門路。

快要破陣的十支隊伍裡，余薇的隊伍最接近山腳下，即將走出。

夏芍忽然露出壞笑。

龔沐雲見狀，便知她不知又發現了什麼，要陰著人玩了。

夏芍手指連動，在常人肉眼看不到的地方，山中陰氣忽然聚集成線，一道道按照她的指示向某些隊伍衝去，將余家、曲家和王家的人，凡是接近解陣方向的全都制住。

接著就見二十多支隊伍同時間手腳冰冷麻木，動彈不得，那些人紛紛大駭。有一些修為淺的弟子，直接跌坐在了地上。

「怎麼回事？」王洛川臉色大變，怎麼也動不了了。

「有人施法？」曲峰眼睛往四處打量。

「誰在施法？好大的膽子！」余薇臉色一沉，調集起元氣便想掙脫陰氣的束縛，但她的修為剛剛進入煉氣化神的境界，與夏芍差得遠，怎麼可能掙脫得了？

余薇沒辦法，王洛川和曲峰更沒辦法，其他被控制住的弟子就更不用說了。

夏芍抬頭望了望天色，露出看好戲的笑容，全軍覆沒這種事最好玩了。

明早日出？就讓她看看余九志看見自家弟子所有隊伍出局時候的老臉吧！

她轉頭對龔沐雲道：「走了，我們出陣。」

龔沐雲點頭，夏芍邊走邊用天眼看向剩下的幾支隊伍，冷家的她不管，能有幾組人破陣全看他們自己的本事。張氏一脈的人和其他門派的一些風水師，她可以插手幫幫忙。

時間慢慢流逝，離日出的時間越近，山上的幾個老傢伙越按捺不住。

他們各自清楚弟子們的本事，約莫最早過關的也應該在半夜，沒想到午時剛過，東邊傳來一陣令人心驚的陰煞波動。五人心驚之餘，只見那邊島上黑氣瀰漫，那黑氣被壓制在一個範圍內，大白天的，竟然黑如濃墨。

如此強烈的陰煞，即便見慣了詭祕之事的玄門四老，有生之年也未曾見過。先前村子裡的煞氣，幾位老人還不至於大驚小怪，但東邊島上的陰煞之強烈已遠遠超過了漁村。

到底是什麼東西在那裡？

曲志成問余九志道：「要不要暫停這次考核？萬一陰煞朝這邊來，後果不堪設想。」

王懷搖頭，「那邊有人佈了結界，陰煞困在其中，我更想知道是哪位高人所為。」

如此濃烈的煞氣，即便玄門四老遇上，也要掂量掂量！究竟是誰在作法？

這話王懷沒敢說出來，余九志忌諱有人比他強。各國、各門派其實不乏高手，但余九志從來不稱別人為高人。當然，他也確實有傲視各門派高手的實力，但東邊島上能在那樣的陰煞裡作法的人，絕對是高手中的高手。

果然，余九志的手杖往地上沉沉一擊，「有人作法而已，何須暫停考核？長他人志氣，滅自己威風！他作他的法，陰煞若是敢來，憑我們幾人還對付不了？哼！」

他這麼一說，曲志成趕緊閉嘴。余九志淡定地去一旁打坐，曲志成和王懷只得跟過去，陪著他一起裝裝樣子。

張中先離三人遠些，從中午一直站到晚上，從頭到尾盯著那邊陰煞的波動，臉色很難看。

那陰煞別人分辨不出來，他可是見識過一回的。

這討打的臭丫頭，真跑到那邊島上去了！

這丫頭要是出事，他怎麼跟掌門師兄交代？

張中先焦急的反應，遭到了曲志成嘲笑。

「張老，你著什麼急？那邊島上再有人鬥法，陰煞也沒到這邊島上來。弟子們能感覺到，相信也能泰然處之。要是被這件事分了心，只能證明心智不堅。到時候你家弟子沒破陣通過，可不許拿這件事當藉口。」

曲志成認為張中先這麼著急是在急他張氏一脈的弟子通不過考核。

張中先懶得跟他吵。考核？你們誰家的弟子解陣能有那丫頭快？她中午就在那島上了！

雖然恨不得逮住夏芍狠狠敲打，但想到這裡，張中先又覺得心中大快，可這種感覺沒持續太久，很快又被擔憂取代。好在中午過後，東邊島上的陰煞碰撞一直處於僵持狀態，直到天黑才慢慢散去。陰煞散去的時候，已經將近子時。

張中先不敢放鬆，誰知道是哪邊贏了呢？

感覺到鬥法結束，余九志再度站起身來。只不過這一回沒人說話，曲志成和王懷都吸取剛才的教訓，不敢多說一句話。

王懷看了看天色，說道：「子時了，薇兒他們該到了。」

「嗯。」余九志來到中間的空地上盤腿坐著，似乎也是這麼想的。

曲志成知道之前說話惹余九志不快，便附和道：「薇兒天賦絕佳，又有余老親自教導，她必然是第一個到的。」

「是啊，這些年門派裡年輕一代本事越來越好，我們這些老傢伙也欣慰。」王懷笑笑，「薇兒跟洛川從小玩得好，後來峰兒也來了，他們三人必是結伴而來的，一會兒咱們就等著看他們得頭名吧。」

曲志成點頭稱是，心裡卻冷哼。這話什麼意思？薇兒跟洛川玩得好，後來峰兒也來了？這是在說他是余九志提拔上來的？這個王懷平時跟他稱兄道弟，只怕不怎麼看得起自己吧？

曲志成忍不住說道：「王兄這一脈近些年後輩也是頗有所成，待會兒預估能來幾組人呢？我想七八組能有吧？」

王懷眉心一跳，趕緊擺手，「哪裡，曲老弟高看了，有個三四組就不錯了。」他邊說邊瞥了眼閉目養神的余九志，暗罵曲志成坑他。七八組？那不等於全過關了？就連余家也不敢說所有弟子都能過關。這九宮八卦陣，少說能刷掉一半的人。誰敢說全部過關？要真是壓了余家一頭，那還得了？

其實論修為的話，年輕一輩的弟子除了幾個天賦比較高的很搶眼以外，剩下的不論哪一脈的都差不多。他們各有所長，余家擅長陽宅風水，王家擅長佈陣佈局，曲家擅長陰宅風水，冷家擅長占算問卜。張氏一脈，對付陰人很有一套。

今天破陣是王家弟子的強項，但之前王懷也已對弟子們耳提面命過，一定要走在余家後頭，千萬不要出頭，免得槍打出頭鳥，觸了余家的楣頭。

「依我估計，我們這一脈能過個三四組，曲老弟那一脈，大概也能有個兩三組吧。」王懷笑了笑，話裡帶針，還是有壓曲志成一頭。

「那也不錯了。」曲志成恨得直咬牙，表面上還得應和。論資歷，他當然壓不了王懷，一腔怒氣無處發洩，看見張中先，便把氣撒到他身上，「總比有些人好，只怕一組也過不了。」

張中先只給他一個背影，把曲志成氣得臉色發黑，氣來氣去，最後還是跟王懷較上了勁，兩人就這麼盤腿坐在一處，目光盯著上山的那條路，就等著數數看誰的弟子來的多。

兩人從子時就估摸著余薇快到了，於是從那時開始盯著，結果子時過了，卻都沒人來。

余九志仍是閉目養神。王懷和曲志成看了看繁星點點的夜空，王懷說道：「看來這次我們佈的陣迷門太多，把小輩們繞暈了。」

曲志成道：「應該就快來了，再等等。」

兩人邊說邊看余九志的臉色，然後互相瞪一眼，又盯向來路，著急地等著。

直到丑時四刻，依舊沒人來。

余九志睜開眼睛，眼底有不悅之色，看了看天空，又閉上眼。

王懷和曲志成乾笑兩聲，繼續道：「可能什麼事耽擱了，再等等，再等等……」

又過了片刻，余九志臉色有些難看，王懷和曲志成屁股動了動，有點坐不住了，這回連乾笑聲都不敢發出，咧了咧嘴，想說句「再等等」也不敢張口。

兩人都覺得事有蹊蹺，怎麼都這時候了還沒有人？這陣的迷門設的是多了些，但不可能從早上到現在一個人也沒通過，怎麼回事？

凌晨三點，天色雖還是黑的，但山路上靜得除了蛐蛐兒叫，只能聽見風吹草葉的聲音。

王懷兩人坐不住了，起身走到山路邊往下看，連張中先和冷長老都覺得人來得太慢。

約莫四點多的時候，寂靜的山路上終於傳來腳步聲，三個人跑得極快。

「來了來了，有人來了！」王懷鬆了一口氣。

曲志成看向余九志，「薇兒他們總算是到了，看來東邊島上的鬥法對他們有點影響，不過，不要緊，來了就好，來了就……咦？」

曲志成一眼看去，眼珠都快凸出來了。只見一名少年跑在最前頭，飛奔上來之後，便向張中先撲去，「師公，我們來了！」

張中先露出驚喜的表情，一巴掌拍到少年後腦杓上，「好小子，來得好！」

第五章　正面衝突

溫燁被張中先一記鐵掌拍得眼冒金星，撫著後腦杓想抱怨，卻見余九志面有怒色地站起來，又看看四周，「咦，還沒人來？我們是第一嗎？」

這句「我們是第一」就像一巴掌甩到余九志、王懷和曲志成臉上，前者臉色發黑，後兩人臉色漲紅，尤其是曲志成，他剛剛還說是余薇來了，結果……

「哼，運氣好而已！」曲志成盯著來路，「比賽結果是要看誰的人來的多，第一沒用！」

王懷不說話，兩人心裡都在默念——余薇！余薇！余薇！

不久，山路上又傳來腳步聲，聲音輕又快，一聽就是女孩子的腳步聲。

兩人一喜，「來了來了……呃？」

來的人確實是女子，卻是三名女子。為首的女人看起來三十來歲，正是張中先的三弟子海若，她帶著吳淑和吳可到了。

三人一上來，自是跟自己人打招呼，當得知溫燁一行人是第一名時，海若驚喜了。四下裡看看，居然只有自己兩組人到了，這怎能不雀躍？

有人驚喜，自然有人臭臉。

余九志手杖握得喀喀響，王懷和曲志成已經不敢看他了。兩人緊緊盯著山路，心想下一撥來的人肯定是余薇那一組，但看清楚來人，險些兩眼一翻栽倒。

來人是張中先的大弟子丘啟強。

怎麼又是張氏一脈的人？

自家的弟子到底在幹什麼？余薇呢？王洛川呢？曲峰呢？

余薇、王洛川和曲峰沒有來，過了一會兒，來的還是張氏一脈——張中先的二弟子趙固帶著兩名弟子到了。至此，張氏一脈的人幾乎來全了，其他的人居然一組都沒到。

「有人作弊！」說出這句話的時候，曲志成自己都覺得老臉一紅。他是不相信有人有本事作弊，這陣可是玄門四老聯合佈的，怎麼可能作弊？張中先也一直在這裡，沒有離開過。曲志成找不到合理的解釋，怒氣還是撒到了張中先身上，「張中先，來的都是你們的人，你就沒什麼話說？就憑你這幾個人，能全部通過？」

「我這幾個人怎麼不行？」張中先不幹了，他也不是好惹的，立刻就為徒弟徒孫們撐腰，「敢情只允許你們的人走在前頭，我的人來了就不行？」

曲志成臉色漲紅，剛要反駁，就聽山下又傳來腳步聲，轉頭一看，來的是冷家的冷以欣。冷以欣一到，張中先就樂了，「看看，看看，我老頭子作弊了沒有？冷家的人也來了，明明就是你們自己的人不爭氣。」

「你——」曲志成氣得說不出話，真正體會了一把什麼叫望眼欲穿。

上天似乎不眷顧他們，接下來的時間，人一組一組地來，冷家來了三組人，其他門派的人來了兩組。寅時、卯時、辰時……時間越久，通過考核的人的眼神越古怪，冷家和其他門派的人都看向余九志，不知道為什麼香港第一風水世家的人一個都沒來。

當日頭漸漸出現在地平線上，那金色陽光幾乎把余九志、曲志成和王懷照暈。這新的一天，對三人來說卻是天旋地轉，如同夢中。

全軍覆沒……這是要全軍覆沒？

眼看時間就要到了，一向最愛面子的余九志老臉黑得不能再黑。沒人敢說話，連冷家的弟子都大氣不敢喘一聲。

這時忽然聽見悠閒的笑聲傳來，這聲音慢悠悠的，一點也不像是怕遲到的樣子。

「我沒有遲到吧？」

眾人齊齊循聲望去，只見夏芍與一名俊美的男子並肩緩步而來，態度從容自適。

不知為什麼，一天不見，大家覺得夏芍似乎有所變化，可哪裡變了，沒人說得出來，反正就是覺得跟以前不一樣了。

而俊美男子的身分更令人驚訝，那是在世界財經雜誌上經常出現的人物，大多數風水師想要攀附的金主——安親會的當家，安親集團的掌舵者，龔沐雲。

「幾位大師，叨擾了。龔某並非有意打擾玄門的風水師考核，只是來島上有事，不慎迷了路，又巧遇故人，便由她帶著過來了。莽撞之處，還望幾位大師見諒。」龔沐雲對余九志等人客氣地說道。

眾人都愣住，在玄門裡，誰都知道張氏一脈偏向安親會，卻沒聽說安親會當家跟義字輩弟子是故交。最先反應過來的是張中先，他像是被人踩了尾巴似的跳了起來，咆哮道：「妳這個胡來的臭丫頭！」

夏芍悠哉地站著，龔沐雲也是鳳眸含笑，饒有興味地看著張中先。

張中先見夏芍不跟他解釋，也不安慰他，不由暗罵一聲沒良心的臭丫頭，但心裡罵著，表面上卻將她好生打量，嘴裡咕噥道：「還好，還好，手腳都完好！」

夏芍哭笑不得，這都什麼跟什麼？

「沒事就好！沒事就好！」張中先自言自語，眼圈兒竟有點發紅。

夏芍心裡感動，她相信張老一定知道她去東邊島上了，此時見她回來，竟不問她去做什麼，只一個勁兒慶幸她完好如初地回來。

這時，張中先才看向龔沐雲，感慨道：「龔家小子？真是龔家小子？哎喲，你都長這麼大了，當年看見你還是個毛頭小子啊！」

張中先被余九志等人排擠出香港風水界後就過起半隱世的生活，確實有些年沒見龔沐雲了。當年唐宗伯就跟龔老爺子交好，張中先對龔家人自然多幾分親近，一見龔沐雲就像看見後生晚輩，笑著拍了拍他，「龔老爺子這幾年還好吧？來香港住幾天？去我那裡吃頓飯，我考校考校你的身手進步了沒？哈哈，幾年不見，你都長這麼大了！」

龔沐雲一笑，「張大師，幾年沒見，您老身體可好？」

「好！好！」張中先連連點頭。

張中先跟龔沐雲打著招呼，余九志等人的臉色可不太好。

余九志、王懷、曲志成和冷長老對龔沐雲的突然出現有些意外。這是風水師考核，他出現在這裡怎麼瞧著都有點不搭調，而且也不合適。他說他到島上有事，不慎迷路，那可真是有些湊巧了。該不會是張中先請來給他們這一脈撐腰的吧？

若是平時，余九志定然是要好好問問，但今天他沒這個心情，因為余曲王三脈的弟子還沒有到達，事情有些蹊蹺。

余九志簡單跟龔沐雲點頭打招呼，便沉著臉對曲志成道：「去看看怎麼回事。」

曲志成臉色也好看不到哪裡去，風頭都叫張中先的人搶了，他早就站不住了。聽見余九志的話，當即便要下山。

夏芍卻狀似無意地說道：「日出了，看來我是最後一個到的。咦？張氏一脈的弟子都到齊了，其他三脈的弟子呢？」

「全軍覆沒了。」這個時候也只有溫熚這小子敢不管不顧地接話，完全不將余九志黑沉沉的臉放在眼裡，「妳怎麼來這麼晚？好險，還以為妳來不了了，那個怪道士呢？」

「道長臨時有事，先行離開了。」夏芍隨口解釋，便對龔沐雲道：「真是叫你看笑話了，解個陣，竟鬧到全軍覆沒。玄門有些弟子，真是越發不成器了。」

「好大的口氣！」余九志怒斥一聲。區區一個義字輩弟子，誰給她的膽子議論玄門？

就在這時，余薇等人到了。

「爺爺！」余薇、王洛川和曲峰跑在前頭，三人臉色都不好看，後面還有一堆三家的弟子，有的人甚至灰頭土臉，衣服很髒，異常狼狽。

這些人很明顯是在山下遇到的，然後相互一問才知道出了事。

「爺爺，我們解陣的時候被人作法控制住了，對方修為很高，不止是我們，他們也一樣！」余薇一奔過來便說道。

「什麼？」余九志一聽這話，臉色就變了。

余薇的聲音傳進在場的每一個人的耳朵，冷家和其他門派的一些風水師愣了。

張氏的弟子們卻都嗤笑一聲，趙固哼道：「見過輸不起的，沒見過這麼輸不起的。出局了就是出局了，還編這麼套瞎話出來，真是丟人！」

「你說什麼？」余薇臉色沉冷，她才不屑說謊。原本被人施法控制住就夠丟人了，現在還被人認為是在說謊，簡直就是打她的臉。

「我們真遇見了，子時的時候我們就快從陣中走出來，沒想到被對方用陰氣控制住，我們試著掙脫，但是掙脫不得。對方修為很高，我們在原地被拖到了日出之後，然後上山來的時候碰到了其他人，遇到的情況跟我們一樣。對方有意讓我們無法過關，肯定是這次參加考核的人。」王洛川附和余薇的話。

曲志成和王懷聽了也變臉，趕緊再問其中細節。

「哼！照你們這麼說，對方一個人控制住了你們三脈的弟子？」趙固一臉鄙夷，「撒謊也要有個限度，我們都在陣裡走了一天，這九宮八卦陣少說有五十四道迷門，四周都是山路和迷霧，我在陣裡轉悠了一天，就沒碰到過其他隊伍的人。你們倒是說說看，對方既然是衝著你們來的，到底是怎麼在八卦陣中精準地找到你們，而其他人都沒事的？」

這個問題問到了點子上，連曲志成和王懷都露出懷疑的神色。他們無法做到這麼精準，以陰氣控制整片大陣倒是可以，但那樣的話，所有人都會遭殃，而不是只有三家人出事。

會不會是他們沒破得了陣，覺得無法交代，所以撒了謊？可是自家孫子的本事，他們也是了解的，本身就是佼佼者，再跟余薇一組，沒道理無法出陣。

「信不信是你的事，我相信爺爺自有論斷。」余薇冷聲道。

余九志此時的臉色不比之前自家弟子全軍覆沒的時候好看多少，要知道，被人在暗地裡控制還無法還手，無疑是恥辱。

「這件事有待查實，今天都先回村子裡休息，待我和幾位長老商量後再做決定。」考慮之後，余九志說道。

他這麼一說，有人不幹了。

那些其他門派裡通過的兩隊人一看這場考核有作廢的可能頓時急了，「余大師，你這是什麼意思，能說清楚點嗎？這場考核，我們這些按時到達的人，你總得給個說法吧？」

九宮八卦陣並不好破，走了將近一天一夜才出來，誰也不是閒著沒事玩的。通過的人原本還慶幸，贏了考核，未來三年在業界會名聲大噪，這關係到客戶多少的問題，誰肯相讓？

「就是！我們怎麼說也通過了，在這裡等這麼久了，你們身為評審，也不宣布我們過不過關，反而就記掛著沒過關的人，這不公平吧？傳揚出去，對你們玄門的名聲可不好，以後還有誰來參加風水師考核？」

「不能你們的人沒過關就說事有蹊蹺，你們玄門不是還有弟子通過了？」有人指著冷家的人，更有人指向從山路上又走來的一批出局的人，這裡面也有冷家弟子和一些別的風水師，「不信問問他們，看他們是不是也遇到你們的人說的那種事了？」

被指到的出局的冷家弟子不知道發生了什麼事，他們剛到，表情有些茫然，而這表情正好說明了一切。

有人就怒了，「看見了吧？不是每個在陣中的人都遇到這種蹊蹺事！這麼說的話，是有人針對你們三脈的弟子？那對方到底是怎麼做到不累及無辜，還請余大師給我們解釋解釋！」

「對，而且這場考核算不算數，你一個人說了不算，其他評審呢？都是擺設嗎？幾位大師都給句話聽聽吧！」

趙固冷哼一聲，看向那名風水師，「這位大師，難道你還沒看出來？就算都表態，他們那邊也是大多數。玄門的考核是祖上傳下來的傳統，但是自從我們掌門祖師失蹤之後，門派就被一些人把持，所謂的考核，再沒什麼公平可言了！」

這話說得無異於家醜外揚，余九志等人臉色變了又變，難看至極。

這時候那兩隊過關的風水師裡，走出來一名少女。那少女年紀也不大，十八九歲的模樣，長得嬌小玲瓏，一雙眼睛看人如同兩把亮晃晃的小刀，說話脆生生的，「人數多怎麼了？那也得表態！有本事讓他們幾個老傢伙厚著臉皮說這場比賽作廢，叫我們看看到底誰不要老臉！」

夏芍一聽，差點笑了。她還以為在香港玄門為大，一般的風水師沒有人敢跟玄門作對，就像這一路上，那些非玄門的風水師基本上不出聲一樣，沒想到關鍵時刻還是有膽子大的人。只能說，涉及到各自利益就沒有人肯讓了。

夏芍得感謝這名少女，她把余家、曲家和王家弟子整得全軍覆沒，倒並不僅僅只為看看余九志等人的老臉，她之所以沒動冷家的弟子，就是為了等這一刻。

眼下的情況是個人就會以為是余薇等人聯合說謊，所以夏芍想看看冷長老的態度。

冷家一直是她摸不透的，他們對誰都不遠不近，於她來說，中立或許是明哲保身，也或許是冷長老性子與張中先不同，不願正面與余九志衝突。表面中立，保存實力，暗地裡或許還是支持掌門這一派的。

冷家到底屬於哪一種，夏芍想通過此事摸摸他們的態度。

這次冷家可是憑著正常實力過關的，如果他們能站出來說句公道話還好。要是在這種情況下，仍然不聲不響，那……之後清理門戶，就不需要給冷家面子了。

張中先這一脈的人全數通過，他當然是不會同意這次考核作廢，因此眾人就把目光聚集到了冷長老身上。

余九志的視線釘在冷家人身上。冷家只守著自家那些人，他一直想拉攏冷家，但他們從頭到尾都沒給句準話，今天這事發展到這樣也好，正好也讓他看看冷家人是什麼態度。

冷以欣看向自己的爺爺，冷長老沒想到事情會發展到這個地步，面對張氏弟子和其他風水師期盼的目光，面對余九志那三脈咄咄逼人的眼神，冷長老看看自己這一脈的人，表情沒什麼變，臉上也看不出掙扎的神色，他只是淡淡一嘆，把頭轉去了一邊。

夏芍感覺心一點一點地沉下去……

張中先嘲諷地哼笑一聲，張氏弟子們面露怒色，冷氏弟子似乎習慣了，一個個垂頭不說話，連那三組過關的人也看不出心中所想。

「混帳！」那名女孩子咒罵一聲。

余九志露出笑容，深深看了冷長老一眼。

同樣笑著的還有夏芍，只不過她的笑說不出的意味，帶點冷嘲，帶點心酸，帶點壓抑不住的憤怒，但總歸是化作涼薄如水的笑，轉頭看向身旁的龔沐雲，「你看見了嗎？我真得收回剛才的話。玄門不成器的何止是年輕一輩的弟子，我看有些老骨頭軟了，老樑子歪了，下面的人才越長越不正了。」

龔沐雲見夏芍笑得有些疲憊和無力，忍不住蹙眉，牽起她的手，像是安撫。

這一趟來香港，她放下手上的公司，放下學業，隱瞞父母自己此行的危險，為師父討公道。她隻身一人前來，到頭來能幫她的只有張氏一脈區區十幾人，她怎能不心酸？

「沒事，有些事就像小時候的玩具，就怕半好不壞，不丟留著沒用，想丟又念舊。要是壞得連原本的樣子都看不出來了，那反倒好辦。拿去丟了，再買新的。」

夏芍聽了龔沐雲的比喻，噗哧一聲笑了出來。

「認識你以來，這話最合我心意。」夏芍將手從龔沐雲手裡縮回來，「日出的景色你沒好好看吧？那就看看大戲，下面是清理玩具的時間。」

龔沐雲一笑，眸中略有繾綣之色，握了握剛才握著她的掌心，似要將那柔暖的溫度握住，接著往後退，倚在一棵樹上，一副要看她大鬧天宮的模樣。

兩人你一言我一語把在場的人聽愣了，暗道這女孩子真是膽大妄為！

冷長老目色難辨地看著夏芍。

「妳想幹什麼？」余薇瞇著眼，「區區義字輩弟子，好狂妄的語氣！這裡沒妳……」

「這裡沒妳說話的份！」夏芍打斷余薇，看也不看余薇，只掃視余九志、王懷、曲志成和冷長老，「這裡除了這幾個老傢伙，玄門其他弟子給我退下！想跟我說話，你們還不夠格！」

「妳——」余薇被氣壞了，從小到大沒遇過比她傲氣的人，讓她一時間忘了反應。

「混帳！注意妳說話的語氣！妳說誰是老傢伙？沒規矩！」王洛川一見自己的爺爺被人這麼罵，衝上來道：「玄門我還沒看見這麼狂妄的，妳是什麼輩分的弟子，竟敢這麼說話！妳說誰不夠格？我今天就讓妳看看什麼叫做不夠格！」

曲峰在後頭皺眉，被曲志成暗暗推了一把，他這才跟著王洛川衝過來。

夏芍冷笑，「我說要你們退下，聽不懂人話？既然這樣，換個人跟你們交流。」她說著，高聲喝道：「大黃，給我咬！」

她這一聲喝含著雄渾的內勁，叫在場的人齊齊變了臉色。

張中先大喜，難不成這丫頭……

丘啟強、趙固和海若互看一眼，心中雀躍。其他張氏一脈不知情的弟子都很震驚，溫燁更是張了張嘴，不知要說什麼。

在場的其他風水師也四處張望。什麼？什麼大黃？誰家把狗帶來了？

等感覺到陰煞的波動之時，眾人的表情都僵在了臉上。

一條身上裹著黑氣的金色巨蟒憑空冒了出來，朝王洛川和曲峰直衝出來。兩人猝不及防，腳步釘住，就像看見不可思議的事。身後的王懷和曲志成反應過來，卻已經遲了。

王洛川和曲峰瞬間被黑霧般的陰煞吞噬，那黑霧就像巨蟒般將兩人捲住，在空中一翻，然後拍在了地上。

「洛川！」

「峰兒！」

王懷和曲志成雙眼發紅，飛快上前將兩人搶回來，但王洛川和曲峰已臉色黑青，中了很厲害的陰煞。兩人趕緊幫各自的孫子結印添補元陽，可架不住兩人離得太近，金蟒也沒手下留情，兩人身體抽搐，七竅中流出細細的血絲來。

「混帳！」王懷和曲志成大怒，兩家弟子慌忙退後，目光驚恐地盯著金蟒和夏芍。

溫燁一手掐腰，一手指著夏芍，顫抖道：「她她她真把那條臭蛇給收了！」

張中先覺得血壓開始上升，他還以為夏芍是好心，怕那條蟒再回來禍害村民，跑去除掉它，沒想到她把蟒給收服……這丫頭是怎麼辦到的？

「師父，難不成我們在解陣的時候，從東邊傳來的陰煞波動是……」吳淑看向海若。海若也很震驚，丘啟強和趙固更是說不出話來。中午那邊就有陰煞波動，豈不是說明夏芍中午之前就解陣出去了？他們整整在陣裡轉悠了一天一夜呢！

這差距……

張氏一脈不知情的弟子們只覺得震驚，他們從來不知道自己隊伍裡跟著這麼一位高手。她能收服這條蟒？那她的修為是？煉氣化神頂峰？

丘啟強和趙固互看一眼，眼裡都有驚喜之色。玄門有救了！張氏一脈有救了！

這時，余、曲、王、冷那四脈的弟子盯著半空中目光凶戾的金色巨蟒，心裡忍不住大罵。

媽的！這玩意兒叫大黃？真他媽坑死人不償命！

其他門派的風水師雖然知道這事不會牽扯到自己，還是用小媳婦般的眼神看著夏芍。

這條金蟒哪裡來的？好厲害的陰煞！上午陽氣盛的時候，林子裡竟有冰窖似的溫度。眾人本能地退後了大段距離，調整周身元氣，拉開與金蟒的距離，只遠遠看著。

那條金蟒顯然也很討厭這名字，盤在空中，猶如一團黑沉沉的巨雲壓下來，在眾人還在震驚的時候，垂頭對夏芍吐信子。鬼哭狼嚎的，尖銳刺耳，誰也沒聽清是什麼意思，但這難聽的聲音讓眾人往後退得更遠。

夏芍仰頭看金蟒，用氣死人的語氣說道：「妳好好幹活，我就考慮給妳改名字。」

金蟒巨大的身子在空中翻轉，似乎知道她最討厭的人是余九志，金色瞳眸瞬間放出凶戾光芒，往余九志撲了過去。

余薇還站在余九志身前沒反應過來，她不是第一次見到符使，卻是第一次見到這麼凶戾的，而且這符使並非陰人，而是一條陰靈。

陰靈跟陰人不一樣，有怨念的陰人收服後就可以成為符使。雖然大多數的陰人都不傷人，但也可以尋找養屍地困養起來，養成凶性之後收服驅使。陰人容易尋，陰靈就很少見了。

世間靈智之物與人類比起來少得多，要天生異稟，還要後天在風水極佳的地方長年修煉，開啟靈智，才能稱得上是靈物。本身靈物就很少見了，有也是在名山大川裡，平時難覓蹤跡，死後因怨念化作陰靈的就更稀有了。

別說余薇，就連余九志和玄門四老也是第一次見到陰靈當作符使的，更何況這陰靈還在一名特別不起眼的義字輩弟子手中。

「爺爺！」金蟒撲過來的時候，余薇驚呼後退。她的修為剛進入煉氣化神不久，對付陰靈也不是她的強項。前面有王洛川和曲峰的慘狀，余薇第一次自信心受挫。

余九志不愧是老江湖了，身經百戰，在金蟒呼嘯而來的那一刻就回過神，一把將余薇拉到身後，怒喝道：「混帳！區區陰靈，找死！」

夏芍冷笑一聲，站在原地看他怎麼對付這條「區區陰靈」。

余九志果然只是逞口舌之快，他迎擊謹慎，僅虛空製了一道金符，擊向金蟒的七寸處。

夏芍同樣一道金符打出，襲向余九志的後腦杓。

多年沒人敢對余九志這麼大不敬，余九志大怒，回身便是一掌，將夏芍打出的金符拍碎，但他打向金蟒的那道符被金蟒躲了過去。金蟒對於有人敢動它七寸也是暴怒，周身陰煞大盛，回身就向余九志纏來。

夏芍也上前攻擊余九志。

余薇一見祖父受到兩面夾擊，連忙過去幫忙。她掌心帶著暗勁，直襲夏芍心窩，邊打還邊喊余家、曲家和王家弟子，「你們都是死人嗎？快過來幫忙！」

夏芍目光一冷，不躲不避，竟然正面相迎，胸口貼上余薇掌心。余薇一驚，只覺掌心打中夏芍時暗勁莫名其妙給化了……

這種感覺，她只在跟祖父過招的時候有過，不禁瞪大眼睛。

同時吃驚的還有在遠處圍觀的人，雖然剛才只是那麼一點點，但夏芍在內家拳法上的境界顯然已摸到化勁的門檻。

化勁是內家功夫的一種境界，從明勁到暗勁，再到化勁。

玄門心法四個境界，煉精化氣、煉氣化神、煉神還虛、煉虛合道，玄門弟子從來都是功法和心法互相配合修習，一般心法在煉精化氣境界的弟子，其內家功法通常只在明勁上，也就是純剛之力，而心法到了煉氣化神境界的，憑其領悟力，或許能在內家功法上練至暗勁，也就是一種透勁兒。心法修煉至煉神還虛境界的，功法才能領悟化勁，也就是發力剛柔並濟，見招拆招，至剛則至柔。

可據說已有百年不曾出現過煉虛合道這種境界的高手，能達煉神還虛就已令人望塵莫及，如今的玄門，只有余九志一人是煉神還虛的境界，可他的年紀已經六旬有餘。年輕一輩的弟子像余薇，年僅二十三歲就煉氣化神的已經可以稱為天才。

誰也沒想到，這個前腳放出一條巨蟒陰靈的玄門弟子，竟然是個煉神還虛境界的高手！

她看起來才十七八歲……

連番被震驚和打擊，眾人看夏芍的目光已經像是看妖孽了。

溫燁一腳踹去樹上，「她煉神還虛了……她昨晚還是煉氣化神……」

其他弟子紛紛問自己的師父：「這位小師妹真的是蘇師叔收的？她修為怎麼這麼高？」

張中先只覺得渾身血液直衝頭頂，「這臭丫頭比我老頭兒的修為高了……」

就在這時，夏芍肩膀一振，余薇逼在她胸口的手掌不正常地喀嚓一聲。余薇臉色發白，夏芍抬腳將她踹了出去，「滾！說了妳不夠格！」

余薇身子飛去，還沒撞到樹上，眼前便有一團黑氣襲來。

她的手腕被震斷，再被這團黑氣纏上，臉色瞬間青黑，身體陰冷無比，骨頭都凍麻了，纏上她的是金蟒巨大的身子。

金蟒可沒什麼憐香惜玉的心思，它一心討好無良的主人給它改名字，於是看見被自己捲起來的渺小人類就覺得礙眼，尾巴一甩一拍，余薇就被金蟒從半山腰丟了下去……

玄門年輕一輩的弟子，本來猶豫著要不要來幫忙，見狀全都絕了這個念頭。

余九志兩眼充血，厲聲大叫：「薇兒！」

他邊喊邊一手掐向夏芍，一手虛空製符，還是打向金蟒的七寸。

夏芍同樣不躲不避，正面還擊。

余九志果然不太好對付，他竟然可以一邊虛空製符，對付金蟒，一邊跟夏芍過招。他手似鷹爪，骨節如鋼鐵般粗大，練的是狠厲的拿式，且行拳踏步之間，穩如老樁，收放自如。如果拿他跟張中先比，在基本功方面，張中先是不及他的。

余九志的修為已在煉神還虛，進入化勁境界有些年頭，對於剛剛摸到化勁門檻的夏芍來說，現在跟他對戰還有點早。不過，夏芍就是要跟他過招。她剛摸到化勁境界，怎樣使用這種巧勁兒，需要實戰累積經驗。眼前有現成的對手，為什麼不用？

余九志一邊由金蟒牽制，一邊與夏芍推打。夏芍絕對稱得上令人心驚的好學生，她學習能力驚人，且本身身手就極佳，出手成招，擰裹鑽翻，避正打斜。余九志驚駭地發現，才不過是百來招，她出招用勁已慢慢體會到那麼點循循相生無有窮盡的境界。

余九志越打越心驚，而圍觀的人已經麻木。

學得快就學得快唄，反正一個才十七八歲就煉神還虛的變態，有什麼事幹不出來……

余九志卻知不能再打，這無疑於在教自己的死敵。他借勢往後退去，一腳踏在身旁的樹幹上，虛空製出的符又往金蟒七寸上拍去。

金蟒雖然看起來龐大，實則行動靈活，呼嘯一下便扭腰身閃開，哪知余九志這一招是虛晃，他看準了金蟒迴避的方向，從懷裡拿出一道紙符，跳起來便按向金蟒的七寸。

余九志剛才與夏芍過招時，為了不被金蟒的陰煞所傷，騰出一隻手來對付它，沒少虛空製符，少說打了二三十道，體內元氣消耗過重。他身上帶著紙符，這個時候他有把握能傷到金蟒，因此為了省元氣，用了紙符也在情理之中，但余九志犯了一個重大錯誤。

他此時還不知金蟒就是漁村兩年裡鬧鬼的真凶，那天把這艱巨的任務推給張中先後，他就帶人找屋子住下，金蟒的故事是夏芍問了村裡的老人才知道的。因此，除了張氏一脈的人和無量子，誰也不知道在村子裡晃悠的那個無頭女人就是金蟒。

余九志信心滿滿以為能傷到金蟒，只要傷了這條金蟒，以夏芍剛進入煉神還虛境界的修為，應該還不是他的對手。加上他這邊人多，必然能勝，今天就在此除了張氏一脈。

他這樣想的時候，手已從後頭死角伸到了金蟒的腦袋後方。

眼看就要得手，金蟒的頭忽然一百八十度轉彎，在半空跟身體分離了。

金蟒的頭顱跟身體之間以煞氣相連，見余九志的手近在眼前，二話不說，大嘴一張，直接咬了上去，一團黑霧就將余九志的手給吞了。

余九志的臉色急速青黑，他那條被陰煞裹住的手臂已迅速發黑……

余九志噴出一口血，這時竟然還能將元氣振出來，彈開金蟒。

他翻身落地，迅速在自己的手臂上封上一道符，抬頭看向夏芍，「妳到底是誰？」

夏芍挑眉，負手一笑，「你猜。」

你猜？這怎麼猜？

當初誰也沒注意到這個不起眼的少女，連她是誰的弟子都不知道，只知道她是義字輩，如今誰敢把她當義字輩弟子看待？

絲絲黑氣在他余九志的右半張臉上遊走，但被他肩膀處一道黃符壓制住。他的右臂已黑紫一片，手像嚴重凍傷般，可那不是凍傷，也不是腐爛，而是被陰煞所傷。

中了陰煞之毒，快速逼出來養一段時間就沒事。停留久了，則會損傷經脈，無法復原。唐宗伯的腿多年來一直無法站起來，便是當年被陰煞所傷導致。

夏芍當真給余九志時間猜，時間一分一秒地過去，余九志臉色越來越黑。

他半蹲在地上，以陽元覆在黃符上，壓制陰毒，眼睛則更加陰毒地盯著夏芍，總覺得這丫頭好像在哪裡見過……

余九志想不起來，這麼一張平凡無奇的臉，放在平日，他看也不會多看一眼。這一路上，如果不是前晚這丫頭從族長宅子裡出來，只怕現在他也不會記得隊伍裡有這麼個人。

然而，這丫頭的天賦之高，生平僅見。這丫頭絕不是張氏一脈的弟子，張氏一脈，連張中先都沒有煉神還虛，如何教導得出煉神還虛的弟子？

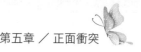

玄門裡除了他，誰還到了煉神還虛的境界？

余九志的眼睛倏然睜大，好一會兒才說道：「妳……妳是……」話說到一半，他忽然向後退去，「玄門弟子聽令，列陣！」
余九志一聲大喝，把眾人驚醒。
玄門弟子們聽見余九志的命令，不敢不從，趕忙呼啦一下散開，當真要結陣。
「誰敢！」夏芍喝斥，瞪向眾人。
眾人本能地停住腳步，齊刷刷看著她。
夏芍指著余九志，質問道：「你們為什麼聽他的命令？」
大夥兒被她問得愣住。掌門失蹤多年，門派以余九志為大，他甚至從玄門四老裡退出來，安排曲長老上位，現在門派裡以他為尊，不聽他的，要聽誰的？
夏芍見眾人一副理所當然的表情，便再指余九志，「他是玄門的掌門嗎？」
眾人又愣。他不是，但他儼然是啊！
夏芍冷笑，「他手上有上師傳承的衣缽嗎？」
這話就像一記響亮的耳光，打得余九志臉色漲紅，連正在救治自家孫子的王懷和曲志成都忍不住抬起頭看向夏芍。
兩人對她恨極，王洛川和曲峰傷得很重，若沒有及時救治，只怕小命要交代在這裡。兩人還在為各自的孫子補陽元，解陰煞之毒，一直無法抽出手教訓夏芍。而冷家雖然默默偏向余九志，但在行動上還是一貫的風格，誰也不支持，遠遠觀戰，這才導致事情發展成這樣。
當然，誰也沒想到夏芍修為這麼高，也沒想到余九志會傷在她手上，更沒想到她會在年輕一輩的弟子們面前問出這句話來。
玄門別說義字輩以下的弟子，就連玄門四老親傳的仁字輩弟子，也有一些不知道當年事情真相的。他們都以為唐宗伯死了，而衣缽這事在余九志面前是禁忌，已多少年沒人提起了。

正經的風水門派都是有衣缽傳承的，就是有一樣信物，作為正統繼承人的身分象徵，這象徵的物件一般情況下會是羅盤。因為羅盤是風水師的工具，也相當於風水師的飯碗。每個師父在退隱或臨終前都會將自己使用了一生的羅盤和祕訣，交託給最喜愛的得意門生。

唐宗伯當年離開的時候，羅盤等物帶在身上，余九志無法竊取，也就無法堂堂正正坐上玄門掌門的位置。這些年來，他表面風光，實則地位尷尬。對於愛臉面的他來說，這是最令他記掛的心頭病。

可余九志是宗字輩，玄門已故掌門當初親傳的兩名弟子之一。唐宗伯不在了，以余九志為大是正常的。加上他修為高，作風嚴厲，漸漸的也就沒人提起這事，誰也不敢觸他的楣頭。

沒想到今天被一個輩分低的年輕弟子提出來了。

「羅盤！祕術！傳承手信！祭禮禱告！江湖前輩的觀禮、慶賀！他有哪一樣？」夏芍冷哼，看向余九志，「他甚至連門派的長老都不是！」

這話再次把眾人震得抬頭，夏芍一眼掃過張中先、王懷、曲志成和冷長老，「玄門長老，張、冷、王、曲！余家？他算哪根蔥！」

曲志成雖然是余九志提拔的，但以玄門的規矩，掌門不在，三名長老一起提名是可以補充長老的。只不過這種長老之位屬於代長老，新掌門繼位後，還是需要再由掌門認可，才能正式成為長老。

曲志成是在余九志還是玄門長老的時候提拔的，有他同意、王懷附和、冷家默認，雖然夏芍不願意承認，但在門規上，曲志成還是代長老。

眾弟子懵了，這麼多年來，還真沒有人從這個角度看待余家。曲志成任代長老的時候，余九志退出來，儼然一副掌門的姿態，執掌門派。

長老們以余九志為先，底下的弟子們自然就跟著聽從，根本沒人從這個角度考慮過。

夏芍這麼一說，還真是這個道理……

連曲志成和王懷都愣住，余九志卻被夏芍氣得險些吐血。

他原本是想要弟子們幫忙佈陣，他好先處理手臂的傷勢，結果夏芍連連怒問，還當著眾弟子和其他門派人的面，每一句打在他的要害上，害得他氣息紊亂，難以靜下心來逼出陰煞。他現在感覺右臂的手筋都在疼，這手上的毒再不逼出來，怕是會廢掉。

夏芍就是想亂他的心緒，「真是亂套了，一個既不是掌門又不是長老的弟子，眾長老都對他唯命是從，玄門的臉都被丟光了！除了張長老，其他長老的腦子都長到哪裡去了？」

王懷和曲志成嘴角一抽，冷長老蹙著眉，唯有張氏一脈的弟子揚眉吐氣。

管夏芍是什麼身分，今天總算是出了一口惡氣。

「在玄門，除了掌門，誰也沒資格用『玄門弟子聽令』這句話。」夏芍掃一眼玄門四老的弟子們，音量陡然提高，「都給我聽好了，他余九志既不是掌門也不是長老，今天誰聽他的命令，我和張長老就記住誰！來日清理門戶，一個不留！」

儘管有人覺得以她的輩分說這話頗怪異，但一時間沒有人敢動。

夏芍笑了笑，對余九志說道：「聽好了，你想找人幫你，請說『余氏一脈弟子聽令』，千萬別僭越。當然，你也可以找其他人幫你，但是請喊一句『余氏一脈附庸』，或者是『狗腿子』，別用玄門弟子這樣的稱呼。」說完，夏芍還做了個請的手勢，「現在你可以找幫手了。」

「……」

四周靜寂，張中先興奮得直跺腳。這丫頭他太喜歡了！哈哈，掌門師兄哪兒挖來的寶？這麼多年了，他就沒見過余九志的臉臭成這樣！

按理說，玄門這些弟子，尤其玄門四老親傳的仁字輩弟子，單打獨鬥不是夏芍的對手，但聯合起來還是很有威脅的。佈陣較量不等同於單打獨鬥，今天自己這邊人少，如果冷家最終也插手的話，他們這邊的人可以說勢單力薄。可今天這丫頭勝就勝在出其不意，連連出大招把人給震住，事情發展到這個地步，實在叫人驚喜。

龔沐雲自夏芍開始與余家人鬥法，便被張氏的弟子們護在後頭，全程倚在樹幹上看著夏芍一手挖一個坑。

有些事可能有人還沒發現，她不主動傷人，傷人也會斟酌下手的力度，基本不會取人性命。王洛川和曲峰雖是王曲兩脈的人，也算是余九志的黨羽，但對夏芍來說，這兩個人的分量還不足以被她放在眼裡。即便要對付，她也會先對付王懷和曲志成，可她修為雖然高於兩人，兩人卻比她有實戰經驗、比她有人多的優勢，因此她不占先機，所以從一開始她就選中修為半調子的王洛川和曲峰。

這兩個人好對付得多，一個照面就被金蟒重傷。兩人是王懷和曲志成的孫子，為了救孫子，王懷和曲志成的戰力從一開始就被牽制住了。之後，她傷余薇，成功令余九志分心。無論是亮出金蟒，還是亮出修為，每一步，她都是計畫好的。

就連剛才罵人也並非表面上取得的這些效果，這些人今天未必能被她策反，但這些話在弟子們心中會埋下什麼樣的種子，實在令人期待。

龔沐雲淺淺一笑，以他對夏芍的了解，她尤愛做一石數鳥的事。今日如此高調，必然還有其他算計。那麼，是什麼呢？

龔沐雲看看張氏弟子興奮的表情，再看看夏芍氣度凜然的背影，目光異常柔和。

此時，余九志的臉色已黑得不能再黑，他盡全力維持著最後的理智，壓制右臂的陰煞毒氣，怒視王懷和曲志成，「別聽她胡言亂語！我死了，你們一個也好不了！」

余九志的話令王懷和曲志成警醒，他們早就是一條船上的人了。

曲志成看著孫子臉上的黑氣緩解了些，轉頭對夏芍冷笑，「那妳呢？余大師是宗字輩，妳呢？妳以什麼身分什麼名義說這番大道理？」

「這是大道理？我以為這是剛入門的弟子應該知道的基本道理。」夏芍氣定神閒，就是不亮出自己的身分，「我區區一介義字輩弟子都懂的事，代長老不懂？」

眾人忍不住翻了白眼。

年紀輕輕就有煉神還虛的修為，還有陰靈符使，誰相信她只是普通的義字輩弟子？

王懷和曲志成互望一眼，他們不是沒想過那個可能，但是不知道為什麼，只要一往那上頭想，就心頭發冷。

「還愣著幹什麼？佈陣，給我護持！」余九志臉色難看地喝道。

王懷和曲志成根本就撒不開手，想幫忙也力不從心，只得看向自己這一脈的弟子，說道：「佈陣護持！」

一聽兩人的命令，遠處圍觀的風水師們挑眉——那些弟子會聽令嗎？

果然，那些人你看看我，我看看你，一時間還真不知道該不該動。

王懷和曲志成一驚，這怎麼回事？還真被說動了？

余九志險些一口血噴出來，罵道：「沒用的東西！你們兩個來，把他們兩個交給別人！」

這麼一說，王懷和曲志成反應過來。他們兩個人跟余九志有直接關係，這少女要真是他們想像的那個身分，今天留她不得，必須處理掉。於是，兩人雙雙在孫子的心脈上下符，將陰煞之毒又逼出去一些，看著孫子臉上只剩下淡淡的青氣，這才說道：「給他們護持著！」

旁邊的弟子這才沒有猶豫地應下。

見王懷和曲志成站起來，張中先怒喝：「二對一，欺負小輩，你們兩個不要老臉的東西，當我老頭子死了不成！」

張中先插手，對上曲志成。夏芍冷笑一聲，目光掃向兩家弟子的方向，對準王洛川和曲峰躺著的地方揮手，喝道：「去！」

金蟒會意，當空掃著陰煞壓下。曲志成和王懷霍然回頭，臉色大變。

護在王洛川和曲峰身前的，多是玄門四老親傳的仁字輩弟子，他們前方是義字輩弟子，兩幫人各站八卦方位，有點像是要裡三層外三層結陣的意思，這陣要是成形還是有威力的。夏芍自然不給他們結陣的機會，小手一揮，金蟒就衝著最薄弱的地方而去。

大夥兒見夏芍的符使來了，頓時一片混亂。余九志都被傷到了，誰敢跟這金蟒正面鬥法？在金蟒巨大的身子呼嘯而來的瞬間，大家的身體先於理智，紛紛選擇躲避。

這一躲，陣形便被煞氣撞出一個空位，本來就沒來得及成形的陣，霎時散了。有四五人被金蟒撂倒，中了陰煞之毒，倒在地上不能再動。

金蟒尾巴一繞，輕鬆打劫到王洛川和曲峰，接著帶去空中，啪啪砸向張氏弟子那邊。丘啟強和趙固幾個人眼睛一亮，帶著人圍上，把兩人劫持當作人質。

「洛川！」

「峰兒！」

「你們想幹什麼？放開我孫子！」

王懷和曲志成這回真是殺了夏芍的心都有了，但這時候不敢再動手。余九志本打算趁著兩人跟夏芍過招的時候，騰出時間逼毒，現在一看，是指望不上他們兩個了，便叫自己這一脈的弟子幫自己護持。

余家弟子也沒辦法，誰叫他們是余九志這一脈的呢？於是站去他身前，擺出陣法來想把他護持在中間，哪知陣剛擺出來，余九志霍然從地上彈起，翻身從山坡一側下去了。

一群人站著的地方是靠近山頂的空地，余九志退去的方向正好在比較緩的一處坡地旁，但高度也不低，誰也沒想到他會冒險從山上翻下去，一切來得太突然，連余氏一脈的弟子也沒想到他會獨自逃走，所有人都愣住。

唯一反應過來的是夏芍，她抬手製了一道符，打偏在一名弟子身上。金蟒從高空追了過去，在余九志翻下山的瞬間，金蟒差一點就撞在他背上的時候，那裡有道金光透了出來。

金蟒一看那金光，本能往後退。

余九志已翻下山，夏芍對金蟒喝一聲：「回來！」

那東西雖然不知道是什麼，但明顯是法器，應該是余九志關鍵時刻保命用的。夏芍不會讓金蟒做太危險的事，畢竟帶著它出來遛遛，並不是為了讓它給她賣命，她還想帶著它修行，有一天帶它去昆侖，希望它能修成正果。

金蟒很鬱悶，回來的時候把氣都撒在余氏一脈的弟子身上，呼嘯著就撲過去。那些弟子一看不好，也冒險從山頂翻了下去。

「想走？沒那麼容易！」趙固性子最急，頓時就要追，被丘啟強拉住，對他搖了搖頭。

追也沒用，他們現在劫持了王懷和曲志成的孫子，兩人勢必跟他們拚命。王家和曲家的弟子雖然之前被夏芍說得動搖，但他們畢竟長年跟著王懷和曲志成，兩人要是發起火，命令弟子奪回王洛川和曲峰，那些弟子還是會聽令的。到時候追上余家的人，無異於讓他們三脈再合成一股，局勢還是對自己這一方不利。

有人質在，來日方長。

丘啟強是這樣想的，他感覺夏芍應該也是這樣決定的，卻沒想到她竟然說道：「追！」

張中先、丘啟強等人一愣，但夏芍經過剛才那場大戰，樹立了莫名的威望，她這麼一說，大夥兒想也不想，對她一呼百應，「哪裡跑？追！追！」

於是，夏芍和金蟒在前，一票人跟著下山了。

丘啟強看得嘴角一抽，張中先都沒辦法，龔沐雲笑笑，一行人也跟在夏芍身後下山。

王懷和曲志成不幹了，他們也揮手對自家弟子道：「把洛川和峰兒搶回來！」

王洛川和曲峰是自己人，跟余家的人不一樣，兩脈的弟子果然應了，追著夏芍等人而去。

一會兒的功夫，玄門的人只剩下冷家人還在原地，其他人都走光了……

其他門派的風水師也呆立著，不知過了多久，才有人跟著下山查看情況。

那些風水師追下山的時候，前方一片陰煞之氣鋪天蓋地般，像是要把半邊天都遮住。這大手筆看得人心頭一驚。這陰煞之氣很熟悉，明顯是那條金蟒的。
顯然那名少女在前頭用金蟒的煞氣為引，大面積鋪開，想要阻止王家和曲家人的腳步，但兩家人多，列陣前行，一道道金符打向陰煞，雖沒趕上張氏的人，但也沒太被牽制住行動。
張氏一脈的弟子此時也不知道夏芍在想什麼，她嘴上說追余家的人，下了山才知道，她是帶著他們往海邊走，壓根兒就不是去追余家人。
他們當然不知道，夏芍原本就是想帶他們撤退的，但是說撤退太傷士氣，聽起來像是打不過要跑似的，因此她玩了個文字遊戲，說了句「追」，弟子們便呼嘯著跟著她下山。一路上跑得飛快，到了海邊的時候，才剛剛正午。
海邊停著一艘快艇，是夏芍和龔沐雲來時的那艘。這個時候，夏芍覺得把龔沐雲帶去島上還算是正確的決定，他若是那時候走了，這時就沒船了。
龔沐雲來的時候乘著好幾艘快艇，一艘上十來個人，還很寬敞，張氏一脈這邊十來個人，龔沐雲帶著三個人，一群人上船去。雖然略擠，但還能站得住腳。
快艇迅速駛離岸邊，夏芍對著遠處趕來的曲志成和王懷揮手作別，氣得兩人原地直跳腳。
漁村小島鬧鬼兩年了，平時沒有大船來，他們這回來島上預計一個星期，租了艘遊輪來，並約好一週後的午後再來接人。今天才第三天，哪裡來的船？
其他人就這麼被困在島上，夏芍則帶著自己人先行離開了。
直到快艇駛出老遠，才爆發出一陣熱烈的歡呼聲。
如果不是在快艇上，估計夏芍早被大家舉起來拋高，但即使沒把她舉起來，她也被義字輩的弟子圍起來了。眾人興奮激動，甚至帶點狂熱，問題像豆子般倒出。

「師妹，妳真的是蘇師叔的弟子？」
「師妹，妳修為怎麼這麼高？」
「師妹，那條陰靈是妳收服的嗎？我們在破陣時有人在東邊作法，是不是妳在那邊？」
「那時候才中午，妳怎麼這麼快就從陣中出去了？我們轉了一天一夜呢！」
夏芍一抬頭，這才發現金蟒還在頭頂飄著，忘了收回塔裡。她拿出塔來，想把它收回去，沒想到塔一拿出來，金蟒便一陣鬼哭狼嚎。
夏芍嫌吵，其他人也嫌吵，但只有夏芍聽明白它在嚎什麼。原來這貨是在邀功，要夏芍兌現改名字的承諾。喊了一陣，見大家不理它，於是怒了，這才發出點噪音來。
夏芍笑了，「妳事情做得好，狗也沒妳敬業，叫大黃就很好。」
眾弟子：「……」
金蟒：「……」
龔沐雲噗哧一聲，眼含笑意。
夏芍很無良地把呆住的金蟒收進塔裡。
金蟒一收進去，眾人便看見夏芍手中的金玉玲瓏塔，頓時眼睛發亮，「好厲害的法器！」
張中先被弟子們擠在後頭，這時候才踢開幾個擠了進來，一看之下，臉色微變，「金玉玲瓏塔？這東西怎麼到了妳手上？」
夏芍愣住，「張老，您見過這塔？」
「見過。我早些年跟掌門師兄去內地的時候，有一次遇到鬼谷派的高人，有幸見過一次這塔。這塔是鬼谷先師的法器，他們一脈的祕傳，收靈性之物很是厲害，怎麼在妳手上？」

「鬼谷派？」這個門派夏芍聽師父說過，開山祖師鬼谷子乃是戰國時期楚國人，擅長養生和天地陰陽之道。與玄門一樣是頗古老的門派，但他們門派的人很少，據說只有兩三人了，而且他們門派的人都是不世出的高人，尋常不出山。難不成，無量子是鬼谷派的傳人？

「怪不得。」這回夏芍倒是對無量子年紀輕輕就能一隻腳踏進煉虛合道的境界不怎麼納罕了。他天賦好，又是古老門派出身，倒比其他人容易修得正果。

「怎麼回事？」張中先忙問道。

夏芍這才把去東邊島上收服金蟒的遭遇一說，著重講了無量子的修為和金蟒的故事。吳可聽得眼圈都紅了，「這對金蟒太可憐了，這麼多年了還不得相見，它們能再見嗎？」

吳淑道：「問世間情為何物……這年頭，人都不如靈物有情。」

「靈物很多時候比人來得更純粹，沒有那麼多複雜的心思，如果一心一意修煉，其實比人能容易成正果。」海若開導兩名弟子，看了夏芍掌心一眼，嘆道：「只當是一劫，願它們最終能相見成雙吧。」

溫燁卻是哼道：「切！那個臭道士原來是鬼谷派的傳人！門派傳承的法器這麼就給了別人，這人果然很怪！」

夏芍拍了下他的後腦杓，「你懂什麼？在你眼裡這是法器，在他眼裡這許就是緣法，是身外之物。你啊，境界差得遠了。好好練練心性，看你天賦不錯，還指望你哪天煉虛合道呢！」

有弟子笑了，「小燁煉虛合道？可別！那不成了天天嘴上掛著大道的一本正經的小老頭了？想想就不習慣，還是現在好！」

張中先一腳踹過去，「混帳！一點上進心都沒有！」

溫燁瞪著夏芍，「別以為妳修為比我高，就教訓起師兄來了，我可是妳師兄！」

夏芍懶得理他，眾人注意力又轉了回來，「師妹，妳真是蘇師叔的弟子嗎？」

「是不是有什麼要緊？」夏芍笑笑，「不管我是誰的弟子，我都是玄門的弟子。我跟你們一樣，這難道不夠嗎？非要分是哪一脈的，是誰的，有這必要嗎？」

眾人一聽都愣了，覺得這話聽著有些道理。

張中先哼了哼，開始跟夏芍算帳，「妳個膽大包天的臭丫頭，自己跑去島上收陰靈，回來還鬧了這麼一齣，妳是不把我鬧到心臟病發不算啊！妳說說看，他們幾個都過關了是怎麼回事？他們的修為我清楚，老大不擅長破陣。老二天賦是有，但性子急，走不出來他會心急。只有老三沉穩，溫燁這小子對天地之氣感應靈敏，我原本算計著，只有他們兩組能按時走出來，結果都過了。妳說，是不是妳搞的花樣？還有，妳不像是魯莽的，今天怎麼跟余九志對幹了？」

夏芍笑了笑，果然還是張老敏銳。

「沒錯，是我使了點小手段，讓他們三家全軍覆沒。」

這話一出口，大家震驚了，「怎麼辦到的？怎麼可能那麼精準地選上他們三脈的弟子？那時候師妹也在九宮八卦陣裡吧？妳看不見他們的位置，怎麼控制他們的？」

夏芍不肯多言，話題轉開，「這件事日後再說，先說說余九志的事。他不知道怎麼修煉出了天眼，但只能開三回，我已經騙他開過第二回，還剩一回。」

夏芍知道今天沒辦法清理門戶，她是故意讓余九志驚上一驚，以他的性子，必然會懷疑她的身分，說不定還能讓她再開一次天眼。不管怎麼說，早早用掉為好，她可不想鬥法的關鍵時刻，被人用天眼窺看預知。

余九志修煉出天眼的事讓眾人震驚，但讓夏芍沒想到的是，這件事張中先竟有些頭緒。他這些年被余九志打壓得不輕，心裡憋了口氣，為了對付余九志，他陰人都困養了，也查了不少歪門邪道的東西。只是邪道的東西，通常代價都很大，而且一些資料是斷章取義，有些失傳了。關於開天眼，張中先有印象在哪裡看過。

「我記得有些邪派的術法，好像是東南亞那邊的。具體我當時看了眼，本來想修煉出來找找掌門師兄在哪裡，後來一想，也沒那麼簡單。掌門師兄人不在這裡，也不知道他具體的方位，而且開一次天眼元氣消耗很大，也不一定有結果。我記得條件很苛刻，我修為也不夠。當時我覺得不實用就不知道丟到什麼地方了。反正在我那裡，我回去找找看。」

聽張中先這麼一說，夏芍點頭。能找出來最好，說不定能知道余九志的命門在哪裡。

一船的人在傍晚時回到香港，齊老和郝戰受了傷，不知被送去哪裡救治，龔沐雲被一輛林肯車接走。走的時候表明他會在香港待一段時間，到時再找夏芍。

夏芍有龔沐雲的私人號碼，點頭就跟他揮手告別了。

當初去漁村小島，夏芍跟李家請了一星期的假，現在才過三天。她打算跟張中先回張家小樓，趁著這幾天余九志和玄門那幾個老傢伙被困住島上，在香港的風水界搞搞風雨。等他們回來，給他們鬧個天翻地覆，然後迎接下個月師父和師兄的到來。

決定之後，夏芍打電話給莫非。雖然她用天眼預知過了，但畢竟答應李伯元要保證李卿宇的安全，出於責任心，夏芍覺得應該打電話詢問一下這幾天的情況。

莫非接到夏芍的電話，聽她詢問李卿宇的狀況，只簡短答道：「他沒事。具體情況，明晚十一點，維多利亞港灣飯店，三〇三號房，見面再說。」

香港的維多利亞港灣飯店坐落於尖東傍海，附近聚集各大名店及娛樂場所，面向維多利亞港，風景美不勝收。

十月初的香港白天仍熱得像盛夏，晚上稍涼爽。晚上十一點，一輛計程車停在飯店門口，一名身穿白色長裙的少女從車上下來，踏進飯店氣派的大廳。

服務生上前問道：「請問您有預約嗎？」

「有，三〇三號房。」

服務生恭敬地做了個請的手勢，「三〇三號房是我們的豪華海景套房，請往這邊走。」

豪華海景套房？

夏芍跟著服務生進電梯，略感疑惑。莫非約她見面報告李卿宇的事，選飯店見面倒沒什麼，怎麼還訂了海景套房？一般來說，見面談公事，多是預約行政套房，而且李卿宇這些事在電話裡說也可以，反正她早就知道沒什麼要緊事。

瞥見服務生在電梯裡按下的樓層號時，夏芍微微一愣，隨即笑了。

這飯店挺有意思，她還以為三〇三號房該是在三樓的，沒想到這間飯店反其道而行，從頂樓開始往下數，服務生按在了從頂樓數往下三層的樓層，怪不得會說房間是海景套房，視野果然是開闊的。

夏芍更疑惑了，莫非不像是那種談公事還講究情調的女子，怎麼訂了這麼個套房？

出了電梯，夏芍攔住服務生，「告訴我三〇三號房在哪裡就可以了，我自己過去。」

服務生指了個方向，「右轉，左手邊從裡面數來第三個房間，走廊上有房號指示。」

夏芍微笑點頭，服務生走後，她站著沒動，開了天眼。

這一看，她愣住了。

此時她至少能看見大半座港城，她試著看向視線極遠處的一棟大樓，注目凝視，大樓裡的情形竟然真的在眼前展開。裡面的一桌一椅，甚至連值班的保全都看得清清楚楚。

夏芍又試了其他地方，遊樂場、娛樂場所、百貨公司，都是如此。接著，將目光由遠處收了回來，專注地看向這一層飯店房間內的情景。

這一層都是豪華套房，面向維多利亞港，套房內的落地窗呈半弧形，能看見深夜的霓虹燈和被燈火映成暗藍的天空。這時是晚上十一點，年輕人的夜生活才正要開始。房間裡有人在落地窗前眺望港邊風景，有人在房間裡聽音樂跳舞，還有已經在床上翻滾的。

在所有面向港灣的套房裡，只有一間的燈沒開，便是三〇三號房。

夏芍蹙眉，她敢保證房裡的人一定不是莫非。

夏芍能想像出，如果莫非在，她的坐姿一定是端正的，猶如接受過嚴格訓練的軍人。即便等的人遲到了，她也不會露出不耐煩的臉色，但她會盯著牆上的鐘，查看四周情況，而且房間裡的燈不會是全關上的。

夏芍確定房間裡有人，如果沒有人，窗簾是誰拉上的？

她從來沒感覺到這樣一種危險，明明是她在用天眼窺看房間，卻有一種反被暗處的目光盯上的錯覺，她的後背竟起了涼意。目光一變，她果斷地閃躲在電梯對面的轉角處。

她的天眼並未收回，依舊看著黑暗的房間。剛才用天眼望向那房間的瞬間，她就感覺對方好像察覺到了，並迅速隱匿起來。

這讓夏芍心裡咯噔一聲，昨晚她開天眼，連余九志和玄門四老都沒有發現，不知房裡那人是怎麼感覺出來的。唯一可以確定的是，對方的感官超乎常人的敏銳，這個人還可能是同行。

是誰？莫非訂的房間裡，怎麼會有這樣一名高手在？

夏芍沒時間琢磨，對她來說，浪費這些時間不如直接用天眼找尋。是敵是友，一看便知。

於是，她集中精神，凝視房間，想找出這個人藏在哪裡。就在這時，一道黑影從吧臺後的酒櫃一側現身，速度奇快，轉過吧臺，退進沙發後的黑暗裡，然後繞過掛著油畫的牆面，兩步就到了門後。

屋裡一片漆黑，夏芍只能看出對方是個男人。他的動作迅捷，她只來得及看出男人的輪廓，還沒細看，對方便已開門來到走廊的一個大型盆栽後方，甚至手裡多了個東西，急速攀上他的右臂，散發出陰冷的煞氣。

夏芍愣住。

在對方開門的瞬間，走廊上柔和的燈光照映出他的輪廓，她的心臟開始劇烈跳動。

她不會看錯，也不會感覺錯。

男人散發出來的陰煞氣息裡，她明顯能感覺到屬於她的元氣，那是……

將軍！

夏芍傻愣愣地走了出來，站在走廊中間，心臟撲通撲通跳著。

對方現身的時候，她的眼睛瞬間紅了。

第六章　師徒重聚

夏芍與徐天胤兩個月沒見面，她時常在深夜撥打他的電話，在夜深人靜的時候，哪怕不說話，只是聽著彼此的呼吸聲，便覺得心安。

原本說好了三個月再見，她覺得分離的日子不長，也覺得自己不是只生活在愛情裡的人。她要做的事很多，尋找傷害李卿宇的元凶，潛伏在香港，伺機接觸玄門的人，攪動風雨……

兩個月來，她比自己想像中做的事還多，她過得很充實，總覺得時間不夠用，沒時間去想自己的私事。比如父母，比如師父，比如……徐天胤。

直到此時此刻，看到他突然出現，她才發現，有一些思念只是被她壓在心底，不允許多想，也沒時間多想。如今突然相見，心底的思念猛然湧出，幾乎將她吞沒。

她站在原地，紅著眼睛，微笑看著對方。

臉上戴著的易容面具，不是原本那張眼部的面具，而是她後來又找莫非要過一回的整張臉的面具。徐天胤卻大步走過來，毫不猶豫地張開雙臂，緊緊擁抱住她。

夏芍閉上眼，輕輕一嗅。她總算明白他為什麼總喜歡在她髮間深嗅，原來這種熟悉的味道可以安撫躁動的情緒，比千言萬語都管用。熟悉的氣息，一切盡在不言中。

她伸出手環抱他的腰，感覺著黑色襯衫下的熱度，在他胸膛上蹭了蹭，喚道：「師兄。」

「嗯。」徐天胤一貫簡潔，聲音卻透過胸膛傳進她耳中，熨燙著她的心。

「師兄。」不知道說什麼，夏芍又輕聲喚道。

「嗯。」過了一會兒，徐天胤才又答了一遍，但身上的溫度比剛才還熱，抱她抱得更緊。

夏芍笑了起來，她可不想玩這種你喚我答的遊戲。她知道現在她應該問的事有很多，比如他怎麼在這裡？什麼時候到的？師父呢？

但也不知為什麼，她一張口不是這些，環著他腰身的手縮回來，戳戳他的腰，「你也敢抱？你就不怕抱錯？萬一錯抱了別人怎麼辦？」

徐天胤的回答是手臂收得更緊，將她禁錮在懷裡。

夏芍翹起嘴唇，笑得眼睛彎彎的。

從電梯裡走出來一對年輕男女，見到兩人相擁，呆了呆，接著趕緊走開。走到遠處，聽見男子咳了咳，女子不依不饒，「你同不同意？不同意就給我去外頭大街上抱！」女子小聲道：「我也想要這樣，要不，一會兒我們出來抱一下？」

夏芍聽著這對情侶的話，笑了笑，臉蛋微紅地推了推徐天胤。雖然不想分開，但確實是有正事要問，「師兄怎麼來了？什麼時候到的？師父呢？」

「來了。」徐天胤手臂略鬆，很明顯還不想放開她。

夏芍一愣，「師父也來了？」她剛才開天眼的時候怎麼沒看見？

「在哪個房間？」夏芍問道，又推推他。

「對面。」徐天胤又放開一點，但想了想，再次收緊，把臉埋在她頸窩，深深嗅了嗅，然後才戀戀不捨地放開她，大手將她的小手包覆在掌心，這才說道：「走。」

夏芍笑著點頭，剛剛平靜下來的心跳又有些加快。

師父也來了！

唐宗伯的房間在對面，夏芍剛才開天眼看的是面朝她一方的，唐宗伯的房間在背朝她的一面，自然不在她的視野範圍內。

唐宗伯還沒睡，徐天胤帶夏芍進來時，他正坐著輪椅，背對房門，靜靜地望著維多利亞港灣的風光。這個房間也能看見海港風景，只不過視野不同，除了海港，還能看見城市夜景。

「師父？」夏芍喚了一聲。

唐宗伯對她的到來一點也不意外，他甚至笑看了徐天胤和夏芍一眼，像是知道夏芍已經到了一會兒，而兩人在外面逗留過似的。

這不難理解，不管唐宗伯能不能感覺到有人開天眼，徐天胤帶著將軍到走廊上時的陰煞波動，他必然能感覺到。他之所以沒出去看，是因為將軍的陰煞之氣片刻就收斂，他是知道自己這弟子的實力，既然沒有打鬥的情況，又是他自己收斂了陰煞，那必然是遇到熟人了。

在香港他有什麼熟人？

不就是小芍子這丫頭唄！

兩個月沒見到師父，夏芍自然是想念。除了想念，還有更多更複雜的情緒。唐宗伯年幼入玄門，從小在香港長大，年輕時代闖蕩華爾街、澳門、東南亞各地，打下了第一風水大師的名號，經歷之豐之奇，難以表述。

對他來說，除了在內地的祖籍，香港就是他的故鄉，他對這裡最為熟悉，這裡承載著他中年時期名聲最盛的歲月。他在這裡執掌玄門，他的妻子在這裡離開人世……人生中最鼎盛、最痛苦的事都在這裡經歷。這個地方對他來說，充滿了歲月的回憶。

夏芍無法完全體會師父再見故鄉的心，她只是這樣想著便覺得心裡難受。因此，她一進門便開起了玩笑。接著，習慣性地蹲在唐宗伯輪椅旁跟他說話，只是一開口就告狀，「師父，師兄剛才欺負我，將軍都拿出來了，您老人家就沒感覺到？也不出來幫幫我！」

唐宗伯瞪夏芍一眼，「我可沒看見妳師兄欺負妳，我只看見妳胡亂告妳師兄的狀。」

夏芍聳肩，「好吧，我就知道，果然女娃娃比不上男娃娃，我就是師父用一個玉葫蘆騙回來湊數的，師兄才是師父想收的弟子。」

唐宗伯一聽這話便愣了，隨後回過神來，哈哈大笑，「誰告訴妳的？是不是妳張師叔？他怎麼連這事都說？哎呀，那都是以前的玩笑話了！」

夏芍見唐宗伯思緒轉開，這才笑道：「張師叔說的可多了，我聽了一晚都沒聽他絮叨完，估計您跟他見了面，我還有好多故事聽呢！」

「妳個丫頭，小時候就講故事給妳聽，都這麼大了還愛聽！」唐宗伯搖頭笑了笑，笑容感慨，「妳張師叔還好吧？」

「情況我跟師兄說了，師兄沒告訴您嗎？」夏芍明知故問。她早在見到張中先的那天凌晨就打電話給徐天胤。他肯定是會告訴師父的，但是以他的性子，自然說得簡潔有力。

「妳師兄哪會轉達？我就得了個消息，具體情況不清楚，妳跟我說說。」唐宗伯道。

夏芍繼續打趣：「現在您老人家知道女娃娃比男娃娃好在哪裡了吧？您要是答應我，以後我告狀的時候，您幫著我，我就告訴您香港這邊的情況。」

唐宗伯大笑，笑完又吹鬍子瞪眼，「妳個混丫頭，竟然拿捏起師父來了！就知道拿妳師父跟師兄尋開心，沒個正形兒！」

「在您跟前，要什麼正形兒？」夏芍笑道。只要能哄師父開心，她不介意耍寶。

唐宗伯見徐天胤正在倒茶，拍拍夏芍道：「去那邊坐著說，別蹲著了，也不嫌累得慌。」

夏芍起身，推著唐宗伯去沙發旁，端了杯茶給他，這才坐到對面。

徐天胤坐在唐宗伯身旁隨時服侍，夏芍卻沒先說張中先的情況，而是問道：「師父、師兄，你們怎麼這麼早就來了？」

當初說好十一月，這才十月初，提早了一個月呢！

「師兄軍區的事處理好了？」

徐天胤點頭，唐宗伯卻瞪了夏芍一眼。

「還不是因為妳這丫頭胡來，一個人也敢收那條金蟒！我跟妳師兄要是再不來，就要被妳嚇出心臟病來了！」

夏芍咬唇，這事兒她下船上了岸就打電話跟徐天胤說過了。她在島上動用龍鱗，從中午一直持續到晚上，時間這麼久，他必會擔心。

只是沒想到，師父和師兄是因為這件事緊急來港的。

「師兄，軍區的事真的處理好了？」夏芍再問徐天胤。她是知道他的，她就怕他為了她的安危，不顧軍區的事，貿然前來。她不在乎他的軍銜、他的地位，但她在乎他辛苦得來的一切，不想為了她而付諸東流。

徐天胤見她擔憂，眼神柔和，難得解釋道：「嗯，休假，調換了一個月。」

「放心吧，不處理好軍區的事，師父也不會讓他來。」唐宗伯在一旁說道：「妳師兄原本是休假到年關，但是突然決定提前一個月來，他年前那個月就得回軍區，今年過年要忙了。」

夏芍心裡感動。為了提前一個月來，他犧牲過年的假期……

「我跟妳師兄其實也是算計著風水師考核這件事來的。」唐宗伯的話讓夏芍愣了愣。

原來離開了十多年，唐宗伯也忘了今年有風水師考核。聽到夏芍的消息後，一聽說余九志和玄門四老要離開香港，前往漁村小島的時候，唐宗伯和徐天胤便臨時決定趁此機會來香港。

這個時候，玄門主要的人都離開香港，這時候過來，暴露機率最小，也最容易藏身。

只是原本定下來的時間是三天後，沒想到夏芍前天在島上鬧出那麼大的動靜，徐天胤這兩日一直沒睡，沒日沒夜將事情辦完，今晚九點多才跟唐宗伯到達香港。

徐天胤來港的事，莫非是知道的，她給夏芍的飯店和房間號碼是徐天胤的……

夏芍微微瞇眼，看向徐天胤。他還學會搞突然襲擊了，還學會找幫手了！

徐天胤默默盯著她看，似是怕她生氣，向前傾了傾身子。

兩個年輕人的目光交流被唐宗伯看在眼裡，他突然一笑，打了個哈欠，「唉，老了，精神不濟了。本來還想聽聽小芍子說說這兩個月的事，看來一晚也說不完。罷了罷了，明天再說。」

夏芍和徐天胤呆了呆，見唐宗伯轉著輪椅往床的方向而去，「你們兩個年輕人別聊太晚，明天得去見見妳張師叔。」

如果不是戴著易容面具，夏芍的臉一定爆紅。

她不傻，師父這話是什麼意思，她不是聽不出來。

徐天胤將唐宗伯送去浴室，待他洗漱過後才將他推回床邊，幫他安置到床上。

向師父道過晚安，夏芍便紅著臉退出房間，走的時候還看見師父擺手，「走吧走吧，再去開個房間，今天太晚了，小芍就在飯店住下，明天一起去妳張師叔那裡。」

那句再開個房間的話，無異於此地無銀三百兩，讓夏芍耳根都紅了。

一出房間，夏芍還以為某人會狼性大發，沒想到徐天胤只是牽著她的手，帶她回自己的房間，然後開了燈，轉進吧臺。

夏芍狐疑地跟過去，只見徐天胤從吧臺後面拿了一束包好的花遞給她。

夏芍心裡一暖。這男人向來不懂浪漫，這大概是他費勁腦汁想出來的，沒想到她在進飯店之後就發現了些蛛絲馬跡，然後開天眼窺探。徐天胤的感知異於常人敏銳，察覺到異樣後，循著方向追查出來，這才讓今夜浪漫的見面泡湯了。

如果她沒開天眼，或許今夜便會在敲門進來後發現一個大大的驚喜吧？

夏芍柔柔一笑，其實她不太看重這些，有或者沒有，今晚她都驚喜到了。見到他，才是最大的驚喜。以什麼樣的方式，在什麼樣的氣氛裡，並不重要。

徐天胤見夏芍發呆，又把花往前推，緊緊凝視著她。

夏芍發現他有點小心翼翼的，不由笑了出來，難不成他是怕她因為今晚謊騙她來而生氣，所以才忍著沒狼性大發，反而把花拿出來先討她歡心？

夏芍看著手上的花，忽然有點糾結。

玫瑰和百合！

居然又是玫瑰和百合！

這裡不是青市，是香港，怎麼還是這束？怎麼還是百合在中，四周是玫瑰的組合？所有花店的員工只會包這樣式嗎？還是說……

「師兄，」夏芍捧著花，忍著笑，問道：「這花你在哪裡訂的？」

「附近的花店。」

「然後？花店有現成的這樣一束花？」

「沒有。」男人不知道她為什麼這麼問，但還是老實答。

「那怎麼還是玫瑰和百合的呢？」夏芍好脾氣地看著他。花店沒有現成的花束，她就不信花店店員能包出跟青市一模一樣的組合來，連數量都一樣。

徐天胤看看夏芍，再看看花，「我要求的。」

「你為什麼這麼要求？」

徐天胤愣了好一會兒，一副似乎自己做錯了什麼似的，最終還是道出初衷：「妳喜歡。」

「……」噗！好呆！

夏芍對這個答案一點都不意外，但她還是忍不住笑了。她抱著花蹲在地上，笑得肚子疼，並且預見以後她可能不管走到哪裡，都是收到這麼一束花的命運。

「不喜歡？」徐天胤不理解。師妹在笑，像是喜歡，可為什麼他覺得奇怪？

「喜歡，很喜歡！」夏芍看了看胸前的花，目光變柔。她只是想弄清楚心中的疑惑罷了，至於是什麼樣的花，她一點都不介意。

如果有一個男人能一輩子堅持送她這樣一束花，她也應該感激。

嗅了嗅花束，夏芍笑道：「師兄，謝謝你。以後就送這束吧，我喜歡。」

徐天胤對她情緒轉變之快不太適應，但見她表情認真，他這才應了一聲，放鬆下來。

幫她把花束放到桌上，回來的時候，夏芍感覺到徐天胤的氣息漸漸變了……

兩個月的思念擔憂，訴不清的日思夜想，慢慢融化在迫切索取的糾纏裡。

兩人在吧臺旁擁吻，他思念極了她，在吻上她的唇的那一刻，他的氣息變得粗重，大手緊緊箍著她的後背，將她按壓在胸前，不留一絲一毫的縫隙。

她被按得肺裡空氣全都擠了出來，只能渴望他的補給，但這男人完全是在掠奪她的空氣，直到她臉色漲紅，他才放開一點，手卻從她裙底探入，沿著她的腿到腰身，撫摸著她的腰線，流連難捨。

她的肌膚潤得如暖玉，半點瑕疵也沒有。以前捧在手裡像入了懷的暖香，此時入了手，連暖香也化了，化作吹彈可破的柔滑，彷彿能從指間流走一般，想挽留卻又不敢重捧，唯恐稍一用力，便傷她在手。

嬰兒般的肌膚讓徐天胤停下深吻，夏芍眼神迷濛，不知他為何放開她，卻趁著這難得的機會輕輕低喘，紅腫的嘴唇使得徐天胤眸色變深，他的目光停留在她臉上。她臉頰本該染上紅暈，此刻完全看不出來。

她還戴著易容的面具。

徐天胤轉身去了浴室，回來的時候，手上的毛巾還帶著溫熱的氣。

「抬頭。」他聲音微微沙啞，溫熱的濕毛巾在她臉側按壓。

平時夏芍揭面具的時候都是輕輕撕開就好，從來不用溫水，徐天胤卻拿著毛巾一點一點幫她揭下，她都能感覺到他指尖力度極輕，彷彿怕傷了她似的。

夏芍任由他幫忙，目光落在他俊極的五官上。看著這個行走在黑暗裡收割人命如割稻草般的男人，將自己視如珍寶對待的模樣，她心中泛起陣陣暖意。

面具揭開一道小口，下方的肌膚裸露出來，珠光瑩潤，比以往更白皙柔嫩。

少女的面容漸漸露出來，那笑吟吟的眉眼，小巧如玉珠的鼻尖，粉紅的嘴唇，一筆一筆都是他的思念。徐天胤凝視著她，呆愣的模樣令她一笑，接著勾上他的脖頸，主動吻他。

徐天胤的唇極燙，看著她近在咫尺的面容，感受著她略顯生疏但淘氣的吻。她不進入他的領地與他糾纏，只是在他的領地之外流連，挑起他的慾望，卻不肯給予。

她的貝齒在他唇上一咬，他自喉嚨深處發出一聲悶哼，然後一把按住她的後腦杓，俯身下去，唇狠狠壓了上去。

幾近索取，抵死糾纏。她的笑聲被他吞噬，他的慾望已然甦醒，迫不及待探去她裙下，想要除去這層障礙。她的手卻往他手上一按，阻止了他的難耐。

徐天胤的手被她按住，便用力往她腰上一壓，吻得更凶狠。

「嗚！」夏芍發出一聲嚶嚀，似在他的凶狠之下險些承受不住，但她的輕淺呼聲只換得男人更加血腥更加猛烈的索求。

夏芍在他的索求裡小手攀上他的胸膛，替他解開襯衫扣子。

男人蓄滿力量的肌肉猛地一緊，見她胡亂解著他的扣子，柔軟的手指在他胸前撫摸，感覺就像被軟滑的綢緞掠過，撓得人心底發癢，卻無法得到更多。

她解扣子的動作實在太慢，徐天胤眉頭深皺，按住她在他胸前點火的手，大手包覆她的手指壓在他襯衫的扣子上，接著帶著她用力一扯。

夏芍驚呼一聲，扣子劈里啪啦落在地上。男人緊實有力的上半身瞬間呈現在她眼前，僅是用眼睛便能看見令人畏懼的力量。他抓著她的手撫上自己胸膛，給她撫摸的空間。

夏芍咬著唇，往前一撞，額頭撞到男人胸膛處，不知是苦笑，還是難為情，總之過了一會兒才撫摸起他。但她的撫摸太溫吞，小手繞去他緊繃的後背，在上面摸了很久才來到他精窄的腰際，偷偷往小腹蹭。

她不知道越是這樣偷偷摸摸的小動作，越是能激起男人的慾望。

夏芍聽見男人發出一聲悶哼，抓著她的手便沿著他的腹部往下，深深壓去。

她感覺手下那隔著褲子蓄滿攻擊力的宏偉，本能縮回來，臉色爆紅，不敢再摸。

徐天胤卻在她的小手觸碰上他的一瞬，自喉嚨深處發出一聲不知是痛苦還是愉悅的聲音，眉頭緊緊鎖著，手在她腰間一掐，便掐著她坐上了吧臺處的凳子上。

她坐下來後，更能看到他那處猙獰的宏偉，而他已迫不及待手又往她裙下探。

夏芍盯著他的宏偉，眉心一跳，驚慌著往後退。

「師兄，我有話要說。」

「嗯？」徐天胤聲音沙啞，她按著他的手，他便低頭在她頸窩找尋慰藉。

「我來例假了。」夏芍聲音略抖，嘴角輕輕翹起，卻又使勁壓下來。

一句話令男人的動作頓住，抬頭望向她。

夏芍的眼神很有那麼點無辜的味道。

徐天胤呆愣著，似乎終於明白她今晚為什麼主動。鬧了半天，她是在逗他？

他瞇了瞇眼，忽然伸手探去她的後腦杓，俯下身，懲罰似的吻上她的唇。

啃咬、糾纏，直到把她吻到眼神迷離，身子癱軟，靠在他懷裡，他才從她唇上轉移到她的脖頸，呼吸粗重地在上頭沉沉地用唇摩挲著，大手也是在她背後遊走，感受和汲取她的馨香。

他不是在吻她，夏芍知道，這是他在調整，在克制。

她微笑著任由男人抱著她，眼睛閉起，柔聲問道：「師兄，這兩個月有沒有想我？」

明知故問的話，徐天胤的鼻息熨燙著她的頸窩，聲音悶悶的，「嗯。」

「那在軍區這兩個月，師兄過得好嗎？」

「嗯。」
「有沒有乖乖去床上睡？」
「嗯。」
「睡得著嗎？」
「……嗯。」
「答得慢了，顯然在胡說。」夏芍蹙眉，有些心疼，伸手在男人後背拍了拍，「慢慢來，睡不著也不許再去地上睡，知道嗎？青市冬天太冷，地上太涼，對身體不好。」
「嗯。」
夏芍聲音輕柔，徐天胤的氣息漸漸變得平穩，卻沒從她頸側離開，依舊埋首在裡面。
夏芍換了個話題，「去接師父的時候有沒有見到我爸媽？他們看起來好不好？」
雖然在青市上學的時候，夏芍也很忙，不經常回家，但那時畢竟離得算近。父母即便思念她，知道離得近，倒還好些。如今她在香港，對他們來說她走得太遠，除了思念，只怕還很擔心。雖然打電話回去時，他們很開心，但到了掛電話的時候，她都能感覺到父母的不捨。
「他們想妳。」徐天胤沒說夏芍的父母好不好，僅僅四個字，已叫她眼睛紅了。
她還有問題想問，比如徐天胤有沒有再去華苑私人會館的七星聚靈陣裡，修為進步了沒有，但現在沒這心情了。在電話裡，夏芍還沒告訴徐天胤她修為晉階的事，她打算等他和師父來了以後，給他們驚喜。
然而，今晚她沒有再說這些的心情。
感覺到她情緒的變化，徐天胤快速調整氣息，儘管慾望仍脹得生疼，卻撫了撫她的背，安撫著她。過了一會兒，將她抱起，走去床邊，把她放了下來。

夏芍身子不方便，徐天胤便沒有放水給她洗澡，兩人和衣在床上躺下來。一躺下來，男人便依戀地湊過來，將她攬在懷裡，緊緊抱住。

兩人相擁，彼此呼吸都能聽得見。

徐天胤拍了拍她的背，說道：「乖，睡吧。」

夏芍看向徐天胤，內心感動，這個男人不管什麼時候總是以她為先。她的視線落在他的克制上，咬了咬唇，看起來有些掙扎和糾結。半晌過後，還是伸出手指戳戳他，小聲道：「師兄，我還有句話要說。」

「嗯？」徐天胤沒睜眼，卻將她擁得更緊些。

夏芍的視線飄向別處，「剛才的話是騙你的。」

徐天胤的手臂僵了僵，倏地睜開眼睛。

夏芍咬了咬唇，討好地笑著。

這不能怪她，她不是不想他，只是這種久別重逢的時刻，男人和女人的想法總是不同。女人希望在親熱前做些事，比如訴說思念，訴說分離的日子各自有什麼經歷，再慢慢進入正題。但男人大概覺得還是親熱比較實際，行動代表一切。

夏芍皺皺鼻子，她有很多話想說，而且師兄看起來頗嚇人，她有點害怕，所以就小小……騙了他一下。

她無辜的眼神讓徐天胤的氣息漸漸變得危險，就在夏芍想要往後逃的時候，徐天胤忽然暴起翻身，壓住了她。

「啊！」

夏芍驚呼一聲，接著房間裡響起少女的笑聲，沒多久笑聲變了味兒，逐漸成了喘息……

再過沒多久，少女就認識到了她的錯誤。

夏芍後悔了，真的後悔了，早知道就不騙他了。

男人壓抑著的慾望猛烈爆發，她差點就承受不住。

兩人先在大床上來了一次，她的腰酸著，還沒歇息過來，徐天胤便將她抱起，穿過臥室，來到吧臺邊。

他對這個地方很感興趣，被她打斷之後，對這裡更有一種鍥而不捨的執著。

夏芍起初懵懂，等她被抱到吧臺上放好時，臉色瞬間漲紅。

吧臺很高，男人的視線剛好停留在她的腹部上。此時她身無遮蔽物，美好的一切在他眼前展露無遺。因為剛剛有過一次，她的美好看起來越發嬌豔。男人的眼神頓時變得血腥，他毫不猶豫地開吃。大手伸到她腰後扶住，緩解她剛經歷過一次人事的酸痛，但緊接著落來她腹部和腿上的吻變得凶狠，手指也來到下方。

房間裡是難耐的喘息和濡濕的聲音，那聲音聽得夏芍臉頰燒紅。男人搗鼓得賣力，他的手指修長有力，骨節分明，此刻就像是一件靈敏的作案工具，而她正是被他打開的門扉，等著他強勢進駐她的領地。

他卻沒在這裡攻城掠地，而是在品嘗過後將她抱去吧臺旁的一張自然風的原木長桌上。

燈光暖黃，夏芍幾乎能看見他胸膛上滲出的細密汗珠。他像是辛勤的農夫，勤勞地耕耘著，而她則似一灘爛泥，被他刨得軟軟的。腰酸、腿累、手臂疼，最主要的是，身下的桌子是硬的，她整個人半支著身子在上頭，這絕對是高難度的動作，偏偏面前的男人體力好得要命，等他耕耘完，她已半點力氣也沒了，連喘氣都覺得累。

徐天胤將她抱起來，坐去吧臺旁的凳子上。他坐在凳子上，把她抱來他腿上坐著，用自己的胸膛給她當椅背，一手扶著她的腰，一手在她的腰側和腿上按摩。

夏芍軟軟地掛在男人身上，閉著眼，貓兒似的想睡，享受著男人難得的溫柔。身下就是男人精勁修長的大腿，坐在上面都能感覺到那侵略般的力量，但她這時候腦子早就迷糊了，沒有心思想這些。她的頭歪在他肩膀上，昏昏欲睡。

徐天胤的按摩技術不是特別熟練，但他勝在邊按摩邊幫她調養元氣。

夏芍進入煉神還虛的境界之後，體力雖然還是女孩子的體力，但她恢復得快。很快夏芍便覺得沒那麼累了，但她裝著要睡的模樣繼續掛在男人身上。

徐天胤依舊按部就班幫她按摩，耐心很好地按摩好了腰腹，又幫她按摩肩膀和腿。即使他動作不熟練，夏芍還是很享受。她閉著眼，漸漸的倒是真想睡了。

迷迷糊糊間，她感覺男人將她抱了起來。

夏芍心想，總算可以休息了。

徐天胤的目光落在她臉上，只見她的臉頰尚有未退的潮紅，十分惹人憐愛。

他的眼睛微微瞇起，腳步一頓，抱著她轉了方向。

夏芍偷偷睜開一條眼縫，卻見男人抱著她來到沙發旁，將她放在鋪著的駝絨地毯上。

地毯很柔軟，少女的身子與白色的駝絨地毯相映襯，越發顯得柔嫩粉紅，尤其是她臉頰微紅，偷偷瞇起眼來觀察情況的小模樣，叫男人氣息再次變重，身下的宏偉再次甦醒。

夏芍看到那宏偉，翻身想逃，卻遭到男人的大掌鎮壓。

接下來對夏芍來說，記憶就像是煎蛋，她被翻過來覆過去，直到折騰得虛脫，感覺自己快要掛掉的時候，徐天胤終於低吼一聲，狠狠貫穿身下的少女。

「嗚！」夏芍發出不知是悲鳴還是舒服的聲音，眼眸泛起朦朧水光。

她再也不要撒謊了！

在她視線模糊的時候，依稀看見男人淺淺一笑，然後就勢躺在了她旁邊，手臂伸來給她枕著，大手來到她腰際輕輕按摩。

夏芍警覺地想往後退，但她這時已癱軟，動也動不了。

就怕這男人給她調養了元氣，想要繼續再戰。

徐天胤的手霸道地壓制在她腰間，不容許她退去，默默幫她按摩。他按得很認真，依舊是沿著她的長腿、細腰到手臂，甚至把她翻過來，按了按背脊。

每一處都細緻地按摩過後，徐天胤起身，將他的襯衫拿來給她蓋上，之後便去了浴室。

徐天胤放好水回來，夏芍迷迷糊糊睡著了。他抱起她，她便軟在他懷裡。

她只記得他將她抱去溫暖的水裡，用毛巾幫她擦拭身子，動作溫柔。浴室裡氤氳的水汽更激起她的睡意，她不知道徐天胤幫她洗了多久，只記得他抱她從浴室出來的時候，沾上大床枕頭的那一刻，她模模糊糊有個念頭：明早起得來嗎？完了，還得見師父！

但夏芍擔心的事沒有發生，她一早就醒過來了，醒來時徐天胤正閉著眼睛，將她擁在懷裡。她的頭枕著他的手臂，他看起來仍在熟睡。

她卻知道他是醒著的。

他掌心的元氣剛剛收回，像是一夜都在幫她調整元氣。

夏芍皺了皺眉，伸手撫著他的臉，「師兄昨晚沒睡？」

徐天胤睜開眼，眼眸深邃漆黑，看不出情緒。

他將她往懷裡又攬了攬，留戀地埋去她頸窩，含糊道：「睡了一會兒。」

騙人！

夏芍有些懊惱，早知道昨晚還是騙他，至少他可以好好睡一覺。聽師父說，他為了提前來香港，在軍區沒日沒夜地忙碌著。

夏芍坐起身，說道：「你先睡一會兒。師父那邊，我去幫忙叫早餐。」

她起身的時候被子滑落，春光外洩。那曼妙的曲線令躺在床上的男人目光變得幽深。

夏芍趕緊板起臉唬他，「躺好，不准動！」

徐天胤被她唬得一愣，夏芍瞪了徐天胤好幾眼，這才下床。一踩到地上，她便覺得腿軟，雖然此時精神十足，身體還是疲累。夏芍幾乎是拖著腰出門的，叫了飯店的早餐來，便去對面敲師父的房門。進去之後，發現唐宗伯已經洗漱好了。

唐宗伯見徐天胤沒來，很識趣地沒有多問，只是在服務生送來早餐後說道：「十餘年沒回來了，先不急，我先看看這港城的風景再說，明天再去妳張師叔那裡吧。」

夏芍低著頭，臉頰飛紅。

她總覺得師父這話裡有別的意思，於是藉口不打擾師父看風景，火速遁逃。

不急？怎麼會不急？

余九志等人困在漁村小島上，還有三天就回來了。原本夏芍是打算做些事情的，沒想到師父和師兄突然到來，打亂了她的計劃。但機會難得，她心中清楚不能浪費時間，所有的事情都要盡早做。只是今早要安排師父去張家小樓一趟，與張老和他那一脈的弟子見面。她的身分今天在張氏弟子面前怕是瞞不住了，這沒什麼，反正師父來了。要緊的是，今天師父和張老團聚，她卻不能閒著，該做的事還是要做。

吃完早餐，先把師父和師兄送去張家小樓再說吧。

給徐天胤的早餐夏芍親自去飯店餐廳挑，點了鮮奶、雞蛋、麥片、培根、麵包等等，都是有營養的。回到房間看著他吃完，夏芍才從他帶來的行李裡翻出一件黑色上衣讓他換上。昨晚那件襯衫，被他扯爛了。

徐天胤任由她折騰，不聲不響的，十分配合。兩人很快收拾好，提了行李，去對面房間將唐宗伯推出來，三人去了飯店大廳退房，再叫上計程車，開往位於偏僻郊區的張家小樓。

唐宗伯來了香港，夏芍打算讓他去住張家小樓。小樓只有兩層，卻很寬敞。大家住在一起，萬一有什麼事，彼此也能有個照應。

再者，張家小樓的地段偏僻，將來要是跟余九志鬥起法來，比在飯店那種人流密集的地方要好，不至於傷了無辜的人。

夏芍沒讓司機把車開到張家小樓，駛進郊區後，就叫司機停車。三人下了車，慢慢往前走，只當是在散步。

夏芍暫且沒說去島上參加風水師考核的事，只把張氏一脈這些年的境況、張老住的地方，以及她那晚來見張老時發生的事說一遍。邊說邊走，漸漸便看見了路盡頭的張家小樓。

唐宗伯一眼就看出這裡風水極凶，「這混帳，他在困養陰人！」

「張老這些年以為您被余九志害了，想著為您報仇，這才養了幾隻陰人，煉了符使。他不知道您今天來，您等等，我去敲門。」夏芍提著行李箱，徐天胤推著唐宗伯，說完這話，夏芍便將行李箱也交給徐天胤，跑著來到小樓門口敲門。

「我回來了！」

房門從裡面打開，溫燁來開的門，只見外面來了一名十七八歲的白衣少女，眉眼含笑，容貌極美，笑吟吟地看著他。

溫燁沒認出夏芍，問道：「妳找誰？」

屋裡坐著聊天的張氏一脈弟子也望了過來，這時，一只拖鞋呼嘯著當頭飛來。

「妳個臭丫頭，還知道回來，昨晚野去哪裡了？」伴隨著怒喝，張中先怒氣沖沖跑出來。

夏芍轉身往外指去，「喏，您看誰來了！」

溫燁看看夏芍，再看看張中先，其他人也都愣住。

張中先向外望去，看見坐在輪椅上的白鬚老人，聽他笑呵呵道：「這是幹什麼？你從以前就看不上天胤這孩子，現在又欺負小芍子，你是想把我的兩名弟子都嚇跑嗎？」

張中先紅了眼，流了淚。

他生在最苦的年代，父母雙亡，在那個饑荒的年代獨自上路求生存，如果不是他幸運，遇到了唐宗伯，可能早就死在山匪手裡，或者餓死在路邊。

唐宗伯帶他來到香港，帶他拜入師門，是唐宗伯改變了他的命運。

沒有經歷過大起大落人生的人，大抵無法理解這樣一種如父如兄的情感。自從唐宗伯將他救回來，在他心裡，他早已認定他是大哥。他就是他的再生父母，一輩子的親人。

那麼多年沒見的親人，突然出現在他家門口，張中先忍不住哭了。

他撲通一聲跪在唐宗伯面前，哽咽道：「師兄，你的腿怎麼了？」

夏芍已跟張中先說過唐宗伯的腿在當年鬥法時受傷，已經十多年了，顯然此時乍見故人，張中先激動之下，一時忘了，可能是想起唐宗伯以前的樣子，覺得差別太大，一時接受不了。

「陳年舊傷了，快起來！」唐宗伯彎腰就去扶張中先。十多年前，他還是四十來歲正值盛年，今時今日再見，他已是年近六旬的老人。唐宗伯看到張中先也感到心酸，回想當初，再看今日，世事變遷，叫人感慨，「真是老了，你看你，沒事困養什麼陰人？那術法耗損陽壽，你要不是煉符使，有我們玄門的心法在，何至於現在就跟個小老頭似的？」

張中先哭得像個孩子，怎麼拉也不起來，「師兄也老了，頭髮都白了……」

「呵呵，我可比你精神多了！」唐宗伯笑了笑，又去扶他。

張中先肩膀顫抖，伏在輪椅一側，「都是我們沒用！師兄，你這十多年受苦了……」

「我哪有受苦？我還覺得這十多年上天對我不薄，有小芍子陪我，我也算是過了些清閒日子，享了些天倫之樂。倒是你們這一脈的人，聽說過得不太好。是我不好，不在的這十來年，叫你們跟著受苦了。」

「沒有……沒有……」張中先連連搖頭，頭就是不抬起來。

「好了，快起來吧。當著你這些徒子徒孫的面，哭成這樣像個什麼樣子！」

「我哭怎麼了？哪天我要是不在了，他們也得這麼哭！不哭就是不孝，不是我張氏一脈的弟子！」張中先倔脾氣又犯了。

唐宗伯哭笑不得，只得道：「天胤、小芍子，咱們進屋，叫他一個人在外頭哭吧。進屋倒杯茶給我喝，香港都十月了，大中午的還這麼熱。唉，老了，在北方住了十多年，再回來連天氣都適應不了。」

夏芍和徐天胤推著唐宗伯就要上臺階，張中先跳了起來，抹了一把臉，回頭呼喝：「都沒聽見掌門祖師說什麼嗎？快，泡茶，都給我敬茶！」

張氏一脈的弟子除了見過唐宗伯的丘啟強、趙固和海若，其他義字輩弟子都懵懵懂懂的。這是……什麼情況？

這人就是玄門的掌門？那位據說已經過世的老人？

那他後面站著的那一對男女是？

「還不快去泡茶？」張中先脫下另一只鞋朝著呆愣的弟子們打，打得人家抱頭逃進廚房。溫燁站著門口沒動，大眼睛在夏芍的身上徘徊。

張中先揪著他的耳朵丟了出去，「沒看見我的拖鞋在外面嗎？去撿回來！」

夏芍噗哧一笑，張中先又赤著腳過來幫忙推輪椅。他不動夏芍，卻把徐天胤擠到一邊去，「去去去！臭小子，十幾年不見了，長這麼大了，還是不討喜，看見師叔也不知道問好！」

徐天胤站到旁邊，沒有完全讓開，手仍扶著輪椅，在一旁護著，接著，面無表情地吐出兩個字：「同輩。」

夏芍沒忍住，笑出聲來。徐天胤看了她一眼，手一伸，目光落在她手上拉著的行李箱上。行李箱不大，幾件衣服而已，一點也不重。輪椅被張中先搶去，徐天胤便跟她要行李箱。夏芍心中甜蜜，師兄最疼她了，捨不得她累。

她也不推脫，把行李箱交給徐天胤，自己走去輪椅邊幫忙扶著。至於被氣得跳腳的張中先，兩人很默契地選擇無視。

按照玄門的輩分，夏芍和徐天胤跟長老同一輩。夏芍叫張中先一聲師叔，只是撇開輩分，單純按照他是師父的師弟來算的，不叫也沒什麼。徐天胤據說小時候不肯叫張中先師叔，被他在梅花樁上狠狠教訓，基本功完全是摔出來的，但他寧願摔跟頭，也不叫張中先師叔。不過也正因如此，他的基本功練得比任何人都扎實。

張中先推著唐宗伯，夏芍和徐天胤在一旁護著，四人進了屋，弟子們已經泡了茶出來。張中先將唐宗伯請去上座，見徒子徒孫們都看著唐宗伯，這才說道：「都過來拜見掌門祖師。」

義字輩的弟子都沒見過唐宗伯，震驚之餘，氣氛湧動。

「掌門祖師真的沒過世？」

張中先這些年在弟子們面前一直說唐宗伯還在世，但活不見人死不見屍，張氏弟子們對此有懷疑。這次風水師考核，弟子們被召回，其中真相只有張中先的三名親傳弟子知道。義字輩的弟子閱歷淺，年紀輕，這件事張中先考慮過後仍隱瞞著他們，就怕他們在考核的時候不小心說漏了嘴，對夏芍的安全和唐宗伯來港的事有所影響。

現在唐宗伯來了，夏芍也在前天重創余九志，有些事是該告訴他們了。

「我沒過世，十幾年前在內地鬥法時，遭人暗算所傷，這些年一直在內地養傷。我不在的期間，讓你們跟著受苦了，是我這個掌門沒做好。」唐宗伯開口道。看著眼前年輕的徒孫，玄門的新生力量，門派的未來，感慨裡帶些自責。

夏芍和徐天胤都看著師父，關注著他的情緒。

張中先擺擺手，「沒有這回事，天底下哪有這種說法？害人的人不來請罪，師兄請什麼罪？照你這麼說，我這個當師父的，這些年讓弟子們退隱風水界，害他們這些年默默無聞，我也得跟他們請罪不成？入了我張氏一脈，要是連這點挫折都承受不了，心性、修為也就到此為止了，一輩子也邁不進大師的領域！」

「是的，祖師。」丘啟強說話了，「我們這些年雖然退隱風水界，但我們不是真的退隱。沉下心來，不把精力放在名利上，鑽研易經術數，潛心修行，弟子反倒覺得修為精進不少。」

「師父也是為了保護我們。余九志、王懷和曲志成太不是東西，我們死了兩位師弟，義字輩的弟子也死了四五人，我們也不想看著年輕一輩的弟子這麼犧牲，迫不得已隱退就是為了今天。為了等您來，我們一起給您報仇，給弟子們報仇。」趙固也站出去來說道。

海若點點頭，摸了摸身旁溫燁的頭，看了自己的兩名女弟子一眼，說道：「只要人在，我們不以為苦。我自幼入玄門，看的多是人生無常。誰沒個劫數？只要人在，一切都會過去的。」

三人拜入玄門的時候，正是唐宗伯名聲鼎盛的時期，那時候張中先第一次收徒，唐宗伯對張氏一脈的弟子很關注，沒少督促考校他們的本事，也曾親自指導過很多回。因此，三人對唐宗伯並不陌生，也很有感情。今天見到他，三人站出來說話，聲音都有些發抖，連脾氣最暴躁的趙固都眼圈微紅。

這些話不僅讓唐宗伯感慨，連義字輩的弟子們也很有感慨。

這些年他們是無所作為，但確實靜下心來學到不少東西，而且這些年來沒再收到同門弟子的死訊，雖然失了打拚名利的機會，但世上的事有失便有得。他們人在又心齊，這是最能在困難的時刻溫暖人心的東西。他們慶幸沒有失去，所以現在還能站在這裡，見到回來的掌門祖師。那種自己這些年做對了的感覺，很是振奮心情。

「祖師，您是回來清理門戶的嗎？」

「祖師，我們可以為師兄弟們報仇了嗎？」

張氏一脈只剩下十二名弟子，大夥兒紛紛上前詢問。

唐宗伯點頭道：「你們海若師叔說的對，只要人在，一切都會過去。現在就是過去的時候了，我這次和你們兩位師叔祖回來，就是為了清理門戶。」

唐宗伯指著身旁站著的徐天胤和夏芍，大家的目光刷刷射來。

他們從夏芍進門時就注意到她，只不過事情來得太突然，掌門祖師突然到了，師公又哭得稀里嘩啦，他們有點懵，這才轉開注意力。現在掌門祖師提到，他們才又看向夏芍和徐天胤。

師叔祖？

那不就是……掌門嫡傳？

宗字輩？

好年輕，看起來跟他們大部分人差不多大的年紀，而那名少女看起來才十七八歲，比他們有些人年紀還小。最令人在意的是，這少女怎麼看著有點眼熟呢？

越看越像是……

這少女進門前，師公好像說了句「昨晚野去哪裡」的話，說的好像這少女住在張家小樓一般，他們之中有這麼個人嗎？

確實有，那就是在漁村小島重創余九志的少女。年紀輕輕的煉神還虛境界的高手，還收了條金蟒當陰靈符使，身懷鬼谷派的傳承法器金玉玲瓏塔。她現在可是他們年輕弟子心目中的頭號人物，昨晚不知道出去做什麼了，一夜未歸，擔心得師公嘮叨了一晚。

難不成……

大夥兒盯著夏芍，吳淑看著夏芍的白色連身裙，她認得這條裙子，不由開口說道：「原來是師叔祖，怪不得修為如此高。」

夏芍挑眉，吳淑第一個認出她，她倒不意外。一路上雖然交流不多，但看得出這女孩性子沉靜，善於觀察。往往在別的弟子還在震驚或是被情緒衝擊著的時候，她已能靜下心來思考。

夏芍笑著點頭，眾人卻齊刷刷看向吳淑。

吳淑笑了笑，「怎麼，看不出來？師叔祖昨日出門前穿的就是這身衣服。容貌雖變了，氣質卻未變，有這麼難認？」

只怕不是難認，而是難以相信。

誰能想到在眾人以為掌門祖師已經不在人世的時候，他的嫡傳弟子能跟他們一路去參加風水師考核？她在他們面前幹了一票大事，他們卻至今以為她是蘇師叔的弟子。

那天在船上他們一口一個師妹叫著，這幾天也沒少纏著她。

只是，過了一晚，她就連升三輩，變成了師叔祖？

這太刺激人了！

大家的目光又轉回來，盯著夏芍看。

夏芍笑吟吟地看向早就呆了的溫燁，調侃道：「我曾經說過，讓我叫你一聲師兄，怕你改天叫我十聲師叔祖也補不回來。現在看來，別說十聲了，這聲師叔祖你怕是要叫一輩子了。怎麼樣，先叫聲來聽聽？」

夏芍這麼說，等於承認了她的輩分和身分。

玄門第一百零六代掌門嫡傳！

嫡傳弟子代表的不僅僅是與長老等同的宗字輩的輩分，也代表著日後可能會繼承掌門祖師的衣缽，成為新一代的掌門人。

嫡傳弟子與長老不同，同輩分，在門派卻有著比長老更尊貴的地位。

這名少女才十八歲便有如此高的修為，沒有什麼比她的實力更有說服力，也沒有什麼比見識過她的實力之後，得知她身分的這一刻更令人激動。

跟著掌門祖師回來清理門戶的人居然是她！

眾人互望一眼，激動之情溢於言表。

這氣氛看得唐宗伯都挑了挑眉。

這丫頭在香港做什麼了？瞧這些小傢伙一知道她的身分，比見了他這個掌門還激動。

就在大家興奮的時候，唯有溫燁黑著臉，表情臭不可言。

他遭到了點名，而且還是一直被他認為是小師妹的少女的點名。

師叔祖？為什麼她會是師叔祖？好坑人！

溫燁的眉頭幾乎要打結，偏偏夏芍笑咪咪地等著，等他喚一聲師叔祖。更可惡的是，她看他糾結，竟然不放過他，還對身邊的男人說道：「師兄，這小子這些天纏著我叫他師兄呢！」

隨著夏芍喚「師兄」，眾人才又將目光轉向徐天胤。

之前注意力都放在夏芍身上，此刻看這男人卻不由心驚。

莫說義字輩的弟子，就連張中先親傳的三名弟子丘啟強、趙固和海若，也沒見過徐天胤。

他們知道掌門祖師收過一名嫡傳弟子，三歲就拜入師門，但他的身分很神祕，屬於入室弟子，閉關修煉，從來不跟玄門其他弟子來往。

徐天胤十五歲離開的時候，丘啟強三人都還沒有出師收徒，他們對他還真是不熟悉。毫不誇張地說，今天是第一次見他。

打量過後，三人暗暗心驚。

這男人的面相，少年時期可真是凶險。這十之九死的面相，他是怎麼活過來的？僅僅從面相上看，這男人的命格奇特。掌門祖師收他為徒，倒是能看出些原因來。

再者，這男人氣息冷厲，一看就知背負無數人命，百分百是殺將。他進了屋子就沒怎麼看過人，目光一直落在唐宗伯和夏芍身上，對他來說，其他就像不存在似的。

徐天胤的冷淡驚了不少人，大家與面對夏芍時的激動和熱切不同，看到他反而有些畏懼。

徐天胤聽了夏芍的話，轉頭給了溫燁一記目光。

正牌的師兄看向小豆丁，面無表情，吐出幾個字：「叫師叔祖。」

溫燁皺眉，別人都怕徐天胤，他算是初生之犢，敢於回擊，「你是誰？我幹麼聽你的？」

「他也是你師叔祖。」夏芍慢悠悠地解釋。

溫燁氣得險些滿地走。師叔祖！師叔祖！哪裡來這麼多師叔祖？

為什麼玄門的弟子裡面還是他最小？

「臭小子，叫你叫你就叫，還委屈你了？」張中先一腳踹過來，指使道：「去端茶，給你師叔祖敬茶去！」

夏芍笑笑，「茶是要敬的，先向師父敬茶吧。」

張中先這才想起來，進門就在說事情，都忘了向掌門師兄敬茶了。

「咱們的香堂被余家他們給占了，今天我這小樓就當香堂，按著規矩來。」張中先讓唐宗伯坐到上座，一馬當先磕了三個響頭，然後起身奉茶。按理說，他是玄門長老，不必跪拜，只奉茶就可以，但張中先對唐宗伯有一份如兄如父的深厚感情在。他不在乎自己是不是長老，反正他的命都是唐宗伯救的，磕頭算什麼？把命給他都成！

夏芍和徐天胤讓到別處，看著張中先之後，丘啟強、趙固和海若前來向唐宗伯磕頭敬茶，再然後是張氏一脈年輕的弟子們。

玄門在香港是有總堂在的，卻跟安親會、三合會那樣的總堂不一樣，玄門是玄學門派，總堂以玄學協會的名義存在著，坐落在香港的繁華地段。協會裡設有香堂、廟堂，逢年過節，有不少市民前來請護身符、做祈福法事，也是長老們聚會以及召喚門派弟子的地方。在外界看來，那就是風水大師們進進出出聚會的地方，長年在那裡坐堂的人便是香港第一的風水大師。

實際上，那裡便是玄門的總堂所在。

這些年玄門的總堂被余九志占了，他在那裡接受各界名人預約，以第一風水大師的身分受盡推崇。對夏芍來說，這地方必然是要奪回的。

眾人輪流向唐宗伯敬茶，溫燁年紀最小，排在最後。

敬完茶後，夏芍笑咪咪看著溫燁他，溫燁更糾結了。

這完全是趕鴨子上架，丘啟強、趙固和海若三人笑著向徐天胤和夏芍敬茶，稱兩人一聲「師叔」。這聲師叔若是換在剛認識夏芍的時候，三人可能還會覺得彆扭，畢竟她年紀小，入門時間也短，但見識了她的修為之後，他們再無這層心理障礙。

掌門嫡傳的弟子自然不同凡響，人們對於強者總是多一分敬畏。

坦然受了三人的茶，其他弟子也來敬茶，他們對徐天胤比較恭謹，甚至有點敬而遠之，但換成向夏芍敬茶，大家便都活躍起來，磕頭時臉上也帶著笑。

溫燁的臉越來越臭，很快他就要上刑場了。

溫燁還是最後一個，輪到他的時候，眾人都讓到一邊看戲。

這小子最黏夏芍，整天追著她要她喊師兄，今天砸到自己的腳了吧？

溫燁臭著臉，惡狠狠掃了師兄們一圈，也不看夏芍，低著頭就往前衝，然後撲通一聲跪下，砰砰砰乾脆俐落地磕了三個響頭，不知道的還以為他是在撞牆。

頭一磕完，溫燁就迅速爬起來，拿著茶水往前一遞，彆扭地道：「師叔祖，小心燙！」

夏芍笑吟吟地看溫燁，卻不接那碗茶，而是看向徐天胤。

徐天胤伸手將茶接過，輕啜一口，轉頭對夏芍道：「剛好。」

夏芍好整以暇地又看向溫燁，擺明剛才那碗是敬給徐天胤的，她的這碗要重新敬。

溫燁咬牙，又磕了三個響頭，起身敬茶，「師叔祖！」

「乖！」夏芍笑嘻嘻地應了一聲，接過茶，喝了一口。

溫燁頭一次臉紅了。

夏芍噗哧一笑了，溫燁的臉立刻漲成豬肝色。

她笑了一會兒便不再逗他，把茶放到一旁，說起了正事。

夏芍要說的正事，自然是接下來要怎麼對付余九志等人。

她敢保證余九志沒死，只是他那條右臂會跟師父的腿一樣廢掉。這兩天他還在島上，等他回來，她要送他一份大禮。

一提起怎麼對付余九志，張氏一脈的弟子們便狂熱了。那天在山上實在是太爽了，如果不是他們人少，準備又不充分，真想叫余九志等人在山上有來無回。

不過，即使是叫他們逃脫了也無所謂，現在掌門祖師來了，師叔祖的厲害他們是見識過的。現在開始準備，他們也要參戰。

唐宗伯呵呵一笑，「妳這丫頭做什麼驚天動地的事了？瞧把他們一個個給激動的。」

徐天胤也看向夏芍，夏芍笑笑，還沒說話，大家便搶著說了起來。

「師叔祖前天可神了，她傷了余九志，那老傢伙的一條手臂恐怕要廢了！」

「我們還抓了曲志成和王懷的孫子回來，現在就關在小樓裡呢！」

「對對，掌門祖師，您沒看見師叔祖那天的大發神威，還罵余家算哪根蔥，實在是太霸氣了，我們好多年沒出這麼大一口惡氣了！」

「大黃出來的時候，您沒看見那些人的臉，太過癮了！」

你一言我一語，眾人說得神采奕奕，唐宗伯卻變了臉色，跟徐天胤一起看向夏芍，「小芍子，妳傷了余九志？」

「嗯。」夏芍笑道：「可惜我一個人力量太弱，對付不了那麼多人，只傷了他一條手臂，綁回來兩個人質。」

「這麼多年了，他的修為應該在煉神還虛了，妳怎麼傷得了他？用妳那條收服的陰靈出其不意？」唐宗伯難得表情嚴肅，「妳這丫頭膽子太大了，怎麼不等師父來？收服陰靈的事師父還沒說妳，妳倒連余九志也敢動了！」

徐天胤也瞇了瞇眼，夏芍敏銳地感覺到，眉心跳了跳，討好地笑著，「師父，我做事向來有分寸，這不是怕您老跟師兄擔心才沒說嗎？而且，我也不全仗著大黃在，您瞧！」

夏芍說著，周身習慣性收斂的元氣倏地放出來。

唐宗伯一看之下，差點閃瞎了眼，似乎多少年沒這麼震驚過了，「煉神還虛？小芍子，妳煉神還虛了？」

夏芍眨眼道：「師父，驚喜到了沒？」

「驚喜！驚喜！」唐宗伯連連點頭，卻轉身揚起手就打，「我打妳個討打的丫頭！這麼重要的事，怎麼今天才跟師父說？」

張中先在一旁哈哈大笑，「對，打她打她！這丫頭當初破九宮八卦陣的時候，自作主張跑去收服陰靈，害我擔心了一天，這丫頭是該好好教訓了！」

夏芍邊看張中先邊躲唐宗伯的巴掌，大家看得直笑。

溫燁兩手往後腦杓一放，臭著的臉色總算舒展開了。

夏芍躲進徐天胤懷裡，徐天胤伸手把她攬過去。按理說，夏芍該感覺安全了，但她本能就感覺他的氣息有些危險，一抬頭，對上了徐天胤瞇起的眼。

夏芍一愣，有種自投羅網的錯覺……

徐天胤沒讓唐宗伯的手落到夏芍身上，他捕獲她之後，微微側身，用身體幫她擋住。

唐宗伯也沒真打，只是看著自己的兩名弟子，瞪了好幾眼。

徐天胤擁住夏芍便不放手了，他似被她的話驚到，夏芍靠著他的胸膛都能清楚感覺到他沉沉的心跳和兩臂禁錮的緊實力度。

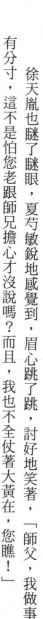

夏芍安撫地笑了笑，他便又瞇起眼睛，她忍不住咬唇苦笑。
兩人之間的交流看眾人眼裡，大家面面相覷，有驚訝的神色。
咦？兩位師叔祖……
溫燁吊著眼往天花板上看，「什麼眼光！」
這麼想的不僅僅是溫燁，許多弟子都覺得怪異。他們並不是覺得兩人不配，相反他們算是俊男美女，外表很般配，但……這位徐師叔祖看起來性子很冷，夏師叔祖是怎麼看上他的？
「唉！」唐宗伯嘆了嘆，「好啊，煉神還虛。我這輩子大起大落，年輕時也風光過，但現在看來，我這輩子最大的成就只怕就是收了這麼兩名天賦奇才的弟子。煉神還虛，好啊，現在我們這裡有三名煉神還虛的高手了，這次清理門戶勢必能成。」
他這麼一說，眾人包括夏芍都愣了。
三人？
唐宗伯是煉神還虛，而且好多年了。夏芍剛進入煉神還虛的境界，那還有一人是誰？
大夥兒不約而同看向徐天胤。不怪他們看徐天胤，張氏一脈的人有什麼修為，大家都是知根知底的。連張中先都還在煉氣化神上，剩下的有可能是煉神還虛的人，可不是徐天胤嗎？
夏芍險些撞上徐天胤的下巴，「師兄也煉神還虛了？什麼時候的事？」
徐天胤抿著唇道：「來香港前。」
「妳師兄感應到妳動用了龍鱗，一天龍鱗波動都沒停，把他逼急了，入得煉神還虛境界。」唐宗伯瞪了夏芍一眼，「幸虧那天妳師兄回來，在我這裡，要不然他肯定走火入魔。」
夏芍聽了仰頭看著徐天胤，目光感動卻擔憂，「師兄……」

「沒事。」徐天胤抱著她不撒手，手臂又緊了緊。

夏芍垂下眼簾，師兄也煉神還虛了，這本是令人開心的事，但不知為什麼她心裡堵得慌，除了感動和害怕，再無其他。這麼說，兩人竟是同一天進境的，只不過她是聽了金蟒夫婦的故事有所感悟入的化境，那他呢？那天他獨自一人又體會到了什麼？心情怎樣？

夏芍陷在這情緒裡出不來，弟子們卻是振奮了。

他們這才認真看向徐天胤，這一次管他是不是性子冷得生人勿近，大家的目光都帶了崇拜和狂熱。掌門祖師兩位弟子都是煉神還虛，這是什麼天賦？他們這邊有三名煉神還虛的高手，清理門戶那不是勢在必得的事嗎？

張中先卻看向了夏芍，「余九志他們還有兩天回來，小芍子是不是有計劃了？」

這一問，連唐宗伯也說道：「有計劃就說吧，妳在這邊待了兩個月，最清楚情況。」

夏芍調整情緒，說道：「很簡單，他當初怎麼對張師叔，我就怎麼還給他。曲家和王家有人在我們手上，好對付。至於余九志，清理門戶太便宜他了，我要讓他自食惡果，身敗名裂。」

在香港，出版運勢書是風水師人氣的象徵，每年四五月出版社就要開始約稿。運勢書一向被譽為出版界的奇葩，無論出版業怎樣不景氣，運勢書都有穩定的銷量，讓出版社有賺無賠。

一般從每年的十二月開始，只要稍微留心就會發現香港地鐵站和鬧市商區的不少廣告都換成了來年運勢書的宣傳。隨著農曆新年的臨近，各大書報亭、便利商店幾乎都把攤位的一半用來擺放各種運勢書，香港幾大知名風水師寫的更是被擺在最顯眼位置，這預示著一年一度的香港風水界人氣比拚大戰又要展開了。

這種人氣比拚不僅僅是風水界的，也是出版社的。

並不是每家出版社都能約到大牌風水師的稿子，有不少小出版社在夾縫中求生存。

灣仔區是香港一個新舊並存的社區，揉合舊傳統與新發展的精粹，亦是香港歷史最悠久和最富傳統文化特色的地區之一，許多出版社都在這裡。

夜裡十點，一處老街的舊大樓裡，燈仍然亮著。附近的居民進進出出，對這裡這麼晚還亮著燈習以為常。這處大樓裡有一家出版社，七八年前搬來的，經營著不入流的八卦雜誌。這個時間通常是他們最忙碌的時候，狗仔會開車出門跟著一些小明星，拍點緋聞照片回來。因為大部分是添油加醋的小道消息，因此這種三流雜誌向來是隨手可丟的東西。

這家雜誌社在這裡七八年了，一直不景氣，連附近居民都不怎麼看他們的雜誌。

這天晚上下著小雨，正是狗仔們出動的時候，樓道裡卻走進來一對年輕男女。

兩人上了二樓，此時二樓裡正傳來拍桌子的咆哮聲。

「剛出道那個小明星，叫黃莉的，不要拍她傍大款！這種消息滿大街都是，沒人愛看，沒有新意！新意、新意，你們懂不懂？」一名中年男子將雜誌拍在桌上，對著四五個人大吼。

那四五個人都是年輕的男生，站在資料堆積成山的桌子前，一個個撇著嘴，不以為然。

「沒有新意也總比找不到東西拍好吧？」有個年輕人咕噥一句，立刻遭到中年男子臭罵：

「你這是什麼態度？有沒有追求？狗仔也是一種職業，要吃飯的職業，你拍這種沒新意的照片，有誰愛看？你拿什麼養活自己？」

「本來錢就不多……」那年輕人又抱怨一句。

「你拍出這種照片，還想要錢？」中年男子氣得臉色發黑，「拍照片會嗎？不會我教你！不要總躲著拍，閃光強攻會不會？衝上去對著人一通狂按快門，旁邊安排一輛車接應，拍完就撤，拿出衝勁和精神來！」

「挨揍算你的啊？」年輕人翻白眼。

「怕挨揍你就別當狗仔！不能幹你立刻就給我……」中年男子應該是想要解雇年輕人，但話到嘴邊又收了回去，現在人手不夠。他深吸了一口氣，額頭上青筋還在跳，語氣卻緩了緩，「好，不會是吧？不會我教你們！別去給我拍那個黃莉傍大款的照片，哪個三流小明星不傍大款？我們要更吸引人眼球的東西！後期合成會不會？把她和李家三少合在一起，把照片寄去給伊珊珊！她是出了名的妒婦，去給我兩頭蹲點，拍大打出手的畫面！」

中年男子這麼一說，四五名狗仔雖然覺得是好辦法，有人卻搖頭道：「算了吧，李正瑞他兒子李卿宇現在可是李家的繼承人，李氏集團總裁，他未婚妻可是余家那位大小姐，要是把這兩個人給惹火，可真沒法混了。」

「要的就是看李卿宇的反應！李卿宇現在剛接手李氏集團，民眾對他的關注度高，我們的雜誌就有賣點！我們要的是賣點，懂不懂？」

幾名年輕人互相看了一眼，那個之前頂嘴的年輕人嘆了口氣，說道：「算了吧，劉哥，你現在已經不是出版界的大哥了，就別跟李家這種豪門對上吧？李卿宇那個人，聽說在國外的時候手段很狠，吞併了不少公司。這種人不好惹，咱們雜誌拍出來，他要搞倒咱們，幾個電話的事。你忘了你是怎麼淪落到現在的地步了？幹什麼非得去招惹余家？咱們就報導報導三流小明星的緋聞混日子，求個平安，不也挺好？」

中年男子聽了這話垂下眼簾，看不清表情，半晌抬起頭來，眼裡含著血絲，「我不管，誰叫李家和余家聯姻？沒一個好東西！這種日子我過夠了，反正我就當逆水行舟，不進則退了！大不了被他們整得連飯也吃不上，只要我還有一口氣在，我就不信我發不了財！」

幾名年輕人面面相覷，正在這時，清脆的鼓掌聲從門口傳來。

眾人齊齊轉頭向外看去。

只見一名白衣少女倚著門框，不知什麼時候站在那裡。少女眉眼含笑，氣質優雅，容貌只能算得上普通。而她身邊有個黑色男人在，周身散發著孤冷氣息。

黑衣男人手裡拿著黑色雨傘，還提了個袋子，不吭一聲。

少女慢條斯理地道：「好，有氣魄，我就喜歡跟有氣魄的人合作。不過，那些明星的緋聞天天有年年有，民眾都看膩了，我這裡有更勁爆的消息，不知道劉總編有沒有興趣？」

這兩人便是夏芍和徐天胤，兩人之所以找到這裡，是因為從張中先嘴裡得知了這個叫劉板旺的人。劉板旺曾是香港出版界數一數二的人物，提起他沒有人不知道的。他的作風雷厲風行，出的雜誌書籍銷量很可觀。當年劉板旺的出版社跟很多風水師都有合作，沒有名氣的小風水師想花錢在他這裡買個小版面都不成，他只跟大師合作出版。

他之所以淪落到今天這個地步，是因為當年一步踏錯，在雜誌上幫張中先跟余九志等人打口水戰，最後張中先落敗退出風水界，幫余九志等人的那家出版社就趁機上位，對他進行打壓。成王敗寇，那段時間他過得特別淒慘，旗下雜誌銷量連連受挫，從商業區被趕了出來。

這還不算什麼，事業低潮，被同行羞辱，昔日被他報導的那些商界俊才和明星見了他也都給臉色看，甚至對手的出版社還以他的落魄為賣點，專門出了一期報導，讓他淪為全港的笑柄。最後，連他的老婆都頂不住壓力跟人跑了，家裡只剩下年紀不大的女兒留給他獨自撫養。

劉板旺一開始並不怪誰，這就是個不乏惡性競爭的行業，只怪自己當初想再進一步，見張中先是當時名聲鼎盛的唐大師的師弟，以為他會贏，想藉著這場風水師間的名聲之爭，把對手的出版社壓下去。結果他輸了，成王敗寇，他認了。

一開始劉板旺是真的認了，覺得沒什麼大不了的，大不了捲土重來，做些別的內容，挽回雜誌的銷量和聲譽，但是他想得太簡單了，從那天開始，他的出版社業績急速下滑，速度之快到了不可思議的地步。他一開始覺得是對手打壓的手段太厲害，直到後來從商業區搬走，偶遇張中先，他才得知原來是他家出版社被人暗中動了風水，絕了財氣。

劉板旺大怒卻也沒辦法，那個時候香港已是余家獨大，香港的第一風水大師不再是唐大師，而變成了余九志。香港的風水師們，有名氣的都是他的人，沒名氣的小風水師誰也不敢說話，他就算找人指點風水，也沒人肯幫他。

如今雜誌社的地方還是張中先給他指的，告訴他這裡雖然財氣不旺但很穩，他在這裡溫飽沒有問題，想要名利是不成的。

劉板旺不怪張中先不給自己指好地方，他生意失敗後，對手打壓他是一方面，余家那邊盯著他呢，容不得他東山再起。他就是找再好的地方，那些風水師動動手指，他還是輸得慘。

那個時候他妻子跟別人走了，還有個女兒要養，也沒心思拿著自己的一切去拚，只想著先混個溫飽，再慢慢想辦法。哪知這一混就混了七八年，眼見女兒長大了，他這才忍不了，打算再搏一搏。

沒想到正說這事，就來了個陌生的少女。

劉板旺打量著夏芍，「妳是？」

「我是風水師。」夏芍倚在門邊笑道。

「……」什麼？

所有人都愣了，劉板旺一時沒反應過來。

夏芍又開了口：「劉總編，我希望你幫我出本運程書，我不出明年的，只出到下個月，預測接下來這一個月香港會有什麼事發生。你也可以幫我專門出本雜誌，講風水運勢之事。」

劉板旺這才反應過來，皺了皺眉頭，端詳了夏芍一會兒，並沒有太看重她。

原來是個沒什麼名氣的小風水師！

在香港風水業就算是再熱，有名氣的風水大師也就那麼幾個。百分之九十都是小風水師，他們沒有那麼多財力去買巨幅廣告，能做的就是在一些風水雜誌上投放小額廣告以增加曝光率。有的雜誌就給小風水師們提供這種平臺，每期廣告不到萬元，讓不少小風水師趨之若鶩，每年到了年底，一些有名的雜誌甚至需要從雪片般的廣告刊登申請中精挑細選才成。

很顯然眼前這名少女就屬於這樣的小風水師。不過她眼光實在不怎麼好，或許說她實力不好？不然怎麼大的雜誌不去，偏偏選他們這種銷量很少的三流雜誌？

「這位大師，我不知道妳是怎麼找到我們雜誌社的，但是我們恐怕不能幫妳。我們雜誌銷量少，別人看看就丟，開個風水運勢的專欄，估計也很少有人看。妳在我們這裡打廣告，費用低，也沒什麼效果。」劉板旺意興闌珊，意思跟趕人差不多。

沒想到對方並不走人，反而拋了個袋子過來。

劉板旺下意識接過，發現袋子裡裝了好幾本書，還挺重的。

袋子裡面倒出來的全是運勢書，劉板旺有點傻眼，竟然都是風水預測相關的書籍。

不僅如此，封面上的人物都是香港大師級人物，有余薇、王懷、曲志成、冷以欣等人。

余九志是香港第一的風水大師，地位向來超然，不出什麼運勢書也一樣忙得預約滿棚。余薇這些年出的運勢書，已代表了余家。余、王、曲、冷，這些都是這些年在香港數得上名號的風水大師，只不過他們擅長的不同，因此出的書籍很少撞內容。

這四本運勢書都是去年出的，預測指點的是今年該注意的事。從買房置產、店鋪選址、家庭裝修，到陰宅旺地、八字命理，再到股匯市、姻緣吉日等等，包羅萬象，一應俱全。

這少女拿這些書給他是什麼意思？劉板旺不懂，只是看著夏芍。

「劉總編做出版這麼久了，應該知道標題的重要性吧？有個吸引人眼球的標題，自然會有人好奇想買。」夏芍笑道：「想必劉總編也聽出我的口音來了，我是內地人，並不是香港人。你說，如果標題是內地風水師與香港風水師的對決，會不會很吸睛呢？」

內地風水師與香港風水師的……對決？

劉板旺嘴都張大了，不可思議地看著夏芍。她知道她在說什麼嗎？在香港這種風水業很熱、風水大師很受尊敬的地方，以一個名不見經傳的小風水師身分，挑戰香港四大風水家族？

她瘋了吧？

「我會指出這些書中預測的不準確之處，你只要幫我刊登我的校對版本就行。準不準，看過的人自然知道。」這少女還不知道自己在做什麼瘋狂事，繼續說道。

劉板旺聽得驚了，「這位大師，妳說什麼？」

校對？她是說，她能看出這四位風水大師哪裡預測不準？她有這個本事嗎？這可是香港風水業界的四大家族！這些書裡包羅萬象，各方面的預測十分齊全，她是說她全能到這分上了？

劉板旺疲憊地擺擺手，他現在沒有精力跟人開玩笑，但他沒想到少女笑了。

她看出他不信，也不解釋什麼，只是掃了一眼在場的人。

她先看向那名之前一直抱怨的狗仔，說道：「今天你要是打算去飯店偷拍那還是別去了，你要拍的人不在飯店。她在某個富商的別墅裡，那個男人有些胖，戴眼鏡。是誰，你們幹這一行的應該能猜到。」

那人愣住，夏芍又看向另一人，「晚上不用去那家燒烤店吃宵夜了，今晚那店休息。」

那人驚訝，她怎麼知道他常去哪家燒烤店吃宵夜？又怎麼知道他今晚要去？

夏芍再看向其中一人，笑道：「今晚回去，你女朋友會跟你吵架。」

這人也震驚了，她怎麼知道他有女朋友？怎麼知道他們同居？

這時，夏芍看向了劉板旺，「劉總編，有些話多說無益。我說的準不準，明早自見分曉。明早我會再來，希望你是個聰明人，不要錯過這難得的翻身機會。」

說完，夏芍轉身，在眾人錯愕的目光中跟徐天胤一起下樓離開。

雨還在下，徐天胤撐起傘，目光落在夏芍身上。夏芍轉頭看來，這才想起他的感知敏銳得異於常人，她剛才開天眼，他必然感應到了。

夏芍垂下眼簾，這事她也不是沒想過，畢竟天眼的事瞞了這麼多年，對別人不能說，對師父和師兄確實也到了攤牌的時候。他們對自己的能力有所了解，到時候配合起來也容易些。

「等搞定了這件事，我有事跟師父和師兄說。」夏芍挽著徐天胤的手臂，笑道。

徐天胤點點頭，嗯了一聲。

兩人一起回了張家小樓，第二天一早，夏芍再來的時候，劉板旺居然在樓下焦急地踱步等著了。一見夏芍和徐天胤從車上下來，他激動地上前，與昨天晚上相比，態度大翻轉，「大師，您總算來了！太準了，太準了！」

夏芍挑眉看他，「那我昨天說的事，劉總編考慮得怎麼樣？」

「同意同意，當然同意！您能看上我們這個小雜誌，是我們的榮幸！」劉板旺握著夏芍的手，臉上是激動的神情。

他向來善於把握機會，不了解夏芍實力的時候，他對這件事是沒興趣的，但知道她的實力後，他推辭就是傻子。他知道夏芍這麼厲害，為什麼要找他們這種三流小雜誌。她要做的事無疑是跟香港風水界的大師們宣戰，這種事大出版社誰敢接？也就只有他這種陷入低谷不怕死、不要命的人敢接。

「但是，大師，我們是小雜誌，您也知道。銷量少，就算有奪人眼球的噱頭，也得慢慢來。只要您不著急，我保證一定幫您在香港打開名聲。」

夏芍慢悠悠一笑，說了句叫他心跳加速的話：「那麼，再加上一條獨家消息呢？」

「什麼獨家消息？」

「余九志帶人去鬧鬼的漁村小島除陰靈不力，廢了一條手臂，他孫女余薇生死未卜。曲王兩家的孫子也被小島上的陰靈所傷，至今昏迷不醒。香港所謂的風水大師，現在正被困在島上，實力不過如此。」夏芍眼珠一轉，「這獨家消息，夠勁爆夠吸睛嗎？」

劉板旺張大嘴巴。

夏芍又笑了起來，「兩天之內，我要求這條消息傳遍全港！」

「獨家爆料！余大師被困小島，手臂被廢，孫女余薇生死未卜！」

一條三流雜誌上曝出來的消息，讓短短兩天之內，讓香港風水界變了天。

這本雜誌不知道是從哪裡得來的消息，說香港第一風水大師余九志現在被困在離香港數百里以外的漁村小島上，還廢了一條手臂，與李家繼承人李卿宇聯姻的余薇目前也下落不明，生死未卜。不僅如此，曲王兩家的孫子也被陰靈所傷，至今昏迷不醒。

這本雜誌向來只報導小明星的緋聞，大多是添油加醋的八卦消息，向來是被看看就丟棄的小雜誌，內容上不了檯面，銷量也不高。

這條消息出來的時候，起初港城的民眾只是因為夠勁爆的標題買來看一看，有的人根本不信，看完以後就丟到旁邊。

什麽陰靈？說的跟真的一樣，鬧了半天還跟寫小明星的緋聞一樣，亂寫一通。

許多人不相信，但架不住媒體嗅覺敏銳。

這本雜誌民眾們不知道是誰創辦的，香港的媒體人知道。劉板旺退出一線很多年了，但他當年在出版界大哥的地位，很多人不會忘了他。當年那些競爭對手，這些年不時會關注他的雜誌，但看他的內容和新意上一直沒有起色，不少人冷笑，以為他這輩子就這樣了。沒想到，這天一大早有人慣例將劉板旺的雜誌拿來翻一翻，笑笑當年被打敗的王者下場，再享受地審視一下自己如今的地位。

可拿到雜誌的瞬間，不少香港的當家媒體人都從椅子上跳了起來。

這不是什麼三流小明星的報導，是香港風水世家余家的八卦。

多年前風水師在雜誌上的大戰後就沒有雜誌再敢出余家的八卦，劉板旺瘋了嗎？

還記得當年內幕的人都知道劉板旺跟余家有仇怨，他敢這麼做，如果是不實報導，那些余家在風水上的政商客戶都會叫劉板旺吃不了兜著走。這一次他要是再惹上麻煩，那就不是在三線苟延殘喘那麼容易了，搞不好會惹上官司。

他這是失意瘋，不管不顧地拿余家當噱頭就為了給雜誌提升關注度？

認識劉板旺的人都覺得事情沒這麼簡單，他是個有野心的人，不然當年也不會打那場媒體大戰。這些年來他看著安居一隅，過著不為人知的落魄日子，可他不像是不敢捲土重來的人，不然這些年他早被人遺忘，當年的對手們也不會還盯著他。

因此，這本雜誌一出，很多人都聞到了不同尋常的味道。

二線的媒體不知道，一線的媒體卻都知道，余家等風水師現在確實不在香港。

按照往年的經驗，這時間正是風水協會的那些大師們舉辦風水師考核的時間。因為這個考核向來是禁止媒體介入，因此誰也採訪不到，只能最後得知個結果。成績好的風水師，會在協會有名單公布，這些人往往是來年三年裡民眾趨之若鶩的對象。

因為不允許跟蹤採訪，風水大師們也有固定合作的媒體，所以這件事媒體們並不一窩蜂似的貼上去，反正到時候就會公布，該是誰家的消息就是誰家的，別家媒體也搶不走。故而這段時間大媒體都在等這件事的結果，小一點的媒體知道搶不到。

這消息一出，當即便有多家二線媒體派了好幾撥人馬出去打探余王曲冷四家的情況。

當打聽出人確實不在香港的時候，一些小媒體沸騰了。他們不像那些一線大媒體跟風水師們合作著，不會報導一些緋聞。這麼勁爆的消息，就代表著銷量。

多家媒體紛紛佐證報導，消息像雪片般流傳香港的大街小巷。媒體的力量令人驚懼，在劉板旺的雜誌爆料的當天晚上，不少雜誌都緊急出了跟蹤報導，各大書報亭的雜誌迅速調換，內容一眼望去都在說四大風水世家的人確實不在香港，而是在一座小島上進行風水師考核。

這下子，不信的人也有點信了。

這讓很多一線媒體抓狂，他們是不願報導與他們合作的風水師的八卦，但架不住大家都在傳。一時間，香港民眾對此事求證心切，這對媒體來說就代表了銷量和業績。

有些大媒體便把心思動到了李卿宇身上，余薇現在是他的未婚妻，傳聞她出事，他這個未婚夫擔不擔心未婚妻呢？一線的幾家媒體想把民眾的關注焦點從余家人受傷的事，轉到李卿宇對未婚妻的深情上。可惜的是，李卿宇上班到回李家主宅的過程中總有兩名職業保鏢陪同，他的祕書謝絕媒體採訪，稱李卿宇什麼消息都不知道，沒有時間接受採訪。

希望落空倒也罷了，第二天劉板旺的雜誌上又有大消息爆出來。

他的雜誌上稱，余九志等人所去的漁村小島，曾在兩年前開始鬧鬼，但余九志等人去了之後，並沒能將鬼降服，反而被陰靈所傷。最後降服陰靈的是一位鬼谷派的高人和張中先一脈的弟子。余曲王冷四家自稱風水世家，不過是浪得虛名。

雜誌上甚至還找到當初從島上搬出來的村民，證明這兩年島上確實有鬧鬼的事，島上現在只剩下幾名老人了。

這一期做了專題報導，說得讓人後背起了一層毛汗。有心的人注意到，爆料中稱平復鬧鬼事件的不是余九志等人，而是張大師一脈的人。

這位張大師已不在風水界出現很多年了，當年不是說他水準不高嗎？怎麼現在又出來一名他的弟子比余大師還厲害？

這到底是怎麼回事？這件事到底是真的，還是說張大師的人想重回風水界的炒作？民眾議論紛紛，媒體人卻知道，這樣的關注度，劉板旺的雜誌銷量必然爆增。果然，第二天一早，不少人已去書報亭的攤上守候，雜誌一擺上就銷售一空。

這天早上的消息也是大八卦，消息上稱，余九志等人應該中午就會返港。這消息裡，連遊輪型號都寫得清清楚楚。

這麼確切的爆料，讓各家媒體都湧到了港口蹲守，想親眼弄明白爆料是真是假的民眾也自發來到了港口。因此，中午過後，遊輪靠港的時候，船上的人一下來便被閃光燈閃瞎了眼。媒體蜂擁而至，民眾也湧上前，把港口堵得嚴嚴實實，情況竟不亞於哪位明星來港。余九志由余家的子弟護著，一出來就被閃光燈對著臉啪啪一陣亂打，打得臉色青白難辨。

「這是怎麼回事？」余九志怒喝道。隨後跟出來的王家人和曲家人也對這場面感到意外。媒體的問題已如雨點般砸落下來。

「余大師，聽說您的一條手臂廢了，是真是假？」

「余大師，聽說你們去的小島上鬧鬼，幾位大師都沒辦法，是被張大師那一脈的人收服的，是不是真的？」

「余大師，聽說余薇小姐生死未卜？咦，怎麼沒看見余小姐？」

「王大師、曲大師，聽說您二位的孫子現在也是昏迷不醒？怎麼也沒看見？」

「幾位大師，現在有人說你們浪得虛名，這件事你們怎麼看？」

問題砸落，余九志、王懷、曲志成的臉色別提有多難看。

冷長老站在最後面，垂著眼，看不出情緒，冷以欣則在一旁蹙了蹙眉頭。

余家子弟趕緊上前驅趕媒體記者，奈何閃光燈晃得人眼睛都睜不開，而且個個都是朝著余九志的手臂按快門。

記者們的眼睛很尖，余九志自從下了船後，右臂基本上沒動過。他穿著西裝，看不清楚手臂的情況，但記者們還是對著他的手臂一通狂拍。

這時，救護車聲響起，看熱鬧的人循聲望去，余九志的臉頓時又黑了。

救護車是他們在船上的時候叫來的，拉的不是別人，正是在船艙裡的余薇。

余薇那天被金蟒的陰煞所傷甩下山去，傷了雙腿，還中了陰煞之毒。被余家弟子在山下找到的時候，她差點七竅流血。眾人將她抬回村子裡，這幾天幫她驅了陰煞之毒，她的雙腿卻斷了，能不能恢復很難說。

這四天他們不是不想回來，而是要驅除陰煞不適合大動，島上的陰煞盤踞兩年了，現在尚有陰氣殘留，在島上手機是沒有訊號的，他們就算想打電話叫遊輪來接人，電話也不通。島上的漁民倒是有船，但兩三年沒出海了有點破舊，為了安全著想，眾人便做出留在島上，按原定計劃返回香港的決定。

今天一上到遊輪，余家就跟醫院聯絡。余薇傷得很重，需要立刻就醫，但誰也沒想到一下船就遇到了這種事。

本來救護車來了是打算把人悄悄接走的，估計是港口人太多了，救護人員進不來，為了驅散人群，這才開了警示鈴聲。但警示鈴聲一響，記者們便瘋狂地開始對著救護車拍。

醫護人員只管救人，上了船就直奔船艙，沒一會兒，余薇就躺在擔架上被抬了出來。

余薇的情緒很差，她從小到大沒受過這麼重的傷，這幾天在村子裡，她的脾氣幾度失控。她感覺到自己的腿動不了，還有鑽心的疼，連覺都睡不好，閉上眼就是金蟒向她撲來的畫面，閉上眼就是那白衣少女化去她的暗勁，將她踹出去的情景。這成了她的夢魘，纏得她睡不著。傷勢折磨著她的身體，也折磨著她的心。

她一定要找到她，她一定要報仇！毀了她，毀了張氏一脈！

這幾天她是靠著這樣的信念支撐下來的。返航路上，她無比期盼快點去醫院治好她的腿，然後讓她報仇，但她怎麼也沒想到從船艙被抬出來時，迎接她的是一群記者和閃光燈。

為什麼有這麼多人？

這些記者怎麼會在這裡？

爺爺這麼愛面子，怎麼會允許這些記者出現在這裡？

余薇這輩子沒這麼丟臉過，在鏡頭下躺著被抬出來，她情緒失控了。

她的腿動不了，腰部以下疼得厲害，手卻可以動，她胡亂抓撓，拉了被子就往臉上蓋，蒙頭大喊：「哪裡來的記者？滾，都滾！爺爺，叫他們滾，叫他們滾！」

余九志也大怒，「都讓一讓！」

余家的子弟拚命驅趕記者，余薇情緒過於激動，醫護人員怕她傷勢加重，趕緊去車上拿鎮靜劑來，在船上就給她注射。

余薇見醫護人員居然在眾目睽睽之下為她注射，越發激動，但她此時是病人，醫護人員哪裡由得她？才不管是不是被記者拍著，當場給她打針，然後擠出人群，將她抬上救護車。

余九志也跟著上了車，他的手臂是好不了了，跟去醫院是為了看孫女的情況。

王懷、曲志成和冷家人各自坐上自家來接的車，離開了港口。上車的時候，王懷和曲志成明顯憂心忡忡，沒什麼精神，兩人都記掛著更重要的事。

直到四家人離開，記者們還追在後頭對著遠去的車子猛拍照。

之後才有一些人發現船上下來的還有十幾個人沒走，他們有些人在風水界也有些名氣，不過大多不在香港，而是在新加坡和華爾街一些地方混，都是些大師級的人物。

記者們圍上這些人。

「請問諸位大師，余大師是不是傷了手臂？」

「請問島上到底是不是鬧鬼？到底發生什麼事了？」

「請問余大師真的對島上鬧鬼的事無計可施嗎？解決這事的真的是張大師的人嗎？」

對於這些問題，很多風水師都不願意回答。都是同行，現在玄門很明顯有內鬥，情況還不明朗，誰也不願意輕易得罪人，因此大多數人保持了沉默，表示無可奉告。

其中有一名女孩子接受了記者的訪問，「雖然不知道你們是怎麼知道這件事的，但解決島上鬧鬼的事的另有高人。是誰我們也不清楚，只知道是位道長。」

記者們一聽，立刻想在船上尋找道士打扮的高人。

女孩子笑道：「不用找了，人早就離開了。那位道長應該是為了鬧鬼的事來的，事情解決，他就走了。」

記者們很失望，看見只有這個女孩子肯回答問題，便都圍了過來，「那就是說，解決這件事的人跟張大師的弟子無關了？」

那女孩子聳肩答道：「無關。」

這些風水師不知道金蟒就是作祟漁村的陰靈，因為當天留下來的人只有張氏一脈的弟子和無量子。女孩子的這回答，只是實話實說。

記者們聽了，撇了撇嘴。原來是造謠，明天看來要闢謠。果然這件事是有人想炒作張大師一脈的人，讓他重回風水界。正當記者們這麼想時，女孩子的一句話，讓現場氣氛峰迴路轉。

「但是，傷了余九志和余薇的人，確實是張大師一脈的人。」

「什麼？」記者們紛紛變臉。

女孩子笑了笑，像在看戲似的，語氣輕鬆，「那人還是個少女呢，跟我差不多大的樣子。你們是沒看見當時的場面，太有趣了！」

什麼？跟她差不多大？

那不是只有十八九歲？

「這位大師，妳是說真的？跟妳差不多大能傷了余大師？」

「余大師是真的受傷了？是不是傷了手臂？」

女孩子挑眉看一眼那個質疑她的記者，「你都稱我大師了，為什麼就不能有別人這個年紀也能稱得上大師？那個少女很厲害，余老頭的右手臂怕是要廢。唉，都是他造的孽，估計是做了什麼對不起張大師的事，現在人家有了高手，就來找他報仇了。」

這女孩子還真是有什麼說什麼，聽得旁邊的風水師們暗暗心驚，但是幾天相處下來，也沒人摸得清她的底細，不知道她是哪一派的。反正來參加風水師考核的人裡，她沒有同伴，只有她一個人。

有的風水師搖頭，都說年輕人是初生之犢不畏虎，果真是這樣。萬一余家死不成，她這可是跟香港的風水師結下大仇了。

然而，女孩子爆料爆得很爽，甚至有些快意。有的風水師看出來了，這女孩子大抵還是對余九志在九宮八卦陣的比試上徇私有氣，想趁機報復。

記者們聽了她的話，又在船上找人，卻發現船上並沒有張中先等人，自始至終，下船的人裡就沒有張氏的人。

「不用找了，張老的人早走了，那個少女早就不在了。」女孩子暢快地笑笑，然後攔了輛計程車揚長而去。

剩下的風水師一看記者要圍堵他們，便也趕緊散了。

人都走了之後，記者們卻聚集在港口沒散。敏銳的嗅覺告訴他們，明天開始將有大消息。香港風水界繼七八年前的事件後，估計又有一番腥風血雨了。而今天在港口的不僅僅只有記者，還有不少民眾，這件事必定會在今天之內就傳遍大街小巷。

有本事傷了香港第一風水大師的少女到底是誰？

第七章

捉鬼化劫

張家小樓裡，夏芍的目光剛自窗外收回來，回頭笑道：「場面真有趣，師父和師兄真應該去港口對面找家店坐著看現場。」

唐宗伯和徐天胤看著她狡黠的笑容，並不關注余九志在記者的圍堵下是怎樣的黑臉，此刻他們更在意的是其他事。

「港口的事，妳都看見了？」唐宗伯激動地問道。他這個弟子，從小聰明、悟性高，他一度覺得收了個寶。兩天前得知她煉神還虛的時候，他還覺得她是他這輩子見過的僅有的好天賦，雖說天胤也煉神還虛了，但兩人的年齡差了十歲。這丫頭將來在修為上是不可限量的，他甚至在想，這丫頭會不會成為祖師之後，又一個進入煉虛合道境界的人？

沒想到，這個震驚還沒有來得及完全消化，今天這丫頭又嚇了他一回。

她說她有天眼，從小就有。

最要緊的是，從她剛剛開天眼到現在，他都沒怎麼從她身上感覺到元氣的波動。這麼長時間開啟天眼，她竟然像沒事人一樣，而且他幾乎沒有感覺，但天胤看起來有所感覺。只能說，他收的這兩名弟子，天賦都好得有點變態。

唐宗伯見夏芍點頭，吸了一口氣，「天眼乃是天通五眼之一，丫頭，妳要真是有天眼，現在能看見港口的情況，那就不是單純的能觀未來，這可是有點天眼通的意思。據說天眼通所見，自地及下地六道中眾生諸物，若近若遠，若覆若細諸色，無不能照啊！」

夏芍聽了點點頭，「我覺得也有點像是天眼通。我以前只能觀人未來，察陰陽地氣，倒是看不到遠近的事物，但是自從在島上煉神還虛之後就能看見了。我的天眼是天生帶來的，天眼通應該是修煉之後，境界提升了自然修煉出來的。我想，繼續修煉下去的話，日後應該還會有所提升。要是真能做到六道中眾生諸物無不能見，豈不是能洞察天機了？」

「那是自然。要是真的無不能見，天機便也在眼中了。」唐宗伯話是這麼說，心情卻不平靜，「妳這天眼是生來就帶著的？聽說有生來就帶陰陽眼的，可沒聽說有帶著天眼的。除非前世積了大善，有所報償，否則能見天機的雙眼，即便修煉中的人要得到，都是要花很大的代價。」

唐宗伯的意思很明顯，夏芍這能力太受上天眷顧了。

夏芍笑看師父一眼，「要不然，師父以為當年在十里村的後山，我為什麼能幫周教授指出他選的祖墳為大凶？我就是看出那裡全是陰氣聚集。雖然那時候我不懂，但我也覺得黑乎乎的氣必然不好。」

這麼一說，唐宗伯也想起了當年的事。回憶過後慢慢點頭，確實，這麼一說，倒是解釋得通了。當年她一個女娃娃為什麼能幫人度過一劫。

「妳個丫頭，這麼大的事，瞞師父這麼久！」唐宗伯舉起手來，又要教訓夏芍。

夏芍笑著躲開，有了前兩天的經驗，這一次她不往徐天胤那裡躲了，但在她要躲開的一瞬，男人還是比她快一步地大手一撈，把她捕獲。

徐天胤護著夏芍轉身，唐宗伯瞪兩人一眼，氣得吹鬍子瞪眼。

夏芍看向徐天胤，「師兄的感覺可真敏銳，從我第一次見到師兄的時候開天眼，一直到現在，居然都能感覺得到。」

徐天胤看著她不說話，在聽到她有天眼時，他的眸光也是波動了一下，隨即便平復。他並沒有唐宗伯那麼激動，對他來說，似乎這只是解開他心中一直想不通的一件事。其他的，對他來說無所謂。她有天眼，或者沒有，對他來說都無所謂。

「唉，一切自有天意，或許冥冥之中自有安排吧，妳這丫頭說不定是上天賜給玄門的。」唐宗伯嘆了口氣，頗為感慨，「這能力雖然能看人未來，但是天機不可隨意洩露，所以……妳懂師父的意思。」

夏芍點頭。她明白天機洩露多了對她不好，她看歸看，不會隨便說。這件事她只說給師父和師兄聽，並沒有叫張老一脈的人，就是因為她知道天眼的事還是不要太多人知道的好。

這個能力是利器，被有心人盯上就不好了。

「但是用得好還是有很大的幫助，比如余九志回來之後的動向，我可以隨時掌握。」

唐宗伯點頭。

夏芍繼續說道：「可我不能一直留在張家小樓這邊了。李卿宇的劫數還沒完全化去，我跟李伯父請了一星期的假，今天該回去了。」

徐天胤擁住夏芍的手臂明顯一頓，唐宗伯也看過來，兩人都忘了還有這麼一件事。

「不過，晚上我會找時間回來，白天再回李家。我不在的時候，這裡就交給師兄了。」夏芍看向徐天胤。

徐天胤凝視她許久，不點頭，也不搖頭，不知道是同意還是不同意。

夏芍見他這模樣就噗哧一笑，「我都說了我晚上會回來。」

「嗯。」徐天胤這才應了一聲。

夏芍皺了皺鼻子，瞪他一眼，便跟師父和師兄告別，回李家報到。

走的時候，李卿宇面相上的劫氣已經越來越弱，夏芍希望這次回去能看見他劫氣完全消失，這樣她便可以離開李家，安心回張家小樓幫著師父清理門戶了。

然而，回到李家，見到李卿宇的瞬間，她變了臉色。

額上印堂黑暗，年壽兩顴如烏雲當罩。

這是……好重的邪氣！

怎麼回事？

夏芍回到李家大宅時，又換上了她那條黑裙子，眼部變妝，重新回到她職業保鏢的身分。

她先去見了李伯元，這幾天媒體記者對於余九志等人的爆料，李伯元必然關注著，他猜出是夏芍所為，卻不知道她已回來好幾天了。

夏芍並沒有對她主導這次的輿論做出太多解釋，只道：「李伯父，我說過不會讓您孫子真的娶余薇，這件事我會解決。只是輿論期間，記者可能會來煩你們，這點還請擔待。」

李伯元笑著輕斥道：「妳說的什麼話，我們李家還少跟記者打交道嗎？這點不用妳說，我老頭子像是那麼斤斤計較的人嗎？不過，余九志和余薇真是妳傷的？」

夏芍點頭，算是承認，也安一安李伯元的心。

哪知李伯元聽了，心提到喉嚨上來。他一直以為要傷余九志，至少要等到唐宗伯來，哪裡想到夏芍竟然先動了手。最不可思議的是，她還得手了。

余九志的年紀大她少說兩輪，經驗老道，身手也必定比她老辣，在李伯元心裡，他從來不認為夏芍能真的傷到余九志。就連唐宗伯來了，他如今雙腿殘疾，能不能勝余九志還很難說，他怎麼也沒想到夏芍居然做到了。

這丫頭怎麼辦到的？她才多大？

震驚過後，李伯元又忍不住擔憂，「要真是妳的話，妳可要小心了。余九志的心胸可不大，妳傷了他，傷了他孫女，還在媒體爆料，讓他丟臉，他是不會善罷甘休的。」

夏芍說這話，本是讓李伯元放心她有能力解決余家，沒想到他倒是先擔心起自己來。她笑得頗為高深，「現在，不想善罷甘休的人可是我。」

李伯元一愣，夏芍壓低聲音道：「我師父到了。」

「什麼？」李伯元足足愣了好一會兒才反應過來，「唐大師到了？怎麼這麼早？不是說下個月才會來嗎？」

夏芍笑而不答，李伯元在反應過來後也壓低聲音問道：「唐大師在哪裡？安排的住處安全嗎？要不然讓唐大師來李家住。李家現在跟余家聯姻，余九志未必能想到唐大師在這裡。說不定，住在這裡是最安全的。」

「謝謝李伯父，不過，師父的住處已經安排好了，他在那邊遇到什麼事情，一來有人幫他，二來不至於傷到無辜。為了您的安全著想，最近師父先不跟您見面，等事情解決了，你們有的是時間敘舊。」

李伯元明白他們有他們的考量，因此不再多說，只是囑咐夏芍萬事小心。

「香港的媒體裡面，有幾家大媒體跟李家很熟，妳要是需要造勢，儘管跟伯父說，伯父會幫妳安排，千萬別跟我客氣。」

夏芍點點頭，心裡卻沒這個打算。她之所以找上劉板旺，一來是還張老一個人情，畢竟劉板旺當年是和張老合作才招致如今的落魄。二來前世的時候，夏芍就知道媒體對於一件事的輿論影響力，雖然現在網路還沒有像十多年後那樣發達，但媒體的力量仍然不可小覷。這是在青市華夏集團舉辦鑒寶類節目的時候夏芍就體會到的效果，因此這次幫助劉板旺，她難免存了點進軍傳媒界的心。

如果能成立一家屬於自己的媒體，將來會有很大的作用。在解決余九志之後，她在香港的精力可能會放在房產業和傳媒上。正好現在網路傳媒不多，她可以往這方面發展。所以，跟大媒體合作，夏芍不考慮，她打算把劉板旺帶出來，把他收入麾下，做自己的傳媒。

談完這事，夏芍將話題轉到李卿宇身上，「您孫子現在在公司吧？要不，我過去一趟？」

李伯元笑著擺擺手，「都快傍晚了，妳還去什麼公司？他身邊有保鏢呢，妳派的那兩個人嚴肅是嚴肅了點，但挺可靠的。前兩天記者堵在公司門口想採訪卿宇，都被他們擋下。卿宇下了班就會回來，妳這兩天也累了，先去休息吧。」

夏芍看了看外頭的天色，這才點頭回房去了。

李卿宇的房間就像他的人一樣，嚴謹而一絲不苟，進了他的房間，如果不是看見書架上有商業和哲學方面的書籍，會讓人以為是飯店。

夏芍打開小房間的門，進入自己的房間時愣了愣。

房裡的擺設跟她走時一樣，她還以為傭人會進來打掃歸置，但很明顯打掃是有，所有的東西卻都是她離開時的樣子。

夏芍愣了一會兒，沒有從行李箱裡把衣服拿出來掛上，因為她覺得應該住不了太久了。

李卿宇面上的劫氣已經很弱，她希望這次回來能看見他劫氣完全消失，這樣她便可以離開李家了。因此今天見李卿宇，她還是有些期待的。

約莫六點的時候，李卿宇回來了。

夏芍下樓，李卿宇正走進客廳，跟在他身後的是莫非和馬克沁。

李卿宇忽然似有所感地抬起頭來，望向二樓的樓梯處。

夏芍站在那裡，看他的眼神有些愣然。

李卿宇也發愣，走了一星期的人如約回到這裡。她還是那樣氣質沉靜，眉眼平凡，但不知為何，再見時，他竟覺得燈光有些晃眼。

她看著他，眉頭皺了皺。

李卿宇這才發現自己失禮了，將視線收回，微微一笑。再抬眼時，將手中的公事包交給管家，聲音微沉，卻帶了些調侃，「妳不覺得讓雇主仰頭看保鏢，不太禮貌嗎？」

夏芍笑了起來，「你真講究。」

她從樓梯上走下來，李卿宇坐到沙發上，「我還以為妳會早上回來報到。」

「我從來沒說過會早上回來。」夏芍坐去他對面，目光定在李卿宇臉上，理直氣壯，「所以，我這也算按時回來。給我的額外獎金，李總裁不會小氣地剋扣吧？」

李卿宇正端起傭人遞來的咖啡輕啜一口，聽了這話，咳了咳，「保護雇主期間請假，還提獎金，妳大概是我見過的最愛錢的保鏢了。」

「不是為了錢，誰拚命啊？」夏芍笑道。

李卿宇挑眉，放下咖啡杯，眼神意味很明顯——妳拚過命嗎？

夏芍卻站起身來，往李卿宇身後站著的莫非臉上看了看，笑容有些讓人不解的甜美。

莫非見到夏芍的笑容，臉色連動都不動，十分淡定。
夏芍也沒時間跟她算前幾天騙她去飯店的帳，她只指了指莫非和馬克沁，對李卿宇說道：「拚沒拚命你以後就知道。你先休息一下，我去書房有事跟李老談，讓他們兩個先陪你。」
李卿宇愣住，夏芍已轉身上樓。
轉身的瞬間，她目光冷了下來。
李伯元見夏芍進來，笑著把她請去對面坐下，問道：「怎麼樣，見到卿宇了嗎？他臉上的劫象是不是好些了？」
「我也這麼希望，但是很抱歉，伯父，李卿宇現在額上印堂黑暗，年壽兩顴烏雲當罩，邪氣很重。」夏芍皺眉，不像是在開玩笑。
李伯元一聽就驚了，「什麼？可是……世侄女，妳走的時候不是告訴我卿宇的劫象越來越淡了嗎？怎麼會這樣？」
「我走的時候是這樣，但架不住有人想用邪法傷他。」
「邪法？」李伯元聽到這兩個字，頭皮發麻，「可是卿宇這幾天沒什麼事啊？」
夏芍呼出一口氣，「萬幸我走的時候曾經卜算過，這一週他都沒有大礙，沒想到我回來會見到這種情況。他沒發生什麼事，說明對方還沒開始動手，但他面相上邪氣這麼重，我相信對方很快就會動手。」
「這……世侄女，這事妳可一定要幫伯父！哪怕是有殺手或者黑社會想要卿宇的命，我們李家都有辦法請人保護，但是邪法這種事，伯父可真是一點辦法也沒有！」
夏芍瞇了瞇眼，「這是自然。我已經知道對方所用的邪術是什麼，也知道是誰了。」

「什麼？」李伯元呼吸窒了窒，「是誰？」

夏芍能聽出老人聲音在發抖，他應該能猜出來，只是答案對他來說是殘酷的。在她走之前，告訴他李卿宇的劫象越來越好的時候，他臉上欣慰的神情看了叫人心疼。他大概這一個星期的心情是這幾年裡最好的，今晚又告訴他這樣一個消息，她真怕這位可敬的老人會垮掉。

「李伯父，您先坐著。」夏芍起身走去書桌後扶著老人坐下，手有意無意放在他後背，看著像是在幫老人順氣，其實是將元氣調整到他身上，幫著他恢復元氣。

李伯元果然鎮定很多，可神情還是有些疲累和蒼涼，「妳說吧。我這輩子什麼大風大浪都經歷過了，我挺得住。卿宇的劫數一天不化，我便還挺得住。」

夏芍聽了鼻頭發酸，「李伯父，上次您已經給過他們機會了。這一次我想說，這件事真的到了解決的時候。我接下來也會很忙，需要盡早把這事了結，而且我覺得這事越拖，對您老來說越不好。您已經仁至義盡了，接下來就交給我吧。兩天後是週末，您讓他們都回來，到底是誰，到時候我會指給您看。」

這個人是誰，用的是什麼邪術，夏芍剛才在客廳跟李卿宇面對面聊天的時候已經用天眼看過。既然對方做出這種事，明擺著要名利不要親情，那她也就不姑息了。

李伯元疲憊地點頭，夏芍幫他順著氣，感覺到老人精神狀態萎靡，趕緊又幫他調整元氣，補足精元。李伯元垂著頭說道：「這件事還是不要告訴卿宇吧。我這兩天身體剛好，他下了班就去醫院陪我，好幾天沒睡好了。」

「嗯。」夏芍表面上答應，卻瞥了眼門口。

以她的修為，這麼近的距離，別說是衣服的摩擦聲，就是一呼一吸間的鼻息，她都能感覺得到。李卿宇一直站在門外，書房是有隔音效果，卻不知他聽到了多少。

夏芍覺得他聽到也好，李伯元年紀大了，這種親情上的打擊對他來說太重，他不適合再處理這些事，交給李卿宇來解決或許會好些。

果然，夏芍剛把目光收回來，李卿宇就敲了敲書房的門，走了進來。

夏芍明顯感覺他在看自己，目光懾人，有些審視，有些探究，還有些別的複雜情緒。

李伯元見李卿宇進來，愣了愣，從椅子上站起身來要說話。

李卿宇先開了口：「對不起，爺爺，我在門外都聽到了。」

「你聽到了？」李伯元愣住，半晌頹然地坐回去，擺了擺手，「算了，聽到就聽到，反正家庭聚會那天，可能也瞞不住你了。」

李卿宇走去書桌後幫著老人順氣，只是抬起頭看夏芍時，聲音很沉，「妳究竟是什麼人？」

「你聽到了多少？要不要我再把情況說一遍給你聽？」夏芍從容問道。

李卿宇蹙了蹙眉，「我聽見爺爺叫妳世侄女。妳不是南非軍事公司的保鏢，妳跟爺爺早就認識，妳是誰？」

「我是你的保鏢，但不是傳統意義上的保鏢，你可以稱我為風水師。」夏芍笑道。

李卿宇的眼睛瞇了瞇。

風水師？好一個風水師！

她騙他騙得好慘！

他早該覺得她奇怪了，明明是保鏢，做事風格卻像風水師。她說她是全能的，她確實身手很好，當保鏢也綽綽有餘，問題是，她不是保鏢，而是風水師？

「爺爺，這到底是怎麼回事？」李卿宇目光從她臉上轉開，問向李伯元。

夏芍挑眉，連她都不得不感嘆這個男人的自制力。

李伯元嘆了口氣，「你別問那麼多，現在還不是你知道的時候。李小姐是我幾年前偶然間認識的，她那個時候就算出你今年有大劫，我請她來幫你化劫。但因為一些私人原因，她不能公開身分，只能以保鏢的身分待在你身邊。唉，你就別問了，告不告訴你李小姐說了算。她覺得可以說的時候，你自然就知道了。」

李卿宇這才又看向夏芍，夏芍笑著點頭。

「聽你爺爺的。對我來說，有些事知道人越少越好，原本連我是風水師的事都不想告訴你的，但是大後天我要幫你揪出那個要害你的人來，到時候免不了暴露身分，所以，你現在知道就知道了吧，只是別往外說。」

李卿宇看著夏芍，心裡有疑問。祖父要請風水師，為什麼不請香港的？既然是請了別人，在香港這樣的地界，很多風水師求揚名都求不得，她為什麼要這麼低調？

很明顯夏芍這時候不會說，李卿宇也是聰明人，沒有結果的事，他不會浪費精力和時間。

「好，妳的事，我不問。我的事，妳總可以告訴我吧？那個人是誰？」

夏芍搖頭，「你現在知道有什麼用？難不成你想先動手對付他？這可不行。他用的是邪術，他一個人完成不了，背後肯定有人幫他。這個人才是禍害，留不得。解決了他，才算是解決了你的劫數。你千萬不要打草驚蛇，這件事交給我就好。」

夏芍什麼都不肯說，李卿宇頗為鬱悶，他深吸一口氣，但夏芍感覺得到他拳頭緊握。

「好，那妳能告訴我對方要怎麼對付我吧？告訴我怎麼防範可以吧？」

夏芍嘴角勾起，隨即壓了下來。她現在笑有點不合時宜，但李卿宇很少有情緒，能把他逼急了，她有點意外。

她點點頭，答道：「養小鬼。」

「養小鬼？」李伯元皺起了眉頭。

李卿宇的反應比李伯元平靜得多，「我知道。有些藝人傳聞養小鬼，聽說能快速竄紅，我認為是無稽之談。」

「不是無稽之談。」夏芍表情嚴肅，「養小鬼是控靈術中的一種，在奇門裡，稍有功德的人都不會修煉。因為過於陰損，有傷功德。養鬼是一種巫術，之所以叫養小鬼，是因為驅使的是冤死的童魂。我們本土有兩種茅山術法可以拘提冤死的童魂，東南亞也有降頭術可以辦得到。方法不一樣，但結果都一樣。被拘提的童魂，一般不會正常輪迴，很損陰德，所以我們將其稱之為邪術，有功德的人都不會修煉。」

李伯元和李卿宇聽了夏芍的解釋，兩人臉色都有些難看。

驅使童魂這樣的事，稍微有良知的人都會憤怒。

「養小鬼之後，可以驅使他做很多事，求名、求利、求財，好處很多，但世上任何事，得到了就必須要付出。小鬼養的時間越久，能力越強，反噬就越狠，飼主最後通常都會死在所養的小鬼手上。」夏芍冷笑一聲，「用將來的不得好死，換眼前的十年輝煌，這個世界上有很多瘋狂的人。」

「不得好死……」李伯元情緒變亂，幸好夏芍一直暗中幫他輸補元氣，這才沒犯病。

這是可以理解的，要害李卿宇的是李家人，這些子孫寧願用這樣的方法也要得到繼承集團的名利，李伯元怎能不傷心？

「李伯父，您放心吧，對方還沒來得及動手，說明小鬼剛養到手。市面上有很多養小鬼的東西都是騙人的，要真的請童魂來，需要尋找懂此邪術的人。我離開不過一個星期，我相信童魂是剛剛到手，力量還不強，所以還沒有驅使他做事，反噬不會立刻就到的。這個修煉邪術的人，我不會饒了他，這個人就交給我解決。我處理了這件事之後會幫童魂超渡，但你們李家的人就要你們自己處置了。」

李伯元點頭，「妳放心，這種不孝子孫我不會姑息的！我們李家也是很久沒動家法了，居然養出這種狠毒的人來！我倒要看看，他有什麼臉面還敢稱自己是李家子孫！」

夏芍看向李卿宇，笑道：「你把我給你的玉羅漢自今天起別放在口袋，改戴在身上，貼住胸口放好。放心，你不會有事的，我正是為此而來的。」

她這個時候還笑得出來，李卿宇愣了愣，想起兩人兜風的那晚，她遇到有人拿著槍指著他的頭時，也是這樣從容地笑著，此刻知道有人要用邪術對付他，還是一樣地微笑。

那個時候他就弄不懂她，現在依舊不懂。

他不是沒有情緒，知道她瞞了他這麼久，他怎麼可能像表面上這麼平靜？只是他慣於控制自己，慣於忍耐，慣於讓自己處在清醒的狀態，不被情緒所左右。事實上，她的身分在今晚天翻地覆，天知道他在門外聽到的時候是怎樣的心情？

他進房門的時候，已經是他控制過之後的自己，可看見她被他撞破後，從頭到尾的自然淡定，他忽然有種不淡定的感覺。

這個女人……

「好了，該吃晚飯了，都下去吃飯吧。」李伯元這時候開口，打破了書房的安靜。他沒什麼胃口，但怕孫子擔心，他怎麼也得強撐著吃點東西。

李卿宇點點頭，與夏芍一起扶著李伯元去了樓下餐廳。老人坐下後，李卿宇才對夏芍說道：「妳陪著爺爺坐一會兒，我先回房換件衣服。」

他穿的還是上班時的西裝，夏芍點點頭，李卿宇便上了樓。

他回到房間後，倚在房門上靜了靜，片刻走去書桌後打開電腦，從抽屜裡拿出一份資料。資料上正是夏芍的照片和她在南非軍事公司的履歷。他將資料掃進電腦裡，傳輸了份郵件出去，然後拿出手機撥打一個私人號碼。

對方很快接起電話，裡面傳來一個年輕男子的聲音，對方操著一口流利的中文，「上帝，宇，你終於打電話給我了。我還在想你繼承家業，什麼時候會請我這個老同學去你那裡慶賀。」

李卿宇難得神情放鬆，唇邊噙著淡淡的笑意，開口卻是正宗的美語：「最近很忙，過段時間吧。傑諾，我傳了份資料給你，打開看看。」

「嗯哼，等等。」電話那頭傳來年輕男子玩世不恭的聲音，沒過一會兒，便聽見他吹了聲口哨，「女人！天哪，宇，你終於有看上的女人了？」

「別亂說。」李卿宇垂下眼簾，「這是我的保鏢，但我對她的身分有些懷疑，你幫我查查她的底細。」

年輕男子還是吹了聲口哨，「雇主與保鏢的故事略嫌老套，不過你本來就是老套的人。」

李卿宇笑笑，「什麼時候能給我消息？」

「有錢嗎？」對方開玩笑道。

「你開價。」李卿宇很乾脆。

「哦，這是要為美女一擲千金嗎？」對方調侃著，「這錢你還是留著給你的美女保鏢買身漂亮的衣服吧，女人穿黑色不好看。可惜我不缺錢，就當唯利是圖的傑諾賽家族的二公子為老同學效勞了。」

李卿宇道完謝便道：「我等你的消息。」

說完，他便掛了電話。

李卿宇站起身，望向窗外，露出微笑。

我會知道妳是誰的！

等待李家家庭聚會的這兩天，夏芍也沒閒著。

余九志等人在港口被媒體和民眾圍堵後的第二天早上，消息鋪天蓋地傳遍全港。

「余大師右臂疑似受傷嚴重，記者採訪期間，余大師未曾活動過右臂，救護車來後，也隨車去往醫院。」

「余大師的孫女余薇小姐，雙腿受重傷，從船艙被醫護人員抬出來時一度情緒失控，被注射鎮靜劑後送往醫院。記者隨後蹲點等候，截至發稿時，余小姐仍在手術中。余大師也在另一間病房不曾出來，似乎右臂受傷的傳聞屬實。」

「在港口時，記者未曾見到王大師和曲大師的孫子王洛川和曲峰。兩位大師看起來精神欠佳，回家後就一直閉門謝客。冷大師也不接受採訪，三人自發稿時都不曾去過醫院看望余大師和余小姐。值得一提的是，余小姐此前傳聞與李氏集團總裁李卿宇先生即將訂婚，事發之後，記者曾試圖採訪到李先生，但被其祕書以公務繁忙不便接受採訪為名拒絕。截至發稿時，李先生也未曾出現在醫院。這場豪門與風水世家的聯姻，王子與公主的童話是否經得起考驗，能否走到最後呢？讓我們拭目以待。」

「據可靠人士透露，有一起去漁村海島的風水師證實，余大師和余小姐的傷是退出風水界許多年的張大師的弟子所為，傷人的動機似乎關係到當年的爭鬥恩怨。記者特地整理出當年事件的前後始末。起因是時為香港第一風水大師的唐宗伯大師去往內地，就此失去蹤跡。身為唐大師師弟的余大師和張大師在港爭奪第一大師頭銜，在王大師和曲大師的支持下，張大師被爆出許多在勘輿風水方面的錯處，最終無顏留在風水界，宣布退隱。時隔八年，張大師的弟子出山，是否預示著香港平靜了八年的風水界風波再起呢？」

「特別需要提一下的是，據聞這位傷到余大師和余薇小姐的風水師是一名少女，年齡大約在十七八歲。記者採訪時，她已提前離開。究竟這位年輕的風水大師是怎樣打敗余大師的，記者也非常好奇。她還會不會再出現，這是很多人都關注的問題。」

……

鋪天蓋地的消息，民眾還沒來得及消化，劉板旺的雜誌又掀起了一場風波。

前兩天他的雜誌剛剛爆料的時候，還有好多人不相信，但是經由許多媒體的一起報導，民眾不信也得信了。曾經三流的八卦小雜誌，這幾天銷量翻天覆地。這天早上，媒體記者們還在報導著昨天在港口堵到余九志的事情時，劉板旺的雜誌一擺在書報亭，其標題就吸引了不少人的目光：年輕風水大師的挑戰！給香港風水大師的戰帖！

翻看其中的內容，眾人都震驚了。

雜誌裡沒有任何一版小明星的緋聞，所有的內容都圍繞風水運勢展開。香港銷量最好的運勢書，代表了余王曲冷四大風水家族的精髓，竟然有人在雜誌上公開指點，表示要指出四本運勢書中預測不準確之處。

這天雜誌中的內容已經指出余薇出版的運勢書中，關於陽宅置地方面的不足之處。其餘三家，雜誌中表示將會以連載的方式逐一指明其謬誤。

這是公開的挑戰，或者說是挑釁。以一人之力，叫板香港四位最頂級的風水大師。

這人是誰？跟今早眾家媒體報導的那名少女風水師有沒有關聯？

不僅民眾們的好奇心被提起，連一些媒體記者都恨不得直接去採訪劉板旺。

他從哪裡得來的一手消息？為什麼總是比他們快一步？

最初一線的媒體雖然震驚劉板旺能爆料這麼大的事，但很快就平靜下來，認為這不過是他得了某個消息來源，占了一次先機而已。八年了，就讓他占這麼一次先機，想必也沒什麼。媒體是靠關注度吃飯的，他以後總不能天天報導出占先機的事件。說到底，這次就是他運氣好。論資源，三流媒體怎麼比得過一線媒體？

沒想到劉板旺的雜誌竟然還能爆料出大事來。

這下子，一線媒體的當家人們嗅到了不同尋常的味道。劉板旺既然能出這樣一期內容，他的稿子怎麼來的？他必然與這個挑戰香港風水大師們的人認識。

這些媒體當家人們當即下令，都給我去劉板旺的雜誌社附近蹲點。發現可疑人士出入，想辦法攔住，不惜一切請來，哪怕砸大錢也在所不惜。

然而，這些人很快就失望了，因為夏芍在李家大宅，她的稿子早就交給了劉板旺，只不過囑咐他不要一下子發完，要慢慢發。

果然，這些媒體記者蹲點了一天都沒結果。第二天，雜誌上又出版一期以糾正王家在風水佈局上的不足之處的內容。除此之外，雜誌上還爆料，下戰帖挑戰香港四大風水家族的人，正是在風水師考核上打敗余九志和余薇的少女風水師。

這下子民眾沸騰了。

真的是那名少女風水師？

她真的只有十七八歲？真是她傷了余家的人？這個年紀，怎麼能指點幾位大師在運勢書中的錯誤？她到底有多少本事？

香港的風水界要變天了？

一時間，民眾紛紛要求爆料這位少女風水師的事，但劉板旺的雜誌就像吊足了人們的胃口一樣，對此事隻字不提。

越是神祕的事越能引起人們的八卦心理，劉板旺的雜誌無疑活起來了，人們開始期盼他的雜誌還能爆出什麼料來，更期盼他的雜誌能對那名少女風水師的事進行報導。

在這種期盼中，劉板旺的雜誌裡依舊持續連載著夏芍對於四本運勢書的校正，並稱指點完後她將以六壬神課的占卜方式，預測香港每一天會發生的事。

這是挑釁，也是戰帖，但余王曲冷四家卻一點回應也沒有。余薇剛從手術室轉進重症監護病房，余九志尚在醫院陪著，剩下三家全都閉門謝客，對外界的風波未做出回應，可香港的空氣裡已隱隱有些風雨欲來的氛圍。

在這樣的氣氛裡，李家大宅的風雨卻提前到來。

這天一早，李家三房的人都回到了主宅。他們已經有段時間沒回來了，自從前陣子老爺子氣病，李卿宇便守在病房裡照顧老人，表示沒有李伯元的傳喚，誰也不准到醫院看望。一週前，李伯元回到主宅休養，李卿宇還是不允許眾人回來探望。他不僅不許李正譽和李正泰兩房的人回來，連他的父母也禁止踏入李家主宅。

這讓身為母親的伊珊珊很不滿，她去公司找兒子鬧，李卿宇對她的態度不冷不熱，只說老爺子需要休養，人多了嫌吵，然後就叫莫非和馬克沁送伊珊珊離開。

李卿宇還真了解他母親，伊珊珊回主宅看望老人的目的自然不純。她憋屈了這麼多年，兒子總算繼承家業，自以為在家中有些話語權了。雖然當天李伯元是怎麼住院的她並不知道，但知道自己的兒子是不會惹老爺子生氣的，一定是大房和二房頂撞了老爺子，不然卿宇為什麼不讓大房和二房去醫院探望呢？

伊珊珊一輩子也沒抓住兩房的把柄，出了這件事，自然想回主宅逞一逞威風，不料被李卿宇下了禁令，還被從公司請出去，她怎能不氣？

說得好聽點那叫請，說得不好聽那是攆。瞧瞧那名俄羅斯保鏢，五大三粗的，看著就嚇人。伊珊珊怎麼也想不通，兒子會讓這種凶神惡煞的保鏢請自己的母親離開公司。

她的臉都丟光了！

伊珊珊在家裡憋屈了一個星期，今天早早就來到主宅，一進門就不給李卿宇好臉色。

李卿宇今天穿著一件高領的米色薄毛衣，金絲眼鏡架在鼻樑上，見自己的父母進到客廳來，起身點頭道：「父親，母親。」

他依舊不冷不熱的，甚至帶了點疏離。

李正瑞對此反應還好，這兒子是他年少輕狂的時候留下來的，後來兒子還是父親在教養著，他這個當父親的繼續在外頭花天酒地，對李卿宇實在沒有多少父子之情。他知道李卿宇跟他不親，但兒子成為集團總裁後，他這個當爸的還是在外頭多了不少豔福。從這方面來說，他對兒子倒是沒什麼不滿，不就是不讓回本家大宅嗎？他還不想回來面對老爺子的訓話呢！

可伊珊珊不一樣，她一看見李卿宇的態度就冷笑一聲，「今天讓你爸媽回來了？你的保鏢呢？要不要讓他們再攆我一回？」

李卿宇淡漠地看著母親，點頭道：「如果您想的話，可以。」

「你——」伊珊珊氣得臉色漲紅，轉頭就去掐李正瑞，「看看你的好兒子！你也不管管他，看他對他媽是什麼態度？」

李正瑞一副不耐煩的樣子，說了幾句，夫妻兩人就在客廳吵了起來。

李卿宇靜靜地看著父母爭吵，表情平靜得像一灘死水，轉身的時候，眉頭稍稍皺起，沉重地閉了閉眼，「爺爺聽不得吵鬧，我給你們一分鐘，安靜不下來的話，管家記得送客。」

說完，他就自己上了樓。

夏芍在書房裡陪李伯元，樓下的吵鬧聲那麼大，夏芍自是聽得清。她見李卿宇進來時很平靜，像沒事人一樣，心中感慨，這男人也挺不容易的。

李卿宇雖然知道了夏芍風水師的身分，但這兩天兩人相處跟以前沒什麼不同。李卿宇沉穩得就像是什麼事都沒發生一樣，他被人用邪術惦記上，看起來依舊如常，上班、下班。

這個內心強大的男人與她對視一眼，就去書桌去詢問李伯元的身體情況了。

今天對李家來說，勢必是狂風暴雨的一天，李伯元心情想必很凝重，夏芍一直在用元氣為老人補養調整。她的注意力放在李伯元身上，沒發現李卿宇低頭時又看了她一眼。

那一眼，意味深長。

原本他以為只要一晚就能得知她的身分，畢竟傑諾賽家族在美國黑手黨中勢力龐大，以他們的情報網，她的身分應當只需要一晚便會水落石出。

但是，兩天了，那邊依舊沒有結果。

在他打電話詢問的時候，那名一直玩世不恭大學老友竟難得認真了起來，「你這位美女保鏢身分不簡單，我敢保證，她絕對不是保鏢，她的身分是被人精心安排過的。這個人手法可真高端，所有履歷上的事都是真的，有趣的是，一往源頭查，線索就全部掐斷了。嘿，這是個高手！你再給我兩天的時間，我親自出去調查。」

掛上電話後，李卿宇就蹙起了眉。當他再看見夏芍的時候，越發不解——她到底是什麼人？身分何必安排得這麼神密？

三人在書房裡坐著，李伯元像是不想太早見到自己的兒孫一樣，一直坐到快午餐時間，才讓李卿宇和夏芍扶著下樓。

人都到齊了，大房的李正譽和妻子柳氏、兒子李卿懷，二房的李正泰和妻子舒敏、大兒子李卿馳，以及三房的李正瑞和妻子伊珊珊。

三房人見了李伯元下樓，趕緊起身相迎。

李伯元擺了擺手，看了眼餐桌，「都坐下準備吃飯吧。」

大房的人神態如常，二房就尷尬了些，畢竟上回是舒敏把老爺子氣病的。她那天從醫院回去之後就回了娘家，結婚到現在，李正泰對她向來好聲好氣，二十多年了，他第一次跟妻子冷戰。舒敏回娘家這麼多天，他不管不問，今天來大宅，他卻叫祕書打電話去通知，讓她今天來向老爺子道歉，要是今天不出現，就等著收律師發出的離婚協議書。

舒敏打從心底不願意離婚，她沒想到丈夫會這麼絕情。結婚這麼多年，她最了解自己的丈夫，他性子溫吞，非常孝順，這一次他是真的被自己氣到了。

舒敏硬著頭皮來了，跟著叫了聲爸，但沒敢跟老爺子對視。接著，聽李伯元叫眾人入座，她很少像今天這樣不敢抬頭，這異常的樣子立刻引起伊珊珊的注意，她目中精光一閃，難沒表現出對自己的厭惡來，她這才趕緊坐下。

伊珊珊的視線在二房夫妻臉上打轉，見向來感情很好的兩人今天像是隔了層冰，李正泰竟然看也不看妻子一眼。伊珊珊瞥舒敏一眼，就要說話。

不成那天是她把老爺子氣病的？

「管家，上菜吧。」李卿宇打斷了她。伊珊珊瞪兒子，李卿宇卻看也沒看她。

李家現在的座次，李伯元坐在主位上，李卿宇就在他左手旁，下首才是大房夫妻、二房夫妻、三房夫妻，至於李卿懷和李卿馳兩個三代子弟，坐在最末。

夏芍並未入座，她站在李伯元和李卿宇身後。李家的人都見過她了，雖然吃飯的時候有她這個外人在場很不自在，但今天沒人找她的碴。

管家很快就帶著傭人將菜餚端上來，席間氣氛拘謹，怎麼看都不像是家宴。夏芍站在後頭看著，心中感到悲哀，卻默不作聲，視線落在大房的李正譽身上。

沒錯，在天眼裡，夏芍預見到的人正是李正譽。

他是李伯元的長子，李卿宇的大伯父，外界盛讚的放棄自身利益，成全家族長久興盛的男人，卻是李家隱藏最深的人。

夏芍即使不開天眼，也能明顯感覺到李正譽身上正被陰氣籠罩著，但夏芍並不出聲，只等著他自己露出馬腳。

等到傭人上完菜，李正譽咳了咳，出聲道：「王媽，再加副碗筷來。」

王媽一愣，應聲去廚房拿。李伯元不可思議地望向大兒子，李卿宇也看了過來。

這是她在下樓前告訴兩人的，養小鬼需要供奉，帶著童魂出門用餐，桌上基本都會多放一副碗筷。夏芍告訴他們，吃飯的時候誰多叫一副碗筷，誰就是想用邪術害李卿宇的人。

李伯元沒想到這人會是自己的大兒子，夏芍在他身後暗中幫他調整元氣，老人才沒一下子血壓升高，又出現暈厥的現象。

李伯元勉強平復情緒，問道：「好端端的，多加副碗筷幹什麼？」

這是李伯元下樓來後，除了讓兒孫入座外說的第一句話。

李正譽笑了笑，柳氏道：「爸，正譽都五十的人了，最近也不知道怎麼了，竟格外牽掛起女兒來了。嵐嵐不是在英國讀書嗎？這都大半年沒回來了，他前段時間打電話給女兒，說想念女兒，從那天起，吃飯就非得多加副碗筷。我和卿懷都哭笑不得，我們兩人只好要嵐嵐今年過年早些回來。」

李卿懷點點頭，二房和三房這才陪著笑笑，不過看起來笑容有點奇怪。

李伯元皺眉，「想女兒就多打電話給她，多加碗筷幹什麼，不吉利！王媽，別拿了！」

從廚房出來的王媽一聽，應了一聲，把碗筷給端了回去。

柳氏母子笑容都有些尷尬，夏芍知道他們母子應該是不知道實情。

李正譽見碗筷被撤走，咳了一聲說道：「行，不加就不加。爸不喜歡就算了，吃飯吧。」

他這麼一說，李伯元反倒愣了愣，他頭看了夏芍一眼，然後就和兒孫們動筷吃起了飯。

李伯元那一眼意思很明顯──怎麼回事？妳不是說養小鬼要供奉碗筷嗎？我一說他就不要了，是不是……冤枉他了？

李伯元並非不信夏芍，只不過面對兒孫，人之常情而已。

夏芍淡淡一笑，還是不出聲，只是在後面看著李家人用餐。

看了一會兒，她忽然笑出聲。

她這一笑，在拘謹的氛圍裡顯得很突兀。李家人都抬起頭，看向他們這個女保鑣。

夏芍卻看著李正譽的碗，「我原以為像李家這樣的豪門家族，用餐是很講究禮儀的，沒想到也不過爾爾。」

李家人皺眉，順著她的視線看向李正譽的碗，發現他的碗碟裡留了很多菜，都是他剛才夾進來的，每一樣都留了底。

這雖然有點不符合用餐禮儀，但這是家宴，被一個外人挑剔，李家人還是很不快。

李正譽反應最大，他沉下臉來，「怎麼？這是我們李家的家宴，我怎麼用餐需要一個保鑣來教？」他轉頭看向李卿宇，「卿宇，今天是家宴，保鑣跟在後頭不合適吧？難不成在自己家裡，還有人會害你？」

舒敏一聽這話，漲紅了臉。她覺得李正譽是在說她，故意給她難堪。伊珊珊也不滿地看向兒子和夏芍，她本來就不喜歡兒子這回請的保鏢，沒一個把她這個主母放在眼裡。她開口就要訓斥夏芍，但還沒開口，夏芍便又笑了。

夏芍邊笑邊點頭，「這話還真是說對了，都說家賊難防，真是不錯。」

眾人都愣了，李正譽一掌拍在桌上，「妳這話什麼意思？卿宇，你管不管你的保鏢嗎？」

李卿宇看著自己的大伯父，目光透著令人看不懂的情緒。

李正譽一跟他的視線對上，莫名心中一跳。

夏芍望著李正譽，嘴角微翹，眼裡卻沒有笑意，「李先生，最近夜裡寅時是不是經常聽見有人附在你耳邊說話？還是個孩子的聲音？」

李正譽頓時覺得頭皮發麻，感覺這女孩子說話清淡，眼神卻像是能將人看穿一般。

「妳說什麼？我聽不懂！卿宇，你再不管你的保鏢，今天的家宴，大伯父就告辭了！」

李卿宇看著他不說話，不僅如此，李伯元也望向他。兩人的目光就像是知道什麼似的，讓李正譽的心臟撲通撲通跳了起來。

這時，二房和三房的人已經感覺出不對勁來，連柳氏也看著丈夫。

「李夫人，」夏芍轉向柳氏，「近來李先生夜裡寅時是否有不對勁的時候？」

「寅時？」柳氏喃喃。

「半夜三到五點鐘。」夏芍提醒，「盜汗、囈語、做惡夢，有這些情況嗎？」

李正譽目光一變，但柳氏已經點頭，「對，是有。妳……妳怎麼知道？」

「我不僅知道，我還知道你們夫妻同床時，妳一定發現李先生的體溫比以往低很多。」

說到夫妻同床，若是平時，柳氏少不得臉紅，但今天她的注意力不在這上頭，她一聽夏芍的話就變了臉，「對，妳怎麼知道的？」

「別聽她胡說！」李正譽板起臉來，少見地喝斥妻子，「不是跟妳說了，最近晚上天涼，我這些天太忙了，身體不太好，過兩天抓副中藥喝喝就行了！」

「可、可……她是怎麼知道的？」柳氏有些委屈。

「妳管她怎麼知道的！」李正譽不耐煩，盯著李卿宇，「卿宇，不是大伯父說你。上回是不是你讓人在大伯父家安裝監視器？現在還沒取下來嗎？你這孩子到底是什麼意思？大伯父哪裡對不起你了，你要在大伯父和你大伯母臥室裝監視器，今天這事你給我說清楚！」

「李先生，嫁禍的招數就別用了，很沒意思。」不待李卿宇說話，夏芍便插話道：「我不僅知道你夜裡做惡夢，我還知道你家裡突然多了很多小孩喜歡玩的玩具，而且家中近來特別愛乾淨，一天打掃好幾遍，家裡應該還有很多小孩的衣服。」

柳氏臉色大變，二房和三房一看大嫂的臉色就知道夏芍說對了。

在場的沒有一個是傻子，都能聽出事情有蹊蹺，不然，夏芍一個保鏢，莫名其妙在雇主家宴的時候插什麼嘴？

「這事跟妳有什麼關係？我盼著卿懷早點結婚，叫我抱抱孫子享享清福，提前準備些小孩的衣服和玩具，與妳有什麼關係？」李正譽怒道，但他沒發現，他已經開始解釋了，心裡沒鬼的人通常不會這樣。

夏芍悠哉一笑，「這倒也說得通，可你家裡應該還放著清水或者飲料，另外有生雞蛋和白米。你能告訴我，這些東西是用來幹什麼的嗎？」

這話一問，柳氏的眼裡露出疑惑之色，顯然這件事她不知道，這事李正譽必定是在暗處做的，如果在明面上擺這些，他是怎麼也解釋不過去。

面對一桌子人狐疑的目光，李正譽惱羞成怒，直接拍桌子站了起來，「卿宇，你在大伯父家裡安裝監視器，不解釋也就算了，這些事你也要管嗎？這和你有什麼關係？」

「人命關係。你說，他要不要管？」夏芍又道。

人命兩個字，叫席間氣氛忽然靜了。

不僅二房和三房的人呆住，連柳氏母子也錯愕，李正譽更是如遭當頭雷擊，劈得一時間沒反應過來。

夏芍卻在這時候動了。

李正譽本就在李卿宇旁邊，夏芍出手極快，腳尖朝李正譽腳窩踢去。李正譽膝蓋一彎，身子一矮，啪一聲被夏芍扣著脖頸按在桌面上。

桌上全是還沒動幾筷子的菜餚，這一按下去，別說李正譽身上遭了秧，臉上也油膩膩一片。盤子發出刺耳的響聲讓退在遠處的傭人們一驚，一個個呆在原地，不知道發生了什麼事。

舒敏和伊珊珊尖叫一聲，往自家老公身上躲。

柳氏嚇得起身，李卿懷一把將母親拉去旁邊，然後衝了過來，「妳做什麼？」

夏芍在李卿懷趕過來之前，敏捷地放開李正譽退了出來。

她退後的時候，手上多了件東西，是剛才從李正譽衣領裡拿出來的。她把這東西往李家人眼前晃了晃，所有人都愣了。

只見夏芍手中拿了件用繩子拴著的小棺木，這棺木是木頭做的，一看就是用刀子雕出來的，上面有著奇怪的花紋，看起來不知為什麼，讓人感覺不太舒服。

夏芍的視線落在棺木上的時候，也跟著臉色一變。隨即，她瞪向李正譽，不再是之前的悠閒散漫，而是帶了些嚴厲，「這是降頭術！你養小鬼本就陰毒，居然還請了泰國的降頭師？說，這人是誰？」

養小鬼在民間並不少聽到，尤其是娛樂週刊總報導某某明星養小鬼，對於李家這樣的豪門家族來說，上流圈子混得久了，這些事也時常耳聞。

夏芍一說養小鬼，李家人當場就靜了。柳氏懵懵地看著自己的丈夫，李卿懷瞇了瞇眼，看著自己的父親。李正泰夫妻和李正瑞夫妻也沒反應過來。

李伯元在看見夏芍手中的棺木後，閉了閉眼，神色淒涼。李卿宇抿了抿唇，目光落在夏芍手上，客廳外灑進來的正午的暖陽逼得他鏡片微亮，看不清情緒。

最憎的人是李正譽，他怎麼也沒想到今天會被一個保鏢這麼對待，還被她把自己最深的祕密給揪了出來，展示在全家面前。

夏芍又問道：「這個降頭師現在還在香港嗎？住在哪裡？叫什麼名字？」

李正譽反應過來，雖然被人當場抓包，但他很快找到對自己有利的解釋，「妳在說什麼，我聽不懂！這只是我隨身攜帶的護身符，要經過妳的允許嗎？妳只是卿宇的保鏢，妳管得了李家所有人嗎？妳以為妳是誰！」

夏芍並不生氣，反而笑了笑，「聽不懂？那我就說到你懂為止！」她揚了揚手中的棺木，「知道這裡面裝的是什麼嗎？」

李正譽瞇眼。

「屍油！」夏芍的兩個字讓李家人的眼神都變了。

「降頭師有告訴你這東西是怎麼做的嗎？這棺木是降頭師親自選木頭，親自雕的。他拿著這個棺木親自去尋找嬰兒或是未破身的童男童女，掘墳、取屍，用特製的蠟燭灼烤屍身下巴，直至皮開肉綻，露出脂肪，再將脂肪融解的屍油拿這事先雕好的小棺木盛好。加蓋，念咒，七七四十九天之後，童魂便可供驅使。」夏芍冷笑著。

相比起她冷淡的面容，李家人卻覺得反胃。大家剛剛還在吃飯，聽她這麼一說，恨不得把胃裡的東西都嘔出來。

夏芍挑眉，「是不是覺得陰損？這麼陰損的事，你來告訴我，哪家寺廟會做？」

李正譽的目光與她對上，震驚裡帶些閃爍。不知他震驚的是這棺木的做法，還是夏芍一個保鏢竟然懂這些事。

李正譽卻不能承認，「我怎麼知道這裡面是什麼？再說，憑什麼妳說什麼就是什麼？」

「那你敢打開給大家看嗎？」夏芍的一句話，讓李家人都露出古怪的表情。

打開？

這玩意兒裡面要真的是屍油，那……嘔！

夏芍看著李正譽，他的表情在聽到這句話後倏地變了，雖然很快就恢復常態，但有人眼快，李伯元一臉痛心，李正泰也莫名看著他的大哥。

「大哥，你到底是不是養小鬼？你養小鬼想幹什麼？」

這話問到了點子上，也正是李家人繼震驚之後最不解的事。養小鬼的人，多是吃喝嫖賭詐，比如職業賭徒、詐騙犯、投機商人、偶像明星，又或者是跟誰有大仇的人。這些他們在圈子裡都當祕聞聽聽，不放在心上。從沒想過自己家裡居然有人會養，還是一向寬厚的李正譽。

二房和三房的人除了舒敏露出冷笑，約莫猜出什麼，其餘人都不解地看著李正譽。

李正譽依然不承認，「你們是什麼意思？聽一個保鏢的胡言亂語就來懷疑我嗎？她對我做出這麼無禮的事，沒有人要管嗎？」

「那就是說，要打開看看了？」夏芍這時反倒收了先前冷然的神色，慢悠悠笑了起來，「李先生，你可想好了。養小鬼，童魂要麼是未滿兩歲夭折的，要麼是胎死腹中未見天日的，其中最凶的要屬凶死的童魂，而你這個恰巧就是。你半夜三到五點聽見有人在耳邊說話，說的不是什麼好話吧？我想你一定是經常做惡夢，夢境還異常清晰吧？你夢見什麼了呢？」

李正譽臉色青白，顯然被夏芍說中了。

「你的夢不必告訴我，我不感興趣，我只是想要提醒你，請神容易送神難，這個小傢伙脾氣可不太好。你既然養了他，又被我搶到了手，他可是很生氣的。我要是再把棺木打開，他惱起來，你會怎樣我可就管不著了。」

李正譽憤怒到了極點，只見夏芍提著小木棺晃了晃，當真低下頭要打開的模樣。

李正譽眼皮一跳。他當然知道那裡面裝的是屍油，他做事向來不會選擇自己無法掌控的，那名降頭師告訴他裡面裝的是什麼，怎麼供養和驅使之後，他才付錢交易。

這棺木是降頭師親手做的，他不相信這保鏢有本事打開它。如果她打不開，他的清白就自然而然能證明。

李正譽冷哼一聲，說道：「好，那妳就打開看看！要是裡面沒有東西，我就要妳和卿宇給我一個說法！」

李正譽義正辭嚴，等著夏芍去動那棺木。他知道，如果她強行動這棺木，那童魂定不會饒了她，她只不過是在自討苦吃。他倒要看看，她揭發他不成，反被童魂所傷的下場。

李正譽沒有想到，夏芍壓根兒就不去動那棺木，她聽了他的話後，搖了搖頭，看著手中棺木道：「你的主人可真無情。你都聽見了吧？我如果打開這棺木，你也活不成了。遇到這樣的主人，你很生氣吧？想不想為自己出口氣？」

李正譽沒想到夏芍還有這招，頓時臉色一變。

「去吧，我不攔你。」夏芍慢悠悠抬頭，笑看向李正譽。

李正譽臉色再變，目光閃爍，震驚之餘覺得不太可能，因為這小鬼應該只聽他的差遣，沒道理聽別人的。正當他這樣想著，腦中嗡一聲，眼前一黑，瞬間栽倒。

不知道為什麼，四周突然變成了夜晚。

黑漆漆的老舊街道，街上陰氣森森，一個人也沒有。他獨自在街上走著，莫名彷徨。在這條街上，沒有人知道他是李氏集團亞洲區的總裁，沒有人知道他的名字，他是孤獨的異鄉客，身上穿著的是名貴的西裝，口袋裡卻沒帶一毛錢。

李正譽感覺孤獨無助，正在他不知道怎麼辦才好的時候，頭頂上忽然傳來一聲呼嘯。

他本能往後退了一步，然後聽到砰一聲。

一名兩三歲的男童從高處摔在他面前，他清楚地看見男孩身下流出大片鮮血。

李正譽驚愣在原地，就在這時，男童扭曲著脖子，歪著貼在地面上的頭突然動了動，然後睜開帶著血絲的眼睛，目光幽冷憤怒地向他望來。

李正譽瞬間頭皮發麻，整個後背都冒出冷汗。

他瞪著那男童，那男童竟然扭著手腳站了起來，他甚至能聽見男童摔斷手腳喀啦喀啦響的聲音，但他還是站了起來，眼神凶狠，猛然張大嘴向他撲了過來。

「啊！」李正譽發出驚恐的尖叫聲，拚命往後退，「別別別別過來！」

此時的李正譽不知道，他陷入了陰煞引起的幻境中。他不知道夏芍並沒有任由童魂傷害他，她只是任由陰煞向他撲去，再適當地輕輕動了動手指，制住一部分，任由他產生幻覺，將心中所想展現在李家人面前。

李卿宇攙扶著李伯元退到後面，一家人看著李正譽在餐廳發瘋。

「爸，你怎麼了？」李卿懷上前就要拉人，柳氏也叫了聲老公，幫著拉他。

李正譽抓起旁邊的椅子向兩人亂打，李卿懷趕緊將母親護著退去旁邊。

「滾！滾！別過來！別過來！」

「我叫你別過來，沒聽見嗎？」

「你你你你要什麼，你說，我都給你！」

「我不是故意的，真的不是故意的！我是真的想養著你，只要你幫我殺個人，幫我把屬於我的東西奪回來，你要什麼，我都供奉給你！」

「真的！你只要聽我的話，去殺了李卿宇……對，就是坐在我旁邊那個人，我就把你送去廟裡超渡，我說到做到！」

李正譽不知在跟誰說話，李家人全都愣住。

「大哥？」李正泰震驚地看著他，舒敏眼神嘲諷。

「老公？」柳氏捂住嘴巴，李卿懷扶著搖搖欲墜的母親，錯愕地看著父親。

「大哥？」李正瑞也不可思議地看向他，伊珊珊愣了半天才反應過來，突然大叫道：「好哇，你養小鬼是想害我家卿宇？」

她張牙舞爪地就要衝上去，李正譽忽然間清醒了。

他清醒過來後，手上還拿著椅子。李伯元由李卿宇陪著，眼神失望而悲憤，「老大，這是怎麼回事，你還想解釋嗎？」

李正譽這才發現剛才的一切是幻象，但是剛才他說了什麼他還記得很清楚。

「老公……」柳氏輕聲喚著他，表情悲痛。

所有人都用陌生的眼神看著他，這讓李正譽一時間感覺天旋地轉。

李正譽怒了，手裡提著椅子就向夏芍砸了過去。

「小心！」李卿宇在後頭喊了一聲，竟然飛奔過來要擋，但他的速度哪裡及得上椅子向夏芍砸來的速度？李卿宇人還沒到，椅子便向夏芍的面門砸來。

夏芍動也不動，只是淡然站著，冷笑連連。

「丫頭！」連李伯元都叫了一聲，李卿宇更是伸手就去拉夏芍。

然而，他還沒碰上她的手，不可思議的事發生了。

只見那椅子在夏芍身前的半空中停住，像是遇到無形的空氣牆，然後砰一聲震飛。

椅子在震出去的同時四分五裂，李卿宇不由自主停下腳步，李家人更是驚恐地看著夏芍，尤其是伊珊珊，嚇得往後退了好幾步。

她她她她是怎麼辦到的？

這是李家人第一次看見這名少女保鏢動手，此前她在他們眼裡一直是微不足道的，認為她不過是身手好一點而已，但今天看到她出手……不，應該說，她根本連出手都沒有，椅子就這麼裂開了。

李家人震驚了，李正譽卻栽倒在地上。他是被剛才震碎的椅子木棍撞倒的，一下子撞在胃部，中午剛吃的東西都嘔了出來，狼狽不堪。

夏芍朝他走過去，他倒在地上爬不起來，胃部絞痛，眼神驚懼，嘴裡竟然還唸唸有詞。他唸的是咒語，降頭師教他的，驅使小鬼的咒語。

夏芍看見他嘴唇在動，仍是慢悠悠地道：「小朋友，勸你悠著點。你那點法力就別鬧了，聽話點，退去後面看熱鬧，等這件事解決了，姊姊送你去廟裡超渡。你要是不聽話……」夏芍歪頭看著手中的小棺木，「姊姊身上有座小塔，裡面有條大黃很喜歡小朋友喔！」

哄玩小孩，夏芍對著小棺木滿意地一笑，然後在李正譽面前蹲下。

「李先生，你知道嗎？養小鬼是很損陰德的事，童魂一經拘提，供人驅使，便不能再正常輪迴。我手中這孩子是凶死的，他在還不懂事的年紀，甚至還沒不太會說話，沒怎麼見識過世界的美好就被人殺害，是一個很不幸的孩子。可是，對他來說，痛苦並不隨著死亡而結束，他的棺木被降頭師找到，掘墳起屍，被用殘忍的方法拘提魂魄，附在在小小的棺木上，不能輪迴，還要供你驅使去做害人的事。你告訴我，同樣的事發生在你的兒女身上，你能容忍嗎？」

李正譽不說話，屋裡靜悄悄的。夏芍伸出手，將李正譽提了起來，把餐桌上的桌巾扯下來，碗碟劈里啪啦摔到地上，接著將李正譽按到了桌上。

夏芍反剪著李正譽的手臂，將他的頭抓著看向李伯元，「你看見你父親了嗎？看見他老了嗎？他白手起家，大半生創立了李氏集團，他給你大少爺般的生活，有傭人伺候，接受最好的教育，享受世人的羡慕，你還妻子賢慧，兒女成雙。他對不起你嗎？現在他老了，你為什麼要讓他過這種血脈相殘，臨老不能安寧的日子？他養了一隻白眼狼嗎？」

夏芍的手勁兒一點也不輕，抓著李正譽的頭，又讓他看向另一個方向，「你看見你妻子了嗎？在她心裡，你是完美的丈夫。結婚三十年，事業、家庭，你讓她覺得她是世上最幸福的女人。今天，你覺得你在她眼裡是什麼樣子？你還完美嗎？」

「你再看看你兒子，你在他心目中的慈父形象，你覺得現在還有嗎？」夏芍抓著李正譽的頭，讓他一個個看向自己的家人，「再看看你兩個弟弟，在他們眼裡，你一直是不可超越的優秀大哥，現在你還是嗎？」

李伯元搖著頭，流下眼淚。

夏芍又抓著李正譽看向李卿宇，「看看你侄子。他在李家三代子弟裡，童年是最不幸的。有一個不靠譜的爸和一個不靠譜的媽。他的人生只有爺爺，或許曾經也有你這個寬厚的大伯。親情對他來說只有這麼少，是你們親手一點一點地毀掉。因為你們的眼裡只看得到名，只看得到利，對他來說遙不可及的親情，你們一直在享受，卻從來沒看在眼裡。有的東西不知道珍惜，偏要去爭沒有的。現在你告訴我，沒有的，你爭到了嗎？有的，現在還有嗎？」

「值，還是不值，你給我說！」夏芍瞪著李正譽，神情嚴厲。

李正譽被一名少女以屈辱的姿態按在桌上，臉色早已漲紅。她的質問喝醒了他，令他變得激動，「妳懂什麼？我是家裡的長子，集團本來就應該是我的！身為長子，繼承權被侄子搶走，要我在董事會、在外頭的臉往哪兒擱？」

砰！

李正譽剛吼完，夏芎抓著他的頭往桌上重重一砸。

「昏頭了你！我看你是需要清醒！董事會？外頭？那是些什麼人？你家裡又是些什麼人？能比嗎？你告訴我，哪個重要？」

「我兒子重要！」李正譽眼冒金星，卻還是怒瞪夏芎，「卿懷哪裡不如卿宇？他是長孫，他才應該是集團的繼承人！我為我兒子著想，有錯嗎？」

砰！

夏芎又抓著他的頭往桌上撞去，怒喝道：「你兒子？想你兒子之前，先想想你老子！他才是李氏集團的創始人，他才是打拚半生創下家業的當家人！你們這些享受著他成就的二代、三代，沒有任何人有資格在他面前提應該！長子如何，長孫又如何？僅憑此你們就可以堂而皇之占有他打下的江山嗎？你們根本是強盜！除了搶，除了爭，除了覺得理所應當，你為你老子做過什麼？你甚至連讓他過個安穩的晚年都做不到！應該？你不覺得臉紅嗎？」

夏芎的話讓李家人噤聲。

李伯元朝夏芎擺了擺手，哽咽道：「丫頭，別說了，放開他吧。我辛苦半生，打下李家這麼大的家業，是我的錯，都是我的錯……」

「爸！」李正泰紅著眼睛，走過去扶住老人，「您別這麼說，是我們不孝。這位小姐說的沒錯，我們應該感激，只不過名利讓人都變了。」

李正泰看一眼自己的妻子，舒敏咬咬唇，難道為自己的兒子打算做錯了嗎？

「放開我爸！」李卿懷反應了過來，大步朝夏芎走過來。

「給我站住！」夏芎大喝一聲，內勁自舌尖放出去，震住所有人。

李卿懷本能停下腳步，看著夏芍。

夏芍瞪著李卿懷，「別以為我不知道你私底下幹了些什麼事，只不過我見你尚未動手，懶得揭穿罷了！你們父子真不愧是父子，李家隱藏最深最會演戲的莫過於你們兩個！」

確切地說，李卿懷隱藏得比他父親還深，在夏芍的天眼預見的整件事情中，李卿懷可以說是最沉得住氣的。他不動手，卻看著他父親和二嬸動手，只不過他是補上最後那一擊的人。

夏芍的話令李家人又呆愣，李卿懷面罩寒霜，緊抿著唇，「我警告妳，說話要有證據。」

「我也警告你，你的父親已經栽了，你聰明的話就別成為下一個。想想你的母親，難道你們父子都搭進去，要她一個人孤獨終老嗎？」

李卿懷渾身一震。

夏芍冷哼，「世上真正有本事的人是不屑與人去爭已經存在的財富的。三代？那有什麼意思？做一代才有趣。自認為才華不輸人，卻把才華用在爭權上，在我看來，你已落了下乘。」

李卿懷如遭雷擊。

始終沉默不語的李卿馳忽然嗤笑一聲，「話說得可真漂亮！妳是李卿宇的保鏢，妳當然替妳的雇主說話！他也有才華，有本事叫他不爭繼承權，叫他不落下乘！」

「你給我閉嘴！」李正泰怒喝兒子。

夏芍卻笑了，「我相信如果老爺子告訴他，他不是李家的繼承人，他也一樣不會有意見。對他來說，李家是責任。對你們來說，李家是名利，這就是你們比不上他的地方。」

夏芍看著李卿宇，李卿宇默默地與她對視。他從剛才就一直沒有開口，看著她怒斥大伯父，一字一句皆如金玉敲在心底。他像是第一天認識她般，深深望著她，最後別開頭，聲音沙啞地道：「別說了。」

李家人卻都垂下眼簾，有一句話似乎點醒了老爺子立李卿宇為繼承人的關鍵。對他來說，李家是責任。對你們來說，李家是名利……

李卿馳還在嘀咕，只不過聲音小多了，「切！站著說話不腰疼，妳又不是李家人，換成是妳，妳未必不要。」

「我不要！」夏芍耳力很好，聽得一清二楚，「我說過，做一代有趣多了。任何時候，創造都比繼承來得有意思。」

李卿馳皺眉，看著夏芍的笑容。

這時，夏芍放開了李正譽，對李卿宇道：「這隻小鬼我收了，超渡的事交給我。你們李家的事，還是你們自己處理吧。」

李卿宇點點頭，看向李正譽。李正譽見他望來，目光轉去一旁。李卿宇卻像沒看到，語氣平靜，「大伯父，我看你受了傷，需要休養。德國那邊有個莊子，您和大伯母去住段時間吧。公司的事先交給我，卿懷也跟著去陪陪大伯父和大伯母吧。」

大房一家全都看向李卿宇。這話的意思很明顯了，說是休養，這不過是好聽的說法，其實是要暫時卸下他們在公司的職權。

李正譽和李卿懷都目光微微閃爍，但兩人最後都沒說什麼。

李卿宇又看向二房的人，「二伯母，上回的帶子我叫人收著了，我會保留法律追訴權。」

舒敏臉色一白，這是捏著她的把柄，要她以後老實一點？

李卿馳怒了，但還沒說話，伊珊珊忽然尖叫起來。

「不行，這太便宜他們了！卿宇，他們要害你啊！我不管，我不同意，這事要報警，我要他們坐牢！」伊珊珊這一鬧，讓大房和二房的人都白了臉，李卿宇則皺起眉頭。

伊珊珊一看兒子皺眉，叫得更大聲：「怎麼？我這是為你好，你也不聽我的了？怎麼說我也是你媽，是李家未來的主母，我要保護自己的兒子，說句話都不管用了？」

夏芍抿唇，李卿宇的處置是很合理的。李家畢竟這麼大的家業，聲譽對於企業形象來說還是很重要的。他這樣處理，本來就要面臨外界的諸多猜測，要是按伊珊珊這種方法，外界勢必會將這件事炒翻天。

伊珊珊這女人……唉！

「李家未來的主母？好。」李卿宇看向自己的母親，一副很疲累的樣子，「我記得妳一直說要搬進李家主宅，不如從今天起就搬過來吧。」

伊珊珊沒想到兒子突然提這事，心中一喜，不知道他為什麼突然想通了。

卻聽李卿宇對管家道：「李叔，給主母安排一個房間，就在後院的小樓吧。吃穿用度都按最好的給，找四名傭人陪著她，讓她過主母的日子，以後就讓主母在後院安享晚年吧。」

這話讓李家人一驚，誰都聽得出來這是要禁足。

伊珊珊瞬間像被雷劈中了一般。

李正瑞也沒想到兒子居然要軟禁他母親，他莫名大喜。這臭女人纏了他半輩子，他早就煩了。現在她不在了，他可逍遙了。

他的喜意落在李卿宇眼裡，李卿宇垂眸，掩住眼底的悲涼，「我父親也一樣，這麼大的年紀了，就別再外頭操勞了。讓他去陪著我母親，一樣在後院住吧。」

這話一出口，管家都不知道怎麼辦了，李正瑞卻跳了起來。

「你敢軟禁你老子？」

「我只是希望你好好陪陪我媽，你們既然吵了一輩子，那就繼續吵吧。日後臉對臉，有的是時間吵。」李卿宇目光沉靜，轉頭繼續吩咐：「以後我父親在公司的職務解除，他的一切吃穿用度由我來贍養。」

管家不敢說什麼，畢竟李卿宇是李家的當家人。

幾名傭人過來，對李正瑞夫妻做出請的手勢，「老爺、夫人，請吧。」

李正瑞和伊珊珊這才反應過來，兩人自是不從，一番吵鬧踢打，卻被李家長年請的保全給架出了大廳，拖往後院。

直到過了許久，才聽不見李正瑞夫妻的叫罵聲。

二房和三房的人像是重新認識李卿宇似的。

卸權、威脅、軟禁。

每一個命令他都說得很沉靜，看不出情緒，卻做出了當下最能平息事態的決定。

夏芍覺得李卿宇不至於一直軟禁自己的父母，只是這個時候確實不適合讓他們出現在外界。以伊珊珊的性子，家醜會被她宣揚得人盡皆知，李氏的聲譽必然受挫。現在外界對李家的評價很高，身為當家人，李卿宇這麼做也是形勢逼人，無奈之舉。

李伯元自始至終都對李卿宇的決定沒有多說半個字，想必也是認為這樣的處置最能維護李家的利益。

只是李正瑞夫妻被帶走後，氣氛沉寂下來。此刻在眾人眼裡，李卿宇不再是他們的晚輩，不是大房和二房的侄子，不是三房的兒子，而是李家的當家人。

「管家，派人送大伯父一家回去休息，三天後送往德國莊子。」李卿宇說道。

他說的派人，自然是派保全，那就不是送，而也相當於軟禁了。

可比起大房和二房曾想置李卿宇於死地的狠心來，他這做法不算絕情。也不知是不是剛才夏芍的一番怒罵點醒了兩房的人，他們都沒有再說什麼，轉身就跟著進來的保全往外走。

這時，夏芍出聲叫住了李正譽。

「李先生。」

兩家人轉身，看向夏芍。今天經歷了這麼多，兩家人心裡都還亂著，雖然對夏芍保鏢的身分有所懷疑，但這時候也都沒心思去想了。

夏芍晃了晃手裡的小棺木，「李先生，我希望你到德國之後能好好休養身體。這小鬼你養的時間不長，但對你的身體是有傷害的。他確實可以幫你換來你要的輝煌，但你勢必要付出代價。養的時間越長，反噬就越大，像這種凶死的童魂，最終連你的性命都會終結在他手上。」

李正譽不說話，柳氏擔憂地看向丈夫。在經歷了今天的巨變後，她還是擔心他。

「養鬼乃是邪術，他不能輪迴，被你驅使著做事，你已積下惡業。幸虧你沒有鑄成大錯，不然這惡果少不得牽連後代。你是為了你兒子，到頭來說不得還是害了他。我希望你能想明白，日後多行善事，行善才能積福，不為自己也為子孫。這個世界上，不是只有名利。」

夏芍說這些，也不知李正譽父子能不能聽進去，反正她是點撥了，也盡力了，一切就看他們自己了。

最後，夏芍還是問起了降頭師的事，「養鬼的邪術向來為正道所不齒，我既然遇到了這樣的事就要追查到底。這個降頭師害人不淺，我想知道他是誰，你能告訴我嗎？」

夏芍並不確定李正譽會不會告訴她，所以她在問的時候，已經開了天眼。

沒想到李正譽回答了，語氣疲憊裡略顯平靜：「我不知道他住在哪裡，他的住處不可能告訴我。我只知道他叫薩克，是泰國很有名氣的降頭師。他的師父是降頭宗師，通密大師。」

通密！

夏芍在聽到這個名字的瞬間，眼神變得冰冷。

「什麼宗師，不過就是個害人的玩意兒而已。」夏芍冷笑一聲，「李先生，降頭師大多心邪，還是少接觸的好。得罪了他們，什麼時候給你下了降頭都不知道。」

這話讓李家大房臉色一變，柳氏問道：「這位小姐，妳的意思是我老公被下了降頭？」

「沒有，我只是提醒你們。這小鬼我要是送去超渡，降頭師會有所感應，到時候少不得會上門找你們。」

「啊？」柳氏聽了這話，臉白如紙。

夏芍又道：「放心吧，我會把那個降頭師解決之後再送這小傢伙去超渡。」

這話並沒有讓李家大房的人放心，他們又不是傻子，那名叫薩克的降頭師是泰國降頭宗師通密的弟子，且不說眼前的少女有沒有這個本事解決他，就算她真的解決了薩克，那不是得罪了通密？萬一這位降頭宗師得知弟子在香港被害而來找他們，他們豈不是死得更慘？

夏芍卻不安慰他們，誰叫李正譽心思不正，惹上降頭師？理應讓他擔驚受怕，長長記性。

他們的擔心不是沒有道理，夏芍剛才在天眼中看見了一名穿著白衣藍褲，打扮很東南亞風味的年輕男子上門找李正譽。李正譽對其十足敬畏，並不敢端架子。兩個人說了什麼夏芍並不清楚，她有天眼，並沒有天耳。這讓夏芍有點鬱悶，考慮著是不是該去學學唇語。

此時這事不談，降頭師薩克應該是向李正譽詢問小鬼的事。夏芍猜測，應該是她方才想著今天就送這小傢伙去超渡，因此薩克感應到之後才找到李正譽。

剛才她跟李家人說要先解決薩克再送小鬼超渡，這自然是騙他們的。因為她不知道薩克住在哪裡，將小鬼送去超渡就等於是引他上鉤，埋伏在周圍豈不是極好？

柳氏想開口求夏芍，李正譽卻什麼話也沒說，轉身走了出去，柳氏和李卿懷只得跟上。

大房的人走後，李正泰又安慰了老爺子一番，扶著他回房躺下，又叫了家庭醫生來，直到確定沒什麼大礙才帶著妻兒離開，不過他表示會經常來看老爺子。對此，李卿宇沒什麼意見，要害他的事上，李正泰自始至終都沒參與，萬幸這個家族還有這麼一個寬厚的人。

李卿宇對他二伯父的態度還算好，將他送去門口，這才回來。

夏芍已經和李伯元在房裡聊了起來。

李伯元躺在床上，經歷了這麼大的事，他竟然沒有昏倒，連吊點也不用，醫生都覺得稀奇，但還是囑咐他安心休養，公司的事最好還是不要再管。

李伯元嘆了口氣，「我也老了，公司的事想管也力不從心了，現在是年輕人的天下了。」

他擺擺手，管家便和醫生一起退了出去。

直到房裡只剩夏芍和李伯元兩人，李伯元才道：「世侄女，今天伯父謝謝妳了。這些兒孫，我一直以為他們是懂事的，尤其是老大，他出生最早，是跟著我一路走過來的。他看過我最難的時候，我以為他最懂這一路走來的艱辛，沒想到……老二說的對，名利讓人變得太多了。」

夏芍藉著幫他蓋被子，補了些元氣給他，「李伯父，別說太多話，您現在休息要緊。」

「唉，自從卿宇他奶奶過世，我已經很久沒跟人說過這些了，妳就讓我說說吧。」李伯元嘆了口氣，「卿宇出生的時候，他奶奶剛過世，那是我一生中最失意的時候。老三回來說，有個小明星給他生了個兒子。我們李家那時候已經是名門，我也不是看不起那些明星，就是覺得是非太多了。我向來是不主張兒孫跟演藝圈的女人來往，但是老三向來愛招惹這些人，我聽說之後本來是很生氣的，但畢竟是李家的血脈，我也不想讓他流落在外，就讓他把孩子抱回來。看見卿宇這孩子的第一眼，我就覺得這孩子的眼睛長得跟他奶奶很像，一下子就喜歡上了，便把他帶在身邊教養。這麼多年了，有的時候我也想是不是我太偏心他了，才把集團交給他？但是今天妳一句話把伯父點醒了……卿宇是個好孩子，他從小就懂事，李家對他來說是責任，我把李家交給他並沒有錯。」

夏芍笑著點頭，轉頭看向門口，「你好像最近喜歡聽人說話？這可不是好習慣。」

李伯元一愣，門開了，李卿宇走了進來。

「妳和爺爺在說話，我進來不好。」

「所以你就偷聽？」

「我沒偷聽。」

「只是隔音效果不太好，剛好叫你聽見，對吧？」夏芍開著玩笑。

兩人你一言我一語，李伯元的目光在兩人身上掠過，難得露出笑容來，但沒一會兒臉色變了變，想起重要的事來，「對了，世侄女，妳看……卿宇現在的面相怎麼樣？」

夏芍早在李卿宇進門時就看過了，「您老可以鬆口氣了。」

李卿宇一愣，李伯元也好一會兒才激動地從床上要坐起來，「真的？妳是說……真的？」

「這麼大的事，我怎麼好騙您。上回您住院後，他臉上的劫象就淡了，但還是有一些，現在看來倒是沒了。其實從我將小鬼拿到手的時候就淡了，這次希望您的兒孫能回去好好想想，希望他們能想明白吧。」

李卿宇的大劫之相總算是化了，接下來她可以把精力放在對付余九志身上了。

「好啊！好啊！」李伯元握住夏芍的手道：「世侄女，這次伯父真的、真的……」

「行了，伯父。」夏芍拍拍老人的手，笑道：「這次化劫的事，少不得您老要破費了。」

李伯元笑了，「這是自然！妳說，隨妳開口！」

夏芍一笑，「不急，等過段時間再說吧，我最近挺忙的。」

李卿宇在這裡，夏芍自然不能說她在忙什麼，但他卻聽出來了，「妳要走了？」

「我有事要辦，當然要走，而且是馬上就要離開。」夏芍站起身來，她突然的決定讓李伯元和李卿宇都很意外。李伯元雖然知道她有什麼要緊事，但以為她至少還會再住個三兩天，沒想到她現在就要走。

李卿宇愣在原地，一時沒回過神來。

夏芍看著他，笑了笑，「你這一次原本是死劫。既然這劫化了，以後就好好孝順你爺爺，好好管理公司，好好享受生活吧。還有，人不是神，有情緒是正常的，別太壓抑自己。事情憋在心裡多了，容易生病。」

她邊說邊在男人肩膀上打了一拳，然後瀟灑地走出房門，「我還會再回來的，可別忘了你欠我的獎金。」

夏芍沒回頭看李伯元和李卿宇，對她來說，她還要在香港住好長一段時間，這根本就不是分別，沒必要傷感。

她回房提了自己的小行李箱，出來的時候發現李卿宇站在房門口。他看著夏芍拖著小行李箱出來，看著她不說話。夏芍以為他不會說話，沒想到他在她走到門口時還是開了口：「什麼時候回來？妳的獎金我幫妳準備好。」

夏芍噗哧笑了出來，看起來她在李卿宇的心目中真的變成守財奴了，要不然他怎麼一副用獎金釣她回來的樣子？

「我就在香港，不用多久，我們會再見的。」夏芍笑笑，拖著行李下了樓。

李卿宇沒跟去送她，他只是看著房間裡那扇打開的房門。相處的時間不長，只有短短兩個多月，卻好像已經習慣兩人隔著一道房門。上一回，她走了一個星期，這一回只回來三天。

李卿宇聽見樓下車子發動的聲音也沒動，直到車子駛離李家大宅，他才轉身走向李伯元的房間，只是在走廊遇到傭人的時候，掙扎了一會兒，最後還是吩咐：「李小姐住過的房間，裡面的東西……別動。」

「是，少爺。」傭人應聲退走。

李卿宇在走廊上站了許久，才抬腳往李伯元的房間走。

夏芍離開李家後，讓司機把車開去百貨公司，在百貨公司逛了一圈，才攔計程車回張家小樓。唐宗伯也很關心李卿宇的事，這件事既然解決了，應該先回來跟師父報喜，而且還要將通密的弟子在香港的事跟唐宗伯說一聲，再叫上徐天胤，兩人去趟廟裡，幫小鬼超渡一下，然後一起去李家大房家附近埋伏，把那名降頭師解決。

回到張家小樓後，唐宗伯聽夏芍說了李家的事，萬分感慨。聽說李卿宇沒事之後，也是鬆了口氣，「三年前妳就答應伯元了，總算是沒辜負他，但是，小芍子，師父可告訴妳，給人化死劫這種事，以後還是少做。」

夏芍自然明白，要不是看在李伯元和師父是故交的情分上，她怎麼也不會幫不熟悉的人化這麼大的劫。這次她要的酬勞可不能少了，要拿去好好做善事。

為了怕唐宗伯和徐天胤擔心她，夏芍趕緊轉移話題，拿出小棺木。

唐宗伯和張中先等人變了臉色。

「降頭術？」

「沒錯。猜猜我聽到了什麼消息？」夏芍冷笑，「果真是不是冤家不聚頭，這個降頭師是通密的弟子，名叫薩克，目前還在香港。」

「通密？」張中站了起來，「不就是當年連同余九志傷了師兄的那個降頭師？」

「師叔，這人在哪裡？既然遇見了，咱們先把這個禍害解決了！」趙固說道。他這話是一呼百應，弟子們紛紛要求把薩克的性命留在香港。

夏芍也是這麼打算的，她說了說自己的想法。唐宗伯聽了以後說道：「既然這樣，明天再去吧。妳也累了，今天先休息吧。」

夏芍一看時間都傍晚了，現在去廟裡確實太晚，便決定明早再去。沒想到第二天早上起來，夏芍和徐天胤剛要從張家小樓出去，就接到了劉板旺打來的電話。

劉板旺激動地道：「大師，您看今天早上的週刊了嗎？余九志有回應了！」

夏芍目光一變，立刻派了名弟子去買雜誌。雜誌買回來以後，一群人圍了上來。

余九志確實有回應了，但他的回應出人意料。

香港第一風水世家，余家在週刊上發表聲明，對近期聲稱自己是張氏一脈弟子的夏芍在雜誌上的「指點」表示意外，本著同門切磋的初衷和維護余氏聲譽的期望，余九志表示，將於三天後邀請全港政商名流出席晚宴，並邀請夏芍前來，兩人當眾切磋，孰勝孰負自有公論。

眾人沉默了好一會兒。夏芍這兩天在雜誌上公開對四大風水家族下戰帖，本來是想弄臭余九志的名聲，動搖他第一風水大師的地位，等他忍無可忍，將他逼來這裡，在這處偏僻的地方清理門戶。誰也沒想到，余九志的反應竟然不是暴怒，而是約戰？

「切磋？哼！他什麼時候變得這麼光明正大了？」張中先斷言道：「一定有陰謀！」

溫燁在一旁踮著腳看夏芍手裡的雜誌，「怎麼就余老頭有反應？其他三家呢？」

「冷家一直不出聲的，曲王兩家是不是看曲峰和王洛川在我們手上，不敢輕舉妄動？」

「余九志是沒人幫忙了，這才想出這麼個辦法來？想憑著他的經驗，讓師叔在人前出醜？」海若和趙固兩人猜測道。

「不可能！」張中先擺手，「他要是不知道芍丫頭的本事，倒還說得通，可他上回傷在芍丫頭手上，現在手臂都廢了一條，怎麼會光明正大地約戰？」

唐宗伯笑了笑，「約戰只是一種手段。他當年也約我比試，背後還不是留了暗手？這次怕是故技重施吧！」

眾人討論著，夏芍卻沒開口。她也覺得這事有蹊蹺，當眾切磋？

聽起來有趣，可對方是余九志，這人心眼小，上回傷在她手上，他怎麼會願意在眾目睽睽之下再跟她比一次？而且，比什麼？雜誌上並沒有明說。

更要緊的是，余九志對自己的身分有沒有懷疑？上回在他面前露了一手，為的就是騙他將最後一次天眼用掉，他到底開過沒？

唐宗伯笑了，「我太了解他了，這絕對是一場鴻門宴。小芍子，這場約戰師父不建議妳去。如果妳一定要去，咱們要從長計議。」

「師父怎麼就知道這場約戰對我們來說是鴻門宴，對余九志來說就不是？」夏芍笑道。

大家都不解，夏芍放下雜誌，轉身道：「師父，我回房一下。」

說完，她就轉身上樓了。

這舉動讓張氏一脈的弟子都看不透，唐宗伯卻猜出她必定是上樓開天眼去了。徐天胤跟在夏芍身後，陪她一起進了房間。

一進房間，夏芍就走去窗邊，果真開了天眼。

她看的地方正是玄學協會的方向，那裡是余九志等人平時坐館的地方，但目光在裡面掃了一圈，卻沒有發現余九志的身影，她只得將天眼收回，轉向余家大宅。

自從天眼的能力進境後，夏芍為了方便觀察，早就把余王曲冷四家的住所打聽清楚。此時用天眼望去，不過是轉了個方向。

夏芍很快找到余家大宅的位置，凝神望去，只見余九志坐在書房裡，一條手臂僵直地垂著，另一隻手端著茶杯，對面沙發坐著一名年輕男子。

年輕男子約莫二十五六歲，身材中等，頭髮和眉毛濃密，眼下卻有很濃重的青色。最重要的是，他一身白衣藍褲，胸前掛著一串彩珠串成的掛鏈，穿著打扮很有東南亞風情。

夏芍目光瞬間凝住。

這人她昨天還在天眼裡看過，正是通密的弟子，降頭師薩克。

第八章　惡有惡報

在夏芍解決李家事情的當天上午，其實在余家也發生了一件事。

余家的大宅是融合現代風格的中式別墅，風水師都深諳下接地氣的道理，但不是每個人都能住這樣的宅子。在香港寸土寸金的旺地置辦這樣一處大宅，可見余家的財力和在政商兩界的影響力。

今天余家仍然大門緊閉，客廳裡卻坐了幾個人。

余九志坐在上首，王懷和曲志成坐在下首左邊，冷長老坐在右邊，冷以欣站在她爺爺身後。客廳裡氣氛凝滯，傭人都退去門外，把門關上了。

余、王、曲、冷，香港知名的風水四家，齊聚一堂。

余九志的右臂僵直地垂在一側，茶杯放在左手邊，抬眼掃視在場的人時，眼下略有青色。可見這幾天勞累，並沒有休息好。

王懷和曲志成也面容憔悴，這兩天為王洛川和曲峰擔憂，也沒有睡好，但此刻兩人都面露怒色。這幾天雜誌裡已經將余、王、曲三家的運勢書給「指點」了個遍，這赤裸裸的挑釁，莫說是在風水界，就算是在任何一個學術領域都沒人受得了。

目前還沒有輪到冷家，但明天就會輪到冷家。雖然不知道冷家面臨這種挑釁還能不能再保持沉默，但冷長老帶著孫女來，這就是個好訊號。

「想好了沒？」余九志語氣依舊威嚴，聲音有些沙啞。

「余師兄，你覺得那個丫頭是什麼人？」曲志成看向余九志，「我跟王兄都不太擅長起卦，但是昨晚我卜了一卦，可能因為洛川的事影響了我的情緒，卦面竟然沒有什麼指向。」

王懷也不復往日神采，「說起占算問卜，這裡不是有擅長的人嗎？是不是，冷長老？」

冷家的人今天既然來了，至少說明是跟他們站在一起的吧？既然這樣，總要叫他們拿出點誠意來。這麼多年一直不聲不響，一旦出聲就是一條船上的人了。

余九志和曲志成一齊看向冷家人，出人意料的是，答話的竟然是冷以欣。她眼睛不看人，神色一如既往的淡然，卻能看見輕輕蹙起的眉頭，「卦面沒有顯示，我跟爺爺的卜問結果都一樣。」

「什麼？」曲志成變了臉色。

眾所周知，冷家的占卜術很有一套，尤其是冷以欣，她從小在這方面就極有天賦，凡是她所占卜的事，從來沒出過差錯。然而，她剛才說什麼？卦面沒有顯示？

「這種情況，我在兩個月前遇過一回。卦面沒有任何顯示，簡直就像是天機不顯一般。」冷以欣垂眸，這是她從小到大遇到的僅有兩次的怪事，相隔時間這麼短，她記憶猶新。

「兩個月前？」余九志眯了眯眼。

「我陪余薇出席李卿宇的相親晚宴前。」冷以欣實話實說。那天她只是突然覺得心緒不寧，臨行前卜了一卦，天機未曾有顯示。

李家？

一聽李卿宇的名字，王懷和曲志成就看向余九志，果然，他的臉色沉下來。余薇現在還在醫院，昨天剛醒，這幾天說長不長，但總覺得像是過了幾年似的。在這段時間裡，李卿宇一直沒有到醫院去過，讓一些八卦週刊抓住了話題，很是說道了一番。

這些事自然是瞞著余薇的，她的腿動了大手術，能不能站起來很難說，術後復建可能需要幾年的時間。就這點來講，醫生說還得看她的意志力和配合程度，如果不配合，她可能一輩子都要坐輪椅了。

這對驕傲的余薇來說是毀滅性的打擊，尤其娛樂週刊還在猜測她會不會被李家解除婚約，因此目前余家的人還在騙余薇，告訴她手術很成功，但是會傷筋動骨，需要一年的恢復期。

余薇目前還在住院，被封鎖一切外界消息地養著，但她記著漁村小島上的仇，情緒還是很暴躁，估計瞞不了她多久。她總會問起為什麼李卿宇沒來，萬一被她看見那些雜誌……

對於李卿宇的做法，余九志很不滿，他為他用了一次天眼，還把最寵愛的孫女嫁給他，並答應幫他化劫，他還有什麼不滿的？如果不是近來還有更要緊的事待解決，他定是要去李家討個說法的。

但余九志現在沒有心力管李家，這件事自然是要延後了。

「天機不顯，說明此人命格奇特？」曲志成見余九志臉色不太好，趕緊換了個話題。

「命格奇也在天道之中，並不能解釋為什麼天機不顯。」王懷沉思道。

「好了。」余九志習慣性要擺手，卻發現右臂僵硬疼痛動彈不得，臉色頓時又陰沉了幾分。天機顯不顯露，他根本不在意，他在意的是……

他回來了！

這是他昨晚從醫院回來所卜卦算出的結果。

為此，他徹夜未眠，強忍著開天眼的想法，一坐到天明。

十幾年了，從當年沒見到他屍首的那一刻起，他就有預感他一定會回來。自從在山上被那名少女所傷，他就感覺很不好。在島上他幾度想開天眼，但身體狀況不允許，他便忍了下來。

他懷疑那名少女的身分，懷疑是他帶著弟子回來了。昨晚他起卦占算，算那少女天機不顯，但是算唐宗伯卻顯示出來了。

他回來了！

就在香港！

這件事再令他夜不能寐，也不能告訴眼前這幾個人。當年的事就連這些年身為他心腹的曲志成都不知真相，他們一直以為唐宗伯死了。如果讓他們知道唐宗伯還活著，曲志成或許還能跟他站在一線，王懷和冷老頭就不好說了。當初在山上，那少女說的話，他們聽進了多少，他不好說，畢竟他們才是原本的玄門四老。

人不為己，天誅地滅，要知道唐宗伯還活著並且回來了，這些人萬一背叛他，他可不好應對。倒不如瞞在鼓裡，幫自己把唐宗伯的性命留在香港。

好在當年連冷家卜卦、王家佈陣都沒有推演出唐宗伯的生死和所在地來。十幾年後的今天，他們都以為他死了，因此才沒有再費心思推演他的事，不然此時就不是這番情景了。

可見，連老天爺都在幫他！

余九志眼底的青色緩解了些，「這件事必須做出回應，不然，我們四家的顏面聲譽何在？我已經想好了，她既然在雜誌上放話，那我就給她這個面子。三天後，我會邀請香港政商名流來余家參加晚宴，當眾跟她較量。」

「什麼？」

余九志的話讓王懷和曲志成都愣住，冷老爺子也看向他。誰都不相信余九志會做出這樣的回應。他心胸不大，在山上被那少女傷了手臂，余薇的腿也是因她所傷，余家和那名少女應該有著不共戴天的死仇才對，他怎麼會用這種光明正大的方法？

就算這不是鬥法，是切磋別的方面的本事，余九志憑著多年的經驗有贏的可能，可這也不太像是余九志的作風。

「余師兄，你要跟她較量哪方面的本事？贏了怎樣，輸了又能怎樣？別忘了，洛川和峰兒還在張老頭手上，我們跟他們是不死不休的！」曲志成說道。

「沉不住氣，難成大事！」余九志瞪向曲志成，「用用你的腦子！那個小丫頭來了這裡，就憑張中先那點人，會是你們曲王兩家的對手？」

王懷和曲志成愣了愣，聽出了余九志話裡的意思。

「余師兄，你的意思是？」曲志成有些激動。

王懷點頭，「余師兄的意思是來個調虎離山，我們不出席余家的晚宴，趁著那丫頭來這裡赴約應戰的時候，去張家小樓那邊把洛川和峰兒救回來？」

確實，那名少女的本事他們都見識過，有她在張家小樓那邊守著，相當棘手，但是如果把她調離，王曲兩家的人圍攻張家小樓，要救人輕而易舉。

曲志成大喜，激動道：「果然是余師兄，好計策！」

王懷的眼睛也亮了，「計策是好，但是余師兄你打算當眾跟她比什麼？這三天雜誌上她指出的那些運勢書裡的錯處，不是我長他人志氣，這丫頭確實有兩把刷子。」

「你這是什麼意思？你是說余師兄贏不過一個小丫頭？」曲志成不滿地道。

「我不是這個意思，我是說，我在風水佈局和你們曲家在陰宅選地方面的事，她居然也能指出更好的所在來。老實說，這少女我覺得不像是張中先能教出來的。她這個年紀，論修為論術數方面的造詣，怎麼看都太好了些，張中先怕都是比不過她的。你們難道就沒有懷疑過，她真是義字輩的弟子？」王懷皺眉問。

余九志暗暗垂眸，曲志成還好些，王懷這個人有的時候就是太精明了。這幾天發生了這麼多的事，他孫子還在張中先手上，王家的聲譽也受了一定程度的影響，這麼多的事，曲志成早就焦頭爛額了，他居然還有心思分析這些。

這個人……

「天賦過人的弟子罷了，算是張中先運氣好。」余九志把話題轉開，「你們別忘了，我還有一次天眼可以開，比什麼？哼！她不是能指出運勢書裡預測不準之處嗎？不是要指點完我們四家以後，每天預測一下香港會發生什麼事嗎？既然她對預測學這麼有信心，那就比預測！呵，比預測，她再有造詣，能贏過老夫的天眼？」

這話果然讓其他人注意力轉向。

余九志有天眼，這是三年前他修煉出來的。怎麼修煉出來的，他對此諱莫如深。他第一次開天眼就是在玄門弟子面前確認唐宗伯的生死，那天的情形到如今還歷歷在目。他元氣耗盡，最終倒在地上，吐了兩口血，被余家人扶去躺了三天，起身後才告訴所有人唐宗伯死在內地。

弟子們對此深信不疑，他們也不得不信，畢竟這些年佈陣、占算，所有的辦法都試過了，一直無果。余九志開了天眼之後的結果，也沒什麼可懷疑的。

聽薇兒說，余九志前陣子又開了一回天眼，為的是李家繼承人李卿宇，也就是他的孫女婿。這麼說來，余九志還剩下一次開天眼的機會。

如果不是他今天提起來，王懷和曲志成還真忘了這事。

這麼說來，他打算在切磋的時候用？

雖然卑鄙，但這才像余九志。

聽他這麼說，王懷反倒覺得正常了。

曲志成激動地道：「太好了！余師兄開天眼，那個臭丫頭不可能贏！她在全港政商名流面前丟臉，看她還有什麼臉面再在雜誌上談指點？她要是輸了，張氏一脈就永無翻身的機會了！」

「不僅如此，她輸了以後，我會想辦法把她留在余家。你們去張家小樓那邊的時候，也別只顧著救人，把張中先的人制住。制住了他們，還怕你們的孫子救不了？」余九志吩咐道。

王懷和曲志成互看一眼，余九志這話的意思是……要把張氏一脈制住，然後解決掉？

「余師兄，你的意思是？」

「怎麼，你們的孫子差點就讓那丫頭殺了，你們別跟我說現在要放過他們。」

兩人都是一驚，那可是十幾條人命啊！

奇門鬥法，死人很正常，但那一般都是在荒郊山野，或者不為人知的地方。如今要在張家小樓殺人，一殺十幾人，是不是太明目張膽了？

「怕什麼？風水師殺人，你們還怕警方能抓到證據？」余九志冷笑一聲。

警方能抓到什麼證據？陰煞？別開玩笑了！香港是法治社會，講究證據，這種證據別說找不到，就算提到法庭上，法官能採信？笑話！

這話果然讓曲志成安靜下來，只要能保住自身，他不介意給張氏一脈點顏色看看。他孫子的仇，必須要報。

「我們先把人制住，再將洛川和峰兒救出來，剩下的交給余師兄處置。」王懷說道。

他這麼說等於同意了余九志的計畫，余九志點點頭，深深看他一眼，沒說什麼，接著便看向了冷家人。

王懷和曲志成也看向冷長老和冷以欣，剛才的計畫中，余家和王、曲兩家都有參與，只有冷家沒有。他們今天到底是來幹什麼的？以前就中立，今天難不成是來聽他們的計劃？

「冷師弟，你們冷氏一脈向來擅長占算卜問，三天後就來宴會上吧，跟我一起會會那個丫頭。我這手臂有點不太方便，萬一有什麼事，冷師弟就幫我個忙吧。」余九志難得笑了笑。他向來是愛面子的人，右臂廢了這種奇恥大辱，曲志成和王懷都沒想到他會以此為理由，請求冷家的幫忙。

姿態放得真低，這真不像余九志！

不過，冷家要是答應了，也算是跟他們站在同一條船上了。

冷長老看向自己的孫女，冷以欣點頭道：「好，到時候我和爺爺會到。」

曲志成和王懷都愣住，沒想到冷以欣會答應。這女孩子在玄門弟子裡，天賦可以和余薇媲美，卻比她低調多了。她平時不問世事，就算平時幫人占算卜卦，也是看心情而定。儘管如此，她在上流圈子裡卻很受一些名門公子哥兒的擁護。

兩人都沒想到，冷長老還沒發話，冷以欣竟然答應下來，但她答應沒用，冷家不是她做主。因此，余九志看向了冷長老。

冷長老看著孫女，眉頭少見地皺起，「欣兒。」

「爺爺，薇薇是我從小到大的朋友，她受了傷，我不能不管，而且這件事也事關冷家的聲譽。」冷以欣解釋道。

「好！說的好！」余九志看起來很欣慰，對冷以欣點點頭，「薇兒沒交錯妳這個朋友，我就知道欣兒是個好孩子！」

冷長老見孫女如此堅定，無聲嘆了口氣。向來不過問這些爭鬥之事的他，竟然閉了閉眼，說道：「好吧。」

余九志無聲笑了，曲志成暗暗鬆了一口氣。

事情就這麼定下來，冷家人隨即出了余家，回到自家，等待三天後的宴會。

王懷和曲志成也各自回去，準備打張家小樓一個措手不及。

四人走出余家的時候，都沒看到余九志眼裡的冷嘲算計之色。

「管家，安排車子，到醫院去看看薇兒。」

余家門外還有記者們蹲守，余九志坐著車，不遮不掩地去了醫院。只是到了醫院之後，卻趁機從祕密通道出來，繞了個彎，坐車去了三合會總堂。

三合會的戚老爺子已經退隱，戚宸的父親去世得早，現在三合會是戚宸當家。

三合會的總堂和總部大廈不在一個地方，總堂屬於黑道，談的是軍火走私一類的買賣，另外處理幫會事宜。總部大廈卻是用來處理三合會在白道上的生意，三合國際集團，涉及飯店、房地產、汽車和船運等行業。

余九志到了三合會總堂時，正值中午。戚宸剛從公司過來，即便是在公司上班，這男人的穿著也是狂野隨意。一身黑色西裝，襯衫解開三顆扣子，露出胸膛若隱若現的玄龍，笑容讓人想起耀眼的陽光，但望進他眼裡的人，卻會忍不住脊背發冷。

「余老，什麼風把您給吹來了。」戚宸一進會客室便往自己的座位上走，見余九志笑著站起來想要寒暄，便對他擺擺手，給了他一個坐著的手勢，自己也往黑色皮椅裡坐下。

余九志早就習慣戚宸的作風，他開門見山道：「我是無事不登三寶殿，世侄應該聽說了，伯父這兩天頭疼得緊。」

「所以？」戚宸挑了挑眉梢。

「伯父有件事，想託你的人幫忙解決。」余九志起身，將一張紙遞給戚宸，「三天後的晚上，伯父希望你的人能把這裡圍了，裡面的人最好一個不留。」

戚宸的目光往桌上的紙上落下，那張紙寫的正是張家小樓的地址。

他的眼睛瞇了瞇，「余老，殺人對我們來說是家常便飯，但是你們門派之間的爭鬥，我們就不好插手了吧？」

余九志笑了笑，有些陰沉，「世侄，這件事可不僅是為了伯父，對你們三合會也有好處。」

「哦？」

「他回來了，他沒死。」余九志斂起虛偽的笑容，看著戚宸。

戚宸何等聰明，不用他解釋，便猜出那個「他」指的是誰，「唐老沒死？」

「我一直以為他死了，但他沒有。這麼多年了，他現在回來了。我猜測他就住在張中先那裡，畢竟這麼多年來，玄門也就剩張中先還支持他了。世侄，伯父可不希望唐宗伯回來，他當年鬥法贏了，卻不知道為什麼出走這麼多年。伯父在香港經營了這麼久，自然不希望他一回來，什麼都被他再搶回去。他回來香港，對三合會會怎樣，世侄想必清楚。他以前就跟龔老頭子合得來，說是中立，到底還是跟龔老頭子親近些。且不說他回來重新執掌玄門，以後會不會幫著龔家多些，即便是他真的中立，也不如伯父幫著你們三合會對你們來說利益多。世侄是聰明人，這件事與其說是你幫伯父，不如說是我們合作。」

余九志把話說得很直接，他可以說是看著戚宸長大的，他有多心狠手辣，他最清楚不過，所以他很清楚戚宸會做出怎樣的決定。

沒想到戚宸略一沉吟，反而說道：「余老，既然唐老在張老那裡，他可是玄門的掌門，一直都比你厲害。你都對付不了，我們的人去了豈不是送死？」

他說的是術法方面的事，余九志也聽懂了，當即笑道：「別怕這個，術法都是我們奇門的人鬥法才用的，再厲害也比不過槍枝。你們離得遠點，直接動手，別給對方出手的機會就是。」

奇門江湖裡的人雖然厲害，但那些神鬼莫測的術法只是在普通人眼裡，他們再厲害也是肉身凡胎，現代軍火的殺傷力對他們還是有很大的威脅。如果被子彈射到，或者被雷彈炸到，他們一樣會死。

余九志打的就是這個主意。他沒有把唐宗伯在張家小樓的事告訴曲志成和王懷，曲志成跟了他這麼多年了，他還是不放心，不放心他們看見唐宗伯的那一瞬會不會背叛他。尤其是王懷，這個人自私又精明，上午在余家的時候竟然說要把張氏一脈的人交給他解決。

哼！

殺人的事交給他，他倒落得一身乾淨！

在那一刻，余九志就已經動了殺心。既然誰也靠不住，還不如先下手為強。騙他們去張家小樓救人，周邊再安排三合會的人一網打盡。

到時候香港就真是余氏一脈的天下了。人死了不要緊，再培養就有了。」

戚宸看著余九志，沒放過他眼底的凶光，他卻笑著往後靠去，「看起來，確實有聯手的必要。余老放心，你給我個時間，我幫你把張家小樓夷為平地。」

余九志瞇眼，對這個結果一點也不意外，「三天後的晚上，希望我跟世侄合作愉快。」

跟戚宸談判完，余九志就趕著回去，他的計畫不止於此，他還有其他事要安排……

戚宸也沒留他，只是在余九志走後叫來一名中年男子，這男子正是隨著他去漁村小島上的那名幹部。他來了之後一言不發，戚宸的目光落在桌上張家小樓的地址上，問道：「你說，那個女人也在嗎？」

中年男子這才答道：「雜誌上說，她是張氏一脈的弟子，她應該在那裡。」

「那可不好了，我還不想就這麼殺了她。上回島上的事，我還沒找她算帳。」戚宸笑得狂妄，「這個女人欠調教，殺了她太可惜，不殺她我又不解恨。算了，還是抓她回來調教兩天，上回的帳我先跟她算算。」

「可我們答應了跟余大師合作，不能暴露。如果去張家小樓抓人，會打草驚蛇的。」

戚宸敲了敲桌子，「誰讓你去張家小樓？明天把劉板旺給我帶來，她一定會出現！」

中年男子一愣，目露敬佩之色，當即領命而去。

第二天一早，夏芍接到劉板旺的電話，得知余九志做出約戰回應的時候。她上樓去開天眼，同一時間，劉板旺在雜誌社被三合會的人綁上了車。

同樣是這個時間，余家大宅的客廳裡，今天的客人換了一個，正來自泰國的降頭師薩克。

薩克的中文不太好，勉強可以跟余九志溝通。余九志會幾句泰國話，也不知什麼時候學的，兩人半中文半泰國話地聊了起來。

「薩克大師，通密宗師還好嗎？好些年沒見了。」余九志寒暄道。

「師父還好，只是得知我這次來香港，託我問余大師一句話。當年他用祕法助你開天眼，你答應給他找尋的童女，至今還差兩人，請問余大師什麼時候兌現承諾？」

余九志一聽這話就笑了。他的天眼確實是通密用泰國一種祕術助他修煉的，但他同樣答應了他一個條件，要為他找尋五名天資卓越的童女，供通密修煉邪功。通密所說的天資卓越，指的自然是奇門的女弟子，自身要有術法修為，還必須是童女之身。

這個條件有些苛刻，並不太容易滿足。

這三年來，他只找到了三名玄門女弟子，將她們騙去泰國給了通密，到現在還差兩人。如果是平時，通密派人來催，余九志會頭疼些，但今天他豁然開朗。

「薩克大師，如果這次順利，你回泰國時就可以將這兩名女弟子帶去給通密宗師了。」

「哦？真的嗎？」薩克眼裡有些驚喜，師父練功到了緊要關頭，如果有這兩名奇門女弟子的陰血，功法就可以成了。

薩克並不是通密唯一的弟子，卻無疑是最得寵的。若是這次他能幫師父完成這件事，自然是功勞一件。師父一高興，說不定把衣缽傳給他了。

「這件事，我自然不會說謊。」余九志笑容陰鬱，「就在大後天晚上，我有兩名合適的人選提供給薩克大師，但這個女孩子有些難纏，我希望薩克大師隱藏在我家，助我一臂之力。」

薩克便問余九志要怎樣相助。

余九志道：「我假意邀請這女孩子來我宅邸切磋比試，到時我會設法拿到她身上的東西，然後派人交給薩克大師。我想，薩克大師應該有辦法控制她。」

薩克笑了，「原來是這麼簡單的事，包在我身上！另一個女孩子呢？」

「另一個也一樣。」余九志陰沉笑道。

他指的兩名女孩子，是夏芍和冷以欣。以前他沒想過要對冷以欣動手，不過，現在既然他連曲家和王家都算計進去，不妨一起把冷家解決。

什麼讓冷長老幫他的話，自然是騙他的。他是不放心這老頭子，才把他放在身邊看著，而且自從他打算讓降頭師暗中對付夏芍開始，整個毒計就已經在他心中成形了。

切磋？

那只是幌子！

他一定會讓那個黃毛丫頭在眾人前輸得一敗塗地，再讓降頭師控制住她，控制住冷家人。

臭丫頭，跟他鬥？

呵，等著被送給通密修煉邪功吧！

余九志和薩克的對話夏芍聽不到，但兩人的表情都傳達出很不好的訊息。

夏芍看過之後，收回天眼便往樓下走，她向來不是坐以待斃的人。

算計她？那就看看誰算計誰！

「師兄，我去一趟三合會！」

一名白衣少女從計程車上下來，站在歷史悠久的歐式建築門口。

今早的氣溫有些涼，她就多套了件白色小外套。

三合會總堂門口，兩名西裝革履的幫會成員攔住她，「這裡是三合會，閒人止步！」

兩人都從未見過這名少女，也沒見過來三合會坐計程車的。她看起來不像是上流社會的名媛，香港上流圈子的人兩人都有印象，沒見過這樣長相平凡的少女。

「讓你們戚當家出來。」少女負手而立，淡然說道：「就說他的救命恩人到了。」

兩人互看一眼。當家的救命恩人？開什麼玩笑！

其中一人板起臉來，剛要攆人，少女身上的手機便響了起來。

夏芍接起來看了一眼，電話竟是劉板旺打來的。早上他剛打來電話，現在又打來，夏芍挑了挑眉，「喂？」

手機那頭傳來的卻不是劉板旺的聲音。

「女人，意外嗎？妳的人在我這裡，要不要過來領？」男人打招呼的聲音一如既往的囂張，夏芍一聽就知道是誰了。

她沒想到戚宸會綁架劉板旺，自從把要發表的資料交給劉板旺，夏芍再沒去過劉板旺的雜誌社，這些天都是電話聯絡，因而沒看出他會遭遇這種事。

夏芍冷笑一聲，「那正好，我就在你家門口，你自己跟你的人說吧！」說罷，她伸出手，把手機放在一名幫會成員耳旁，「你們當家有話要說。」

兩人一臉驚愣，他們剛才在電話裡聽出當家的聲音，還以為自己耳朵出毛病了，結果這少女就把手機直接遞過來。

兩人沒有太多的猜測時間，隨即便被戚宸的聲音和命令驚得連連稱是。通話結束後，兩人的態度大變樣，恭敬地將夏芍請進了三合會總堂。

會客室裝潢氣派，水晶吊燈晃得耀眼，寬敞的沙發上，戚宸襯衫半敞，大咧咧地坐著。見夏芍走進來，先是瞇了瞇眼，隨後笑道：「女人，我們又見面了。」

「我的人呢？」夏芍也不用戚宸請，自己就坐到對面的沙發上。

「上回在島上玩得愉快嗎？」戚宸指的自然是夏芍和龔沐雲離開後，用陰煞拿他做實驗的事。他不知道那是夏芍實力進境後，用他們做小實驗。在他眼裡，那是捉弄是挑釁。

自他記事以來，挑釁他的人，除了龔沐雲，其他都死了。敢捉弄他的人，眼前的少女是第一個。

「我的人呢？」夏芍無視戚宸的話，開口提醒他，大有一副「你不把人放了，我們就沒得談」的架勢。

戚宸看著對面的少女，今天不是在迷霧重重的島上，也不是在天色陰沉的廟裡，而是在自己的地盤。光線明亮，他可以看得很清楚她的眉眼，只是今天她不再是當初見到的含笑模樣，而是目光寒涼，神情冷淡。

看來，他綁了她的人，觸到她的底線了。

戚宸惡劣地笑了起來，攤開手，遺憾地道：「我不知道妳已經把那個男人當成妳的人了，我還以為妳和他只是簡單的合作關係。我要是知道他是妳的人，我一定會好好招待他的。唉，都怪妳不早點說，害我之前都沒有招待他的欲望。」

他所謂的「招待」，當然不僅是字面上的意思，但話裡也透露出沒將劉板旺怎樣的資訊。

戚宸說話的時候已使眼色給手下的人，沒多久，劉板旺就被三合會的人帶進會客室。

劉板旺眼神驚恐，他不知道自己什麼時候得罪了三合會，擔驚受怕地被帶過來，卻在會客室裡見到了夏芍。

看見夏芍，劉板旺像見到救星。他也不知道自己怎麼對這個少女有這麼高的信任和依賴，他只知道短短幾天，她讓八年未曾翻身的他一夜間天翻地覆。這少女在他眼裡，不只是預測很準的風水大師，還是如同希望般的存在。在看見她的瞬間，劉板旺險些熱淚盈眶。

夏芍從沙發上站起身，快步走向劉板旺。

押著劉板旺的三合會成員喝道：「站住！誰准妳……」

那人話還沒說完便覺眼前一黑，離自己有三步遠的少女竟一步到了自己身後，在他還沒反應過來的時候就脖頸一痛，接著不醒人事了。

會客室裡的三合會成員紛紛拔槍，離夏芍最近的一人槍剛拔出來，便被她周身的氣勁震開，身體莫名向後撞去，撞翻了一處燈檯，連同桌上的水晶燈一起掉到地上。

這人大怒，想要起身卻發現胸口疼痛，像是被厚重的山石壓著，呼吸困難，爬也爬不起來。他手上的槍已經飛了出去，身上的軍刀也不見了。

那把軍刀不知何時落到少女手上，她沉著臉，快速在繩子上挑了幾下，幫劉板旺鬆綁。檢查過後發現他沒受什麼外傷，只是受了些驚訝。

「大師，您、您……」劉板旺不知說什麼好，聲音還是抖著的。眼前這個名字都不知道的神祕少女，身手竟然這麼好。可她打了三合會的人，周圍的人正拿槍指著他們。

戚宸打了個響指，會客室裡的人立刻收槍。其實在夏芍動手的時候他就指示過了，否則她不可能大搖大擺地幫人質鬆綁。

「你先走吧。」夏芍看也沒看周圍的人，只對劉板旺道。

劉板旺愣了，今天對他來說可謂大驚大喜，但最多的是懵愣。他到現在也不知道三合會的當家為什麼會把他綁來這裡，也不知道為什麼他什麼話也不說，就這麼被放了。

「走吧。」夏芍說道：「回去發表聲明，就說余九志的約戰我答應了。」

「可是……大師，您……」劉板旺雖然鬆了一口氣，恨不得立刻離開三合會的地盤，但他可沒忘了，她還在這裡。

他走了，她怎麼辦？戚當家的不會把她怎麼樣吧？

她是女孩子，又單槍匹馬的……

夏芍笑了笑，「你莫名其妙被綁來這裡，我總得跟戚當家討個公道。你走就是了，先回去發聲明，別耽誤時間了。」

她這麼一說，劉板旺更震驚了。這話是什麼意思？難不成她跟戚當家認識？跟戚宸討公道？只怕全香港也沒人敢說這種話。這少女到底是什麼人？

「現在放他走，誰也不許為難他。」夏芍掃了眼三合會的人，便走回戚宸對面坐下。

戚宸瞇眼，看不出喜怒，「妳打了我的人，還命令我的人，妳當三合會是什麼地方？」

「你綁了我的人，還拿槍指著我，你當我是什麼人？」夏芍模仿戚宸的口氣反問。

戚宸笑了，「妳是什麼人？」

夏芍也笑了，「想知道？」笑罷，她對劉板旺擺擺手，「回去吧，別在這兒磨蹭了。今天的事，回去有時間我給你壓驚。」

劉板旺也是有眼力的人，雖然夏芍和戚宸的對話不多，但看得出來兩人是認識的，而且這位以心狠手辣聞名的黑道老大，今天的行事作風有點奇怪。據說戚宸不喜有人忤逆他，不喜挑釁、威脅、命令，可這少女當著他的面打人、放人，外加命令他的人，把他的忌諱犯了個遍。稀奇的是，她還好好地坐在這裡，一點事也沒有。

「好吧，我等大師的電話。」劉板旺深深看了夏芍一眼，走出了會客室。三合會的人果然沒有攔他，雖然臉色都一副要殺人的樣子。

劉板旺走後拿出身上的手機看了看，他的手機裡仍然保留著張中先的電話。雖然這少女自己說她是張中先在內地收的弟子，但她的身分他覺得一直是個謎。今天她來三合會，到底能不能順利回去？要不……他打個電話給張老？

這樣想著，劉板旺快速走出了三合會。

夏芍仍舊和戚宸面對面坐著。

先開口的人是夏芍。她在劉板旺離開後，放鬆的神色又冷了下來，「好了，你綁人的事先不談。我有句話要問你，余九志跟你之間達成了什麼協議？」

戚宸的氣息沉了下來。她今天來三合會的時間很巧，他自然知道裡面有與他的計劃出入之處，只是沒想到她竟然知道他和余九志聯手的事？

她怎麼知道的？

「你不要忘了我的職業，論預測，余九志不是我的對手。」夏芍提醒戚宸。她之所以知道兩人有交易，當然是她在從張家小樓出來的時候，開天眼預見過了。

原本徐天胤要跟著來，但是夏芍考慮到余九志會有什麼陰謀，不肯讓他離開師父身邊。可臨行之前，她走出張家小樓，以防萬一，還是開了天眼。

不看不知道，一看她心中驟冷，當即發覺她來找戚宸的決定是對的，只是沒想到他竟然剛好在今天綁了劉板旺，也想引她來相見。

夏芍不知道戚宸為什麼想見她，在她看來，這個男人應該是個很自私的人，他為了幫會的利益跟余九志合作很正常，她今天來就是為了說服他的。

「所以，妳認為三天後妳能贏他？」被夏芍看穿與余九志合作的事，戚宸竟然也不避諱，更不解釋，很大方地承認了。

「我不僅會贏他，我還會殺了他。」夏芍也單刀直入，「余九志的時代本來就是他搶來的，是該歸還了。他自以為高明，把曲王兩家都派去張家小樓，殊不知這樣一來也分散了他身邊的戰力。沒有那麼多人幫他，他的手臂又被我廢了一條，余家那些人在我眼裡還不夠看。」

夏芍往後靠去，笑得氣定神閒，令戚宸挑眉，深深凝視著她。

她等於承認這幾天娛樂雜誌的猜測，證實余九志的手臂確實是她所傷。不僅如此，她還在他面前說出了她的計畫。

「既然知道我跟余九志聯手，為什麼還跟我說這些計畫？難道妳不怕我告訴余九志？」戚宸歪著頭看夏芍，目光危險，但饒富興味。

「我不僅要告訴你這些計畫，我還要告訴你一件事。余九志是秋後的螞蚱，蹦躂不了幾天。若你跟他聯手，他死之後，下一個就是三合會。」夏芍說得堅定，卻惹惱了三合會的人。

「妳說什麼？」

「臭丫頭，妳知道妳站著的是什麼地方嗎？」

「當家，這種女人，只要您發話，我們立刻把她打成馬蜂窩！」

戚宸瞇起眼睛，氣息自夏芍進了會客室起，第一次變得危險。他傾身向前，胸膛紋著的玄龍似要怒嘯而出，沉沉的目光落在她身上，就像是大山壓頂般。

「女人，知道妳說了什麼嗎？」

夏芍笑而不語。

三合會的人紛紛掏出了槍，槍口齊齊指向夏芍。

「我可以讓妳今天就回不去，妳認為妳三天後還有機會殺余九志嗎？」

「你認為，你今天能讓我回不去嗎？」夏芍反問。

戚宸冷笑，「我知道妳帶著那條蟒蛇，妳要不要試試是妳快，還是我的槍快？」

「那戚當家要不要試試，今天我是一個人死在這裡，還是死之前能拉上你當墊背？」夏芍依舊從容不迫，甚至端起桌上的咖啡聞了聞那濃郁的香味。

戚宸看著她這悠閒的模樣，越看臉色越黑，「女人，有沒有人告訴妳，妳很欠調教？」

「這跟我們今天談的事有關嗎？」

「妳是在跟我談事？在我看來，妳是在威脅我。」

「戚當家還不是一樣？想讓我來，卻用這種綁人的方式，你我不過半斤八兩。」夏芍笑了，懶得耍嘴皮子，「老實說，戚當家還欠我一條命，可別忘了。」

戚宸被她氣笑了，「妳還真當自己救了我一命？妳不過是去島上抓蛇，順便而已。」

「但我救了你是事實，我完全可以放任不管的。你認為如果沒有我，你們會安全從陰靈手上保命嗎？再說，我收服了陰靈之後，你們三合會中邪的人還是我救回來的，這難道不是事實？還是說，三合會現在已經不講道義了，有人救了你們，你們現在要恩將仇報？」

「伶牙俐齒！」戚宸剛才還一副凶狠的模樣，現在不知為什麼又笑了，「告訴妳，我戚宸從不欠別人。妳要是要我還了這條命，儘管拿去，但是要讓整個三合會都還妳，那可不成。我是三合會的當家，我必須為幫會的利益考慮。妳要我和妳聯手？說說我有什麼好處！」

這讓夏芍非常意外，她還以為戚宸這個人什麼都隨性，不管不顧，沒想到他分得很清楚。

「好處就是玄門清理門戶之後，不會翻這些年三合會跟余九志來往的舊帳。日後玄門弟子依舊隨三合會差遣，有風水方面的事，我們不會拒絕，一切一如從前。」

「那安親會呢？妳是張中先那一派的人，應該跟安親會走得近一些吧？難道清理門戶之後，我們三合會不會受冷落嗎？」

「不會。用你的話說，那是私事。私底下跟誰親近，並不能影響玄門的立場。玄門一直都是中立的，不介入你們三合會和安親會的爭鬥。」

「那可不行，這麼看還是我們吃虧。要知道，余九志活著，玄門可是親近三合會，妳說呢？」戚宸哼笑一聲。

夏芍目光一冷，「戚當家，注意你的用詞！余九志親近你們三合會，那是他自己的意思，他不代表玄門，他也沒資格代表玄門！不論三合會同不同意，玄門清理門戶都勢在必行！我真的很驚訝，你竟然到現在還願意跟余九志合作！一個連這些年跟著他的曲王兩家都一起算計的人，你覺得跟他合作有多少安全性？身為三合會的當家，目光怎麼如此短淺？」

少女訓斥著人，那眸子、那語氣，簡直與在島上的時候一模一樣。

三合會的人聽了，又要暴怒，忍不住想大罵這個對他們當家不敬的女人。

戚宸看著夏芍，忽然大笑，笑得三合會的人都覺得莫名其妙。

當家這是怎麼了？被罵傻了？平時遇到這種人，不是應該立刻拔槍殺掉嗎？當然，余九志也確實陰毒，雖然他們這些黑道的人向來以狠絕聞名，但是出賣兄弟絕對是為人不齒的！

「喂，妳罵成習慣了？」戚宸笑完，皺眉打量著夏芍，「我從來不覺得我目光短淺，只不過之前我沒有第二種選擇，現在讓我聽聽妳想讓我怎麼跟妳合作。三天後擺余九志一道，不去張家小樓嗎？」

戚宸看起來像是有意向合作，但夏芍不敢保證。老實說，這個男人給她的感覺有點喜怒難測。前一刻是晴天，下一刻就電閃雷鳴。

「為什麼不去？」夏芍挑眉，「你們不動張家的人，動別人，我是管不著的。」

她說得很輕巧，戚宸愣了愣，接著又大笑。

「妳這是要將計就計，耍余九志個措手不及啊！」

「你這是同意合作了？」夏芍問道。

戚宸卻笑著來到對面，坐到夏芍身邊。

夏芍見他坐過來，只是轉頭看去，淡定的沒動。

戚宸手臂一伸，大咧咧搭在夏芍身後的椅背，目光落在她臉上，「我已經答應余九志了，從江湖道義上來說，出爾反爾不合規矩。不過，如果對我提出這個要求的是我的女人，或許我會考慮被江湖上的人戳一戳脊樑骨。」

「為了女人不要江湖道義，更會被人戳脊樑骨的。」夏芍挑眉。

戚宸哼了哼，「我們戚家的女人，誰敢嚼舌根！」

夏芍搖頭一笑，覺得這人不可理喻。

她很明顯在拒絕他，戚宸只是挑眉，並不意外。

他出乎意料地沒強迫她，目光掠過她易容過的臉，「要不，讓我看看妳長什麼樣子？」

夏芍給他一個白眼，起身準備往外走，「你考慮考慮吧，希望三天後你不要讓我失望。」

「那妳總得告訴我妳的身分吧？既然要我跟妳合作，妳得讓我知道合作的對象是什麼人。」戚宸的聲音從夏芍身後傳來，滿室舉著槍的人聽見他這句話，都放下了槍。

當家沒有阻攔她的意思，而且聽這話……真要反過來對付余九志？

夏芍不告訴他，只是轉身看了戚宸一眼，「你問這麼多做什麼？別忘了，你這是在還我的救命之恩！想知道我是什麼人，三天後拿出你的誠意來！」

說完，夏芍才不管戚宸沉下來的臭臉，慢悠悠地開門走出了三合會總堂。

出了三合會以後，夏芍轉過街角才回頭看了眼三合會的方向。剛才走之前，她開天眼看向戚宸，雖然預見的結果是好的，但她不敢保證這個男人會不會變卦，他看起來實在喜怒無常。

為了保險起見……

夏芍拿出手機，撥通了一個號碼。

螢幕上顯示三個字：龔沐雲。

這是龔沐雲的私人手機號碼，幾天前在港口分別，他說他要在香港待一段時間，夏芍不知道他走了沒有。

電話一接通，那邊便接了起來，果真傳來男子優雅含笑的聲音，「今天是什麼大日子，妳竟然主動打電話給我。」

夏芍笑笑，「你這麼一說，我想請你幫忙都不好意思了。」

「嗯？」龔沐雲的笑意帶了幾分興味，「妳有事請我幫忙？說吧。」

夏芍略一沉吟，她感覺這個要求對龔沐雲來說有些危險，畢竟這裡是香港，所以她不確定龔沐雲會不會答應她，但她還是把事情簡略說了一遍，然後說了自己的意思。令她沒想到的是，龔沐雲竟然想也沒想就一口應下。

「好，雖然我不愛湊熱鬧，但妳的熱鬧，我一定會到場。」

夏芍鬆了口氣，但也囑咐他：「那你一定要小心，量力而為。我不希望因為我的事，你們安親會有什麼損失。」

「我心裡有數，妳放心。」龔沐雲的聲音明顯很愉悅。

夏芍又叮嚀他幾句話，這才掛上電話。

夏芍發出的應戰聲明震驚了香港媒體，現場比試這種事從來沒聽說過，尤其兩個人之中一人還是香港的第一風水大師，另一人則是傳聞傷了余大師的人。

應戰？這是要打起來？

敏銳的嗅覺讓媒體們沸騰了，可惜今天的比拚只邀請了香港的政商名流，沒有允許媒體入內，因此對愛八卦的民眾來說，非常扼腕。不少人都對風水大師的對決興趣十足，奈何沒辦法現場觀看。媒體雖不被允許入內，但還是早早聚在余家大宅門口，乾脆做起了現場報導。

「這名少女風水師據傳年紀不大，這些天一直在雜誌上與香港的四大風水家族對決，他們之間應該早已結下仇怨，余大師卻發出挑戰書，從一方面來說，這也很是彰顯大師氣度。聽聞余大師的右臂和余薇小姐的雙腿都是被這名少女風水師所傷，余大師還能約她進行玄學方面的比試，本週刊認為還是很有胸襟的。」

「但是，本報以為，這場比試邀請的全是政商名流，其中就目前到場的人來看，都是余大師風水堂的客戶。我們可不可以推測，余大師想趁這次比試挽回聲譽呢？」

「這次比試如果沒有什麼暗箱操作的話，為什麼余大師不允許媒體進入？只邀請客戶而不邀請媒體，我們是不是可以猜測，在余大師心裡，民眾的知情權沒有客戶重要？或者，這根本就是一場商業秀？」

媒體記者們堵在余家大宅門口，前來余家大宅的政商名流越來越多。豪華的車子一輛輛停在余家門口，車子停下後，裡面的人都不下來，待司機遞出請帖，再由余家的守門人驗證過後放行。每停下一輛車，記者們就會蜂擁上前，閃光燈對著車裡和車牌閃個不停。

就在媒體記者們忙著比對來人的時候，一輛黑色商務賓士從遠處駛了過來。

那是輛新款的商務賓士，剛剛上市不久，據說已經銷售一空，能預訂到的都是有身分地位的人。這輛車並不在記者們手中拿著的清單裡，因此車從遠處一開過來便圍了上來。

車窗搖下來半扇，駕駛座上的男人其貌不揚，但眼神冰冷，一眼看過去，記者們驚得紛紛往後退。他遞出邀請函，守門人驗證的時候臉色變了變，往看不見的車窗裡掃了一眼，便把邀請函遞回去，開門放行。

等記者們反應過來的時候，車窗已經再度搖上，男人將車開進了余家大宅。

車子開進去後，由人帶領著一路行駛，最後停在余家大宅前花園一側的小路上。那裡原本是花園一景，估計今晚來的人太多，臨時劃成停車位。

男人從車裡下來，只見他一身黑衣黑褲，身材頎長，雙腿踏在地上都能讓人感覺到那雙腿蘊含著飽滿的力量。他下車後，轉身打開後座的車門，傾身進去為坐在後座的人解開安全帶，這才牽著裡面的人下來。

後座下來的是一名十七八歲的少女，容貌普通，眼睛只在看向男人的時候柔美些，待望向余家大宅時又冷了下來。

「夏小姐是吧？請往這邊來，我們老爺和客人們都在客廳等您，司機和陪同人員可以去旁廳等候。」傭人瞄了徐天胤一眼，總覺得這個男人不太像是司機，但不管他是不是司機，就算是保鏢，也不准到客廳去。

夏芍沒有為難傭人，點頭表示同意。

不許司機和陪同人員入內？呵，正好！到了裡面，反倒不好行動了！

余九志這是自作聰明，她倒要看看他今天怎麼搬石頭砸自己的腳。

夏芍和同樣易容過的徐天胤互看一眼，又掃了眼停車的地方，發現他們的車跟那些政商名流們的車是分開停放的。別人在左，他們在右，很明顯把他們孤立出來了。

夏芍冷笑一聲，跟著傭人往余家大宅的客廳走去。

徐天胤則被傭人請到客廳旁的偏廳。

客廳此時的氣氛不太好，到場的政商名流目光都不知往哪裡放，眾人都知道余九志右臂傷了，想出口關切又怕觸了他的楣頭，裝聾作啞又顯得太漠然，一時間，氣氛有些尷尬。

好在沒一會兒李家人就到了，眾人的焦點頓時轉移。

李家人不僅李伯元和李卿宇來了，來的人還有李家二房的李正泰。令人不解的是，李家大房的李正譽沒有出現。

作為香港商界當之無愧的龍頭，余九志不請李家人自然說不過去，但余九志見到他們，臉色不太好看。而令他震驚的是，李卿宇臉上的劫相竟然解了。這在李卿宇進門的時候，給余九志的震驚絕對一瞬間壓過了對他興師問罪的心情。

隨即余九志就釋然了，他是兩個月前為李卿宇開的天眼，當時已經把凶手告訴李伯元。這兩個月的時間，李家應該做出了一些動作，李卿宇把他大伯父、二嬸嬸和堂哥給解決了也有可能。看今天李正譽沒來，應該是李卿宇有了動作，這才讓他的劫數化了。

想明白這一點，余九志的臉色就不好看，也不管客廳裡許多人在場，當即哼了哼，「李老，要見你們李家人可真不容易啊！我還以為今天我請你們來，你們也不一定能給面子呢！」

眾人聽了這話都目光閃爍，在旁邊陪笑。兩家的矛盾誰都知道是怎麼回事，這段時間娛樂週刊沒少嚼舌根，只不過這種事在場的人都不好說。有些事眾人都明白有很多家族方面的考量，所以也不能說李卿宇做的對或不對。

李伯元面對余九志的質問，反倒自在的多。他笑了笑，然後嘆了口氣，「余大師，這事你應該知道，最近卿宇剛接手公司，家裡又事情一堆，卿宇這孩子實在是沒時間。這不，他今晚來了，等從你這兒回去，他就去醫院看看薇兒。」

李伯元暗示的正是李家內部的一些事，余九志也聽得明白，臉色這才緩了緩。李卿宇臉上的劫氣散了，他相信他確實是在忙著處理家族內部的事。

余九志看了李卿宇一眼，臉色總算比他進門的時候好看了點，但他想讓李卿宇當著大家的面給他一句保證，便問道：「李家小子，你說呢？」

這種場合，李卿宇不給句話顯然不太合適，他看著余九志，目光沉靜，令人看不出他在想什麼，但他看起來確實是想要點頭。

這時，傭人從外面進來，身後帶了一名白衣少女。

「老爺，夏大師來了。」

一句話瞬間讓滿場皆靜。

眾人齊刷刷轉頭，李卿宇也轉身看過去。

所有人的目光都聚集到門口。

這就是今晚的主角，這陣子在香港攪動風雨的少女風水師！

連媒體都找不到她的真容，今晚她竟應邀前來，主動出現在眾人面前。

她穿著一身白色連身裙，外頭套了件白色薄外套，沒有任何點綴。她的頭髮軟軟地垂在肩頭，外面的天色已經暗下來，夜晚的涼風吹起她的裙角，被客廳裡金黃的光染成暖暖的顏色。

少女微微一笑，泰然自若。

眾人這才發現她的容貌並不出色，但奇怪的是，她光是站在那裡，就沒人能把目光從她的身上移開。

這世上有一種人，她的氣質會讓人很難去注意她的容貌，無論她美或是平凡，都會給人一種「本來就應該是這樣」的感覺。

夏芍與上流圈子的名媛很不一樣，甚至與同樣身為女風水師的冷以欣不同。冷以欣給人的感覺是不食人間煙火的淡，而這位神祕少女給人的感覺也是一種淡，只是她的淡是暖的。目光看過的地方，令人感到安然。

連陪著爺爺坐著的冷以欣也忍不住看著夏芍。

她們不是第一次見面了，在風水師考核時就見過。不熟悉，但也不陌生。

李卿宇的目光落在少女身上，竟然移不開。他們今晚是第一次見面，奇怪的是……他對她的感覺很熟悉。這氣質，他一點也不陌生，就像是……

李卿宇的視線移向少女的臉上。這容貌他確實沒見過，可為什麼剛才的一瞬，他有種好像見到「她」的感覺？

他轉頭看向李伯元，奈何爺爺目光尋常，一點也看不出什麼異樣來。

李卿宇自嘲一笑，莫非是他想多了？

余氏一脈的子弟也都看向夏芍，數日前，漁村小島山上的一戰歷歷在目，自家大師的右臂被她廢掉，余薇小姐的雙腿因她而傷，她與余氏一脈的仇不共戴天。今晚她敢來這裡就別想再走出去，他們已經在余家大宅四周佈下風水陣，只是陣未啟，待自家大師在全港政商名流面前贏了她，挽回聲譽後，她今晚就會被留下。

余家弟子緊緊盯著夏芍，對她身上的陰靈符使異常忌憚，他們往余九志身後靠攏。

余九志冷哼一聲，「妳總算是現身了。」

「余大師相邀約戰，豈有不來之理？如若不來，明天全港雜誌就該說我懼怕余大師威名，不戰而敗了吧？怎麼說余大師今晚都請了這麼貴客來，我是不會讓你坐享不戰而勝的成果的。」夏芍說話一點也不客氣，偏偏笑容悠閒，「余九志，你聽過一句話嗎？出來混，總是要還的。十多年了，今天該輪到你還的時候了。」

夏芍說到最後，眸光冰冷，眾人卻是一驚。

坐在這裡的能走到今天的地位，沒有一個是傻的。這些人腦子轉得也快——都說這少女是張老一脈的人，張老跟余老的那場爭鬥是八年前的事，怎麼這少女說十多年前呢？

難道這裡面還有別的事？

冷長老看著夏芍，似在沉思。

余九志的目光在冷家人臉上一掃，頓時沉了下來。

他不是不懷疑夏芍的輩分和身分，但很顯然今晚不能叫她當著眾人的面說出來。

余九志很快地接了口：「是嗎？那就看看妳有沒有本事了！今天這麼多人都在，跟妳在雜誌週刊上發表那些枯澀的文章不一樣，要服人看的是真才實學！有本事，現場拿出來較量，做書面上的文章沒意思！」

夏芍冷笑，笑容意味深長，「我也覺得今晚這麼多人在很好。」

余九志眼皮莫名跳了跳，不知為什麼覺得不安，但他想到自己今晚的安排，上了好幾道保險，應該是萬無一失，這才平復心緒，點頭道：「好！既然這樣，那老夫跟你也不說閒話了，有本事就拿出來看看吧！」

「既然我是客，那就客隨主便。」夏芍答應得也痛快，把出題權交給了余九志。

在場的人不免暗道這年輕人傲慢自大。她知不知道現在是什麼情況？余老在香港風水界闖蕩半生，他的經驗和知識豈是不足雙十年華的她可以比的？把出題權交給余老，就是把主導權都交了出去，這可是要吃大虧的！

余九志冷聲道：「好！老夫也不倚老欺妳，看妳在雜誌上的言論，似乎對預測術很有心得，那就比妳最拿手的吧！」

余九志端出他前輩的氣度，讓在座的人有些心服。雖然不知道這少女跟余老有什麼恩怨，她傷了余老的手臂是事實，還把余薇的腿弄傷了。余老非但沒起訴她，還提出比她最拿手的項目，這簡直就是以德報怨了。

有人說話了。

「余大師不愧是高人風範！」

「是啊，如今的年輕人，真是太心浮氣躁了！」

「年輕人做事不要太狠毒，多學學前輩以德報怨的氣度！」

夏芍不急不惱，無視旁人的眼神，更不往李伯元和李卿宇那邊看，就好像不認識一般。她只等著余九志自己露出狐狸尾巴，「那就請余大師說說比什麼，怎麼比。」

她其實也不知道余九志要比什麼，今天的比試她是參與方，天眼看不出下面所發生的事，但就她對余九志的了解，這個老傢伙絕對不會為她考慮，他一定在耍什麼花招。

余九志轉頭對身旁一名弟子使了個眼色，那弟子便下去了，「今天這麼多客人在，我們也不比太艱深的，免得諸位貴客聽得雲裡霧裡，我們就用最簡單的方式。既然請了大家來，那就是請大家來做評審。準與不準，相信用這種方法，大家心中自有評判。」

眾人驚訝。今晚本來好多人是出於好奇來的，也有的人是看在余九志的名號和面子上來的，大多數以為余九志要跟夏芍對決，讓眾人當看客，沒想到是叫他們來當評審。

他們不懂玄學風水，怎麼評判？

李卿宇看向夏芍，自她進來後，他的目光就沒離開過她。

他總覺得她很像「她」……

就像此時，她從容不迫的模樣說有多像就有多像，只聽她挑眉道：「請說。」

余九志轉頭，剛才那弟子從後面出來，手裡捧著一罐竹籤，遞給夏芍查看。

「我們今晚就比抽籤解卦。這罐子裡有六十四支籤，是我根據文王六十四卦製成的籤。我想今天來此的賓客心中應該都有所求，不如就叫大家搖卦抽籤，問心中所想，由妳我解卦。」

眾人一聽，都看向籤罐，異常驚喜。要知道，平時余九志可是很忙的，要找他問事，提前預約往往要排上半年，而且價格不菲。誰能想到今天能有一次免費的求籤問卜的機會呢？

不過，這要怎麼算輸贏呢？

余九志笑笑，看著夏芍，「當然，規則沒這麼簡單。我們今晚比的既然是預測術，那就增加點難度。諸位賓客抽完籤後，籤不必交給妳我，而是由妳我去卜算他抽到的是哪一支籤，然後再解籤，怎麼樣？」

眾人譁然。

「余大師，您的意思是，我們抽了籤之後，自己記著是第幾籤，然後由您來算？」

「這……這能算出來嗎？六十四張籤呢！」要是算不準，豈不是丟人了？

「怎麼算不出來？我們又不是沒見識過余大師的本事，就不知這位年輕大師本事如何！」

「年輕人現在稱大師還早了點吧？過了四十歲再稱大師也不遲。」

眾人你一言我一語，夏芍完全沒聽進去，她拿著罐子裡的竹籤看。這籤看起來跟廟裡常用的籤差不多，紅籤金字，上書「第一籤」、「第二籤」……直到「第六十四籤」，但這籤跟廟裡的有所不同。廟裡是抽完籤之後，把籤遞給解籤的人，解籤的人手上有一本籤文一類的書，再對照籤文來解籤。余九志準備的這些籤，每支籤上不僅寫明是第幾籤，籤下還包著一張白色紙條，用黃線紮著。

余九志看見夏芍的目光落在那些竹籤末端的白色紙條上，便解釋道：「這上面我寫的是對應的籤文。一個好的卦師是不用對照籤書來解籤的，每一道籤的卦辭都應該熟記於心，卦辭我就附在每支籤的下方，抽到籤的人自可以打開來看。一會兒解卦的時候，卦辭說的對不對，大家一目了然，方便評判。」

眾人低聲交談，顯然都聽明白了。

夏芍笑道：「文王六十四卦，來源於伏羲六十四卦，常以金錢、龜甲成象，製籤給人抽的倒是少見，余大師用心良苦啊！」

夏芍的語氣是諷刺的，余九志自然聽得出來，「怎麼？妳對這個比試有意見？」

余九志之前擺出的姿態已經獲得賓客們的好感，再加上他在香港累積多年的人脈，估計夏芍如果說一句有意見，眾人就要群起而攻之了。

夏芍沒那麼笨，她幹麼有意見？她覺得這個比試再好不過了。

當然，她不會這麼說，她只道：「我沒什麼意見。文王之卦，伏羲所製。八卦還是六十四卦，六爻還是三百八十四爻，全都無異。無非就是天人之間，事物之內，盡其形狀，推其始終。用龜甲金錢成象，抑或做成籤文，都不過是以象之於卦，沒什麼不同。」

她說得不疾不徐，在場的人聽得愣了愣——這話聽起來很高深莫測啊！

難不成他們都想錯了，這少女確實有兩把刷子？

冷長老和冷以欣看著夏芍，他們是擅長問卜的家族，夏芍的話在他們聽來是最深最有感觸的。沒想到以她的年紀竟然能不拘泥於外物，參透這樣的道理，實在是少見。

余九志心裡怒哼。別人看不出來，他還能不知道？這臭丫頭故作世外高人，眾人立刻對她有所改觀，好深的心思！

哼！他倒要看看，她能裝到什麼時候！

余九志沒什麼耐心，便對弟子使眼色。弟子將籤罐從夏芍手裡拿回來，送到賓客手上。

今晚來到余家大宅的賓客有三十多人，分成左右兩排坐著，夏芍和余九志一人負責一邊。

眾人上來開始抽籤，氣氛有些火熱。

大家抽完籤，自動分成兩邊，客廳又安靜下來。

三十多雙眼睛看向了余九志和夏芍。

不看他們手中的籤，真的能算出他們手中拿著的是哪支籤嗎？

余九志一副胸有成竹的樣子，他有天眼在，豈能看不出？只不過眼下十來個人，人數太多了，就算他有天眼，也很消耗元氣。

於是，余九志對夏芍說道：「我念妳年紀輕，卜算太傷元氣，這麼多人裡，不用都算卦解籤，妳找三個人就可以了。」

這不是鬥法，這是問卜之術，余九志相信，沒有比他的天眼更厲害的，而她什麼倚仗也沒有，勢必會對自己的這個提議求之不得。

他沒想到的是，夏芍這時露出獠牙。她笑咪咪地掃了眼自己這邊的賓客，挑眉道：「三個人？太客氣了！我可以把在場的人手中所拿的籤都算出來，不知余大師……能算出幾個來？」

余九志霍然回頭。

都算出來？

他以為自己聽錯了。

冷長老和冷以欣也看向夏芍。

夏芍又道：「我不但能把我這邊的人手上的籤算出來，我還能把余大師那邊人手上的籤也算出來。怎麼樣？您老要是力不從心，可以只算三個人，剩下的交給我，如何？」

余九志臉色一變，賓客們也變了臉。

這根本就是挑釁！

余九志要是點頭，他就顏面無存了。

余九志顯然是不能點頭的，他看著夏芍，彷彿在探究。

這丫頭是故弄玄虛，還是說真的？

不，不可能，她一定是在故弄玄虛！

不管是不是，夏芍此時反客為主，主動下戰帖，箭在弦上，由不得余九志不發。

余九志瞇眼，「小丫頭，給妳退路妳不要。說大話，一會兒可別說我仗著年紀欺負妳。」

「您老一會兒元氣不足，別說我這個年輕人仗著體力好欺負您就成。」

「好！好好！」余九志氣笑了，掃著自己面前這十幾個人，牙一咬，豁出去了，「好，那就全算！妳身上要是沒帶六壬式盤或是銅錢，我可以借妳。」

他有天眼，她可沒有，她勢必要借用問卜的工具。

不料夏芍卻笑道：「您老不用，我也不用了，免得到時候說不公平。」

眾人大驚。

什麼？這兩人都不用工具？不用工具怎麼算？這不是開玩笑的吧？

余九志也是又驚又怒，一度覺得夏芍是在攪局，故意擾亂他的心智，氣得他臉都黑了，「好，到時候別怪我沒提醒妳，給妳妳不要，妳就拿眼看吧！」

夏芍挑眉微笑，余九志懶得看她，轉身過去讓自己那邊的十來個人盤腿坐下，圍成半弧形，他則坐在眾人前方。

這熟悉的架勢讓夏芍笑了笑。她就覺得今天余九志用這種方法比試肯定有利於他的地方，鬧了半天，這老頭當初在島上竟然忍住了沒開天眼，一直等到了今天。

這可真能忍！如果她沒有天眼，今天真得栽在他手上！

可惜的是，她有天眼通呀！

李伯元和李卿宇都在夏芍這邊，兩人也看出余九志的樣子像是要開天眼，這很明顯對夏芍是不公平的。她竟然一點也不擔心，還轉過身對他兩人笑了笑。

這邊的賓客都皺起眉頭。妳笑什麼？那邊都開始了，為什麼妳這邊還沒有動靜？妳到底能不能算出來？有沒有真本事啊？

正當大夥兒這麼想的時候，夏芍已經開口對李伯元說道：「第二籤，坤卦。他鄉遇友喜氣歡，須知運氣福重添。自今交了順當運，向後保管不相干。此卦上籤，我猜老爺子是求家宅。得此卦者家宅平安，另有故友近日可相見。」

夏芍的聲音不大不小，卻入了每一個人的耳朵。

冷家人霍然看向她，夏芍這邊的賓客都一臉驚訝，紛紛看向李伯元。

李伯元驚喜無限，把自己握著竹籤的手鬆開，一群人立刻圍過來。

這一看，全都震驚了。

竟然說對了，這是怎麼辦到的？

眾人齊刷刷轉頭。余九志還盤腿坐在地上，一點動靜也沒有。

這才剛剛開始，這少女竟然……竟然就算對了李老手中的籤？

怎麼算的？用什麼方法？

沒有人知道，大家知道的是，接下來的震驚，一下一下地向他們砸來。

夏芍看完李伯元，便看向李卿宇。不管男人看她的目光有多探究，有多想開口詢問什麼，她都不動聲色，只是笑著往他手中掃一眼，便道：「第五籤。花遇甘露旱逢荷，生意買賣利息多。婚姻自有人來助，出門永不受折磨。得此卦者，占訟得利，占病即癒，占信見得，謀事得意。依我看，李先生占病之心應該強些，我想李老的身體短時間內無大礙。」

大家看向李卿宇，李卿宇卻忘了反應，只是看著夏芍，越看越覺得熟悉。

她的臉是不一樣，但聲音……

李伯元暗暗推了推他，李卿宇才回過神。見賓客們都看著他，便點了點頭。

他這一點頭，眾人呼啦一聲圍了上來。

「大師，您看看我的！」

「先看我的！」

「不急，慢慢來。」夏芍笑道，讓眾人重新站好，她挨個兒看過去。

每看一個，客廳裡就傳出一陣抽氣聲。漸漸的，客廳裡一片死寂，唯有少女含笑的聲音不間斷地傳來。

「第十籤……」

「第二十一籤……」

「第五十一籤……」

「第四十四籤……」

「第三十七籤……」

「第九籤……」

冷長老激動地從椅子上站了起來。

這怎麼可能？她沒用六壬式盤，沒用銅錢起卦，沒用龜甲，什麼都沒用。

她是怎麼算出來的？

在場的人一個個張大嘴巴，竹籤啪啪啪掉在地上。

夏芍這邊都算完了，籤都解完了，余九志那邊還是一點反應也沒有。

不是余九志不想反應，而是他現在根本就反應不過來。

他不是沒聽見後面的動靜，相反的，最震驚的人就是他。他怎麼也沒想到，自己開天眼的時候，還在盤算這麼多的人，他要謹慎點消耗元氣，不然像上次在李家大宅，天眼看完了險些吐血，那今天可就解不了卦了。但略微一想，他還是放下了心。那天在李家，他看的事比較久遠駁雜，而今天就是看幾支籤，元氣消耗不可相較。今晚他應該不會消耗太多元氣，留些氣力解卦應該沒有問題。

正當他這麼想時，後面就傳來少女清亮的聲音。

她在解卦！

她居然在解卦！

余九志一度以為自己的耳朵出了問題，險些氣血翻湧又嘔血。

費了九牛二虎之力，他才壓制住自己的情緒波動，想讓自己平心靜氣，但他發現背後少女悠然的聲音全都傳進他的耳朵，他想不聽都不成。結果他發現，他的天眼竟然開到一半，再也沒有辦法開下去了。

現在的情況是，他想開天眼，但精神集中不了。想撤回來，但沒有全部看完，他又沒有辦法解卦。就這麼吊著，上不去下不來，別提有多難受。

後頭卻在這時傳來了腳步聲。

余九志不敢睜眼，他現在正在運足元氣，不敢輕易動情緒，否則一個不好，他會先要了自己的命。他只能極力壓制心緒，耳朵豎著，想聽聽是誰走過來了。

卻聽見一個對他來說是惡夢般的聲音。

夏芍疑惑地道：「咦？大師，不是要解籤嗎？您在冥想靜坐嗎？」

就算是不睜眼，余九志都能想像得出此時此刻少女臉色那可惡的、可恨的笑容。

不行，不能生氣，不能著了她的道！余九志極力壓制自己的情緒。

陪著余九志盤腿坐著的十幾名賓客尷尬了……

他們原本還慶幸自己在余九志這邊，沒想到情況來了個大逆轉，那邊解籤的速度堪稱神速，而他們這邊竟然還像邪教聚會似的盤腿坐著，這都什麼跟什麼？

余大師怎麼回事？

「余大師？」

「余大師！」

一些人已經有些不悅地催促余九志。余九志臉色漲成豬肝色，卻只能閉著眼裝聾作啞。他現在是收不回來，放不出去，只要能讓他有一點時間平復心情，只要能有一點時間……

這時，他又聽見夏芍的笑聲，「咦？看來余大師真的進入冥想了。既然這樣，大家都別陪著他坐著了，起來吧，我幫你們解籤。」

大家面面相覷，不知道是不是要站起來，夏芍已從她左手邊的人開始幫著解籤了。

「第十一卦，鯉魚化龍喜氣來，口舌疾病永無災，愁疑從此都消散，禍門閉來福門開。得此卦者多是求財，如若求財可獲大利，求財到手，做事有成，恭喜！」

聽得那賓客也喜上眉梢，趕緊道謝，「哎呀，說出來都不好意思，商人嘛，我這就是求財的！借大師吉言了，哈哈哈！」

其他人一聽就知道籤算準了，卦也解對了。

大夥兒頓時不管余九志了，全都圍住夏芍，請她幫忙解卦。

「第二十二卦，隔河相見一錠金，欲取河寬水又深，指望錢財難到手，日夜思想妄費心。得此卦者近期莫交易出行，如有合夥人，請多加注意，謹慎選擇。」

「第十三卦，大雨傾地雪滿天，路上行人苦又難，拖泥帶水費盡力，事不遂心且耐煩。這位先生，我看你最近怕是官司纏身，求名不準。在這裡不好多說什麼，如果有需求，過了今晚咱們有時間可以聊聊。」夏芍竟然當場做起了生意。

那人求之不得，等不及要跟夏芍要聯絡方式了。

冷家人都錯愕地看著，余氏子弟也都目瞪口呆，余九志孤零零坐在地上，還在那裡上不去下不來，臉色憋得發紫。

他的天眼，他費盡心力得來的天眼！

他費勁心力，留下的最後一次開天眼的機會，就等著今晚為余家挽回這幾天丟失的聲譽，然後把這少女的性命留在這裡，怎麼會是這樣？

他的天眼竟然比不上一個小丫頭？

他…。他輸了？

余九志怎麼也不相信，而夏芍的聲音還在不斷傳進他的耳朵裡。

「第四十七卦……」

「第六十三卦……」

「第七卦……」

「第……」

「噗！」余九志沒忍住，元氣逆轉，仰頭吐了一口血。

「師父！」

「師公！」

「余大師！」

誰也沒想到余九志竟然吐血了，那些圍著夏芍的賓客早已把坐在地上「冥想」的余九志拋到了腦後，夏芍幫大家解籤竟然毫無錯漏，這讓很多人想跟夏芍要聯絡方式。

不料，余九志竟在此時吐血。

余家弟子奔了過來，夏芍離余九志很近，立刻往旁邊閃去。

余九志被弟子們扶起來，起身的時候腳步踉蹌，一個沒站穩，往前撲去。

夏芍身邊還有幾名賓客，見余九志沒站穩伸手就要扶他，但余九志的力氣莫名地大，這幾個人剛碰到他，就被他撞得向後倒去。有個人倒下時看到旁邊有人，本能地用手抓了一下。夏芍轉頭扶住這個人，眼角餘光看見余九志撞開兩個人朝自己摔過來。她被旁邊的人牽絆住，略微慢了半拍。

夏芍往後退時，余九志正好跌過來，伸出手來虛虛在她身上抓了一下。他的手指看起來只觸及她的裙子，夏芍卻感覺頭皮微痛，不由自主看向余九志的手，隱約看見他抓了根頭髮在燈光下飄揚。

一群人去扶余九志，手忙腳亂之下，余九志的手也不知抓在誰的手上。

夏芍心中冷笑一聲。

「余大師，您沒事吧？」眾人圍了上去，擔憂裡又都有些不解。好端端的，怎麼就吐血了呢？

夏芍很快就被擠到後頭，余九志被大家圍得裡三層外三層，她的指尖在大腿一側輕輕扯了下，龍鱗的刀鞘被拉開又扣上，速度快得煞氣沒來得及溢出，刀鞘便又合上了。

夏芍望向余家大宅的某個方向，心道：師兄，接下來看你的了！

（未完待續）

悅讀NOVEL 004X

傾城一諾 4

國家圖書館出版品預行編目資料

傾城一諾 / 鳳今著. -- 臺北市 : 晴空, 城邦文化出版 : 家庭傳媒城邦分公司發行,
2017.1
冊； 公分. --（悅讀NOVEL ; 4-）
ISBN 978-986-93830-6-6（第4冊：平裝）

857.7 105014899

作者 鳳今
責任編輯 施雅棠
國際版權 吳玲瑋 蔡傳宜
行銷 艾青荷 蘇莞婷 黃家瑜
業務 李再星 陳玫潾 陳美燕 枻幸君
編輯總監 劉麗真
總經理 陳逸瑛
發行人 涂玉雲
出版 晴空
城邦文化事業股份有限公司
104台北市中山區民生東路二段141號5樓
電話：（886）2-2500-7696 傳真：（886）2-2500-1967
E-mail：bwps.service@cite.com.tw
發行 英屬蓋曼群島商家庭傳媒股份有限公司城邦分公司
104台北市中山區民生東路二段141號2樓
書虫客服服務專線：(886)2-2500-7718；2500-7719
24小時傳真服務：(886)2-2500-1990；2500-1991
服務時間：週一至週五09:30-12:00；13:30-17:00
郵撥帳號：19863813 戶名：書虫股份有限公司
讀者服務信箱E-mail：service@readingclub.com.tw
晴空部落格 http://sky.ryefield.com.tw
香港發行所 城邦（香港）出版集團有限公司
香港灣仔駱克道193號東超商業中心1樓
電話：852-2508-6231 傳真：852-2578-9337
E-mail：hkcite@biznetvigator.com
馬新發行所 城邦（馬新）出版集團【Cite (M) Sdn Bhd】
41, Jalan Radin Anum, Bandar Baru Sri Petaling,
57000 Kuala Lumpur, Malaysia.
電話：(603) 9057-8822 傳真：(603) 9057-6622
Email：cite@cite.com.my

美術設計 洸譜創意設計股份有限公司
印刷 沐春行銷創意有限公司
二版一刷 2017年02月16日
定價 280元
EAN 471-770-209-567-3